KB113559

열
매
는

달
다

열매는
달다

초판 1쇄 인쇄일 2016년 11월 23일
초판 1쇄 발행일 2016년 11월 28일

지은이 | 반유
펴낸이 | 김기선
편집장 | 김은지

펴낸곳 | 와이엠북스(YMBOOKS)
출판등록 | 2012년 7월 17일 (제382-2012-000021호)
주소 | 서울시 도봉구 노해로 379, 1005호(창동, 대성빌딩)
전화 | 02)906-7768 / **팩스 |** 02)906-7769
E-mail | ymbooks@nate.com

ISBN 979-11-322-3967-3 03810

값 9,000원

※파본은 구입처에서 교환하여 드립니다.
※저자와 협의하여 인지를 붙이지 않습니다.
※이 책은 저작권법에 따라 보호를 받는 저작물이므로 무단 전재와 복제를 금하며,
이 책 내용의 전부 또는 일부를 사용하려면 반드시 저작권자와 와이엠북스의 동의를 받아야 합니다.

열매는 달다

YMBOOKS ROMANCE STORY

반유　장편소설

BOOKS

차 례

Prologue. Will You Marry Me?

두근두근.

밤새 잠을 이루지 못했다. 창밖으로 환하게 동이 터오자 열매는 더 누워 있지 못하고 침대에서 일어나 욕실로 향했다. 머리 위로 떨어져 온몸을 감싸며 흘러내리는 온수의 열기가 전해지자 그제 야 온몸을 살얼음처럼 덮고 있던 초조함이 녹아내렸다.

열매는 정성스럽게 몸을 씻고 머리를 말렸다. 평소에 안 하던 화장을 하고, 미리 준비해둔 옷과 쥬얼리로 꽃단장을 한 뒤 서둘러 집을 나섰다.

오늘, 그를 가까이서 볼 수 있어.

열매는 생각만으로도 가슴이 떨렸다.

<메이비핑거 창립 기념 파티>

SJ호텔 크리스탈 볼룸 입구에 커다란 현수막이 걸려 있다. 유아 용품 전문회사 베이비펭거의 창립 기념 파티는 놀기 좋아하는 도두농 회장의 지시로 늘 거창하게 열리곤 했다. 열매는 길게 숨을 들이쉬고 입구로 들어갔다.

홀 안은 몇 시간 뒤 열릴 파티를 위한 준비가 한창이었다. 줄줄이 들어오는 화환들이 입구를 장식하고, 벽을 따라 기다란 테이블이 늘어서 있다. 그 위에 하얀 천을 씌우고 꽃 장식과 식기를 세팅하는 작업이 한창이다. 열매는 분주히 움직이는 사람들과 부딪치지 않도록 조심하며 홀 구석으로 향했다. 그곳에는 어린이 손님들에게 나눠줄 헬륨가스 풍선들이 가득했다.

열매는 파티 준비를 지휘하고 있는 담당자에게 다가갔다.

"저기요."

열매의 목소리에 그가 뒤를 돌아보았다. 담당자는 한눈에 그녀를 알아보았다.

"아르바이트생이 지금 오면 어떡하나. 다들 와서 기다리는데."

"죄송해요."

열매는 고개를 꾸벅 숙이고는 그가 손짓하는 곳으로 발걸음을 옮겼다. 그곳엔 그의 말대로 일찍부터 나온 아르바이트생들이 가득했다. 그들은 이미 열매가 입고 싶어 했던 아름답고 화려한 캐릭터 의상들을 차려 입고 있었다.

"전 무엇을 입으면 되나요?"

열매는 조심스레 그들에게 물었다.

"여기 남아 있는 의상 중에서 골라 입으면 돼요."

"남아 있는 거라면……."

열매는 인상을 찡그리고 말았다. 그들이 가리킨 곳에 남아 있는 의상은 도라에몽과 슈렉 의상뿐이었다.

"다른 건 없나요?"

"둘 다 그쪽이랑 어울릴 것 같은데요. 품."

그들은 열매를 위아래로 훑어보며 낄낄거렸다. 열매는 기분이 상했지만 그냥 무시했다.

됐어, 그 사람만 만날 수 있으면 돼.

열매의 할머니 금광희 여사는 베이비핑거의 대주주 중 한 명이다. 열매는 어렸을 때부터 할머니의 손을 잡고 창립 기념 파티에 참석했었다. 하지만 몇 해 전부터 할머니는 열매를 창립 기념 파티에 데려오려 하지 않았다. 도두농 회장의 문란한 사생활이 마음에 안 들었기 때문이다. 그런 할머니의 눈에 띄지 않고 파티에 참석하기 위해 찾은 방법이 인형 탈 아르바이트였다. 그래도 기왕이면 예쁜 의상을 입고 싶었는데. 하지만 선택의 여지가 없었다.

괴물 슈렉보다야 도라에몽이 낫겠지.

열매는 긴 한숨을 쉰 후 도라에몽 탈을 집어 들었다.

열매는 양손 가득 헬륨 풍선을 들고, 입장하는 어린이 손님들에게 나눠주고 있다. 유아 용품 회사의 파티인 만큼 어린 손님들을 위해 인기 캐릭터 복장을 한 아르바이트생들이 풍선과 장난감을 들고 파티의 분위기를 띄우고 있었다.

"풍선입니다. 과자도 준비되어 있습니다."

풍선을 나눠주면서도 열매의 시선은 행사장 입구를 향해 있었다. 그가 올 시간이라 한시도 눈을 뗄 수가 없다. 드디어 그녀가 기다리던 사람이 나타났다.

도두농 회장의 손자이자 현재 베이비핑거 사장인 도윤이 행사장 입구에 모습을 드러냈다. 그가 나타나자 파티장의 분위기가 밝아지고 활기가 돌기 시작한다. 그에게 잘 보이려는 젊은 여성들의 움직임이 부산해졌다.

"도윤 님!"

하늘하늘한 원피스를 입은 화려한 여성이 도윤을 보자 단숨에 뛰어간다.

'어딜.'

열매는 그녀의 앞길을 모른 척 막아섰다.

통- 여인은 육중한 도라에몽에 부딪쳐 농구공처럼 튕겨나갔다.

"아악, 넌 뭐야!"

바닥에 철퍼덕 주저앉은 여인의 얼굴이 붉으락푸르락 달아올랐다.

"죄송해요. 앞이 잘 안 보여서요."

"이런, 너……!"

여자의 눈초리가 사나웠지만 열매는 아랑곳하지 않고 옆에서 구경하던 아이의 손에 풍선을 쥐여주며 그 자리를 피했다. 그녀의 임무는 진행형이다. 임도 보고, 날파리도 제거하고, 일석이조다.

도윤에게 가까이 가자 은은하고 시원한 향이 진동한다. 그 향에 콩콩콩, 심장이 먼저 반응한다. 186센티미터가 넘는 훤칠한 키, 균형 잡힌 몸매에 걸쳐진 비즈니스 슈트는 그의 남성적인 매력을 돋보이게 만들었다.

'역시 멋져.'

반듯한 이마에 자연스럽게 흘러내리는 머리는 고급스런 정장과 지독하게 잘 어울린다. 열매는 감탄을 하며 도윤의 뒤를 바짝 쫓아다녔다.

"저에게 무슨 볼일이 있으신가요?"

도윤이 자신을 졸졸 쫓아다니는 도라에몽을 돌아보며 의아한 표정을 지었다.

"푸, 풍선이요."

순간 당황한 열매는 그의 손에 풍선을 쥐여주고는 얼른 돌아섰다. 심장이 몸 밖으로 뛰쳐나올 것 같다.

"뭐 하자는 거지?"

도윤은 얼떨결에 받은 풍선을 보며 어이없는 표정을 지었다.

도윤은 시끄럽고 소란스러운 파티는 딱 질색이다. 그러나 화려하고 아름다운 걸 좋아하는 조부는 도윤이 자신을 닮아 잘생겼다는 사실을 자랑이라도 하듯 꼭 어린 도윤을 끌고 다녔다. 그러나 그는 자신을 향한 시선과 소곤거림이 싫었다. 동물원 우리 안의 동물처럼, 그들에게 도윤은 구경거리일 뿐이었다.

어렸을 때는 어쩔 수 없이 끌려다닌 거라면, 성인이 되어서는 회사의 임원으로서 파티에 참석해야만 했다. 올해 파티도 어김없이 SJ호텔 그랜드 볼룸을 통째로 빌렸다. 입구부터 화려한 장식에 도윤은 인상을 찌푸릴 수밖에 없었다.

조부 도두농이 단상에 올라가 내빈들의 시선을 한 몸에 받으며 대표 연설을 시작했다. 최고의 바람둥이답게 위트가 넘치는 연설이다. 연설을 마친 뒤, 도두농은 북적이는 파티장을 흥겹게 돌기 시작했다. 손님들과 시답잖은 농담을 주고받으며 와인을 연신 마시는 그의 모습이 도윤은 못마땅했지만 날이 날이니만큼 참고 있었다. 그렇지 않아도 심기가 불편한데 묘한 생물체가 졸졸 따라다니자 짜증이 더했다. 한마디 하려는 그에게 풍선을 쥐여주고 사라진 도라에몽. 도윤은 손에 들려진 풍선을 보며 오늘은 왠지 불길한 일이 생길 것 같다는 예감이 들었다.

"오우, 우리 김 대리는 점점 아름다워지네."

"과찬의 말씀이시네요."

"이곳에서 그대만큼 아름다운 여인은 없네."

도윤이 잠시 딴생각을 하는 사이 도두놈이 디자인실 김민정 대리에게 작업을 걸고 있다.

"나잇살 먹어서 하는 행동이 영. 쯧쯧."

혀 차는 소리에 도윤이 뒤를 돌아보자 불만이 가득한 얼굴로 서 있는 금광희 여사가 눈에 들어왔다. 모든 것을 원리원칙대로 해야 하는 금광희 여사에게, 매해 구설수에 오르는 도두놈의 모든 것이 마음에 들 리가 없다.

"금 여사님, 오랜만입니다."

도윤은 어색함을 풀려고 금광희에게 먼저 다가갔다.

"도윤 사장도 오랜만일세."

금광희는 도윤을 보며 어색한 웃음을 지었다.

도윤이 잠시 도두놈에게 눈을 뗀 건 금광희에게 인사를 나눈 바로 이 짧은 몇 초일 뿐이었다.

"이 망할 영감탱이가 어디에다 손을 대는 거야?"

"아아악!"

그 짧은 순간 쩌렁쩌렁한 목소리가 연회장 안에 울려 퍼졌고, 뒤를 이어 도두놈의 처절한 비명이 들려왔다. 도윤은 불길한 예감을 느끼며 시선을 돌렸다. 그러고는 눈앞에 벌어진 기가 막힌 상황에 할 말을 잃고 말았다. 조부 도두농이 몸을 웅크린 채 고통스럽게 카펫 바닥을 뒹굴고 있었다.

"엄마, 할바가 또라에몽 엉덩이를 만졌어."

다들 놀라 입만 벌리고 있는 찰나, 어린 여자아이의 낭랑한 목소리가 들려왔다. 아이의 말에 모든 시선이 바닥을 뒹구는 도두농에서 그 앞에 서 있는 도라에몽으로 옮겨졌다. 도라에몽은 도두농에게 삿대질을 하고 있었다. 탈 뒤의 얼굴 표정은 보이지 않았지만 짐작할 수 있었다.

"에이, 잘못 봤겠지. 설마 회장님이⋯⋯. 아, 그, 그래. 실수로 닿았을 거야."

"아니야. 할바가 또라에몽 엉덩이를 보더니 만졌어. 또라에몽이 화나서 할바 고추를 발로 찼어."

"딸, 아닐 거야. 쿨럭. 저기 네가 좋아하는 과자 있네. 과자 먹으러 가자."

다섯 살쯤 돼 보이는 여자아이가 심각한 얼굴로 말하자 엄마는 상황이 난감한지 헛기침만 연발하다 급하게 아이의 손을 잡고 자리를 피했다. 도윤은 자신도 모르게 이를 악물었다. 상황을 보니, 자신의 조부가 인형 탈을 쓰고 일하는 아르바이트생의 엉덩이를 만졌나 보다. 명백한 성추행이다.

아르바이트생은 인형 탈을 벗어 들고 중심부를 부여잡은 채 신음하고 있는 도두농 옆에 인상을 찡그리며 쪼그리고 앉았다. 도두농은 도라에몽 탈을 벗은 아르바이트생을 보자 사색이 되었다. 도라에몽의 몸매 그대로 육중함이 드러나는 여성이었다. 그녀는 두

툼한 주먹을 도두농의 얼굴에 갖다 대며 으르렁거렸다.

"회장님, 왜! 만지셨나요?"

"오동통한 엉덩이가 탈인지 살인지 궁금해서……. 그런데, 살이네."

인형 옷을 입고 쪼그려 앉아 있는 그녀. 인형옷의 엉덩이 부분이 힘겹게 늘어나 뜯어질 것 같다. 도두농의 시선이 그녀의 엉덩이로 향하자, 빠직- 여인의 이마에 굵은 힘줄이 생겼다.

"……천국 구경 시켜드릴까요?"

여인은 도두농을 험악하게 노려보았다. 눈이 마주친 도두농의 얼굴에 핏기가 사라졌다. 여인이란 항상 사랑스러운 존재라 말하던 도두농의 눈빛에 공포가 어렸다.

"이열매. 네가 왜 여기 있는 거니?"

금광희는 사색이 되어 새된 음성을 냈다. 도윤은 뭔가 일이 잘못되었음을 직감했다. 도두농이 성추행한 아르바이트생이 하필이면 대주주인 금광희 여사의 하나뿐인 손녀, 이열매였다.

"죄송합니다. 저희 조부께서 큰 실수를 한 것 같습니다."

도윤은 금광희에게 머리를 숙이고는 급히 조부에게 다가갔다. 도윤이 나선 건 도두농을 구하기 위함이 아니었다. 수군거리며 모여드는 손님들과 업체 관계자들의 비웃음을 더 이상 방관할 수 없어서다.

"당신……."

"죄송합니다."

도윤이 앉아 있던 열매에게 사과하며 손을 내밀었다. 도윤의 사과에 당황한 열매는 그저 도윤의 얼굴과 손을 번갈아 쳐다볼 뿐이었다. 도윤은 최대한 빨리 이 상황을 수습하고 싶었다.

"죄송합니다. 합당한 보상을 해드리겠습니다."

"보상이요?"

"조부께서 큰 실수를 범하셨으니 제가 할 수 있는 건 무엇이든."

"제가 원하는 건 다 들어주실 건가요?"

열매의 도발적인 질문에 도윤은 그녀의 의도를 읽으려는 듯 열매의 눈을 똑바로 쳐다보았다. 그의 시선에 그녀의 양 볼이 빨간 홍시만큼 붉게 물들어갔다.

"그러죠. 그런데 여기서 말씀하실 건가요?"

"네."

도윤은 쓰러져 신음하고 있는 도두농과 이 상황을 사납게 노려보고 있는 금광희 여사를 보며 나직이 한숨을 쉬었다.

그녀가 원하는 건 들어보나 마나다.

"제가 원하는 건 하나뿐이에요."

"……"

분명 거액의 합의금이겠지.

"저와 결혼해주세요."

"……!"

"열매야! 제정신이냐?"

금광희의 격앙된 목소리와 함께 소란스럽던 홀 안에 정적이 돌았다.

"제가 잘못 들은 것 같은데 다시 한 번 말씀해주시죠."

도윤은 못 믿겠다는 표정으로 열매를 쳐다보았다. 이제는 양 볼이 아닌 얼굴 전체가 빨갛게 물든 여자가 침을 꼴깍 삼키더니 두 눈을 질끈 감고 목소리에 힘을 주어 소리쳤다.

"전 당신과 결혼하고 싶어요!"

그녀의 폭탄선언에 금광희는 뒷목을 잡았고, 도윤은 석상처럼 굳고 말았다.

이 여자가 지금 무슨 소리를 하는 거지?

1. 빛 좋은 개살구

청담동 고급주택가에 위치한 도그빌라는 지하 2층, 지상 7층의 단독 건물로, 90~120평형의 13가구가 거주하고 있다. 가구마다 정원 테라스가 있는 고급스런 유럽풍 외관은 지나가던 이가 걸음을 멈추고 쳐다볼 정도로 수려하다.

내부 또한 외부에 못지않게 고급스럽게 꾸며져 부동산 사장님들조차 그 화려한 인테리어에 혀를 내두른다고 한다. 소문의 소문을 듣고 도그빌라를 매입하려는 사람들이 찾아오지만, 무슨 이유에서인지 매물이 나오지 않아 그 값어치만 계속 오르고 있다.

세상 사람들은 모른다. 도그빌라 입주민들의 정체와 그들만의 은밀한 속사정을. 자신의 실체를 들키고 싶어 하지 않는 사람들이 그들만의 별천지에 모여, 세상에 없는 그들만의 신분제 밑에서 살아가고 있다는 사실을.

도그빌라의 가장 넓은 평형을 차지하고 살고 있는 101호 주민 이열매는 오늘도 그녀가 가장 좋아하는 테라스 정원에 나와 있다. 시원한 에어컨 바람 대신 습기를 머금은 후덥지근한 바람이 불어 오지만 그래도 자연풍은 머리가 아프지 않아 좋다.

새벽 내내 201호 주민이 낸 소음 때문에 숙면을 취하지 못한 탓에 그녀의 눈 밑에는 시커먼 다크서클이 자리 잡고 있다. 그녀는 따사로운 햇볕과 물기를 머금은 채 싱그러운 자태를 뽐내고 있는 소나무를 부러운 눈으로 바라보며 물을 주고 있다. 나무에게조차 있는 생기가 자신에게만 없는 것 같아 그녀는 불쑥 자신의 신세가 한탄스러웠다.

"손주며느님, 쏘리. 톡을 지금 봤어. 호호."

머리 위에서 하이톤의 목소리가 들려온다. 열매는 고개를 들어 위층을 바라보았다. 201호 주민인 육전 김민정이 자신의 테라스 정원 위로 빼꼼히 고개를 내밀고 열매를 내려다보고 있다.

열매는 끔찍했던 새벽의 악몽이 떠올랐다.

-아앙, 아아.

-그렇게 좋아?

야릇한 삼류 대사와 원색적인 신음 소리가 천장에서 어두컴컴한 방 안으로 흘러내리고 있다.

-아앗. 자기야, 조금만 더.

-좀 더 조여봐.

-대물, 대물 하더니, 이렇게 대단할 줄이야……. 아앗. 아아악!

여자는 숨이 넘어갈 듯 간드러지게 비명을 질렀다. 헐떡거리는 숨소리와 철썩거리는 마찰음은 고요한 새벽을 후끈하게 달궜다.

신음 소리가 깊어지자 커다란 침대 이불이 요동치기 시작했다. 열매는 참으려 했다. 온몸을 오글거리게 만드는 원색적인 대사와 과장된 신음 소리에 짜증이 나 두 귀를 베갯잇으로 막아보았지만 소용이 없었다. 결국 열매는 이불에 발길질을 날리고는 신경질적으로 일어나 앉았다.

전날 밤에는 301호 주민인 싸정 정희수가 뭐에 심사가 뒤틀렸는지 실연과 이별에 관한 노래를 밤새 서럽게 꺽꺽대서 잠을 못 자게 하더니, 오늘은 201호 주민인 육전 김민정이 요란한 음란물 시청으로 열매를 괴롭히고 있다. 이렇듯 하루도 조용히 지나가는 법이 없는 도그빌라 주민들로 인해 열매는 미치기 직전이다.

지금이 몇 시인 걸까?

열매는 침대 옆 테이블에 놓아두었던 휴대폰을 집어 시간을 확인했다. 시간을 확인한 열매는 위층 육전에게 시끄러우니 소리를 줄여달라고 메시지를 보냈다. 그러나 1분이 지나고 2분이 지나도 메시지를 확인하지 않는 걸 보아, 아주 화면 속으로 깊이 빠져들었나 보다. 그녀의 영화 취향으로 보건대, 한 번 시작하면 최소 세 편이다. 오늘 밤 잠 자긴 글렀다.

열매는 옆자리에 누워 있는 남편을 쳐다보았다. 잠귀가 밝은 편인 그가 저 요상한 소리에도 깨지 않는 게 이상했다. 열매는 잠들어 있는 도윤을 자세히 살펴보았다. 소음 방지 귀마개가 그의 귀를 꽉 틀어막고 있었다.

이 배신자. 이럴 순 없다. 자기 혼자 살겠다고 귀마개를 하고 자? 내 귀는 막귀인 줄 알아? 나도 들릴 건 다 들린다고.

이 개 같은 소굴에 밀어 넣은 당사자이면서도 나 몰라라 하는 남편 도윤에게 열매는 서운한 감정이 들었다. 꽉 쥔 주먹이 부르르 떨렸다. 그때 열매의 기척을 느꼈는지 도윤이 중얼거린다.

"안 자고 왜? 어서 자."

그 말과 함께 그는 넓은 등을 보이며 돌아누웠다. 열매는 답답한 마음에 침대에서 일어나 주방으로 향했다. 싱크대 밑에 넣어둔 소주를 꺼내 식탁 의자에 앉아 한 잔, 두 잔 따라 마셨다. 목으로 알코올이 짜르르 흘러 내려가자 그제야 꽉 막힌 가슴이 조금씩 진정되는 것 같다. 그녀는 이제 하루라도 술을 마시지 않으면 잠을 이룰 수가 없었다.

그렇게 술기운을 빌려 간신히 쪽잠을 청한 열매의 아침이 개운할 리가 없다. 눈꺼풀은 무겁고 머리는 띵하다. 온몸이 물먹은 솜처럼 무겁기만 하다. 고개를 들어 민정을 올려다보는 것만으로도 귀에서 위잉 하는 이명이 들리기 시작했다.

"호호, 새로 구입한 서라운드 스피커의 음질이 그렇게 좋은지 몰랐지. 새벽 시간이라 더 크게 들렸나 봐."

열매와 달리 민정은 넉넉히 물을 머금은 소나무처럼 생생해 보인다. 그런 그녀에게 먹히지도 않을 잔소리를 해서 뭐하나 싶다.

"……다음부터는 조심해주세요."

"오케이."

열매의 말이 끝나기가 무섭게 민정은 고개를 끄덕이며 사라졌다. 민정이 사라지자 위층을 쳐다보던 열매의 시선은 자연스레 아래로 내려왔다. 통유리문 너머로 거실이 보인다.

커다란 거실 한가운데 리클라이너 소파에는 언제나처럼 남편 도윤이 깊숙이 등을 기댄 채 다리를 꼬고 앉아 신문을 읽고 있다. 테이블에는 아침마다 그가 마시는 에스프레소와 토스트가 놓여 있다.

아침에는 밥을 먹어야 그 밥심으로 하루를 버틸 수 있다고 배우며 자란 열매는 도윤의 식습관이 이해가 되지 않았다. 애초에 빵조가리와 쓴 커피 한 잔에 요기가 된다는 것 자체가 말이 안 된다.

졸졸졸. 열매의 손에 들려져 있는 호스에서 끊임없이 물이 흘러나오고 있다. 딴생각에 빠져 소나무 밑동에 물웅덩이가 생기는 것도 모르고 있었다.

띠링, 띠리릭. 도어록의 잠금장치 소리에 열매는 그제야 정신을 차렸다.

"앗, 차가워."

열매는 호스를 잠그고 바지에 묻은 물기를 대충 털었다. 거실로 들어오니 방금 전까지 신문을 보고 있던 도윤이 보이지 않는다. 테라스 정원에서 들은 도어록 기계음은 도윤이 나가는 소리였나 보다. 아무리 정 없이 사는 부부라지만 이럴 때 정말 서럽다. 나간다고 한마디 하는 게 그렇게 어려운 일일까?

그가 마신 커피 잔과 빈 접시를 치우려던 열매는 순간 의아함을 느꼈다. 테이블 위에 신문이 어지럽게 널브러져 있었기 때문이다. 그는 매일 아침 이 자리에서 조간신문을 읽는다. 처음부터 끝까지 꼼꼼히 읽은 후 반듯하게 접어 테이블에 올려놓은 뒤 출근을 하는데, 오늘은 뭔가 이상하다. 불길한 예감이 든다. 열매는 몸을 숙여 신문을 집어 들었다.

<베이비핑거 도두농 전 명예회장, 꽁에서 비공개 결혼.>

조간신문의 헤드라인에 열매는 눈이 휘둥그레졌다.

"겨, 결혼?"

열매는 너무 놀라 자기도 모르게 신문을 쥔 손에 힘이 들어갔다. 신문에 실린 사진 속에는 열매가 잘 알고 있는 한 노인이 한참 어려 보이는 여성과 함께 환하게 웃고 있다. 열매는 입이 저절로 벌어졌다.

"말도 안 돼."

열매는 급하게 기사를 읽어 내렸다.

<일곱 번째 결혼으로 화제를 모으고 있는 도두농 명예회장. 그의 일곱 번째 부인은 서른두 살 연하의 영화배우 서미연으로, 그녀의 손가락에 끼워진 5캐럿의 다이아몬드 반지가 유난히도 빛나고 있다.

'이 나이에 사랑이 다시 시작될 줄 몰랐습니다. 얼마 남지 않은 여생을 미연이와 함께하려 합니다. 축복해주십시오.'

……도두농의 부인들 리스트 공개. 첫 번째부터 여섯 번째 부인까지 결혼과 이혼에 얽힌 풀스토리. 그동안 도두농 명예회장이 전처들에게 지급한 위자료의 액수는 천문학적으로……. 그리고 결혼으로 이어지지 않았던 다섯 번의 약혼과 그에 얽힌 스캔들……>

한 줄 한 줄 읽을 때마다 다리에 힘이 풀려 서 있을 수가 없었다. 열매는 소파에 힘없이 주저앉았다. 도저히 믿기지 않는다. 여섯 번째 부인 김민정과 이혼 소송이 끝난 지 얼마 되지도 않았다. 노망난 게 아닌 이상 일곱 번째 결혼을 벌써 할 리가 없다. 오보일 거라 믿고 싶었지만 남편이 서둘러 집을 나선 이유도 바로 이 기사 때문일 것이다.

<도두농 명예회장의 전처, 약혼녀, 애인들로 구성된 '도둑놈 퇴치 클럽(이하, 도퇴)'의 회원 수가 꾸준히 늘고 있어 화제다. 도퇴

의 회장직을 맡고 있는 네 번째 부인 김씨는 '도둑놈은 사회의 악'이라며 분개하고 있다.>

"허, 헉."

자신도 모르게 짧은 신음들이 튀어나왔다. 시할아버님이 또 대형 사고를 쳤다. 열매는 읽던 신문을 내려놓고 일어났다. 동시에 인터폰의 벨소리가 울렸다. 인터폰에 비친 여성의 얼굴을 확인한 열매는 긴 한숨을 쉬었다.

"다섯 번째 약혼녀……. 오약."

그녀가 무슨 일로 왔을지 짐작이 간다. 한두 번 겪은 일이 아니기에 표정만 봐도 감이 온다. 드디어 올 것이 왔다.

아침 8시 30분. 베이비핑거 로비는 출근하는 직원들로 북적이고 있다. 활기찬 직원들과 달리 베이비핑거 회장 집무실은 검은 아우라가 드리워져 있었다.

집무실 책상 위, 국내 유명 조간신문들이 도윤의 손에 의해 형체를 알 수 없게 구겨지고 있다. 온몸에서 뿜어져 나오는 무시무시한 기운에 비서진들은 진땀을 빼고 있다.

"오보가 아니라 사실이라는 겁니까?"

"네, 회장님. 명예회장님께서 한국 시간으로 오늘 새벽 2시, 괌에서 비밀리에 결혼식을 올렸다고 합니다."

도윤은 화를 참으려 애썼다. 두통과 함께 가슴에 통증이 느껴졌다. 조부가 사고를 칠 때마다 반복되는 고통이다.

"새벽 2시에 결혼이라. 노인네, 잠도 없는지. 그래서 언제 귀국한답니까?"

"저, 그것이, 신혼여행을 가신다고······."

비서실장은 서늘한 도윤의 시선을 애써 피하며 말을 이었다.

"세계일주 크루즈 여행을 할 예정이니 찾지 말라고 하시면서, 손자님이 무서워서 최대한 늦게 귀국한다고 하셨습니다."

"······됐습니다. 이만 나가들 보세요."

도윤의 말이 떨어지기가 무섭게 비서진은 기다렸다는 듯이 꽁무니를 빼며 집무실에서 나갔다. 회장실의 두꺼운 나무 문이 닫히자 그는 두 손으로 머리를 감싸고는 관자놀이를 꾹꾹 눌렀다.

"할아버님, 도둑놈 퇴치 클럽 회원 수를 얼마나 늘리실 생각이십니까."

도두농의 일곱 번째 결혼에 분개하고 있는 건 도퇴 회원뿐만이 아니었다. 도두농의 행동거지 하나하나에 널뛰기하듯 오락가락하는 주가를 주시하고 그에 따른 주주들의 불편한 심기를 다독거려야 하는 사람. 바로 도두농의 손자이자 현재 베이비펑거 회장인 도윤의 충격이 가장 컸다.

도두농의 변덕에 손해를 보는 건 항상 도윤이었다. 그나마 이번 여자는 회사 내에서 찾지 않아서 다행이라고 해야 하나? 어느 날 갑자기 디자인실 김민정 대리가 여섯 번째 새 할머니가 되었던 3년 전 일을 생각하면 도윤은 지금도 아찔하다.

김민정은 결국 1년도 못 살고 '여섯 번째 전처'라는 불명에 딱지를 얻었지만, 그녀는 그 결혼으로 평생 만져보지 못할 큰 재산을 얻었고, 도그빌라 201호의 주민이 되었다. 그리고 이것이 도두농이 이혼을 할 때마다 베이비펑거의 위기설이 나도는 이유이기도 하다. 도두농이 그동안 지급한 위자료만 아니었다면 베이비펑거는 이미 10대 기업에 들고도 남았을 것이다.

주주들의 가장 큰 불만이기도 한 그간 도두농의 엽기 연애 행각들은 생각만 해도 머리가 지끈거린다. 그의 일곱 번째 결혼으로 인해 또다시 주주들과 도퇴 회원들에게 시달릴 생각을 하니 도윤은 벌써부터 가슴이 답답해져왔다.

"악연인 거야."

도윤이 세상에 태어난 그 순간부터 도두농과 그는 악연이었다.

도두농이 처음부터 바람기가 많은 건 아니었다. 그는 열여덟의 나이에 열 살 연상의 손정인을 만나 결혼을 했고, 아들 도성근을 낳아 20여 년의 결혼 생활을 했다. 그때만 해도 도두농은 가정에 충실한 남편이자 아버지였다.

그러나 손정인이 유방암으로 세상을 떠나고, 도두농은 폐인이 되는 것이 아닌가 싶을 정도로 괴로워했었다. 하지만 슬픔은 잠시, 그녀의 죽음 이후 도두농은 수많은 여자들과의 염문을 뿌렸다.

도윤이 태어나던 그 해, 대한민국은 2호선 지하철 개통으로 나라 전체가 축제 분위기였다. 공중파 방송은 개통을 축하하며 지하철이 운행되는 모습을 생방송으로 내보냈다. 바로 그때, 어이없게도 도두농이 회사의 젊은 경리와 지하철에 앉아 희희낙락하며 뽀뽀하는 장면이 생방으로 함께 나갔다.

도두농은 그날로 두 번째 부인의 매서운 칼날을 피해 경리와 사랑의 도피를 시작했고, 두 번째 부인은 그 당시 만삭이었던 며느리, 바로 도윤의 어머니와 동행해서 도두농을 잡으러 나섰다.

결국 도두농을 잡은 곳은 전북 금산면 청도리 모악산 기슭에 있는 사찰, 귀신사(歸信寺)였다. 도두농과 그의 애인은 두 번째 부인에게 머리채를 잡혀 두들겨 맞았고, 싸움을 말리던 어머니는 그 충격으로 산통이 시작되었다. 어머니의 급작스런 산통으로 도두농은 절체절명의 위기에서 벗어났고, 도윤은 산부인과가 아닌 귀신사에서 태어나고 말았다. 그렇게 도윤은 이 세상에 태어난 순간부터 도두농과 악연을 이어왔다.

귀신사의 주지스님은 이것도 다 인연이라 하시며, 귀신사에서 출가하여 통일 신라시대의 명승이 되신 그분의 이름을 따 갓 태어난 그의 이름을 '도윤'이라 지어주셨다.

그 후 도윤은 도두농의 만행을 도 닦는 심정으로 참고 견뎌냈다. 바늘 도둑이 소 도둑 된다는 옛 속담처럼, 점점 대담해지는 도두농의 연애 행각에 도윤은 두 손 두 발을 다 들고 말았다.

띠링- 문자 알림이 울리자 그는 휴대폰의 액정을 뚫어지게 쳐다보았다.

[도윤 님 오늘의 운세 - 큰 어려움에 처할 위험이 예상되며 코앞에 곤경이 들이닥쳐 몸도 마음도 고된 하루가 예상됩니다. 당신의 심기가 편치 못하니 대외 활동을 자제하고 휴식을 취하십시오.]

"쉬어야겠네."

미신을 믿는 건 아니지만 오늘같이 답답한 날에는 지푸라기라도 잡고 싶은 마음에 뭐든 의지하고 싶어진다. 기분 좋자고 보는 운세마저 최악으로 나온 이상 더 이상 버티는 건 무의미했다. 회사에 있어봤자 조부 도두농의 일곱 번째 결혼으로 시끄럽기만 할 테니, 일을 일찍 마무리하고 집에 들어가 쉬기로 마음먹었다.

도그빌라 101호 거실은 8월의 폭염 속에서도 북극에 온 것처럼 싸늘했다. 천장에 설치된 에어컨은 최신형이라는 이름에 걸맞게 온몸에 소름이 돋도록 시원한 바람을 뿜어내고 있다. 하지만 이 공간의 주인인 이열매는 그 시원함을 느끼지 못하는 듯하다. 연신 커다란 부채를 펄럭거리며 맞은편에 앉아 있는 신파 속 여주인공을 시큰둥하게 쳐다보고 있다. 여자의 커다란 눈은 눈물을 가득 머금고 있고, 여인의 손길이 스칠 때마다 테이블 위에는 소복하게 휴지가 쌓여가고 있다. 티슈 한 통을 다 쓸 생각인지, 야리야리한 여성은 연신 눈물을 닦고 코를 풀어대고 있다. 열매는 팽 하는 소리가 날 때마다 펄럭이는 휴지를 보며 하품이 나오는 걸 간신히 참고 있다.

"⋯⋯그와 헤어지고 싶지 않아."

"얼마면 되는데요?"

열매는 시큰둥하게 말했다. 시간이 지날수록 위가 콕콕 쑤셔와 시원한 콩나물국 생각이 간절하다. 앞의 진상녀가 사라져야 콩나물국이든 북엇국이든 해장을 할 수 있을 텐데, 그녀는 도무지 갈 생각은 않고 서글피 통곡만 하고 있으니 슬슬 짜증이 나기 시작했다.

"내가 돈 때문에 그러는 줄 알아? 난 그이를 사랑한다고."

여자는 두 손에 얼굴을 묻고 서러운 울음을 터뜨렸다. 전에 왔던 여자는 눈물을 흘리자마자 눈두덩이 시커먼 판다로 변했지만, 이번 여자는 번짐 하나 없는 걸 보니 워터프루프 아이라이너와 마스카라를 썼나 보다. 열매는 실연당해 우는 여자를 앞에 두고 감정이입은커녕 화장품 종류나 따지게 되는 이 상황이 도무지 견딜 수가 없다.

"아, 뭐야. 여기 분위기 왜 이래?"

온몸에 명품을 휘감은 201호 주민 김민정이 진한 향수 냄새를 풍기며 등장했다. 열매는 그녀의 등장에 한숨이 절로 나왔다. 얼마 전 바꾼 비밀번호는 또 어찌 알고 제집 드나들듯 들어오는 걸까.

"오셨어요?"

"응. 배고파서 밥 좀 얻어먹으려 왔는데, 신파 영화가 상영 중이었네. 내 취향은 에로라 신파를 보면 강제 종료시키고 싶어져."

이런 장면이 대수롭지 않은 듯, 민정은 털썩 소파에 주저앉았다.

"어이, 그만해. 이 집에 너 같은 애 한두 명이 와서 울고불고 난리 피운 줄 알아? 이제는 이골 난다."

"넌 누구야?"

화려한 복장을 한 민정의 등장에 울고불고하던 여인은 언제 그랬냐는 듯 날 선 경계의 목소리를 냈다.

"너 여기 와서 이래봤자 소용없어. 자고로 누울 자리를 보고 다리를 뻗는다고. 오약, 너는 딱 봐도 아웃이야."

상대방이 가소롭다는 듯 민정은 손으로 목을 긋는 시늉까지 하며 말했다.

"오약?"

"다섯 번째 약혼녀의 줄임말이잖아. 일일이 다 설명을 해줘야 하나. 아무튼 오약, 여기 손주며느님에게 받고 싶은 게 있으면 빨리 챙겨. 우리 윤이 손자님 퇴근해서 오면 그나마 국물도 없으니까."

"네가 뭔데 이래라저래라……."

"나? 육전이다."

"육전?"

"휴우. 여섯 번째 전처라고. 그래서 넌 안 되는 거야. 적어도 도둑놈과 결혼을 하고 싶었다면 그 전처들과 그들이 서로를 지칭하는 닉네임 정도는 상식적으로 알고 있어야 하지 않아? 하긴 그걸 알았다면 도둑놈의 취향을 알 수 있었을 테고, 그랬다면 여우 같은 서미연에게 그 자릴 빼앗기지 않았겠지."

서늘한 민정의 말투에 오약의 기가 한풀 꺾였다. 그런 그녀를 보며 민정은 피식 웃었다.

"이봐, 오약. 아직 멀었네. 그냥 이번 기회에 도퇴클럽이나 가입해봐. 가입해서 도둑놈에게 위자료 왕창 뜯는 노하우나 선배들에게 전수받아."

정신 못 차리고 사랑 타령이나 하던 그녀에게 민정이 명함을 내밀었다.

"그대는 그래도 약혼까지 갔으니 루비로 바로 등업되겠네."

"도퇴클럽은 뭐고, 루비는 뭔…… 데요?"

"어머, 오약. 도퇴클럽을 모른단 말이야? 리얼리? 어디서부터 설명을 해줘야 하나?"

민정이 놀랍다는 듯 두 눈을 동그랗게 뜬다. 그녀의 행동에 열매는 어이가 없어 피식 웃음이 나왔다. 도둑놈 퇴치 클럽. 일명 도퇴클럽은 그 이름을 듣기만 해도 경기가 날 것 같다. 얼핏 들으면 다단계 회사 같은 도퇴클럽은 그녀의 시할아버지 도두농의 무분별한 연애 행각의 결과물이다.

최고 등급인 '명예의 전당'에는 도두농의 부인들 중 고인이 되신 첫 번째와 세 번째 전 부인이 입성해 있다.

그 밑으로 첫 번째이자 최고의 실세인 '다이아몬드' 등급은 법적으로 결혼을 했던 자들에게 자격이 주어진다. 다이아몬드 등급 회원은 여섯 번째 전처 민정을 제외한 나머지 세 명의 전처들로 구성되어 있다. 민정은 구질구질하고 폼이 나지 않는다며 가입을 거부했기 때문이다. 여기서 가장 오랜 시간 법적으로 묶여 있었던 네 번째 전처 김옥희가 토퇴클럽의 회장직을 맡고 있다.

두 번째 '루비' 등급은 약혼녀들에게 주어지는 자격이며, 세 번째 '사파이어'는 스캔들 기사가 한 번이라도 터졌던 애인들. 네 번째 '진주'는 사귀었으나 크게 주목을 받지 못했던 자들. 다섯 번째가 '에메랄드' 등급인데, 이 등급의 여자들이 가장 문제다. 도두농에게 성추행을 당했다고 집단 소송을 준비 중인 다양한 계층의 여자들로, 열매는 에메랄드만 생각하면 머리가 지끈거리고 없던 혈압까지 솟구쳐 오른다.

"여기 가입하면, 훌쩍, 정말 위자료를 많이 받을 수 있나요?"

"그럼! 달리 선배들이겠어? 여기서 울고불고하는 것보다 훨씬 많이 받을 수 있을 거야. 회원 중에 변호사도 있으니까 잘 상의해 봐. 콩고물이 꽤 떨어질 거야."

"그렇다면 여기서 이럴 필요가 없겠네. 땡큐-"

언제 울었냐는 듯, 오약은 회심의 미소를 지으며 일어났다. 너무도 도도하게 걸어 나가는 모습에 열매는 기가 막혀 입이 다물어지질 않는다. 이제 도퇴클럽 회원이 한 명 추가되는 건 시간문제였다.

"더 이상 살 수가 없어."

시간이 지날수록 회원 수가 늘어나는 도퇴클럽이 대한민국에 존재하는 한, 열매는 절대 평화를 얻을 수 없다고 판단했다.

"시할아버님의 여자들을 왜, 내가 정리해야 하는 거지?"

"어? 오늘 오약 정리는 내가 했는데?"

민정이 눈을 과하게 깜박이며 열매를 쳐다본다. 열매는 터질 듯한 화를 간신히 참으며 검지로 천장을 가리켰다.

"육전님, 위층으로 올라가시죠."

어젯밤 에로영화 소음의 주인공인 201호 '육전' 김민정. 그녀는 열매와 같은 도그빌라 주민이다. 더불어 301호 '사전' 김옥희와 그의 딸 '싸정(싸이코 정희수)'을 포함, '이전'과 '오전'도 도그빌라 주민이다. 이렇듯 세상 사람들이 모르는 도그빌라의 비밀은 바로 이곳 주민들이 도퇴클럽의 회원들, 즉 도두농의 전처들과 그 가족들의 소굴이라는 거다.

"참을 만큼 참았어. 더 이상은 못해."

열매는 이를 악물고 일어났다.

열매가 도두농의 손자와 결혼해 처음 이곳에 들어왔을 때는 이곳 주민들의 실체를 몰랐다. 도그빌라가 전처들 입막음용, 위자료 지급 용도로 쓰이는 곳이라는 것을 미리 알았더라면, 도그빌라에서 신혼생활을 시작하는 실수를 저지르지 않았을 것이다. 생각만으로도 저절로 손에 주먹이 꽉 쥐어진다.

희대의 카사노바 도두농. 이 망할 색골 변태 영감탱이로 인해 자신의 아까운 청춘이 소비되고 있다. 도두농이 한 번씩 사고를 칠 때마다 밖으로는 도윤이, 안으로는 열매가 사고를 수습하러 뛰어다니느라 두 사람은 서로의 얼굴 보기도 힘들 정도다. 오늘 같은 일들이 언제까지 계속 반복될지는 아무도 모른다. 열매는 자신의 미래가 보이는 듯하다. 도윤과 보낸 지난 3년처럼, 앞으로도 시할아버지의 여자들을 정리하면서 대부분의 시간을 보내겠지. 열매는 무언가 결심한 듯한 비장한 표정으로 휴대폰을 들고 전화를 걸었다.

"거기 '잘 싸요, 이삿짐센터'죠? 20분 내로 와서 두 시간 내에 이사 완료시키면 견적의 따불로 드리겠습니다. 장난 전화 아니니 안 된다면 미리 말씀해주세요. 다른 업체를 찾아야 하니까요. 물론 하시는 거 봐서 따따불도 가능합니다만. 네? 바로 오신다고요? 여기 청담 도그빌라 101호입니다."

민정은 열매의 전화 통화를 흥미진진하게 듣고 있다. 그녀는 도두농의 일곱 번째 결혼과 오약의 신파극보다 열매의 행동이 더 재미난지 연신 감탄사를 외치고 있었다.

열매는 평소 준비해두었던 서류를 챙겼다.

"어머, 우리 손주며느님 이혼하게? 와, 대박이겠다. 할아버지 일곱 번째 결혼식날 손자는 이혼당하다. 어머, 어머, 이거 해외토픽 감이야. 호호호호."

"재미있으십니까, 육전님?"

서늘한 열매의 말투에 민정이 흠칫하고는 어색한 표정을 지었다.

3년 전, 도윤에게 눈이 멀어 그와 살 수만 있다면 지옥의 불구덩이라도 들어갈 수 있다고 생각했었다. 하지만 사랑의 힘으로 무엇이든 견뎌낼 수 있을 거라는 생각은 열매만의 착각이었다. 시할아버지는 여심을 녹이는 재주가 뛰어나 새파랗게 젊은 여자들이 울고불고 난리건만, 그 손자는 누구를 닮았는지 목석이 따로 없다.

어떤 스님의 이름을 따서 도윤의 이름을 지었다 하더니, 도윤은 무슨 수련을 쌓는 건지, 아님 지가 정말 스님인 줄 아는 건지, 돌부처도 그런 돌부처가 없다. 도두농과 도윤 주변의 여자들도 문제였지만, 3년 동안 자기를 소 닭 보듯 하는 도윤의 무관심은 열매를 더 힘들게 만들었다. 오죽하면 열매가 도윤을 남몰래 고자라고 부르겠는가. 아무리 조부의 바람기에 질렸다고 하지만 남자라면 기본적인 욕구가 있을 텐데, 도윤에게 그런 것을 바라다간 늙어 죽을

지도 모른다. 과부 수절하는 것도 아니고, 조각상 같은 남편을 바라보기만 하며 수많은 밤들을 허벅지 꼬집으며 인내심 시험하는 거, 이제 졸업하고자 한다.

성(性)적 차이도 이혼 사유다.

8월 한낮의 햇볕은 땅을 딛고 서 있는 것만으로도 오븐 안에 들어온 것 같은 착각이 들게 한다. 쏟아지는 열기에 뇌가 젤리처럼 흐물흐물 녹아내리고, 연신 흘러내리는 땀으로 인해 온몸의 수분이 다 빠져나가 몸은 마치 좀비가 된 것 같다. 열매는 생수병의 뚜껑을 열고 물을 벌컥벌컥 들이마셨다. 아지랑이처럼 피어오르는 열기를 바라보며, 도그빌라의 성능 좋은 에어컨을 떠올렸다. 3년간의 결혼 생활을 마감하며 가장 아쉬운 게 에어컨이라는 사실이 조금 씁쓸했다.

열매는 조모 금광희가 유산으로 남겨준 금광빌딩에 와 있다. 대로변과 가깝지 않아 임대도 안 되는 낡은 4층짜리 건물이지만 금광빌딩은 그녀에게 소중한 보물이다. 4층은 할머니가 생전에 살림을 하던 곳으로, 이젠 열매가 살 소중한 공간이기도 하다. '잘 싸요' 직원들이 땀을 뻘뻘 흘리며 이삿짐을 옮기는 사이, 열매는 건물을 둘러보았다. 3층에는 손님이 하나도 없는 '왕자배 헬스장'이 있고, 2층은 오랫동안 임대가 나가지 않아 폐허처럼 되어버렸다. 1층마저도 한쪽은 '임대'라는 플래카드가 붙어 있고, 다른 한쪽은 파리만 날리는 백반집 '노다지 식당'뿐이다. 아무리 봐도 건물 임대료만으로는 생활이 불가능해 보인다.

"위자료라도 듬뿍 받고 나왔어야 했나?"

하지만 그러기엔 자존심이 상했다. 도윤의 무관심을 참아가며 3년 동안 살았던 게 고작 돈 때문이라고 하면, 시할아버지의 도퇴 클럽 회원들과 다를 바가 없을 것이다.

"위자료는 당연 청구해서 받아야지. 설마 안 받을 생각은 아니겠지? 손주며느님이 살던 도그빌라가 반땡만 해도 얼마인 줄 알아? 시가가, 음……."

"육전님은 여기까지 왜 따라오셨어요?"

열매는 팔짱을 끼고 시큰둥한 표정으로 민정을 쳐다보았다. 이마에서 흐르던 땀이 눈 안으로 들어갔는지 눈이 따끔거린다. 열매는 이미 땀으로 흥건한 손수건을 들어 조심스레 눈가를 콕콕 눌러 닦았다. 땀을 닦는 순간에도 땀방울은 연신 흘러내리고 있다.

"몰라서 그래? 사실 내가 오늘 기분이 얼마나 안 좋겠어? 도둑놈이 도둑장가를 들었는데. 그 인간이 계집질을 할 때마다 내 이름이 언론에 오르락내리락하는데, 휴우, 그 인간, 부서뜨리고 싶다."

민정의 입장도 이해 못하는 건 아니지만, 열매는 모든 게 귀찮았다. 그저 빨리 이삿짐 정리가 끝나서 좀 편하게 쉬고 싶을 뿐이다.

"위자료 그만큼 받았으면 됐지, 또 뭘요."

"위자료가 문제가 아니지. 내 청춘, 내 청춘 어떻게 할 거야. 손자며느님도 손자님에게 질려서 나온 거잖아. 그 반반한 얼굴과 그 기럭지에 안 반할 여자가 없다니까. 늙어빠진 도두농도 여자가 끊이지 않는데 우리 손자님은 오죽할까. 내가 우리 손자며느님 마음고생 한 거 다 안다니까."

민정은 정곡을 찔려서인지 흥분해가며 말을 이었다.

"차라리 바람이 나을지도……."

"어머, 무슨 그런 망언을?"

민정이 놀란 표정으로 열매를 쳐다보았다. 하지만 열매는 입을 굳게 다문 채 이삿짐만 바라보고 있었다. 마지막 짐이 사다리차에 실려 올라간다. 그 머릿속은 온통 빨리 집안으로 들어가서 에어컨을 틀고 쉬고 싶다는 생각뿐이다. 비록 20년이 지난 구식 스탠드형 에어컨이지만 이런 폭염에는 에어컨이 있다는 것만으로도 위안이 되었다.

"안 가세요?"

"손자며느님도 없는 집 가서 뭐해. 아무도 없는데……. 나 그냥 여기서 살래. 보니까 임대료도 안 나올 것 같은데, 내가 생활비 댈게. 우리 손주며느님 없으면 밥도 못 먹는데……."

"여기까지 와서 저보고 육전님 끼니를 챙기라고요?"

"아니 그게 아니라, 혼자서 밥 먹는 게 외롭다는 거지. 우리 외로운 돌싱들끼리 상부상조하면서 살자. 그리고 내가 누누이 말하지만, 여자는 꾸미기 나름이야. 우리 손주며느님은 요즘 애들 같지가 않아. 나와 함께 더 멋있는 사람을 만나자."

민정이 손을 잡으며 그렁그렁한 눈으로 열매를 쳐다보았다. 열매는 그런 민정의 손을 살며시 놓으며 코웃음을 쳤다.

"저 오늘 집 나왔는데요? 벌써부터 남자는……."

"무슨 소리. 우리는 도씨 집안 남자보다 더 멋지고 돈 많은 남자를 사냥해야 해."

"육전님이나 하세요."

"손주며느님, 같이 들어가."

집 안으로 들어간 열매는 풍선 바람 빠지는 소리를 내며 간신히 바람을 뿜고 있는 에어컨 앞에 자리를 잡고 앉았다. 에어컨보다 더 오래돼 보이는 낡은 선풍기도 머리를 털털거리며 힘겹게 돌아가고 있다. 열매는 바람의 세기가 시답지 않은지 그 앞에서 연신 부채질을 하고 있다.

"역시 이사한 날은 자장면이야."

짐이 어느 정도 정리되자 거실 한복판에 신문지가 깔렸다. 신문지 위에는 자장면, 탕수육, 양장피가 세팅되었다. 먹음직한 음식을 바라보는 민정의 표정에는 생기가 돌고 있다.

"신문지는 굳이 안 깔아도 되는데. 식탁 두고 무슨 청승인지."

"어머, 모르는 소리. 뭐니 뭐니 해도 신문지 깔고 먹는 중화요리가 최고야. 자, 한 잔 더 받아."

민정이 소주병을 내밀자 열매는 시큰둥하게 잔을 들었다. 소주잔에 술이 차자 민정은 만족스런 표정을 지었다.

"나, 이해가 되지 않아. 도둑놈의 엽기 연애 행각이 하루 이틀도 아니고, 손주며느님이 짐 싸서 나올 것까지는 없잖아. 윤이 손자님이 무슨 죄를 졌다고."

도윤의 이야기가 나오자 열매는 술이 급하게 당기는 모양이다. 잔을 입 안으로 가져가 한번에 털어 넣었다. 찌르륵 목구멍을 타고 알코올이 내려간다. 민정이 열매의 빈 잔에 소주를 따라준다.

"부부 일은 당사자만이 알지요."

"도두농 여자들 때문이라면 도그빌라에서 이사 가면 되잖아. 윤이 손자님도 그 정도는 해줄 텐데……."

"이사 간다고 해결될 문제인가요. 밤일이 안 되는데. 휴."

열매는 또다시 소주를 한입에 털어 넣고는 한숨을 내쉬었다.

"에이, 설마. 농담이지? 호호."

민정은 농담하지 말라는 듯 손을 내저으며 웃었다.

"농담 아닌데요."

"설마, 한 번도 부부관계를 안 했다? 뭐 그런 말도 안 되는…….
그거 아니지?"

민정은 못 믿겠다는 듯 눈이 휘둥그레졌다. 열매는 대답 대신
한숨을 길게 내쉬며 빈 잔에 소주를 따랐다.

"세기의 바람둥이 도둑놈의 손자가 그게 안 되다니. 이거야말로
해외 토픽감이야."

"가동이 되는지 안 되는지는 확인을 안 해봐서 모르죠."

도윤을 생각하니 속에서 열이 치밀어 오른다. 열매는 벌떡 일어
나 에어컨의 온도 조절을 위해 버튼을 반복해서 눌렀지만, 바람은
여전히 미지근했다. 당장 에어컨을 바꾸든가 해야지, 열불이 나서
살 수가 없다.

"말도 안 돼. 도둑놈이 자기 손자는 하루에 세 번, 아니 다섯 번
도 가능할 거라 했단 말이야!"

민정의 목소리 톤이 높아졌다.

"네? 무슨 근거로 그런 말씀을?"

"도윤 손자님이 태어난 귀신사에 석수가 있는데, 아주 늠름한
남근석이래. 그 기운을 받고 태어나서 그런지 태어난 순간부터 그
물건이 남달랐다고 하던데."

민정은 두 손으로 원을 그으며 대충 이 정도일 거라며 공중에다
그림을 그리기 시작했다. 열매가 확인도 안 되는 루머일 뿐이라며

콧방귀를 뀌자, 민정은 열을 올려 달변을 토해내기 시작했다.

"그 당시 갓 태어난 신생아라고 하기엔 뭐랄까, 유난히도 그 물건이 컸다고 도둑놈이 부러워했단 말이야."

"그러면 뭐합니까. 저는 한 번도 보지 못한 그림의 떡인 것을."

열매는 비어 있는 소주잔에 소주를 가득 따른 후 입으로 가져갔다. 입 안에 머무는 알코올이 오늘따라 달콤 씁쓸했다.

"손주며느님, 모델 뺨치는 도윤 손자님을 두고 3년 동안 뭐 했는데? 술을 먹이면서 포르노를 보든지, 비아그라를 먹이든지, 야한 슬립을 입고 스트립쇼를 하든지, 무슨 수를 써서라도 유혹을 했어야지."

"그랬다면 가능했을까요?"

"아휴, 답답아. 정 안 되면 나한테 물어나 보든지. 내가 그 방면에 선수야, 선수."

민정은 답답한지 가슴을 쳤다.

"흥, 그 선수님도 저희 관계에 일조하셨지요, 아마."

"손주님 부부관계 안 되는 게 나랑 무슨 상관?"

"벌써 3년 전 일을 잊어버렸다고 하면 안 되지요."

"3년 전?"

민정이 정말 모르겠다는 듯 과하게 눈을 깜빡이자 열매는 한숨을 깊게 내쉬었다.

"3년 전 그 잘난 도윤, 당시 사장님과 제가 결혼을 한 바로 그날, 도두농 회장님이 디자인실 김민정 대리와 사랑의 도피를 하셨고, 김민정 대리의 아버님이 베이비펭거 회사의 모든 집기를 때려 부수며 난리를 피웠었지요."

그때부터 인생이 가시밭길이었다. 급하게 잡은 결혼 날짜라 도윤은 휴가를 오래 받지도 못했었다. 신혼여행은 속초에 위치한 SJ리조트 단독 풀빌라로 갔었다. 사실 그와 함께였기에 열매는 국내라도 상관없었다. 그와 함께 있다는 것이 중요했고, 꿈같은 신혼 첫날밤을 기대했다.

풀에서 수영을 하고 있는 도윤의 몸매는 가히 예술이었다. 수영을 끝내고 나오면서 머리의 물기를 수건으로 닦아내는 모습은 영화에서나 볼 수 있는 그런 장면이었다. 손을 뻗으면 그의 몸에 손끝이 닿을 듯 말 듯 했다. 그의 몸을 가리고 있는 건 자그마한 수영 팬티뿐. 그 장애물만 없애면 되는 거였다.

열매의 시선이 음흉하게 변하려는 순간, 썬베드 옆 테이블에 올려놓았던 그의 휴대폰이 울렸다. 그렇게 그는 신혼 첫날밤임에도 불구하고 회사의 긴급 호출에 한걸음에 달려가 사고를 수습했다. 열매는 그날 일을 회상할 때마다, 도윤의 휴대폰의 전원을 미리 끄지 못한 자신의 손가락을 원망했다.

"호호호호, 난 기억이 안……."

"김민정 대리님의 아버님이신 베이비펑거 패턴실의 김일두 실장님께서 아주, 아주 열 받으셔서 엄청 커다란 가위를 들고 도둑놈 거시기를 자르겠다고 휘두르시어 경찰이 출동하고 난리도 아니었는데, 기억이 안 나시면 안 되지요. 그 일로 도두농 회장님이 김 실장님에게 거시기 잘릴 게 무서워 베이비펑거 회장직을 사임하시고 명예회장님으로 남으신 걸로 알고 있습니다만."

김일두 실장은 그 일로 사직서를 제출했었다. 하지만 도두농이 무서워하는 유일한 사람이라는 이유로 사직은 보류되었다. 도윤이 그를 회사에 붙잡아두기 위해 연봉협상까지 했다는 소문도 있었다. 도윤의 직감이 맞았는지, 그 이후로 도두농은 회사 내에서 다시는 여자를 찾지 않았다.

"……미안하다. ……기억났다. 쿨럭, 쿨럭, 컥."

열매의 서늘한 눈빛에 민정은 헛기침만 해댔다.

"우리 아빠 취미가 가위 수집이라 평범하지 않은 가위들이 많긴 해. 특히, 그날 아빠가 휘둘렀다는 20인치 가위는 웬만한 나뭇가지도 한 번에 싹둑 자를 수 있는 성능을 자랑했었지. 도둑놈, 그날 우리 아빠에게 걸렸다면 바로 고자 됐을 거야."

민정이 두 손으로 정원의 나뭇가지를 자르듯 가위질하는 흉내를 내며 고개를 끄덕였다.

"미안해. 의도한 바는 아니었지만 손주며느님의 가슴 아픈 결혼 생활에 일조를 해서."

"육전님 잘못만은 아니지요."

아무리 큰 사건이라 하더라도 일생에 한 번뿐인 신혼 첫날밤이다. 신부만 혼자 남겨두고 서울로 올라간 도윤에게 열매는 실망했었다. 물론 그들이 불같은 사랑을 해서 결혼한 건 아니지만, 남자라면 기본적인 욕구가 있을 텐데 자신이 그에게 여자로서 그 정도도 안 된다는 사실에 서글펐다.

부채를 아무리 세게 흔들어도 열기가 사라지지 않자 그녀는 냉장고로 돌진했다. 냉동실을 열어 커다란 아이스크림 통을 꺼내서는 뚜껑을 열고 퍼먹기 시작했다. 커다란 밥숟가락으로 아이스크림을 푹푹 퍼먹는 열매를 보며 민정이 한소리 했다.

"손주며느님, 내가 이런 말 하긴 뭐하지만, 그 아이스크림 그랜드 사이즈 아니야? 여러 가지 맛이라면 이해를 하겠는데, 베리베리 스트로베리 한 가지 맛이라니. 질리지 않아? 난 파인트도 반을 못 먹는데."

"베리베리 스트로베리는 아무리 먹어도 질리지 않고, 스트레스를 받으면 이 정도는 먹어줘야 해요."

"뭐, 손주며느님 덩치에 그 정도야 거뜬하겠지만……."

80킬로그램이 넘는 열매의 우람한 체중을 보며 민정은 말끝을 흐렸다.

"하고 싶은 말씀이 뭔데요?"

"내 말 고깝게 듣지 마. 인생의 선배로서 조언하는 거니까. 손주며느님, 내가 도와줄게 살 빼자. 살을 빼면 남자의 밤일 횟수가 달라진다."

"이제 남편도 없는데 상관없지 않을까요?"

열매는 입 안 가득 넣은 아이스크림을 녹여 먹으며 시큰둥하게 말을 받았다.

"세상에 남자는 도윤뿐이 아니야. 이 언니만 믿어."

민정은 열매의 손을 덥석 잡았다.

"윤이 손자님과 헤어진 마당에 할머님이니 손자며느님이니 하는 호칭 다 버리고, 그냥 언니 동생 하면서 말 놓고 지내자. 우리가 핏줄로 엮인 것도 아니고. 응?"

"저야 상관없지만…… 육전님이 괜찮겠어요?"

"손주며느님도 알다시피 도둑놈하고 결혼하면서 아빠한테 절 연당하고 친구들 연락도 끊겼어. 세상이 날 보는 시선은 꽃뱀 아니면 김치년이잖아. 우리 서로 의지하고 살면서 도씨들 기를 꺾을 멋진 남자를 만나자고."

열매와 도윤의 가슴 아픈 결혼생활에 민정이 한몫 거들긴 했지만 원래 두 사람의 결혼은 첫 단추부터 정상적이지 않았다.

3년 전 베이비핑거 창립 기념 파티날, 급소를 가격당하고 바닥에 누워 있던 도두농을 대신해 사과를 하던 도윤의 입에서 보상 이야기가 나오자마자 열매는 자신이 원하는 건 오직 '당신과의 결혼'뿐이라는 얼토당토않는 말을 내뱉었다. 거절당할 때 당하더라도 한 번쯤은 그에게 대시를 해보고 싶었기 때문이었다. 그래야 지긋지긋한 오랜 짝사랑에서 벗어날 수 있을 테니까.

하지만 며칠 뒤 그에게 나온 말은 거절이 아니라 동의였다. 이해할 수 없는 단서가 붙은.

'저에게 필요한 건 여자가 아니라 아내입니다.'

'같은 말 아닌가요?'

'틀립니다. 그래도 괜찮다면 그 결혼이란 거, 해봅시다.'

그가 결혼을 수락했을 때, 열매는 그와 결혼을 할 수 있다는 사실만으로 감격해서 여자가 아니라 아내가 필요하다는 그의 말뜻을 제대로 이해하지 못했다. 그가 내민 결혼계약서도 단지 형식적인 거라고 단순하게 생각했었다.

이제 와 돌이켜보니 열매는 자신이 이용당한 게 아닐까 하는 생각이 들었다. 도윤이 자신을 선택한 이유가 혹시 그에게 접근하는 여자들과 도두농의 여인들을 퇴치하기 위한 게 아니었을까? 그가 도그빌라가 어떤 곳인지 몰랐을 리가 없다. 그 악의 소굴에 자신을 처넣을 때부터 어쩌면 그는 열매를 여러모로 이용할 의도였을지도 모른다.

어쨌든 그의 선택은 탁월했다고 해야 할까? 열매는 우람한 팔뚝으로 3년 내내 도두농과 도윤에게 접근하는 여자들을 가볍게 제압해왔다.

"휴우."

생각할수록 온몸에서 천불이 난다. 열매는 또다시 커다란 숟가락으로 아이스크림을 듬뿍 펐다. 한입 가득 넣으니 입 안이 얼얼할 정도로 차가웠다. 아찔할 정도로 차가운 딸기맛에 끓어오르던 온몸의 열기가 서서히 가시는 듯한 착각이 들었다.

도윤은 오랜만에 초저녁에 퇴근해 집에 들어왔다. 하루 종일 창문을 닫아둔 집안은 후덥지근한 열기로 가득 차 있었다. 평소 같으면 열매가 현관 입구에서 그의 옷을 받아주고는 하루 종일 무슨 일이 있었는지 종알거렸을 것이다. 하지만 오늘은 열매가 보이지 않는다. 직감적으로 조부의 사고 때문에 무슨 일이 있었구나 싶었다. 도윤은 관자놀이를 누르며 거실로 천천히 발을 옮겼다.

거실이 텅 비어 있다.

오늘 아침만 해도 거실 한복판에는 기다란 리클라이너 가죽 소파가 있었고, 그 소파에 앉아 신문을 읽었었다. 맞은편 벽을 장식하고 있던 커다란 벽걸이 TV도 형체조차 없이 그저 자국만이 남아 그를 비웃듯 쳐다보고 있다. 온전하게 남아 있는 건 드레스룸에 걸려 있는 그의 옷들과 그의 서재뿐이었다.

서재로 향한 도윤은 의자에 앉아 에어컨 버튼을 눌렀다. 머리 위로 시원한 바람이 쏟아져 내려왔지만 머리끝까지 오른 열기는 쉽게 가라앉지 않았다. 책상 위에는 보란 듯이 누런 서류 봉투 하나가 덩

그러니 놓여 있었다. 그는 서류 봉투를 집어 내용물을 꺼내보았다.

"이혼 서류?"

시뻘건 도장이 쾅 찍혀 있는 이혼 서류다. 이혼 서류 위에는 노란 포스트잇이 한 장 붙어 있었다. 포스트잇에 적혀 있는 내용을 본 도윤은 어이가 없었다.

<Fuck you! 이 도둑놈보다 못한 고자야. 잘 먹고 잘 살아라!>

가운데 손가락을 치켜 든 손 그림이 진한 사인펜으로 그려져 있다. 그림에 불과한 세 번째 손가락이 유난히도 길고 또 진해 보였다. 도윤은 포스트잇을 보고 또 보았다. 그가 알고 있는 열매라면 절대 그에게 이런 메시지를 남길 리가 없다. 얼굴에 온몸의 피가 몰리는 것처럼 화끈거리고 가슴 한편이 답답해져 온다. 그제야 알 수 있었다. 이열매가 집을 나갔다. 사랑이 배제된 계약 결혼의 말로다.

"노인네는 일곱 번째 결혼을 하고, 부인은 이혼 서류만 남기고 사라졌다?"

도두농의 난잡한 여성 편력을 보며 자란 도윤은 그에 대한 반작용으로 여자에게 관심을 갖지 않았다. 기피증처럼 두드러기가 나거나 하지는 않았지만 딱히 여자가 사랑스럽다거나 좋고 느낄 수 없었다. 결혼에 대해서 생각해본 적이 없었지만, 육체적인 관계를 요구하거나 사랑을 강요하지 않는 여자라면 결혼을 해도 괜찮겠다고 생각했다.

도윤에게 열매와의 결혼은 비즈니스였을 뿐이다. 당시 도두농이 유일하게 눈치를 보던 이가 열매의 할머니인 금광희 여사였다. 조부의 폭주를 유일하게 막을 수 있을 뿐만 아니라, 그녀의 지분이 있다면 그를 위협하는 사전 김옥희를 견제할 수도 있을 것 같았다.

그렇게 각자 원하는 바가 있어 시작된 관계였지만 결혼 생활 내내 열매는 그에게 충실했다. 소식을 하는 그의 앞에 차려지는 통 큰 밥상은 부담스러웠지만 정성스럽게 차려준 만큼 되도록 식사를 하려고 노력했다. 무뚝뚝한 성격 탓에 따스한 말 한마디를 제대로 건네진 못했지만 그녀의 종알거림이 싫지 않았다. 사람 사는 집 같아서 좋았고, 집에 온기가 돌아 퇴근 후 발걸음이 가벼웠다. 도윤은 자신도 모르는 사이 그녀에게 익숙해져 가고 있었던 것이다.

"다 알고 결혼했으면서 이러는 이유가 뭐야, 이열매."

이 결혼을 먼저 원한 건 이열매다. 계약서에 도장을 찍은 건 전적으로 이열매 본인의 의사에 의한 것인데, 이제 와서 이러는 건 명백한 계약 위반이다. 갑자기 울컥 화가 치밀어 오른다.

도윤은 서재에 앉아 그녀가 던지고 간 이혼 서류를 밤이 새도록 쳐다보았다. 그리고 아침이 되자 그는 서둘러 도그빌라에서 나왔다. 빈 폐허에 홀로 있는 것 같아 숨이 막혀 견딜 수가 없었다.

지하 주차장에 내려오자 낯익은 여인이 보였다. 육전 김민정이다. 그녀가 이 시간에 외출이라니.

"이른 시간인데 어디 가십니까?"

"어, 윤이 손자님."

도윤은 눈을 가느다랗게 뜨며 그녀의 손에 들려져 있는 캐리어를 쳐다보았다. 민정은 도윤의 얼굴을 보고는 화들짝 놀라 손에 들고 있던 커다란 캐리어를 뒤로 감추었다.

"나? 옷 좀 챙기려…… 아니 여, 여행 가려고. 조, 조금 걸릴 거야."

민정은 더듬거리며 변명을 하기 시작했다.

"혹시 부인과 같이 가시는 겁니까?"

"내가 왜? 아, 뭐……."

모르는 척하는 그녀의 얼굴에 거짓말하는 티가 났다. 하지만 그보다 더 도윤의 심기를 불편하게 한 것은 그녀의 눈초리였다.

"보, 보기에는 훌륭한데 왜 가동이……. 쯧쯧, 손주며느님에게 다 들었어. 윤이 손자님에게 그런 아픔이 있었을 줄이야."

그녀는 도윤을 위아래로 훑어보더니 민망하게도 그의 중심부에서 시선이 멈췄다. 노골적으로 가운데를 주시하며 웃음을 참는 듯한 그 표정이 유난히도 거슬렸다.

"윤이 손자님, 병원에 가기 힘들면 할아버님에게 조언을 받으세요. 그 방면은 조부님만한 전문가가 없으니까."

민정의 표정이 심각하게 변하더니 도윤의 손을 덥석 잡았다.

"무슨 말씀을 하고 싶으신 겁니까?"

"난 해줄 말 다했어."

그녀는 새치름한 표정으로 차를 타고 떠났다.

집안의 모든 짐을 싸들고 사라진 이열매, 커다란 캐리어와 함께 집을 떠나는 김민정. 분명 그들이 한통속으로 뭔가 일을 꾸미는 것이 틀림없다.

"이열매, 당신도 이들과 같은 부류였던 걸까."

도윤은 도그빌라에 줄지어 주차되어 있는 외제차들을 바라보았다. 모두 다 도두농의 지갑에서 나온 차들이다. 그녀도 앞에서는 자신에게 사랑한다 말하고 뒤에서는 이익을 챙기는 도그빌라의 입주민들과 같은 속물이었을까?

2. 그냥 부딪쳐볼래

금광빌딩의 임대가 나가지 않는 이유는 건물 맞은편, 잡풀만 우거진 동산과 그곳에 대충 지어진 귀신이 나올 것 같은 오래된 가건물들 때문이었다. 낮에도 그리 좋은 전망은 아니지만 해가 떨어지면 더 으스스한 게, 꼭 전설의 고향, 아니면 살인의 추억을 연상시키곤 했었다. 그렇다 보니 사람들은 돌아가더라도 큰길을 이용했고, 상대적으로 금광빌딩 쪽은 썰렁할 수밖에 없었다.

하지만 최근 이곳에도 커다란 변화가 생겨나기 시작했다. 정신없이 이사를 오느라 열매는 건물 앞의 새로운 광경에 미처 신경을 쓰지 못했었다. 하지만 아침이 되자 온 집안을 뒤흔드는 진동에 그 변화를 알아차릴 수밖에 없었다. 처음에는 전쟁이 일어난 줄 알았다.

마지막으로 금광빌딩에 왔을 때만 해도 이곳은 여전히 음산했었다. 하지만 지금은 쿵쾅거리는 엄청난 소음과 함께 공사가 진행되고 있다.

"하루 이틀도 아니고 시끄러워서 못 살겠네. 흙먼지는 쓸어도, 쓸어도 또 나오고."

1층 노다지 식당의 주인, 노 사장이 가게 앞을 비질하며 연신 구시렁거리고 있다.

"할머님, 안녕하세요. 빗자루 저 주세요. 제가 쓸게요."

이곳 금광빌딩의 시작과 함께 벌써 40년째 이곳에서 식당을 운영하고 있는 노 사장은 열매가 어릴 적부터 봐온 친할머니 같은 존재다. 열매는 노 사장을 보자 할머니 생각이 났다. 그녀는 차오르는 눈물을 참느라 억지로 눈을 깜박이며 노 사장의 손에 들려 있는 빗자루로 손을 뻗었다.

"이제 다했어. 애기 건물주님 보니까 좋네. 여긴 무슨 일로 왔나?"

노 사장은 열매를 보자 환하게 웃었다.

"저 할머니가 사시던 4층으로 이사 왔어요."

"그래? 안 그래도 형님 가시고 사람 사는 곳 같지 않아서 맴이 아팠는데 잘됐네. 근데 애기 건물주야 살던 곳이니 괜찮겠지만, 넓은 집에서만 살던 신랑은 괜찮나 몰라. 신랑도 좋다고 한 거지?"

"저, 혼자 왔어요. 그럴 사정이 생겨서……."

열매가 말끝을 흐리자 노 사장은 더 이상 묻지 않았다. 열매는 금광빌딩 공사 현장을 쳐다보았다.

"가건물들이 없어졌네요."

"광희 형님 돌아가시고 얼마 뒤에 공사가 시작됐지."

할머니가 돌아가시고 나서라면 1년 정도 된 건가? 열매는 할머니가 돌아가시고 나서 할머니 생각이 날까 싶어 금광빌딩을 오지 않았었다. 그사이 동산 위 가건물들은 흔적도 없이 철거되고 그 자리에는 철골이 올라가고 있었다. 대략 보아도 10층은 되어 보이는 커다란 빌딩이다.

"초반에는 정말 심했지. 먼지는 쓸어도 계속 나오고, 귀는 멍하고. 지금은 좀 나아졌어."

"대신 손님은 좀 늘어난 것 같은데요?"

열매는 열려 있는 식당 안을 쳐다보았다. 전에 왔을 때만 해도 단골손님 몇 명을 제외하면 거의 손님이 없었는데 새 빌딩 공사 때문인지 손님들이 꽤 보였다.

"애기 건물주, 난 돈 버는 것보다 조용한 게 좋아."

하루 종일 시끄러운 공사장 소음이 칠순을 바라보는 노 사장에게 반가울 리 없다. 그녀는 참기 힘들다는 듯 얼굴을 찡그리다가 열매를 보며 힘겹게 웃음을 지었다.

"마침 내가 도토리묵을 만들었는데 자시고 가."

"도토리묵이요? 맛있겠어요."

도토리묵이라는 말에 열매는 입 안에 침이 고이기 시작했다. 열매의 표정이 환해지자 노 사장은 빗자루질을 멈추고 가게로 들어갔다. 열매도 그녀를 따라 가게 안으로 들어가 테이블에 앉았다. 노 사장은 주방에 들어가더니 커다란 접시에 소담하게 도토리묵을 담아 내왔다. 열매는 싱긋 웃으며 노 사장이 내민 묵을 하나 집어 입에 넣었다. 돌아가신 할머니가 만들어주던 묵처럼 쫀득한 식감이 입 안에 가득했다.

"맛있어요. 꼭 할머니가 만들어주신 것 같아요."

"형님에게 배운 거니까 그 맛이겠지."

노 사장은 열매가 맛있게 묵을 먹자 만족스런 표정을 지었다. 열매는 묵을 보자 어렸을 적에 할머니를 따라 산에 도토리를 주우러 갔던 일들이 생각났다. 할머니의 도토리 까는 모습에 자신도 하겠다고 덤벼들다 손을 다쳤던 적도 있었다. 묵 가루를 만들기 위해 도토리를 잘게 분쇄해 고운 가루를 내시던 모습과, 묵을 만들면서 냄비에 눌어붙지 않게 나무주걱으로 계속 저으시던 할머니의 뒷모습이 떠올라 도토리묵을 삼키던 목이 갑자기 메어왔다.

"부드러운 묵이라도 물 마시면서 천천히 자시게."

"네, 할머니."

열매는 노 사장이 내미는 물 컵을 받아 마셨다. 그녀가 물을 마시는 모습을 애잔하게 바라보던 노 사장이 조심스럽게 물었다.

"신랑하고 싸운 게야? 부부는 싸워도 한 집에 있어야 되는 거야."

노 사장은 열매가 걱정되는지 표정이 어두웠다.

"그런 거 아니에요. 걱정 마세요."

열매가 씽긋 웃으며 젓가락을 들었다. 흐물거리는 묵을 집으려하니 자꾸 부서지기만 했다.

"우리 광희 형님이 그렇게 반대하는 결혼을 했으면 잘 살아야지. 돌아가시는 순간까지 애기 건물주 걱정을 하셨는데."

노 사장은 도토리묵을 제대로 집지 못하고 부서뜨리기만 하는 열매의 손에 수저를 들려주었다. 돌아가신 할머니도 똑같이 해주셨었다. 열매는 코끝이 찡해지고 눈시울이 붉어졌다. 작년에 돌아가신 할머니는 숨이 멎는 순간까지 열매가 도윤과 맺어진 것도 결국 자신 때문이라 자책하셨다. 도윤은 기억하지 못하겠지만 도윤을 처음 만난 건 열매가 초등학교에 입학할 무렵이었다.

베이비핑거의 주요 주주였던 열매의 할머니 금광희는 매해 베이비핑거의 창립 기념 파티에 초대를 받았다. 유아 용품 회사인지라 볼거리가 많아 어린 열매를 데려가곤 했는데, 그곳에서 열매는 도윤을 처음 보았다.

도두놈 옆에 서 있는 무표정한 남자 아이에게, 열매는 이상하게도 눈길이 갔다. 인형 같은 외모 때문에 많은 사람들의 시선을 받고 있긴 했지만, 열매는 도윤의 생기 없는 얼굴에서 눈을 뗄 수가 없었다.

'어린데 너무 안됐네. 얼마 전, 사장 내외가 사고로 죽었다지?'

'도 회장이 잘 키울 수 있겠어?'

'새할머니에게 구박만 받지 않으면 다행이지. 김옥희 성질이 보통이 아니던데.'

도윤 앞에서는 웃던 사람들이 뒤에서는 가시눈을 하고 수군거렸다. 그제야 도윤에게 자꾸 눈길이 가는 이유를 열매는 알 것 같았다. 도윤의 표정은, 부모님을 잃었을 때 자신의 모습과 같았다.

그렇게 열매는 매해 창립 기념 파티에서 도윤을 찾았다. 해가 거듭될수록 도윤의 외모는 더욱 빛이 났고 많은 어심을 훔쳤지만 열매는 도윤의 얼굴에서 웃음을 한 번이라도 봤으면 좋겠다고 생각했다. 그러다 우연히 그의 웃음을 보게 된 순간, 열매의 짝사랑이 시작되었다. 그녀의 짝사랑은 점점 깊어졌고, 비겁한 방법이었지만 기회가 왔을 때 도윤을 잡았다.

도윤과 결혼을 하겠다고 했을 때 금광희의 반대가 심했지만 열매는 눈물로 호소했다. 열매는 자신 있었다. 그의 무심한 성격은 그저 사랑을 못 받고 자라서 그런 것일 뿐, 근본적으로 나쁜 사람이 아니라고 생각한 것이다. 열매도 부모님을 잃었지만 할머니에게 넘치는 사랑을 받으며 자라온 만큼 자신이 받은 사랑을 도윤에게 나눠준다면 도윤도 마음을 열고 열매를 바라봐주지 않을까 하는 마음이었다.

할머니를 설득 끝에 결국 결혼을 하고, 열매는 진심을 다해 결혼 생활 내내 그를 도우며 그의 눈에 들려고 애썼지만 결국 실패했다.

열매는 도토리묵을 입 안 가득 넣었다. 도토리묵이 부드럽게 입 안에서 맴돈다. 노 사장은 그런 열매의 모습이 대견한지 흐뭇하게 그녀를 바라보고 있다.

그사이 가게 문이 열리고 일행으로 보이는 손님들이 들어왔다. 그중 젊은 남자 한 명이 노 사장에게 다가가며 활기찬 목소리로 말을 건넸다.

"이모님, 점심 식사 됩니까?"

"그럼."

"양 많이 주시는 거 아시죠?"

"그럼. 우리 소장님은 곱빼기지."

남자는 주방으로 향하는 노 사장의 어깨를 주무르며 유들유들하게 말을 이었다. 노 사장은 주방에 들어가 그릇에 반찬을 담기 시작했다.

"역시, 우리 이모님밖에 없다니까."

노 사장이 손님과 대화를 나누는 동안 열매는 다시 도토리묵을 먹으며 회상에 빠졌다. 그런 열매를 남자가 빤히 쳐다보았지만 열매는 알아차리지 못했다.

쿵쿵쿵쿵, 탕탕탕탕, 쿠궁쿠궁-

오늘도 어김없이 금광빌딩 전체가 흔들거리고 있다. 열매는 창 밖의 풍경으로 시선을 돌렸다. 추한 가건물들이 있던 자리에 랜드 마크가 될 웅장한 빌딩이 들어선다. 열매가 보기에도 가건물이 있을 때보다 새 건물이 올라가는 지금이 좋아 보인다.

"나도 바뀌고 싶다."

건물도 그러한데 사람도 마찬가지일 것이다. 불가능하지 않을 것이다. 모든 건 의지의 문제일 뿐.

열매는 새 거처에서 인생 최대의 도전을 시작했다. 살과의 전쟁을 시작한 것이다. 살이 빠지면 인생이 바뀔 거라는 민정의 말도 일리가 있다. 이 세상에 남자가 도윤만 있는 건 아니다. 지긋지긋한 살들과 함께 과거의 악연은 털어내고 새 삶을 살 것이다.

열매는 독하게 마음먹고 3층에 있는 헬스장 연간 회원권을 끊었다. 워낙 낡은 헬스장이라 유명 피트니스 센터에 있는 최신 기구는 찾아볼 수 없었지만 그래도 회원 수가 적은 것이 마음에 들었다. 말 그대로 혼자만의 싸움이 시작된 것이다. 이번에는 성공할 것이다.

열매는 이를 악물고 러닝머신 위에서 뛰고 또 뛰었다. 온몸에 비 오듯 땀이 흐른다. 이마에는 쉼 없이 구슬땀이 흐르고 입고 있는 티도 땀으로 흥건히 젖었다. 눈이 뱅글뱅글 도는 것이 어지럽고, 온몸이 바스러지듯이 아프다.

"아악."

입 안에서 저절로 신음이 흘러나온다. 열매는 하던 동작을 멈추고 맨바닥에 등을 대고 누워 가쁜 숨을 몰아쉬었다. 헬스장 천장에서 빙글빙글 돌고 있는 선풍기를 보니 어지럽고 멀미가 난다. 시야가 뿌예지니 도윤의 모습이 떠오른다.

'그런 의지로 살을 뺀다고? 가능할 거라 생각해?'

도윤이 손가락질을 하면서 비웃는 거 같다. 그가 직접 그런 말을 내뱉은 적은 없었지만, 말하지 않는다고 느껴지지 않는 건 아니다.

'이 뚱땡아, 이 뚱땡아.'

그의 비웃는 목소리가 귓가에서 무한 반복되고 있다.

"젠장."

헛구역질이 났다.

"뚱뚱하다고 여자가 아닌 줄 알아? 살 빼서 너보다 더 근사한 남자를 만날 거야. 꼭 뺄 거야."

도윤에게 여자로 보이지 않았던 건 육중한 몸매 때문이었을지도 모른다. 앞으로 어떤 남자를 만날지 모르겠지만 절대 같은 실수를 반복하고 싶지는 않다.

열매는 죽을 각오로 힘겹게 다시 일어나 러닝머신에 올랐다. 깊은 심호흡을 한 뒤 전투적인 자세로 또다시 뛰기 시작했다.

쿵쿵쿵쿵.

바깥의 공사 소음인지 열매가 뛰면서 나는 소리인지 구분이 가지 않는다.

쿵쿵쿵쿵, 쿠궁쿠궁, 다다다, 쿵.

열매가 뛸 때마다 러닝머신이 라이브로 삐거덕거리며 들썩이는 소리를 낸다.

"헉, 헉. 살은…… 전쟁이야."

"삶이 전쟁이긴 하죠."

한 남자가 옆에 있는 러닝머신 위에 올라서며 느물느물 말을 걸어왔다.

"아까부터 보았는데 정말 전투적으로 운동하십니다. 누가 보면 뒤에서 빚쟁이가 쫓아오는 줄 알겠습니다. 하하."

180센티미터는 넘어 보이는 키에 균형 잡힌 몸을 보니 운동을 좋아하는 남자 같다. 뒤에서 후광이 비치는 것을 보니 여자들 꽤나 올리고 다녔을 법한 얼굴이다. 표정 없는 도윤과 달리 이 남자의 얼굴에는 장난기가 한가득이다. 그런데 얼굴이 익숙한 게, 어디선가 본 사람이다. 열매는 고개를 갸웃거렸다.

"오늘 처음 왔는데 여유롭게 운동할 수 있어 좋군요."

"손님이 없으니까요. 하악. 학."

열매는 숨이 목까지 차올라 대꾸하는 것도 힘들다. 이런 상태에서 눈치 없게 말을 거는 그가 반갑지 않다.

"왠지 그쪽으로 자꾸 눈이 갑니다."

"워낙 잘 보이는 몸이라서요."

열매는 시큰둥하게 대답했다.

"하하. 유머 감각도 최고고 유쾌하시네요. 저 기억 안 나십니까?"

바로 옆에서 잘생긴 남자가 수작을 걸어온다. 남자는 고가로 보이는 트레이닝복을 입고 러닝머신에서 여유롭게 뛰고 있다. 자연스럽게 흘러내린 머리카락은 남자가 뛸 때마다 물기를 머금은 듯 반짝거린다. 넓지도 좁지도 않은 이마에서 흐르는 땀방울은 손수건을 내밀어 닦아주고 싶을 정도로 아찔하다.

열매가 3년 동안 도윤을 바라보며 인내하는 수련을 쌓지 않았다면 바로 수작에 넘어갔을지도 모른다.

"노다지 식당에서 뵈었습니다. 이렇게 우연히 마주치는 걸 보면 인연인 듯한데, 통성명이나 합시다. 저는 유석원이라고 합니다."

호탕하게 웃는 남자의 얼굴에서 도두농과 도윤의 모습이 겹치면서 씁쓸해졌다. 잘생긴 남자들은 그저 관상용일 뿐, 그 환상이 깨지기 전까지만 좋다는 것을 이미 겪어 잘 알고 있다.

"전 이곳이 마음에 듭니다. 잘 부탁드립니다, 건물주님. 아, 이건 노다지 사장님에게 들은 겁니다. 오해하지 마십시오."

도윤과의 3년 결혼 생활로 얻은 감으로 보아, 이 남자는 내가 건물주라서 호감을 보이는 거다.

내 촉이 말한다. 이 남자는 제비다.

"휴우."

나에게 허락된 남자란, 나를 이용하려는 도윤 같은 나쁜 남자와 내 재산을 뽑아먹으려는 유석원이라는 제비뿐인가. 이 살들이 사라지고 나면 좀 달라질까?

쿵쿵쿵쿵- 쾅쾅콰앙-

창밖의 공사장 소음과 열매의 뜀박질 소리는 유난히도 박자가 딱딱 맞아 떨어진다. 실패한 결혼과 함께 끝나버린 첫사랑을 잊으려고 열매는 더 열심히 뛰었다.

"나쁜 새끼. 아무리 계약 결혼이라지만 마누라가 집을 나갔는데 찾지도 않다니."

처음 몇 달은 도윤이 원망스럽고 미웠다.

"짝사랑이 좋은 게 뭔 줄 알아? 시작도 끝도 내 마음대로라는 거야. 이 나쁜 놈아, 잘 먹고 잘 살아라."

도윤을 잊기 위해 열매가 러닝머신 위를 달리는 동안 시뻘건 철재 골조만 올라가던 길 건너 새 빌딩에는 옷이 입혀지고 있었다.

"산다는 게 다 그런 거지."

1년이 지나자 도윤에 대한 원망과 미움은 열매가 그동안 흘린 땀만큼이나 사라진 듯했다. 열매가 변하는 동안 빌딩의 모양도 그럴싸해졌다. 그러자 열매의 금광빌딩 시세도 덩달아 솟아올랐다. 빌딩주가 누구인진 모르지만 넙죽 절이라고 하고 싶은 심정이었다. 건물이 완공되면 커다란 화분이라도 선물해야겠다고, 열매는 생각했다.

"오우, 뷰리풀, 인생은 아름다워!"

그와 헤어진 지 정확히 1년 6개월. 줄어드는 체중과 함께 그녀는 여유로움을 찾았고, 더불어 온몸의 셀룰라이트 덩어리와 이별을 고했다. 흉측한 가건물들이 화려한 새 빌딩으로 탈바꿈했듯 열매의 몸에도 봄이 찾아왔다. 오늘따라 날씨가 쾌청하다. 창밖에는 봄을 알리듯 가로수에 솟아난 푸릇푸릇한 잎사귀가 상쾌하다. 울긋불긋한 꽃들도 군데군데 피어 있다.

"이제 제법 뛰십니다?"

"그러게요. 운동도 하니까 느네요."

유석원이 열매를 보며 환하게 웃고 있다. 처음에는 5분만 뛰어도 숨이 차 죽을 것 같았던 열매지만, 지금은 마라톤을 뛰어도 거뜬할 듯싶다. 그만큼 몸도 마음도 가벼워졌다.

"건물주님, 헬스장에서 살다시피 하시더니 성공하셨습니다. 제가 계속 보아오지 않았다면 처음 모습과 지금 모습이 같은 사람이라고 생각 못할 겁니다. 인간 승리입니다."

"칭찬해주시니 좋네요."

열매는 환하게 웃으며 석원을 쳐다보았다. 유석원과는 왕자배 헬스장과 노다지 식당에서 자주 만나다 보니 안부는 물론 가벼운 농담까지 주고받을 정도로 가까워졌다. 처음 생각한 것처럼 그는 제비도 아니고 가벼운 사람도 아니었다. 큰 빌딩의 공사 책임자를 맡을 정도로 능력도 있고 책임감도 강했다.

"아직까지 식단표대로만 식사하시는 겁니까?"

"아니에요. 요즘은 소식이지만 가리지 않아요."

"다행입니다. 전 평생 건물주님과 식사 한 번 못할까 봐 내심 걱정했거든요. 이제 도도타워 완공도 다가오고……."

열매는 갑자기 뒷목이 서늘해졌다.

"네? 무슨 타워요?"

"도도타워요. 제가 공사하는 빌딩이 도도타워잖아요."

꿈에서라도 듣기 싫은 '도'가 연속으로 들어간다. 웅장하고 멋져 보였던 빌딩이 갑자기 고담시의 음산한 빌딩처럼 여겨졌다. 왠지 불길한 예감이 든다.

"저, 실례가 안 된다면 그 빌딩의 소유주가 누구인지?"

"아, 개인 소유는 아니고 회사인데. 베이…… 라고."

그의 목소리가 늘어진 카세트테이프처럼 들렸다. 그녀가 잘 알고 있는 그 단어와 비슷했기 때문이다.

"베. 이. 비. 핑. 거. 라고요?"

"네. 베이비핑거 본사 건물이 이전해 올 거예요."

열매는 믿기지 않았다. 귀신에 홀린 듯 러닝머신에서 내려와 헬스장 창문을 열고 고개를 내밀었다.

빌딩 꼭대기에 커다란 애드벌룬 두 개가 하나의 끈으로 연결되어 있다. 그 끈에 묶어 길게 내린 현수막에 '도도타워 베이비핑거 본사 이전'이라고 커다랗게 적혀 있다.

난 왜 저 글자를 보지 못했던 거지? 아니 보고 싶지 않았던 걸까? 열매는 두 손으로 눈을 비볐다. 그러고는 흔들리는 현수막을 다시 한 번 자세히 확인하려고 몸을 창밖으로 바짝 내밀었다.

"건물주님, 미쳤습니까? 여기 3층입니다. 떨어지면 큰일 난다고요."

자신도 모르는 사이 몸이 반 이상 밖으로 나갔나 보다. 창밖으로 뛰어내릴 듯 몸을 내밀고 멍한 표정과 함께 손가락으로 허공을 가리키는 열매를 유석원이 급하게 잡아당겼다. 둘은 뒹굴듯 헬스장 바닥에 넘어졌다.

쾅- 그때 헬스장 유리문이 부서질 듯 열리더니 김민정이 급하게 뛰어 들어왔다.

"열매야! 어?"

민정은 바닥에서 뒹구는 열매와 유석원을 보고는 의미심장한 눈빛으로 쳐다보았다.

"와우, 우리 열매 터지겠네?"

민정은 한쪽 눈썹을 실룩거리더니 나직이 휘파람을 불었다. 열매와 유석원이 화들짝 놀라 한 목소리로 소리를 질렀다.

"언닛!"

"그런 거 아닙니다!"

"아, 맞다. 열매야, 큰일 났어."

그들의 목소리에 정신을 차렸는지 민정이 손바닥으로 자신의 뺨을 치더니 열매에게 단걸음에 뛰어와 엎어져 있는 열매를 일으켜 세웠다.

"열매야, 너 누워 있을 때가 아니야. 너, 봤어? 봤냐고? 새 빌딩 주변에 전봇대며 벽이며 할 것 없이 베이비핑거 글자가 도배되고 있다고."

열매는 홀린듯 다시 창밖으로 고개를 돌렸다. 새 빌딩의 외벽 유리창이 태양에 반사되어 눈이 부셨다. 지금 보니 그곳이 딱 명당 자리다. 삼거리의 중앙에 떡하니 보이는 명당 중에 명당. 언덕길이 있었을 때는 그곳이 명당인 줄 몰랐었는데, 도윤이 땅을 보는 안목이 있었나 보다.

"열매야, 멍 때리고 있을 때가 아니야. 우리 나가서 확실하게 확인하고 오자. 정말 이리로 오는 건지. 제대로 알아야 우리도 대처할 거 아니야."

"언니, 저기 옥상에 베이비핑거 글자가 하나씩 생겨나고 있는데요."

"뭐?"

민정이 열매의 말에 화들짝 놀라 창 쪽으로 몸을 돌렸다. 건물 꼭대기에 간판 작업이 한창인지 붉은색의 글자가 한 자씩 선명하게 설치되고 있다.

"헉! 열매야, 가까이 가서 확인해보자. 난 아직도 믿을 수가 없다고."

"저…… 나가지 않으셔도 저에게 물어보면 되는데요."

유석원은 그녀들이 서 있는 창가 쪽으로 다가오며 걱정스레 말했다.

"유 소장님! 저 빌딩에 베이비핑거가 들어오는 걸 왜 숨긴 거죠?"

민정이 따지듯 유석원에게 묻자, 그는 난감한 표정을 지었다.

"숨긴 적 없는데요. 저에게 언제 물어보신 적 있습니까? 이해가 안 되네요. 베이비핑거가 이전해 오는 게 이렇게 난리 피울 일인가요?"

유석원이 열매와 민정을 바라보며 무슨 사연이 있는지 궁금해 죽겠다는 표정을 지었다.

"그, 그거야, 베이비핑거 소문이 안 좋잖아요. 명예회장 도두농의 엽기 연애 행각은 익히 소문이 나 있고. 조용히 살고 싶은데 아무래도 시, 시끄럽겠죠? 그치, 열매야?"

"아? 마, 맞아요."

민정이 열매의 옆구리를 찌르자 그녀는 어색한 웃음을 지으며 동조했다. 그녀들의 태도가 석원은 석연치 않았다.

"그게 다입니까?"

"그럼 뭐, 뭐가 있겠어요. 열매야, 나가자."

민정은 열매를 끌다시피 해서 헬스장을 빠져나갔다.

밖으로 나오자 10층에 달하는 도도타워가 더 으리으리하게 보인다. 두 사람은 심각한 표정으로 도도타워를 쳐다보았다. 건물 꼭대기에 설치되고 있는 붉은 색의 글자가 유난히도 선명하다.

"베이비핑……. 이제 '거' 한 글자 남았네. 징글맞은 도둑놈들. 우리가 이곳에 있는 걸 알고 왔을까? 우리에게 미련이 남아서?"

"글쎄요."

열매도 알 수 없었다. 베이비핑거 본사를 옮긴다는 말을 들은 적이 없다. 옮긴다 해도 하필이면 금광빌딩 맞은편일까. 열매의 머릿속은 백지장처럼 하얘져 간다. 베이비핑거와 함께 도윤이 이곳으로 온다고 생각을 하니 기분이 복잡했다. 잊었다고 생각한 건 착각이었나 보다. 생각만으로도 가슴이 아파왔다.

"황당해서 말이 안 나와. 간판 붙었고, 화환들이 속속 도착하는 걸 보니 얼마 안 남은 듯하다. 우리 그냥 도두농이 서미연이랑 했던 것처럼 세계일주 크루즈 여행이나 하고 올까?"

"우리가 피할 이유는 없잖아요."

"똥이 무서워서 피하나? 더러워서 피하지. 아무튼 난 도둑놈 일가와 다시 엮이고 싶지 않아. 도도타워에 베이비핑거 본사가 이전해 온다면 구렁이 김옥희와 사이코 정희수를 만나야 한다는 거잖아. 솔직히 우리가 그 모녀에게 얼마나 당했어."

민정의 말에 열매는 한동안 잊고 있던 도퇴클럽 회원들이 떠올랐다. 생각만으로도 뒷골이 땅기고 머리가 지근거리며 아파온다.

"이런 말 하기 뭐하지만, 정희수가 윤이 손자님 좋다고 혼자 삽질하고 미친 짓 했던 거 모르는 사람 없다. 피가 섞이지 않았다 하더라도 한때 법적으로 고모 조카 사이였는데, 상식이 통하지 않는 미친년이라서 마주치기 겁난다."

민정은 소름이 끼친다는 듯 두 팔을 위 아래로 문질렀다.

"사전과 싸정이라."

도퇴클럽 회장이자 도두농의 네 번째 부인이었던 도그빌라 301호 주민 김옥희과 그의 딸 정희수는 도퇴클럽의 최고봉이라 할 수 있다. 김옥희는 베이비핑거의 대주주 중 한 명이며 그녀가 도두농을 만나기 전 헤어진 전남편에게서 낳은 정희수는 베이비핑거의 현 디자인 실장이다. 베이비핑거가 이전해 온다면 실세인 그녀들과 싫어도 마주칠 수밖에 없을 것이다.

특히 도윤을 가지고 싶어 미친 듯이 꼬리치던 정희수가 가장 문제였다. 그녀는 열매가 베이비핑거의 안주인임에도 3년 동안 끊임없이 열매를 괴롭혔다.

'법적으로는 네 남자일지 모르지만, 윤이는 내 꺼야. 넌 그저 윤이가 방패막이로 가져다 놓은 허수아비에 불과해.'

만취한 날이면 어김없이 새벽까지 실연에 관한 노래를 불러 열매의 밤잠을 설치게 만들었고, 시시때때로 열매의 현관문 벨을 눌러댔다. 문을 열어주지 않으면 현관문을 발로 차고 도어록을 부수는 패악을 부리기도 했다. 도윤의 와이프라는 이유로 그녀에게 받아온 질투와 패악은 생각만 해도 치가 떨린다.

'아직도 버티고 있네? 얼마큼 버티나 보자.'

알고 있다. 도윤은 그녀에게 관심조차 없다는 것을. 정희수 자신도 그걸 모를 리 없다. 어쩌면 도윤이 무시할수록 그녀는 더 발악하는 것인지도 모른다.

'윤이, 어젯밤 나와 있었어. 네가 윤이에 대해 아는 게 뭐가 있는데?'

잊었다 생각했던 별의별 것들이 다 떠오른다. 떠올리기조차 싫은 끔찍한 기억에 저절로 인상이 찌푸려졌다.

"그들도 문제지만, 난…… 후우우."

민정은 하려던 말을 멈추고 표정이 굳은 열매를 보며 긴 한숨을 내쉬었다.

"무엇보다 가장 큰 문제는 우리 아빠가 옵션으로 딸려 온다는 거지."

"아, 패턴 실장님도 있었지요."

조폭 두목님이라고 해도 될 만큼 험악한 얼굴에 몸이 엄청 좋으신 김일두 실장님. 특히, 가위와 혼연일체가 된 신 내린 듯한 양손 가위질은 한 번 보면 잊혀지지 않는 충격과 공포, 그리고 예술의 경지였다.

"베이비펭거가 이리로 이전해 온다는 건, 이 모든 게 우리한테 쓰나미처럼 몰려온다는 것을 의미하지."

민정의 말을 듣고 있자니 온몸에 소름이 돋아났다. 생각만으로도 이런데 실제로 마주하게 된다면 더 심각할 것이다.

"……억울해."

금광빌딩은 열매의 유일한 안식처이다. 그들을 피해 간신히 얻은 평화가 이렇게 허무하게 깨진다 생각하니 화가 났다. 하지만 그들이 온다고 해도 자신이 피할 이유는 없다.

"아니요. 그냥 부딪쳐볼래요."

열매는 두 주먹을 쥐고 입을 악물었다. 절대 물러나지도, 피하지도 않을 것이다.

<결혼 계약서>
<이혼 합의서>

정반대의 두 문서가 도윤의 책상에 어지럽게 널브러져 있고, 도윤은 묵묵한 표정으로 문서를 바라보고 있다.

이열매. 그녀는 처음부터 여자가 아닌 도두농의 천적으로 도윤의 눈에 띄었다. 김옥희와 정희수의 폭주마저 견뎌낼 정도로 막강한 내공을 지니고 있었고, 3년 동안의 결혼 기간 내내 열매는 방패막이 역할을 훌륭히 해냈다.

정상적이지 않은 결혼 생활이지만 도윤은 만족했었다. 도두농의 전철을 밟고 싶지 않았던 그는 자신의 방식대로 가정을 지키려 애썼다. 하지만 도윤은 감정을 표현하는 것이 어려서부터 자연스럽지 않았다. 그는 열매에게뿐만 아니라 그 누구에게도 속내를 터놓고 말해본 적이 없다.

결혼 후 가장 힘든 건 그녀와 인간적인 관계를 갖는 것이었다. 다정한 말을 건네는 것부터가 도윤에겐 어색했다. 노력하려 했지만 이런저런 이유로 잘 되지 않았다. 그런데 그걸 꼬투리 잡아 이열매가 집을 나갔다.

그는 억울했다. 이혼의 주된 사유인 바람을 핀 것도 아니고 재산을 날려먹은 것도 아니다. 그는 그저 일만 했을 뿐이다. 조부의 사고로 흔들거리는 베이비핑거를 지키기 위해 밤낮없이 일에 파묻혀 산 죄밖에 없다. 그리고 이열매가 알아야 할 것이 있다. 이열매만큼이나 그도 도그빌라가 싫었고, 도퇴클럽 회원들이 싫었다. 결혼생활이 거듭될수록 도퇴클럽의 여자들과 도그빌라 입주민들로 인해 지쳐가는 열매를 보며 안쓰러운 마음까지 들었다.

열매를 기운 차리게 할 방법을 고민하던 도윤이 언젠가 열매의 조모 금광희에게 도움을 청한 일이 있었는데, 금광희는 자신이 가진 땅을 도윤에게 넘겼다. 금광빌딩 맞은편 수풀이 우거진 곳. 도윤은 그곳에다 베이비핑거를 이전하고 모든 것을 새롭게 시작하기로 마음먹었다. 더불어 어느 정도 준비가 되면 그들도 도그빌라에서 나와 자립할 생각이었다.

그러던 중 금광희가 지병으로 세상을 떠나자 도윤은 마음을 더 굳혔다. 열매를 할머니와의 추억이 서린 금광빌딩에서 살게 하자. 그래서 도도타워 건설을 더 급하게 밀어 붙였다. 그런데 그새를 참지 못하고 열매가 집을 나갔다.

이후 왜 찾지 않았냐고 따진다면 도윤도 할 말은 있었다. 먼저 집 나간 여자를 달래서 데리고 오는 방법 따위는 배워본 적이 없다. 조부의 경우에 여자가 집을 나가면 그 관계는 끝이었다.

자신을 먼저 버린 건 이열매다. 나도 버릴 거다. 그렇게 처음엔 마음을 독하게 먹었지만 빈집 곳곳 남아 있는 그녀의 흔적들을 볼 때마다 다정한 말투와 믿음직한 그녀의 뒷모습이 떠올랐다. 도무지 열매를 마음속에서 지울 수가 없었다.

도윤은 도도타워 건설 현장을 방문한다는 핑계로 그녀를 보러 갔었다.

종종거리며 금광빌딩 주변을 다니는 모습이 예전 자신을 쫓아 다니던 도라에몽이 연상되어 웃음이 새어 나왔다.

'좋아 보이네.'

자신에게 웃음을 주는 여자는 이열매뿐이다. 그녀를 놓치면 평생 웃지 못할지도 모른다.

'조금만 쉬어, 부인. 조만간 찾아갈 테니.'

모처럼 생기가 넘치는 그녀를 보니 다시 도그빌라로 데려가기가 미안해졌다. 그는 생각했다. 그녀에게 조금 더 자유를 주는 것도 나쁘지 않겠다고. 어차피 도도타워가 완공되면 다시 만나게 될 것이다. 도윤은 잠을 줄여가며 일을 진행했다. 열매가 있는 금광빌딩으로 가기 위해서…….

도윤이 책상 위 서류들을 가지런히 정리해 서랍 안에 도로 넣었다. 서랍을 밀어 넣는 손에 힘이 들어갔다. 딸칵 소리가 나며 서랍이 닫혔다. 도윤은 입을 꽉 다문 채 자리에서 일어났다.

모든 준비는 끝났다.

오늘 도도타워에 베이비핑거가 화려하게 입성한다. 도윤은 거울에 비친 자신의 모습을 보며 만족스런 표정을 지었다.

오늘, 베이비핑거의 본사 이전과 함께 쇼핑센터까지 동시에 오픈한다. 열매는 심란한 마음을 다잡고자 동네 헤어숍에 왔지만 역시나 이곳에서도 화제는 도도타워뿐이다. 딱 봐도 누구누구네 집 숟가락 개수까지 알고 있을 듯한 동네 토박이 아주머니들이 믹스커피가 담긴 종이컵을 들고 신나게 웃고 떠드신다.

"호호호, 도도타워가 생기고 나서 우리 동네가 많이 좋아졌어."

"그러게. 저녁만 되면 음산했던 장소가 이렇게 변할지 어떻게 알았겠어."

열매는 머리에 약만 바르지 않았다면, 아니 디자이너가 매직기로 머리를 펴고 있지만 않았다면 벌떡 일어나 나갔을 것이다. 그녀는 신경질적으로 잡지책의 페이지를 넘기며 듣기 싫은 베이비핑거의 도씨 집안 남자들의 이야기가 이어지는 것을 고스란히 들을 수밖에 없었다.

"호호, 베이비핑거 회장이 연예인 뺨치게 잘생겼다는데 우리 육아용품 사는 척하고 도도타워에서 하루 종일 죽치고 있어볼까?"

"그럴까? 임도 보고 뽕도 딴다고, 오늘 가면 물티슈랑 수건도 준대. 경품 추천도 하는데 1등이 수입 유모차라네. 가서 정 눈치 보이면 손수건이라도 하나 사지, 뭐."

그중 한 명이 베이비핑거에서 뿌린 전단지를 보며 경품과 사은품 이야기를 꺼내자 모두들 관심을 보이며 하나둘씩 일어나기 시작했다. 그녀들이 빠져나가는 것을 보며 열매는 나직이 한숨을 쉬고는 앞에 놓인 커다란 거울을 쳐다보았다. 거울 속에는 긴 생머리를 한 갸름한 여성이 보인다. 2년 전 짧은 단발머리의 비대했던 열매는 보이지 않는다. 그저 32킬로그램의 살을 빼고, 하지 않던 메이크업을 했을 뿐인데 전신 성형을 한 것처럼 새로운 사람이 되어 있었다.

헤어숍에서 나오자, 아직은 썰렁하지만 3월의 봄바람이 따스하게 와 닿는다. 살랑거리며 불어오는 봄바람에 머리카락이 기분 좋게 날리고, 몸에 붙는 미니스커트 아래에서 또각거리는 킬힐의 굽소리가 경쾌하게 들린다. 아침부터 받았던 스트레스가 다 풀리는 것 같다.

까똑.

[나 심장이 쪼그라드는 것 같아. 아띠, 죄지은 것도 없는데 집밖에 못 나가겠다. 그런데 정말 짜증 나는 건 또 궁금하다는 거야. 내가 거실 창문에 붙어서 망원경으로 도도타워를 계속 감시하고 있거든.]

민정에게 같이 헤어숍에 오자고 했지만 그녀는 오늘은 집 안에서 움직이고 싶지 않다고 했다. 그러더니 창가에 앉아 도도타워를 감시하고 있나 보다.

까똑.

[큰도둑놈과 서미연 입장. 젠장, 아직 헤어진 게 아니었어.]

까톡.

[사이코 모녀 입장. 완전 명품으로 휘감으심. 재수 없는 건 그대로임.]

까톡.

[5년 만에 우리 아빠 봄. 쌍가위 포스 여전하심! 후달달.]

민정답다. 오늘 하루 도도타워에 드나드는 사람들을 다 열거할 기세다. 열매는 메시지 창을 보면서 피식 웃었다. 글에서 그녀의 다급함이 느껴졌기 때문이다.

"베이비핑거 쇼핑센터 오픈 기념 경품 행사합니다. 저기요, 한 장씩 받으세요. 경품권이에요."

길거리에서 피에로가 열매에게 전단지와 경품 용지를 내밀었다. 열매는 무의식적으로 전단지를 받아 쥐었다. 피에로들이 지나가는 행인들에게 전단지를 돌리며 홍보를 하고 있다. 그저 한 장의 홍보 전단지였지만 그들이 정말 내 삶 속으로 다시 들어온 거 같아 머릿속이 복잡해졌다.

"당신, 정말 왔네."

열매는 우뚝 솟아 있는 도도타워를 물끄러미 바라보았다. 그러고는 숨을 크게 들이쉬고 타워를 향해 힘차게 걸어갔다.

'여자가 아닌 아내가 필요했을 뿐.'

도윤의 말에 상처받는 자존감 없는 열매가 더 이상 아니다.

'윤이는 내 꺼야.'

미친 개사이코 정희수에게 휘둘렸던 열매는 더 이상 없다.

또각, 또각, 킬힐의 높이만큼, 길어진 머리만큼, 빠진 살만큼, 나는 변했다. 나는 이제 누구에게도 속하지 않은 이열매니까. 도도타워가 가까워져도 두렵지 않다.

도도타워의 커다란 입구 앞에는 풍선 인형인 스카이댄서들이 최신 아이돌 음악에 맞춰 두 팔을 흐느적거리고 있고, 그 옆에는 늘씬한 행사 요원들이 한 동작으로 춤을 추며 지나가는 사람들의 발길을 붙잡고 있다. 입구 앞 행사 요원들이 나눠주는 물티슈와 수건을 하나씩 받아 들고 많은 사람들이 타워 안으로 들어가고 있다.

"경품 1등은 5백만 원 상당의 수입 유모차입니다. 아가들이 말합니다. '아빠만 수입차 좋아하는 거 아니에요. 우리도 수입차 타고 싶어요' 지금 당장 경품에 참여하세요. 당신의 아가에게 수입차를 선물할 수 있습니다!"

"하하하."

재치 있는 표현에 고객들이 웃음을 터트렸다.

"2등, '우리는 그래도 국산차가 최고야' 베이비핑거가 야심차게 준비한 국산 유모차. 3등은 카시트. 그 외에도 유축기 등 많은 상품이 준비되어 있습니다. 모두들 경품함에 경품 용지를 넣으세요."

행사 요원의 멘트가 쩌렁쩌렁 울린다. 열매는 어느새 많은 고객들 틈에서 구경을 하고 있었다.

"또한 베이비핑거가 예비 부모님들을 위해 문화센터를 오픈했습니다. 임산부 요가 외에 건강한 출산을 위한 예비 부모님들 대상의 분만 강좌도 준비되어 있습니다. 육아를 미리 체험할 수 있는 프로그램까지 만들었으니 모두 도도타워로 오십시오!"

이번 사옥 이전을 하면서 제대로 장전을 하고 왔나 보다. 쇼핑센터에 문화센터까지 오픈하는 것을 보니 하루 이틀 준비한 게 아닌 듯했다.

쿵쿵거리는 음악과 함께 흐느적거리는 스카이댄서들. 머리 위에서 화려하게 펄럭이는 오색찬란 만국기들. 많은 고객들 틈에 껴 있으니 열매는 그저 자신과 아무 상관없는 여느 쇼핑센터에 온 느낌마저 든다.

"어, 혹시, 건물주님?"

열매는 자신의 어깨를 툭 치는 손짓에 뒤를 돌아보았다. 눈을 휘둥그레 뜬 유석원이 그곳에 서 있었다.

"오우, 선보러 가십니까? 오늘 차림새가 예사롭지 않습니다."

"유 소장님?"

작업복이나 트레이닝복이 아닌 말끔한 정장 차림을 한 유석원이 조금 낯설었다.

"건물주님이 여긴 무슨 일로?"

"무슨 일은요. 저희 집이 바로 코앞이잖아요."

열매는 금광빌딩을 가리키며 시큰둥한 표정을 지었다. 사실 그녀도 자신이 왜 이쪽으로 발걸음이 옮겨졌는지 모르겠다. 자신의 변한 모습을 도윤에게 보여주고 싶어서였을까? 자신을 무시한, 자신을 찾지 않은 도윤에게 복수하고 싶은 마음에? 아니면 자신의 새로운 모습에는 도윤이 관심을 가질지도 모른다는 기대감이 그녀를 이곳으로 이끌었을까? 열매의 표정이 복잡해졌다.

"하하. 제가 잠시 잊고 있었습니다. 금광빌딩 건물주님."

"놀리지 마시고, 유 소장님은 무슨 일이세요?"

열매가 그의 옷차림을 보며 갸웃거리자 유석원이 환하게 웃었다.

"오늘이 유종의 미를 거두는 날이라서."

"아, 도도타워가 유 소장님 작품이었죠. 자꾸 잊어버리네요."

"멋지죠? 하하하."

유석원이 호탕하게 웃는다.

"건물주님, 저 버리고 집에 가지 마시고요, 조금만 기다려주실 래요?"

"제가 왜요?"

"오늘같이 좋은 날 혼자 보내기 그렇잖아요?"

"작업 거시는 건가요?"

"우리 건물주님 눈치채셨습니까? 하하."

너무도 자연스럽게 대화를 받아치는 걸 보니 역시 유석원은 여자 다루는 솜씨가 예사롭지 않다. 유석원의 팔이 자연스럽게 열매의 어깨에 둘러진다. 열매의 머릿속에 위험 경고등이 켜졌다.

"저의 작품인 도도타워의 모든 것을 보여드릴 테니, 선보러 가지 마세요. 네?"

"그 전에 팔은 좀 내리시죠."

"오늘 도도타워에 볼거리가 많을 거예요. 경품도 대단하고. 오늘 행사의 하이라이트가 뭔지 아세요? 부부든 애인이든 가장 튀고 멋진 커플에게 속초 SJ리조트 단독 풀빌라 이용권을 준답니다."

"속초 풀빌라요?"

열매는 가슴 아팠던 신혼여행이 떠올랐다.

"건물주님 가고 싶어 하는 표정인데, 저희도 응모할까요?"

유석원이 열매의 귀에 소곤거렸다. 열매는 갑자기 친한 척을 하는 유석원이 이해되지 않았다. 하지만 주변을 보니 유독 많은 커플들이 눈에 띄었다. 눈에 띌 정도로 알록달록한 독특한 커플 의상을 입은 젊은 커플과 아기까지 세트로 옷을 맞춰 입은 커플들도 보인다.

"그런 건 유 소장님의 여자 친구에게 부탁해야 하는 거구요, 저는 바빠서 그만."

"에이, 그러지 말고요. 우리가 비주얼이 좀 되지 않습니까."

유석원이 휴대폰을 들더니 열매가 정신을 차리기도 전에 찰칵 사진을 찍었다.

"지금 뭐 하시는 거예요?"

"도도타워가 보이게 사진을 찍어서 보내면 자동 응모입니다."

"저는 싫으니까 사진 지우세요."

열매가 팔을 뻗어 유석원의 휴대폰을 빼앗으려 했지만 그의 동작이 더 빨랐다. 그는 휴대폰을 뺏기지 않으려고 팔을 뻗다가 자연스럽게 열매의 몸을 감쌌다. 열매는 화들짝 놀라 그의 품에서 빠져나오려 몸을 틀었다.

그때 휴대폰 알림음이 연속으로 울렸다. 연달아 울리는 휴대폰 소리에 열매는 이곳을 지켜보고 있을 민정을 떠올렸다. 유 소장과 있는 게 눈에 띈 걸까? 열매는 스마트폰을 열어 확인해보았다.

[이열매! 대박 환골탈태. 유 소장과 스킨십도 굿.]

[허걱! 차에서 고자 내리심!]

[니 쪽으로 걸어간다. 멈췄다. 으악!]

[무사 귀환 바람!]

지금 그녀는 유석원의 품에 안겨 있고, 그걸 도윤이 지켜보고 있다. 몸에 둘러져 있는 유석원의 두 팔이 천근처럼 무겁다. 열매는 마치 영화의 슬로모션같이 고개와 몸을 천천히 돌렸다. 카메라 앵글이 돌듯, 열매의 시선에 사람들의 모습이 스쳐 지나갔다. 눈앞에 스쳐 지나가는 낯선 모습들 사이에 낯익은 한 남자의 모습이 들어왔다. 완벽한 비즈니스 슈트를 입은 그가 열매를 바라보고 있다.

서늘한 눈빛을 보니 심장이 조이듯 아파온다. 오랜 시간 동안 사랑했던 남자를 다시 마주하니 심장도 미쳐간다. 완급 조절이 안 되는 심장이 제멋대로 두근두근두근, 쿵쿵쿵쿵, 몸에서 뛰쳐나갈 듯 요동을 친다. 호흡이 가빠지고 딸꾹질이 올라왔다.

"……딸꾹!"

그는 여전히 멋졌다.

열매가 서둘러 유석원의 품에서 빠져나오려 했다. 하지만 유석원은 도윤을 자극하려는 듯 열매를 더욱 세게 끌어안았다. 도윤이 그들에게 다가왔다. 도윤과 함께 뒤에 있던 비서진들과 이사진들도 같이 움직였다. 그가 다가오자 시원한 향이 코끝으로 먼저 전해져온다. 열매는 주먹에 힘을 준 채 그의 눈을 피하지 않고 똑바로 쳐다보았다.

"안녕하세요, 도윤 회장님."

"유석원 소장님이시군요."

"오픈 행사에 제가 빠질 순 없죠."

"잘하셨습니다. 그런데……."

도윤의 시선이 열매에게서 떨어지지 않자 유석원은 그녀를 안은 팔에 힘을 주며 호탕하게 말을 이었다.

"아, 이쪽은 제 물주십니다."

"물주?"

그들을 바라보는 도윤의 표정이 미묘하게 꿈틀거리다 다시 무표정해졌다. 예전에도 그랬지만 그가 무슨 생각을 하는지 도무지 모르겠다.

"하하. 우리 건물주님으로, 저에게 있어 아주 소중한 분이시죠."

"유 소장님은 고객들과 허물없이 지내나 봅니다."

"에이, 설마요. 이분은 유독 평. 생. 친하게 지내고 싶은 분이라."

"평생이라…… 그렇군요."

"바쁘실 텐데 일 보십시오. 저희는 할 일이 많아서요."

유석원이 꾸벅 묵례를 했다. 도윤은 유 소장과 열매를 번갈아 노려보는 듯싶더니 비서진과 이사진들을 끌고 지나쳐갔다. 그가 지나간 자리에는 그가 평소 즐겨 뿌리는 명품 수제 향수의 시원한 향이 은은하게 남았다.

휴대폰 알림음이 또다시 울리고 있다. 민정도 궁금했을 것이다. 무슨 대화가 오고 갔는지, 도윤이 왜 그냥 들어갔는지. 하지만 열매조차 알 수 없었다. 열매는 그가 보이지 않을 때까지 그를 계속 바라보았다.

날 못 알아본 걸까? 아니면 모른 척한 걸까.

"재수 없는 놈."

유석원이 나직이 중얼거렸다. 열매가 깜짝 놀라 그를 올려다보았다. 그의 매서운 시선이 도윤이 사라진 도도타워의 현관을 향해 있었다.

자신을 지나친 도윤도, 적의에 차서 도윤을 바라보는 유석원도, 지금 이 상황이 뭘 의미하는 건지 열매는 이해할 수 없었다.

3. 아직 우리는

도도타워 10층 회장 집무실. 넓고 깨끗한 이 공간은 모든 것이 완벽하다. 통유리창 밖으로 옹기종기 모여 있는 크고 작은 건물들과 지나가는 차들이 보인다.

이곳으로 모든 사업체를 끌고 오기까지 꼬박 3년이 걸렸다. 3년이라는 긴 기간 동안, 세 시간 이상 편히 잔 적이 거의 없을 정도로 바쁘게 일했다. 정신없이 일하느라 신경을 쓰지 못했다고는 하지만, 그사이에 조부 도두농은 일곱 번째 결혼을 하고 와이프는 짐을 싸서 나갔다. 모든 것을 놓고 싶었지만 그는 멈추지 않았다. 처음 도도타워의 조감도를 내밀고 사업을 추진했을 때, 모든 이들이 불가능하다고 말렸다. 짧은 시간 내에 할 수 있는 일이 아니라고 다들 고개를 내저었지만 그는 모든 이들의 예상을 깨고 3년 만에 도도타워를 완공시켰고, 더불어 베이비펑거의 본사 이전, 쇼핑센터

와 문화센터까지 오픈했다. 하지만 보이는 것이 화려하다고 그 내막까지 화려한 건 아니다. 그는 넥타이를 신경질적으로 풀어낸 후 셔츠의 앞 버튼을 풀었다.

"내 눈앞에서 연애라."

2년 만에 재회한 와이프가 다른 남자 품에 있었다.

"행복하게 해주겠다고 말하지나 말지."

커프스를 뺀 후 소매를 걷어 올렸다. 커프스를 책상 위에 아무렇게나 던져놓은 후 가죽 의자에 몸을 깊게 묻고 눈을 감았다.

'당신, 행복하게 해줄게요.'

그녀가 청혼을 하면서 한 말이 생각났다. 그러고 보니 그를 행복하게 해주겠다고 말한 이가 한 명 더 있었다.

오래전, 창립파티 때마다 보이던 여자아이였다. 자신보다 대여섯 살 어려 보이던 그 여자아이는 항상 숨어서 그를 훔쳐보곤 했다. 한 번은 모른 척 그 아이에게 다가간 적이 있었다. 자신이 다가가는 줄도 모르고, 여자아이는 소담하게 음식을 먹고 있었다. 아니 꾸역꾸역 먹고 있다고 표현하는 게 맞을지 모르겠다.

'너 그렇게 먹다가 체한다.'

입 안에 음식을 가득 넣은 채로 그 아이가 고개를 들었다. 두 볼 가득 음식이 든 모습이, TV에서 본 개구리의 부풀어 오른 양 볼 같아 자신도 모르게 웃음이 튀어나왔다. 부모님이 돌아가신 후 입 밖으로 웃음소리가 나온 건 처음이라 도윤 자신도 놀랐다.

하지만 도윤의 웃음에 그 아이는 더 놀란 듯싶었다.

'우리 할머니가 밥을 많이 먹으면 키가 큰다고 해서……. 그러면 어른이 빨리 될 수 있을 것 같아서.'

여자아이는 얼굴이 빨개져 고개를 숙였다. 입 안 가득한 음식 때문에 웅얼거리는 말소리였지만 대강의 뜻은 알아들을 수 있었다. 목이 메는지 컥컥거리자 도윤은 그 아이에게 음료수를 건넸다.

'마시면서 먹어.'

도윤도 접시에 음식을 담고 입 안에 넣기 시작했다. 그 아이가 멍하게 쳐다보자 도윤은 덤덤히 말을 이었다.

'나도 너처럼 빨리 어른이 되고 싶어서.'

도윤은 음식을 입에 넣고는 천천히 씹기 시작했다. 여자아이는 음식을 먹고 있는 도윤을 계속 쳐다보았다.

'행복하게 만들어주고 싶어요.'

여전히 입 안 가득한 음식으로 웅얼거리게 들렸지만, 분명 행복이란 단어를 말했었다.

어린 시절 부모를 잃은 채 마네킹처럼 살아가던 날 웃게 했던 아이. 생명력 없이 박제된 삶 속에 '행복'이란 단어를 심어준 아이. 스스로 웃음을 금지시켰던 나를 그 아이가 무장해제시켰고, 그 아이로 인해 행복해지고 싶다는 꿈을 꾸게 되었다.

어느 순간부터 눈에 보이지 않아 기억에서 서서히 지워졌던 그 아이가 다시 기억났다. 달라진 열매의 모습에서 그 아이가 겹쳐 보인 것이다.

덜컥. 두꺼운 나무 문 열리는 소리가 들렸다. 인터폰 없이 노크도 하지 않은 채 무작정 회장실로 들어올 수 있는 사람. 눈을 뜨지 않아도 누군지 알 수 있다. 불청객이 들어왔다.

또각또각, 하이힐의 굽 소리가 도윤 앞에서 멈췄다. 온몸에 향수한 통을 다 들이부은 듯한 진한 향수 냄새가 풍겨오자 뒷골이 지근거려오기 시작했다.

"윤아, 자는 거야? 어제 또 밤샘한 거야? 이제 도도타워 이전도 했고, 좀 쉬어. 그러다 병날라."

그녀가 손을 도윤의 이마 위에 올리자, 도윤은 귀찮다는 듯이 눈살을 찌푸리며 그녀의 손을 쳐냈다. 그는 여전히 눈을 뜨지 않은 채였다.

"여기는 회사입니다. 정희수 실장님."

"아무도 없는데 꼭 그래야겠어? 까놓고 말해서 우리가 혈연으로 엮인 것도 아니고, 우리 엄마랑 도두농 명예회장님이 법적으로 깨끗해진 게 벌써 몇 년째인지 알아? 우리는 아무런 문제가 없다고."

"법적으로 문제가 없다고 윤리적으로 문제가 안 되는 건 아니지요. 전 고모님."

"윤아."

"회사에서는 회장님이라고 부르십시오."

도윤이 눈을 떴다. 아무런 감정이 없는 눈빛, 싸늘한 음성에 정희수가 움찔했다. 가지고 싶지만 틈을 주지 않는 도윤이라 희수는 더 가지고 싶은지도 모른다.

"네가 아무리 그렇게 차갑게 말해도 상관없어. 나 그렇게 나쁜 조건 아니야. 생각해봐. 나를 얻을 경우 너에게 돌아갈 회사의 지분을. 그러면 네 경영권은 더 확실해진다고."

열매와의 별거가 시작되자 정희수의 집착이 더 심해졌다. 열매가 도윤의 곁에 있을 때는 헤어지게 하려고 애를 쓰더니, 이제는 도윤을 가지려고 시도 때도 없이 들이대고 있다.

"제 경영권까지 걱정하시는 건 월권이라고 봅니다. 정 실장님은 신제품 디자인에나 신경 쓰십시오. F/W 신상품 품평회가 얼마 남지 않았습니다."

"디자인은 걱정하지 말라고 했잖아. 내가 다 알아서 한다고. 그리고 오늘은 즐겁게 노는 분위기던데, 딱딱하게 그러지 말고 우리도 나가서 놀자."

그녀는 자신의 나이도, 지위도 망각한 채 코맹맹이 소리를 내며 도윤에게 놀아달라고 조르고 있다. 도윤은 자세를 바로잡고 턱을 괴었다.

"벌써 S/S 품평회를 잊으신 건 아니겠죠. 놀 시간이 있으면 그 시간에 디자인에나 신경을 쓰시죠. 정희수 실장님."

"그, 그건……."

정희수는 도윤의 매서운 눈빛을 보고 움찔했다. 그 눈빛엔 저번 시즌 같은 반응이 나오면 가만두지 않겠다는 경고가 포함되어 있었다.

"어디선가 본 것 같다는 평은 듣고 싶지 않습니다. 우리 베이비 펭거가 적어도 어느 브랜드의 아류작 같다는 평은 벗어나야 유아 업체에서 1위를 탈환할 수 있을 것 같습니다만?"

도윤은 책상 위에 놓여 있던 서류철을 하나 들더니 문서들을 이리저리 뒤적였다.

"이번에는 걱정 마. 정말 내 인생 최고의 걸작이니까. 지금도 일하다가 온 거야. 다들 놀고 있지만 난 아니라고."

정희수는 한 톤 높아진 목소리로 말했다. 그러고는 업무에 대해 더 추궁을 받을까 걱정이 되었는지 억울하다는 표정과 함께 회장실에서 서둘러 나갔다.

그녀가 나가자 도윤은 책상 위에 있는 두툼한 서류철을 펼쳤다. 회사 주주명부로 최근 베이비핑거의 주식을 사 모으는 미국인에게 자꾸 신경이 쓰인다.

"스티븐 유……."

서른한 살 미국인. 그 외에는 알려진 바가 없다. 무슨 연유로 사들이는지는 모르나 베이비핑거 주식이 시장에 나오기 무섭게 매수를 해서 눈여겨 지켜보고 있는 중이다.

도윤은 자리에서 일어나 전면 창 앞에 섰다. 자연스럽게 시선이 금광빌딩으로 향했다. 도도타워의 축제일답게 많은 인파들이 보인다. 펄럭이는 만국기 사이로 보이는 금광빌딩 앞에 열매가 서 있다. 수많은 인파들이 있어도 그녀만큼은 확실히 볼 수 있었다. 그런데 눈에 거슬리는 유석원이 여전히 그녀 곁에 있다.

"유석원과 이열매."

도윤은 순간 미간이 일그러졌다. 더 자세히 보려는 듯 눈을 씰룩거리며 창문에 얼굴을 가까이 가져갔다. 그가 들이쉬고 내쉬는 숨으로 유리창이 뿌옇게 변해갔다.

거리가 온통 축제 분위기다. 커다란 스피커에서는 쉼 없이 신나는 음악이 흘러나오고, 하늘엔 오색 만국기가 반짝이며 펄럭이고 있다. 열매는 번쩍거리는 도도타워를 마주하고 있는 초라한 금광빌딩을 보며 한숨을 쉬었다.

"언제쯤 임대가 다 되려나?"

열매는 비어 있는 2층을 올려다보았다. 으리으리한 도도타워를 보니 금광빌딩이 더 초라해 보여 씁쓸하다.

"2층, 제가 임대할까요? 건물주님이 선을 안 보시면 제가 임대할게요."

혼잣말로 중얼거리던 열매는 뒤에서 갑자기 들려오는 목소리에 움찔했다. 뒤를 돌아보니 유석원이 미소를 지으며 서 있다.

"아직 안 가셨어요? 도도타워에 일이 있다면서요."

"건물주님 없으면 저도 재미없습니다. 전 여기가 더 좋습니다. 건물주님, 2층은 제가 임대할게요. 제가 임대하면 건물주님은 임대료 받으니 좋고, 저는 제가 좋아하는 건물주님 매일 볼 수 있어 좋고."

유석원이 열매에게 다가오며 호탕하게 말했다. 열매는 그가 자신을 놀린다 생각하고 피식 웃었다.

"됐어요. 차라리 비워둘래요."

"정말 사무실이 필요해서 그럽니다. 상부상조하면 좋지 않습니까?"

열매를 바라보며 웃는 모습이 기분 나쁠 정도로 잘생겼다.

"정말 다른 의도는 없는 거죠?"

"그럼요."

열매는 눈을 가느다랗게 뜨고 유석원을 노려보았다.

"그 대신 금광빌딩 리모델링 좀 하시죠. 입주 기념으로 할인 팍-팍- 해드리겠습니다."

"리모델링이요?"

"아무리 40년 된 노후 건물이라지만, 누런 페인트는 미관상 안 좋아 보입니다."

"색이 좀, 구리긴 하죠."

예전 수풀이 우거진 동산 앞에 있었을 때는 나름 조화라도 되었지만 으리으리한 도도타워를 마주한 지금, 금광빌딩은 폐허처럼 보인다. 하긴 최신식 빌딩과 40년 된 건물이 비교 대상이 될까.

"고친다고 좋아질까요?"

"그럼요. 사람이나 건물이나 꾸미기 나름입니다. 물주님 변신하신 것처럼요. 안 그랬습니까, 물주님?"

"또 그 소리."

"제가 가장 사랑하는 몇 안 되는 분들 중 하나라서요. 건, 물주님."

"혹시 유 소장님이 좋아하시는 그분들이 주로 땅주인, 집주인, 건물주, 빌딩주인 건 아니겠죠?"

"딩동. 직업이 직업이다 보니 그런 분들이 가장 사랑스럽습니다. 하하하."

환하게 웃는 유석원을 보니 더 확실해졌다. 또다시 그의 웃는 얼굴에서 묘하게도 도두농의 얼굴이 겹쳐 보인다. 능수능란하게 작업 거는 솜씨와 청산유수 같은 말솜씨를 볼 때 그는……

"역시, 제비 같아."

"혹시, 저보고 하신 말씀이신가요?"

유석원의 표정이 미묘하게 변했다.

"네. 여기에 유 소장님밖에 더 있나요."

"그래도 제비는 너무했는데요?"

"유 소장님에게는 장난일 수 있지만 상대방 입장은 다를 수도 있어요."

"어떤 면에서 말입니까?"

"저는 유 소장님이 장난스럽게 던지는 농담에 익숙하지도 않을 뿐더러, 여성에게 늘 친절한 어떤 한 분이 연상돼서 그다지 기분이 좋지 않아요."

열매는 퉁명스럽게 말을 내뱉었다. 그녀를 보며 유석원은 씁쓸한 표정을 지었다.

"건물주님이 말씀하시는 어떤 한 분을 저도 알 것 같은데, 그분과 저는 질적으로 다르지요."

"저에게는 똑같아 보이는데 뭐가 다르다는 거죠?"

"그분은 책임이라는 단어를 모르지만, 저는 그렇지 않거든요. 어떠한 이유에서든 자신이 필요로 했다면 반드시 책임져야 한다고 생각해요."

"책임이라고요?"

"제가 가장 혐오하는 사람이 누군 줄 압니까? 여자를 일회용 성적 도구로 취급하는 인간입니다. 다시는 저를 그런 사람과 비교하지 마십시오."

장난스런 표정이 차갑게 바뀌자, 열매는 다소 당황스러웠다. 분명 그에게 도두농의 얼굴이 보이기도 했지만, 그의 진지한 표정과 이야기를 듣고 나니 자신이 잘못 생각한 것 같기도 하다.

"전 충분히 친해졌다고 생각했는데 건물주님은 아니었나 봅니다."

"저는요, 이제는 정상적인 보통 연애를 하고 싶어요. 장난치듯 농담을 하고 싶으면 다른 분을 찾으세요. 물론 임대도 없던 얘기로 하고요. 유 소장님 사무실은 다른 건물주님께 알아보는 게 좋을 듯 싶네요."

유석원은 아무 말 없이 열매를 쳐다보았다. 그러고는 최대한 덤덤하게 진심을 담아 말했다.

"저는 금광빌딩이 아니면 굳이 작업실을 얻을 이유가 없습니다, 이열매 씨."

장난스럽던 분위기가 차갑고 심각해지자 열매는 불편해졌다. 그가 더 심각한 말을 꺼내기 전에 어색한 상황을 피하고 싶었다.

"이열매, 열매야."

그때 4층 창문에서 민정의 고개가 삐죽 나오는가 싶더니 열매를 불렀다. 열매는 고개를 들어 그녀를 보았다. 민정은 손짓까지 하면서 그녀를 부르기 시작했다.

"언니가 불러서 올라가봐야 할 것 같아요. 유 소장님은 일 보세요."

열매는 핑계 삼아 뒤돌아 금광빌딩 안으로 뛰어 들어갔다. 유석원이 쫓아오는 것도 아닌데 급하게 뛰다시피 계단을 올라갔다. 열매는 가쁜 숨을 쉬며 집 안으로 들어갔다.

열매가 들어오자 민정은 반짝이는 눈으로 열매를 쳐다보았다.

"열매야, 유 소장과 연애하는 거야? 내가 방해한 건 아니지?"

"아니에요."

열매가 오해하지 말라는 투로 손을 흔들었다.

"그래? 근데 아까 고자가 널 왜 그냥 지나쳤다니? 궁금해서 미칠 것 같아."

"그건 저도 모르겠는데요. 절 못 알아본 건 아닐까요?"

"설마."

민정은 손가락 끝을 잘근거리며 심각한 표정을 지었다.

"지금 보니 유 소장과의 그림도 괜찮아 보이긴 하지만, 전남편이 빤히 보고 있는 데서 연애가 좀 껄끄럽긴 하겠다. 이혼한 지 얼마 되지도 않았고."

전남편이라는 단어를 들으니 가슴이 찡했다. 아직은 듣기 힘든 아픈 말이다.

"열매야, 너 정말 도윤에게 위자료 안 받을 거야? 돈이라도 챙겨야 이혼녀란 딱지가 억울하지 않은데. 이혼하기 전에 확실하게 합의는 한 거지?"

"아뇨."

그러고 보니 이혼장을 던지고 나온 게 전부였다. 열매의 표정을 보며 민정이 어이없다는 듯 목소리 톤이 올라갔다.

"고자와 이혼 된 건 확실하니?"

"당연히 이혼이……."

열매는 미간을 찌푸리더니 골똘한 표정으로 생각에 잠겼다. 분명 2년 전 이혼 서류를 던져놓고 나왔고, 이혼이 되었다 생각하고 지냈다. 열매는 갑자기 뒷골이 당겼다. 왜 당연히 이혼이 되어 있다고 생각한 걸까. 그녀가 확인을 안 한 게 있었다.

그녀는 급하게 노트북을 열고 전원 버튼을 눌렀다. 컴퓨터가 부팅되는 짧은 시간이 영원처럼 길게 느껴졌다. 불안한 마음에 발바닥이 연신 바닥을 때리고 있다.

그녀는 화면이 켜지자 바로 인터넷에 접속했다. 민원 사이트에 들어가 등본 메뉴를 클릭한 후 개인 정보를 입력하기 시작했다. 등본이 열렸다. 민정이 궁금한 듯 모니터를 쳐다보며 중얼거리며 읽는다.

"이열매의 주소는 아직 청담 도그빌라이고, 세대주는 도윤이네."

아무리 뚫어지게 쳐다봐도 이열매는 도윤의 '처'라고 기재되어 있다. 열매의 얼굴이 하얗게 사색이 되어간다.

그와 이혼이 안 되어 있다.

고급스런 인테리어가 돋보이는 사무실, 긴 소파에 민정이 다리를 꼰 채 앉아 있다. 홀짝거리며 마시고 있는 커피 잔을 살짝 쥔 손가락들. 그 희고 긴 손가락 끝에는 손질이 잘된 손톱이 반짝이며 빛나고 있다. 그런 그녀 옆에 커피 잔을 어정쩡하게 든 채 인상을 쓰고 앉아 있는 열매도 보인다.

"아, 달달한 믹스커피 마시고 싶다."

"이열매, 믹스커피 칼로리가 얼만 줄 알아? 우리는 평생 아메리카노만을 사랑해야 해. 요요라는 놈이 언제든지 다가올 수 있다구."

"휴우."

민정의 말에 열매는 나직이 한숨을 쉬며 쓴 커피를 홀짝거렸다. 열매는 커피 잔을 테이블에 내려놓으며 사무실을 둘러보았다.

"이 고급스런 인테리어 비용의 반을 내가 댄 거나 다름없지. 물론 도둑놈의 지갑에서 다 나왔겠지만."

"처음에는 이렇게 화려하지 않았나 봐요?"

"매해 화려해지던데."

"그렇군요."

"이분처럼 확실한 분은 없다."

민정이 열매의 손을 잡으며 확신에 찬 목소리로 다시 한 번 강조했다.

"그렇다고 이런 곳까지 올 필요는 없는데……."

"이열매, 내가 나서지 않으면 그대는 죽을 때까지 이혼을 못할 것 같단 말이지. 이젠 내가 못 믿어."

하긴, 내가 생각해도 자신처럼 한심한 사람은 없을 것이다. 이혼 서류만 휙 던져놓고는 확인을 한 번도 안 하다니. 생각할수록 기가 막힌다.

"난 정말 이해가 안 된다. 그동안 이열매는 뭐 한 걸까?"

"등본 떼볼 일이 없잖아요. 다이어트 때문에 정신도 없었고."

"다이어트와 이혼은 상관이 없거든. 당연히 네 문제인데 확인을 했어야지. 바로 앞 도도타워가 베이비펭거 본사인데 앞으로 매일 얼굴 어떻게 볼 거야?"

"언니, 도윤 회장님이 한가한 줄 알아요? 같이 살 때도 보기 힘든 얼굴이었어요. 신랑 얼굴 보기가 하늘에 별 따기였다고요."

민정은 대책 없이 긍정적이기만 한 열매의 말에 어이가 없었다.

"자알- 났다. 지나간 과거사야 어쩔 수 없다 치고. 당면한 이 문제 어쩔 거야?"

"이혼해야죠. 다만 몇 년 만에 불쑥 얼굴 내밀고 이혼해 달라고 하기가 뻘쭘해서요."

정확하게는 스스로의 마음을 잘 모르겠다.

"휴우. 이혼이 하고 싶긴 하고?"

열매의 멍한 표정을 보며 민정은 가슴을 치며 답답해했다.

"어쨌든 조용히 해결하고 싶어요."

"그러니 아직까지 못하고 있지."

민정은 고개를 절레절레 저으며 한숨을 쉬었다. 이혼이 되어 있는 줄 알았더니, 별거 상태 중이었던 이 둔탱이를 어찌하면 좋을까.

"이열매, 아무래도 이 방면에는 내가 선수이니 이 언니만 믿고 여기서 해결해. 어, 나오시네. 강 변호사님, 여기요."

김민정의 입꼬리가 비정상적으로 움찔거리더니 벌떡 일어나 손까지 흔든다.

"어우, 오랜만이십니다. 육전님."

"어머, 오랜만에 듣는 호칭이라 정겹네요. 호호호."

"우리 육전님, 어쩐 일로 또 찾아오셨는지요? 혹시 이혼 소송?"

"아이 참, 강 변호사님도. 제가 매일 이혼만 하나요. 호호. 열매야 인사드려. 이분이 내가 이혼할 때 도둑놈에게 거하게 위자료 받아주신 이혼 전문 변호사님이셔."

열매는 민정이 소개하는 변호사의 얼굴을 뚫어지게 쳐다보았다. 이 사람, 많이 보던 사람이다. 도퇴클럽 회원들이 법적 자문을 위해 애용하시는 분으로, 도둑놈의 껍데기를 많이 벗기신 분이다. 무엇보다 도퇴클럽의 에메랄드 회원들의 집단 성추행 사건을 맡으신 분으로 유명하다.

'도도'를 사랑하는, '도도'의 모든 것을 알고 있는 분. 도씨 일가의 행적을 낱낱이 알고 있기에, 민정의 말대로 도윤과 깨끗하게 이혼하기 위해 반드시 필요한, 전혀 부족함이 없는, 최적의 변호사다.

"여기 이분이 도둑놈의 손자와 이혼을 하고 싶어 하시는데 우리 변호사님, 혹시 구미가 당기시는지요?"

"도윤 회장 말씀이십니까? 도두농 명예회장이야 여자를 엄청 밝히니 이런 소송이 끊이지 않는다지만, 도윤 회장은 여자관계에 있어서 그렇게 깨끗하기가 힘들 정도인 분이신데. 소처럼 일만 하는 사람이잖아요. 잘생기고, 돈 많고. 최고의 남편감인데 왜 이혼을 하시려는 거죠?"

강 변호사는 고개를 갸웃거리며 열매를 쳐다보았다. 이런 반응은 예상했던지라 열매는 나직이 한숨을 쉬며 입을 열었다.

"변호사님, 부부관계는 당사자만이 알겠지요."

"그거야 그렇지요."

열매도 도윤이 대외적으로 흠잡을 데 없는 완벽한 남성이라는 건 알고 있다. 그런 그와 이혼을 한다니 이상하게 보는 것이 당연지사다.

"예를 들자면, 부부관계가 안 된다거나 와이프가 집을 나갔는데 몇 년 동안 찾지 않는 것도 이혼 사유가 되는 거 아닌가요?"

"그렇지요."

"이런 경우 위자료 왕창 뜯을 수 있지 않나요?"

민정이 어느새 그들의 대화에 끼어들었다. 민정은 열매가 위자료로 얼마를 받을 수 있는지가 제일 궁금한가 보다.

"도두농 회장님이야 하도 많이 뜯기셔서 남은 재산도 별로 없지만, 도윤 회장님은 다를 겁니다. 일단 거주하시는 도그빌라의 시가만 해도 만만치 않은 금액이 나오지요."

"그렇죠? 봐, 열매야. 거하게 받을 수 있잖아. 그런 걸 왜 포기해."

"저에게 맡겨만 주십시오. '도도' 하면 저 강 변호사 아닙니까? 아주 도도 일가의 껍데기를 홀라당 벗겨드리겠습니다."

"네, 믿음직스러워요. 이번에도 강 변호사님만 믿을게요."

민정과 강 변호사는 파이팅을 하듯 두 주먹을 불끈 쥐고 서로를 바라보며 승리의 미소를 나누고 있다. 그 모습에 열매는 한숨만 푹 푹 나온다.

이렇게 되면 내가 도퇴클럽의 회원들과 다를 바가 뭐가 있겠는가. 아무래도 결국은 도윤과 직접 만나 조용히 해결해야 할 것 같다.

이후 강 변호사 또한 양심 때문인지, 아니면 차마 도윤만큼은 직접 건드리고 싶지 않은 건지, 민정이 사무실 직원과 수다를 떨고 있는 틈을 타서 열매에게 합의 이혼을 하는 게 좋을 것 같다고 살며시 귀띔을 했다. 그런 그가 이해도 되는 것이, 강 변호사는 그동안 도두농의 소송에서 많은 이익을 챙겼고 지금도 여러 소송들이 걸려 있다. 게다가 도두농의 소송비 중 상당액이 도윤의 주머니에서 나오고 있는 것을 알고 있는 그가, 돈을 잘 벌고 있는 도윤은 건드리고 싶진 않을 것이다.

열매의 가방 안에는 강 변호사가 슬쩍 넣어준 이혼합의서가 있다. 이제 도윤을 만나 도장을 받기만 하면 깨끗하게 정리된다. 열매는 도도타워 앞에 섰다. 그와 만나서 이혼에 대해 확실하게 이야기를 나눌 때가 온 것이다.

"오늘은 시간이 된다니 다행입니다. 계속 자리를 마련하고 싶었는데. 네, 지금 출발하겠습니다."

익숙한 음성이 들린다. 열매는 도도타워에서 전화를 받으며 걸어 나오는 도윤을 보았다. 하늘이 도왔다 싶어 그에게 다가가 말을 걸려고 했다. 하지만 그는 전화 통화에 신경을 쓰느라 열매를 보지 못했는지 그냥 지나쳐 도로변에 서 있는 자신의 차에 바로 오르는 것이 아닌가?

얼마 전 오픈식날만 해도 열매는 그가 자신을 못 알아본 건지, 아니면 모르는 척한 건지 긴가민가했었다. 하지만 오늘 도윤의 행동을 보니 못 알아보는 듯하다. 그녀는 화가 치밀어 올랐다. 어떻게 3년이나 같이 산 자기 아내를 못 알아본다는 말인가. 이건 말이 안 된다.

"택시- 아저씨, 저 차를 쫓아가주세요. 무조건요."

절대로 오늘은 그대로 넘어가지 않겠다. 도윤, 너 내 손에 죽었어. 그동안 성질 죽이고 있었지만, 나를 만만하게 본 걸 후회하게 만들어줄 거다.

도윤의 차가 강남의 고급 술집 앞에 섰고, 차에서 내린 도윤은 주변을 힐끗 둘러보고는 건물 안으로 들어갔다.

택시에서 내린 열매는 심호흡을 크게 하고는 도윤이 들어간 술집 안으로 따라 들어갔다. 현관을 지나 넓은 홀이 있고, 그 홀 좌, 우, 중앙으로 미로처럼 이어져 있는 룸들과 그곳을 왔다 갔다 하는 젊은 웨이터들이 보였다.

열매는 도윤이 어디로 들어갔는지 몰라 잠시 멍하니 서 있었다. 예전 열매가 주로 애용하던 저렴한 호프집과는 완전 다르다. 안으로 들어가자마자 옹기종기 모여 있는 손님들 속에 도윤이 있을 거라는 예상은 완전히 빗나갔다. 미로 같은 구조를 보자 숨이 턱 막혀왔다.

지나가는 웨이터를 붙잡고 물어봐야 하나 고민하는 순간 반가운 목소리가 들려왔다.

"건물주님이 여기 웬일이십니까?"

그 목소리의 주인공은 유석원이었다.

"유 소장님이야말로 무슨 일로?"

생각지도 못한 장소에게 그를 만나자 열매는 귀신을 본 것처럼 화들짝 놀랐다.

"저야, 회식 때문에 왔는데요?"

"회식이요?"

열매는 멍한 표정으로 그의 말을 따라 하고 말았다. 유석원은 토끼같이 눈을 동그랗게 뜬 열매를 보고 씩 웃으며 대꾸했다.

"도윤 회장님이 그동안 고생했다고 한번 거하게 쏘신다 했는데, 다들 시간이 안 나 미루다 오늘 날 잡았거든요."

"아, 그랬군요."

"그런 건물주님은 여기 왜 오셨습니까?"

열매를 바라보는 유석원의 눈매가 가늘게 휘었다.

"아, 그게…… 오늘 친한 친구를 만나기로 해서요."

"네? 건물주님이 이런 곳에서 약속이 있다고요?"

유석원이 의심의 눈초리를 거둘 생각을 안 하자, 열매는 급하게 말을 돌렸다.

"근데 제가 약속 장소를 잘못 알았나 봐요. 안 그래도 지금 가려고 했어요."

"아, 그랬군요. 저도 설마 했습니다. 이곳이 불건전한 곳은 아니지만 친구를 만나 가볍게 놀 만한 곳은 아니거든요."

"건전함과는 거리가 멀어 보이긴 하네요."

열매는 주변을 훑어보며 고개를 끄덕였다. 짧은 미니스커트에 진한 화장을 한 여자들이 눈에 띄는 걸 보니 이곳이 적어도 건전한 만남의 장소는 아니라는 건 쉽게 짐작할 수 있었다.

이제는 상관없는 남이 되겠지만 그래도 감시하는 와이프가 없다고 여자를 옆에 끼고 술이라도 마시겠다는 의도인가 싶어 열매는 기분이 나빴다. 상상만으로 화가 치밀어 올랐다.

"건물주님, 그렇다고 이상한 눈으로 보시면 안 됩니다. 저는 정말로 건전하게 놉니다."

"뭐, 저와는 상관없지요. 재미나게 노세요."

"건물주님."

열매가 뒤돌아 나가려 하자 유석원이 다급하게 그녀의 부르며 팔을 잡았다.

"정 못 믿으시겠다면 동석하시든가요."

"제가 끼면 자리가 어색해지잖아요."

"어차피 오늘 그렇게 편한 자리는 아니에요. 술도 좋은 사람과 마셔야 좋은 거지, 오늘은 불편한 사람이 있어서."

유석원이 말하는 사람은 도윤이겠지. 그를 편하게 생각하는 사람이 몇이나 될까.

"······그래도 될까요?"

"건물주님이 같이 참석하신다면 저야 좋지요."

"정 그러시다면······."

열매는 결국 못 이기는 척 자연스럽게 유석원의 뒤를 쫓아 회식이 한창인 룸 안으로 들어갔다. 열매와 유석원이 나란히 모습을 드러내자 노다지에서 자주 보았던 유 소장의 직원들이 두 손 벌려 환영했다.

"우리 소장님, 건물주님과 함께 납시셨네요. 드디어 작업 성공하신 건가요?"

"소장님, 축하드립니다."

모든 이들의 시선이 한꺼번에 자신들에게 몰리자 유석원은 민망한지 헛기침을 했다.

"흠흠, 그런 거 아닙니다. 우연히 마주쳐서."

"에이. 그런 저렴한 변명은 그만두시고 앉으세요."

열매는 그들의 말이 귀에 들어오지 않았다. 그녀의 눈은 한 사람에게 고정되어 있었다. 편해 보이는 의자에 고고한 학처럼 앉아 술잔을 기울이는 그를 보자 심장이 쿵 하고 떨어졌다. 그는 열매의 시선을 느꼈는지 고개를 천천히 들었고, 눈이 마주쳤다.

2년 만인가? 그를 제대로 보는 것이…….

시선이 마주치자 잠시 멈추었던 심장이 그녀의 허락도 없이 사정없이 뛴다. 5년 전 창립파티 때 그와 눈이 마주쳤을 때도 이렇게 심장이 뛰었었다.

후우. 열매는 저절로 한숨이 새어 나왔다. 이놈의 지긋지긋한 짝사랑은 이혼을 결심하고 별거 중인 지금까지도 진행 중인 건지. 무슨 미련이 남아서 이 심장은 그를 잊지 못하는지.

도윤은 열매를 위아래로 훑어보며 미간에 주름을 지었다. 열매는 도윤과 마주 보는 자리에 앉았고, 유석원은 열매 바로 옆에 앉았다.

자고로 술이 들어가면 진심이 새어 나오는 법이다. 도윤을 앞에 두고 이혼을 할 때 하더라도, 이번에 확실하게 그의 마음을 알아낼 것이다. 과거의 열매는 도윤에게 무엇이었는지. 아직까지 이혼을 해주지 않고 자신을 붙잡고 있는 이유는 무엇인지. 반드시 듣고 말 거다. 그러기 위해서는 장애물들을 먼저 제거해야 한다.

열매는 주변을 쓰윽 훑어보며 인원을 체크하기 시작했다. 먼저 반짝거리는 눈으로 자신을 쳐다보는 유 소장의 직원들을 1순위로 보내고, 2순위로 바로 옆의 유 소장을 제거하면 마지막 도윤만 남게 될 것이다. 이번은 제대로 한판 붙을 수 있을 것이다.

그리고 그렇게 만들려면, 그 방법밖에 없다.

도윤과 살던 3년 동안 청담 도그빌라에서 살아남은 비법을 여기서 풀어야겠다. 도두농의 전처들과 심심하면 쳐들어오는 도퇴 클럽의 여인들을 위로하고, 설득하고, 때론 의식을 잃게 해 얌전히 택시에 태워 집으로 돌려보내던 그 방법. 한때 사전 김옥희와 사이코 정희수마저도 한 방에 보내버린 이열매의 비법을 경험하게 될 것이니, 너희들은 이곳에서 천상의 맛을 보게 되리라.

열매는 주문을 받기 위해 들어온 웨이터에게 손짓해 구석으로 불러냈다. 그녀는 차근하게 필요한 것들을 주문하기 시작했다.

"네? 이것들이 다 필요합니까?"

"확실하게 다 가지고 오셔야 해요. 좀 많긴 하지요?"

열매는 웨이터의 주머니에 하얀 수표를 한 장 찔러 넣으며 생긋 웃었다. 웨이터는 팁을 받자 얼굴이 환해지며 고개를 끄덕였다.

"주문하신 모든 것들, 한 가지도 빠짐없이 모두 다 가지고 오겠습니다."

"아이스크림은 녹지 않게. 잔들은 모두 다 시원하게. 순서 잊지 말고 계속 넣어주셔야 해요."

"염려 마십시오."

곧이어 웨이터들이 줄줄이 들고 들어오는 물건들의 화려함에 다들 눈이 휘둥그레 커졌다. 열매는 두 손을 깍지를 쥐고 흔들며 몸을 풀었다. 고개를 좌우로 흔들고 첫 번째 워밍업을 시작했다.

빈 글라스를 다다다다다다다 줄을 맞추어 세워둔 후, 맥주병을 손으로 막고 높게 쳐들어 흔들기 시작했다. 지금부터는 스피드가 관건. 손가락을 떼자 뿜어져 나오는 맥주를 세워져 있는 잔들에게 뿌리기 시작했다. 그 뒤, 맥주가 가득 담긴 글라스 위에 위스키가 담긴 잔을 차례차례 세웠다.

"와- 아- 아."

"우아."

쾅- 열매의 주먹이 테이블을 세게 내리쳤다.

맥주잔 위에 아슬아슬하게 세워둔 위스키 잔들이 열매가 테이블을 치자마자 도미노처럼 맥주잔 안에 톡톡톡톡 들어가면서 거품을 화려하게 풍풍풍풍 솟아내는 진풍경을 자아냈다. 그러는 사이 열매가 냅킨을 들어 다다다다, 글라스의 커다란 주둥이를 막으며 다다다다, 손목 스냅으로 돌리자 커다란 회오리가 술잔 바닥에서부터 일었다. 그 순간을 놓치지 않은 열매는 테이블 위에 술잔을 재빨리 내려놓고는 정확한 힘 조절로 멍하니 구경하는 이들 바로 앞에 제조된 폭탄주를 밀어 한 잔씩 휙휙휙휙 배달했다.

"첫 잔은 가볍게 원샷-!"

"……와, 이 맛은!"

"와아. 술이 이렇게 맛있기는 처음입니다."

열매의 특급 비법을 맛본 이들의 입에서 감탄사가 끊이지 않았다.

"이건 시작에 불과합니다."

열매는 생글생글 웃으며 손가락 깍지를 끼고 두둑 소리가 나게 꺾었다. 그러고 난 후 그녀는 주먹을 쥐락펴락하더니 가볍게 손목을 돌려 푼 뒤 제조를 계속했다.

"천상의 황금 비율로 이번에도 제대로 말아드리죠."

"이런 맛은 처음입니- 다- 앗!"

"아직 멀- 었습니다. 이번 건 그동안 고생 많으셨다는 의미로 고진감래주, 원샷-!"

"와우! 콜라맛이 납니다."

"이번 건, 한 번 마시면 힘이 솟는다, 에너자이저주. 다들 워언 샷-!"

"이것이 소문으로만 듣던 힘이 불끈불끈 난다는 그 에너자이저 주입니까?"

그들은 주신을 영접하듯 두 손으로 잔을 들어 꼴깍꼴깍 마시고 빈 잔을 머리 위에 털었다.

"이번에는 딸랑이들을 위한 충성주!"

쾅! 열매가 이마로 테이블을 치자, 글라스 위로 위스키 잔이 퐁 빠지면서 또 하나의 볼거리를 제공했다.

"와-"

짝짝짝짝. 전원이 일어서서 기립 박수를 치기 시작했다.

"워- 언- 샷-!"

열매의 외침에 그들은 혼이 나간 듯 잔을 들어 입에 털어 넣기 시작했다. 그 모습에 열매는 흐뭇한 미소를 지었다.

이 방법은 한 번에 적게는 한두 명, 많게는 수십 명씩 쳐들어오던 도퇴클럽 정회원과 준회원들의 퇴치용으로 쓰던 방법이다. 일단 많은 수들이 쳐들어올 때는, 그들이 난리를 치기 전에 화려한 볼거리로 시선을 빼앗고, 자신도 모르는 사이에 폭탄주를 흡입하게 만들어 혼을 빼놓는다. 그들이 정신을 차리려고 할 때는 이미 늦은 것이다.

그 솜씨가 아직 녹슬지 않았나 보다. 벌써 꽤 많은 이들이 신음을 하며 테이블과 바닥에 쓰러졌다. 이렇게 1단계로 대부분의 일반인들을 보내고 나면, 술이 센 몇 명만이 남게 된다. 이쯤 되면 2단계로 돌입한다. 죽 훑어보니 아직 유 소장 외에도 몇 명이 더 남아 있다. 열매의 눈이 가늘게 활처럼 휘었다. 이 난리 통에도 도윤은 고고한 학처럼 앉아 있다. 열매는 그가 언제까지 흐트림 없는 자세로 우아하게 술을 마시는지 두고 보기로 했다.

열매는 파이팅을 외치며 2단계를 위해 몸을 풀기 시작했다. 피라미드의 꼭대기를 정복하기 위해서는 다단계로 보내야 한다. 지금부터 행해질 방법은 사파이어와 루비 회원들을 위해 주로 써먹던 방법이다.

소주병을 조용히 든 열매는 살짝 흔들어 공중에 소주를 뿌렸다. 소주병에서 튀어나온 소주가 타원형을 그리며 비어 있는 잔에 명중되어 빈 잔을 채웠다. 분명 그들은 소주를 마셨지만, 마시기가 무섭게 잔이 저절로 채워지는 착시 현상을 느꼈다.

"어머, 한 번에 다 마셔야죠."

"엉, 분명히 원샷을 했는데요?"

"잔에 술이 남아 있잖아요."

"어, 이상- 해- 요. 잔이 비지 않아용."

술이 알딸딸하게 취해 있는 그들의 눈에는 열매의 손에 들려 있는 술병이 움찔하는 것만 보일 뿐, 자신의 잔에 술이 따라지는 것을 보지 못하기에 고개만 갸웃거렸다. 결국 비어지지 않는 마법의 소주잔을 연달아 비우던 소수의 강자들도 장렬하게 전사했다.

"저, 건물주님. 이건 어디서 배우신 겁니까?"

유석원은 열매의 진기명기 쇼에 입이 다물어질 생각을 안 한다.

"다 살기 위해 배운 거지요. 쳐내도, 쳐내도, 쳐들어오는 좀비 떼를 물리치기 위해 3년 내내 이 기술만 익혔다지요."

열매는 도윤 들으라는 듯 목청을 높여 유석원의 질문에 대답했다.

"과거 무슨 일을 하셨길래?"

"폭탄 제거반에서 일을 했지요."

밀려드는 폭탄들을 제거하기 위해 열매가 몸소 익힌 폭탄주였다. 누구도 흉내 낼 수 없는 열매만의 비법인 이 폭탄주는 논문을 쓰라고 해도 쓸 수 있다.

"가끔 죽여도, 죽여도, 살아나는 불사조들이 있긴 하지만 결국 깨끗하게 제거해냈지요."

"구, 군대에서 일을 하셨나…… 봅니다."

유석원은 술이 알딸딸하게 오르는지 미묘하게 혀가 꼬이기 시작했다. 그녀의 촉이 말한다. 그도 얼마 남지 않았다.

"군대 같은 계급이 있긴 했지요. 도윤 회장님에게는 아주 익숙하실 텐데."

"제가 익숙해야 하는 겁니까?"

도윤은 열매에게 시선을 돌리지 않은 채 덤덤히 말했다.

"글쎄요. 저한테만 익숙한 걸 수도 있지요."

열매와 도윤의 보이지 않는 기 싸움이 시작되었다.

"아, 유 소장님도 남자니까 하나 물어볼게요."

"네, 모, 모두 다 물어보십시오. 제가 아는 한 대답해드리지……요."

유석원은 채워진 술잔을 입 속에 털어 넣었다. 눈이 자꾸 감기는지 힘겹게 깜박거린다. 열매의 시선은 이 공간에 들어온 순간부터 도윤에게서 떨어지지 않고 있다. 그만이 그녀를 무시할 뿐. 열매는 오기가 생겼다.

"정말로 뚱뚱한 여자가 있었어요."

"네."

"그 뚱뚱한 여자에겐 3년을 사귄 남자 친구가 있었대요."

"네."

"여자는 남자를 많이 사랑했어요. 그러다 성적, 아, 아니 성격 차이로 여자가 이별을 고했대요."

"네."

유석원은 열매가 따라주는 술을 연신 받아 마시며 열매의 이야기에 영혼 없는 추임새를 넣었다.

"여자는 이별의 아픔을 이기고자 살을 무려 30킬로그램이나 뺐고, 자신을 꾸미기 시작했어요."

"아, 네."

"2년 만에 우연히 헤어진 남자 친구를 만났는데……."

"예, 예뻐진 여자 친구를 보고 놀랐겠군요. 그쵸?"

유석원은 꼬인 혀로 간신히 말을 이었다. 이제는 앞뒤로 몸이 휘청거릴 정도다. 술에서 깨면 지금의 이 대화를 기억 못 할 거라는데 열매는 전 재산을 걸 수도 있다.

"아뇨. 남자가 못 알아봤대요."

유석원은 취한 와중에도 못 믿겠다는 얼굴로 술 한 잔을 다시 비우고는 고개를 옆으로 까딱 움직이며 어색한 미소를 지어 보였다. 술이 취한 상태에서도 그건 아니라는 듯 연신 고개를 흔들었다.

"이 경우, 남자가 여자를 아예 못 알아볼 수 있나요?"

"성형도 아니고 살을 뺐다고 못 알아볼 리가요."

유석원은 인상을 찡그리며 검지 손가락을 들고 좌우로 흔들며 강하게 부정을 했다.

"그렇죠? 그게 정상인 거죠?"

열매가 시큰둥하게 술잔을 입에 대고 도윤을 노려보았다.

"핏, 제가 건물주님 살 빠졌다고 몰라보겠습니까? 뭐, 아예 처음부터 그 여자에게 관심이 없었다면 못 알아볼지도 모르지요."

"그런가요?"

"생각해보십시오. 관심이 있는 여자라면 왜 못 알아보겠습니까?"

유석원은 술에서 깨려는 듯 양손으로 자신의 뺨을 연신 쳤다. 찰싹거리는 소리와 함께 그는 열매를 보며 바보같이 환하게 웃었다.

"그렇죠?"

열매는 도윤을 바라보며 못마땅한 표정과 함께 입꼬리를 슬쩍 치켜 올렸다. 열매의 도발에도 그는 흔들림 없이 무표정하게 잔을 기울일 뿐이다. 정말 마음에 안 든다.

"하, 그- 렇- 지- 요. 어라? 근데 세상이 왜 이렇게 도는 거죠?"

유석원은 죽을힘을 다해 버티었지만 결국 지구가 돈다는 말과 함께 장렬하게 전사했다.

이제는 도윤과 열매 둘뿐이다. 마지막 전투가 시작되었다.

열매는 기분이 싱숭생숭했다. 아무리 형식적인 관계였다고 해도 3년을 부부로 살았다. 유석원의 말처럼 못 알아본다는 건 말이 안 된다.

도윤이 과연 남편일까, 아닐까?

이제는 구분이 되지도 않는다. 이혼 서류를 던지고 나온 순간부터 열매에게 도윤은 남편이 아니다. 오직 법적으로만 묶여 있는 남자가 남편이라 할 수 있는 걸까? 남보다 못한 남자를 남편이라 소개할 수 있는 걸까?

"못 알아보는 건지, 모른 척하는 건지, 여자는 여전히 확신이 서지 않나 본데…… 아닙니까?"

도윤이 긴 침묵을 깨고 입을 열었다.

"못 알아보는 척을 하는 건가요?"

"그런데, 여자가 남자를 정말 사랑하긴 했습니까?"

아무래도 그에게 진실을 들으려면 그를 취하게 만드는 수밖에 없을 거 같다. 취중진담이라고 했으니.

"도윤 회장님도 한잔하시죠. 황금 비율로 말은 겁니다."

열매가 도윤 앞에 잔을 쓰윽 내밀었다.

도윤이 씨익 웃는 것 같더니 열매가 내민 잔을 입으로 가지고 간다. 열매는 그의 입에 술이 털어지고 목울대로 꾸울꺽 내려가는 것을 보았다. 도윤이 원샷을 한 후 잔을 내려 술을 따르더니 열매에게 내밀었다.

"그대도 한잔하시지요."

"그럼요."

열매는 한 번에 털어 마신 후, 잔을 채워 도윤에게 내밀었다.

이제 남은 마지막 단계가 바로 다이아몬드 회원들을 위해 써먹던 방법. 대작!

네가 사냐 내가 사냐, 그것이 문제로다.

이 단계에서는 절대적으로 정신력에서 승패가 갈린다. 정신줄을 잘못 놓으면 아차 하는 사이에 개가 되는 최악의 상황에 빠지게 된다.

"지금 그쪽 표정을 보니 저에게 할 말이 많아 보이는데, 할 말

있으면 하시죠."

서늘한 그의 음성을 듣자 오기가 생겼다.

"너 회장님, 정말 모르는 거니? 아니면 모르는 척을 하는 거니?"

취기는 좁쌀만 한 용기를 수박만 하게도 만든다. 열매는 벌떡 일어나 삿대질을 시작했다. 열매의 열렬한 삿대질에도 그는 별 반응 없이 맥주병을 들어 글라스에 넘치게 따르더니, 위스키 잔에 양주를 채워 조용히 투하했다. 쏴- 하는 하얀 거품을 보며 도윤이 입을 열었다.

"저도 지금껏 고달픈 삶을 살다 보니, 그대와 견주어 손색이 없을 정도로 사람들을 미치게 만드는 최적의 황금 비율 제조법을 알고 있습니다."

"그러십- 니- 까?"

열매가 씩씩거리며 도윤을 노려보았지만, 그는 여유로워 보였다.

"그대처럼 오두방정으로 시선을 사로잡지는 못하겠지만, 나름 노하우가 있긴 합니다."

"아- 아, 그러시겠지요."

열매의 비꼬는 듯한 대답에 그의 입꼬리가 비정상적으로 말려 올라갔다.

"한 잔에 원하는 것들을 하나씩. 어떻습니까?"

"일종의 진실게임?"

"편할 대로 생각하시죠."

도윤이 직접 제조한 폭탄주 한 잔을 열매에게 내밀었다.

"……좋아요."

내가 수많은 도퇴클럽 회원들 위에 군림할 수 있었던 이유가 뭔지 아니? 바로 밑 빠진 독 같은 주량 때문이야. 도윤, 너는 오늘 내 손에 죽었어. 네 황금 비율이 어떨지 모르겠지만, 나에겐 절대 이기지 못할 거야.

도윤이 내민 잔을 열매가 한 입에 털어 넣었다. 그리고 다시 잔을 채워 도윤에게 밀었다. 그가 잔을 비우는 것을 본 열매는 갑자기 가방에서 이혼합의서를 꺼내 도윤에게 내밀었다.

"여기다 도장 찍어주세요."

"그게 뭡니까?"

"이혼장이요."

"이혼장?"

"이열매와 도윤의 이혼장이요. 이혼이 안 되어 있어 직접 접수하려고요. 빨리 찍어주세요."

열매는 도윤에게 서류를 꺼내 내밀고는 도장을 찍으라고 독촉했다. 도윤은 이혼장과 열매를 번갈아 쳐다보더니 잔에 술을 채워 다시 열매에게 내밀었다.

"직접 와야 합니다."

"네- 에? 지금 뭐라고 하셨죠?"

이건 또 무슨 소리? 정말 못 알아보는 건가? 아무리 정 없이 산 부부라고 하지만 겉모습이 조금 변했다고 못 알아보는 건 말이 안 된다.

"이혼 도장을 받기 원한다면 타당한 이유와 함께 당당하게 나서라고 전하십시오. 비겁하게 숨어 있는 건 이열매답지 않으니까."

서늘한 저 말투. 정말 나를 못 알아보는 거니? 아니면 놀리는 거니?

화가 났다. 열매는 한 번에 술을 털어 넣은 후, 잔을 채워 다시 도윤에게 내밀었다.

"사, 상관없지 않나요? 그냥 도장 찍어주세요. 알아서 법원에 제출할 테니."

"이열매가 이혼을 하고 싶어 하는 이유가 뭡니까?"

"알 필요 없잖아요."

"알 필요 없다? 난 궁금한데."

'네가 고자라 그런다'고, 어떻게 면전에 대고 말할까. 색만 밝히는 여자로 찍힐 바에는 이 자리에서 혀를 깨물고 자살하는 편이 나을 듯하다.

"자, 쓸데없는 소모전은 여기서 끝내시고 여기 도장이나 찍으시죠. 이열매는 도윤 회장님과 이혼을 간절히 원합니다. 자유의 몸으로 살고 싶어 해요."

"갑자기 자유를 찾는 이유가 궁금하긴 하지만, 이열매에게 말해주고 싶군요. 이혼을 하고 싶다면⋯⋯."

"하고 싶다면?"

뜸을 들이는 그의 느릿한 말에 입 안이 바싹 말라 들어간다. 그의 행동에 천불이 나는 건 열매뿐이다.

"나에게 준다고 한 것을 다 주기 전에는 이혼이 불가하다고⋯⋯."

"주기로 한 게 뭔데요? 제가 알기로는 없는데요?"

열매는 답답함에 가슴을 치며 테이블에 놓여 있는 물컵을 들어 벌컥벌컥 마셨다. 그는 열매의 행동을 느긋이 지켜보면서 중얼거렸다.

"알아듣지 못하면 곤란한데."

야, 도윤, 이 썩을 놈아. 내가 당사자야. 도대체 뭘 말하는 거니? 내가 너에게 줄 게 뭐가 있는데. 뭐가 있냐고, 도대체.

그사이 도윤은 열매가 내밀었던 술잔을 비우고 새로 잔을 채우기 시작했다. 조명 탓일까? 폭탄주를 제조하는 그의 긴 손가락이 우아하게 보인다. 열매처럼 온몸을 불사르지 않음에도 맥주잔에서 화려한 빛이 나는 것 같은 착각마저 든다.

맥주잔 안에 빛나는 돌을 담았나? 열매는 그가 조용히 내미는 잔을 들고 이리저리 살펴보았다.

"드시지요. 그대가 좋아하는 원샷으로."

열매가 잔을 입으로 가지고 가자, 그의 입꼬리가 비정상적으로 올라가고 있다는 착각이 들었다. 표정 없는 그가 웃을 리가 없다. 이건 본디 비웃음. 열매는 오기가 생겨 꿀꺽꿀꺽 숨 쉴 겨를도 없이 마셨다.

오늘, 너 죽고 나 살자꾸나. 밤은 길다.

열매가 눈을 떴다. 천장에 달려 있는 샹들리에가 낯설지만 익숙하다. 결혼한 지 1년째였던가. 크리스탈이 촘촘히 박혀 있는 저 샹들리에는 '남편의 밤일이 달라진다'라는 이름의 한 인터넷 카페의 우수 회원에게 영업당해 고가의 금액을 주고 구입한 등이다. 그 우수 회원님의 말을 빌리자면 이 샹들리에의 불빛 아래에 서는 모든 여자들이 비너스처럼 보인다고 했다. 열매는 자신의 몸매가 고대 비너스의 조각처럼 풍만하니 플러스 요인이 될 거란 생각에 우수 회원의 말만 믿고 수많은 밤들을 야시시한 불빛 밑에서 도윤을 유혹하고자 시도했었다. 하지만 돌아온 건 그의 사늘한 시선뿐이었던 흑역사, 어두운 기억뿐이다. 샹들리에를 보니 지나간 아픔들이 기억나 가슴이 콕콕 쑤셔왔다.

"저 등을 반품했어야 했는…… 엉? 왜 저 등이 여기 있는 거지?"

등 뒤로 느껴지는 폭신한 시트의 감촉도 낯설다. 열매는 놀라 벌떡 일어났다.

이, 이곳은?

열매는 입을 악물며 소리 없는 비명을 지르면서 머리를 쥐어뜯었지만 아무런 기억이 나지 않는다.

'도윤, 너 사람을 앞에 두고 개무시하면 안 되는 거야.'

'너 입에다 지퍼 채웠니? 말 좀 해봐, 아, 이 시끼야.'

기억이 아예 나지 않는 건 아니었다. 이상하고 요상한 기억들이 단편적으로 떠오르기 시작했다. 그중에서도 가장 충격적인 폭탄 발언은, 그건, 바로 바로…….

'너, 한번 확인해보자. 고. 자. 가 맞는지.'

도윤의 바지 허리띠를 붙잡고 바지를 벗기려고 하는 영상은 과연 팩트인 걸까? 아, 설마? 내가 그 소위 말하는 술 먹다 필름 끊겨, 개가 되어 개집으로 기어 들어가는…… 뭐 그런 개 같은 상황을 만든 건 아니겠지?

"아아악-"

열매는 시트를 입 안에 쑤셔 넣으며 새어 나오는 비명을 틀어막았다. 열매의 눈에 홀랑 벗고 있는 남자의 넓은 등짝이 보였기 때문이다. 나, 밤새 무슨 짓을 한 거니?

넓은 저 등짝을 보니, 이곳이 어디인지 알 것 같다.

내가 왜! 도그빌라 101호에 와 있는 거니?

4. 정말 모르니?

　도도타워의 신축 공사를 맡은 SJ건설 팀의 회식 자리에 유석원이 열매를 대동하고 나타났을 때는 적잖이 놀랐다. 집을 나간 뒤 2년 동안 자신을 전혀 찾지 않았다고 열매가 오해를 하고 있는 상황에 대해 변명거리는 없었지만, 그렇다고 할 말이 없는 건 아니다.

　"첫 잔은 가볍게 원샷! 천상의 황금 비율이지요. 이번에도 제대로 말아드리죠."

　이열매가 있던 곳은 항상 시끄러웠다. 살이 빠졌다고 하지만 그녀의 행동은 변한 게 하나도 없다.

　"이번 건, 한 번 마시면 힘이 솟는다. 에너자이저주. 다들 워언샷-!"

　그가 알고 있던 것 이상으로 그녀는 심하게 오두방정을 떨며 그가 알지 못했던 신세계를 보여주었다. 현란한 폭탄주 제조 실력으로, 이것으로 그동안 도두농의 여자들을 퇴치했다는 것이 놀라웠지만 한편으로는 이열매답다는 생각이 들었다.

내가 열매와 결혼을 해야겠다고 결심하게 된 것도 그녀의 기죽지 않는 활발함과 어디로 튈지 모르는 엉뚱함, 그리고 무엇보다 도두농의 추행에 당당하게 맞서는 강단이 마음에 들어서였다.

"폭탄 제거반에서 일을 했지요."

이열매가 도윤을 노려보자 도윤은 생각에 잠겼다.

이열매와의 결혼 후에도 그를 포기하지 못하고 그의 관심을 끌려고 시도했던 여자들로 인해 도윤은 골치가 아팠다. 하지만 그런 접근들을 이열매는 귀신같이 알고 처리해주었다. 그녀 덕분에 도윤이 편했던 건 사실이다. 이기적이라고 욕해도 어쩔 수 없다.

도윤이 과거를 회상하고 있는 사이, 자신을 제외한 모두를 쓰러뜨린 열매는 술잔을 또다시 비우고 있었다.

쾅-. 원샷을 한 열매가 술잔을 테이블에 힘껏 내리치더니 벌떡 일어났다.

"도윤, 이, 이…… 개 베이비 같은 놈아. 너, 가동이 잘되나 확인 좀 해보자."

취한 건가?

조금 전까지 멀쩡하게 폭탄주를 말던 열매였지만 갑자기 취기가 올랐는지 혀가 꼬이고 서 있는 것도 힘든지 몸이 비틀거리고 있다.

"너, 자꾸 나 무시할래? 내 말은 왜 씹는 거야? 사람이 물었으면 대답을 해야지."

이열매가 눈이 풀린 채 도윤에게 비틀비틀 다가오더니 앞에 있는 테이블을 확 밀쳤다. 열매의 괴력에 묵직한 원목 테이블이 가볍게 밀쳐지더니 벽에 부딪치며 굉음을 냈다. 그 바람에 테이블 위의 술병들과 술잔들이 바닥에 떨어지면서 아수라장이 되어버렸지만 열매는 개의치 않고 도윤에게 돌진했다. 도윤은 순식간에 앞에 놓인 테이블이 사라지고 그 자리에 열매가 서 있는 것을 보았다. 그녀는 도윤을 잡아먹을 듯 노려보다 그의 허벅지 위에 올라 앉았다. 그녀가 입은 짧은 미니스커트가 말려 올라가면서 야릇한 포즈가 취해졌다.

"지금 뭐 하는 짓……."

열매가 입을 실룩거리며 악물더니 도윤의 양 볼을 있는 힘껏 움켜쥐고 확 잡아당겼다.

"뭐 하는 짓이긴. 이걸 그냥 확- 패버렸으면 속이 다 후련하겠네."

알코올의 힘인지 그녀는 주위 상황을 고려하지 않고 버럭 소리를 질렀다. 도윤은 그들의 민망한 자세를 누가 볼까 싶어 고개를 돌리려 했지만 열매가 힘주어 잡고 있어 움직이지도 못했다.

"무, 무슨 짓 입니까? 부, 부인."

도윤은 이를 악물며 나직하게 대꾸했다.

"부인? 허, 모르는 게 아니었네. 역시 알고도 모른 척한 거였어. 이 망할……."

"술이 과하셨습니다, 부인. 이 손이나 놓으시죠."

"너! 내가 집을 나갔는데 찾지도 않고. 난 너에게 투명인간이었니?"

왜 안 찾았냐고? 왜 모른 척을 했냐고?

도윤은 도두농 덕에 이혼장만 봐도 속이 메스껍고 구역질이 난다. 자신에게는 절대 있어서는 안 될 이혼을, 그 이혼을 하겠다고 종이 몇 장 던져놓고는 이열매가 집을 나갔다. 뒤통수를 아주 제대로 맞은 느낌이었다. 그 나이에 또 사고를 친 도두농보다는 아무 말도 없이 이혼장을 던지고 나간 이열매에게 더 화가 났다.

한 달 정도는 화가 나 이혼장도, 열매도 보고 싶지 않았다. 얼마 후 공사 현장을 방문했을 때 본 열매는 평소와 달리 활기에 차 있었다. 차마 다시 데려오기 미안할 정도로. 그래서 그 자유를 더 만끽하도록 내버려두었건만 이제 와서 왜 안 찾았냐고?

이열매, 네가 알아야 할 것이 있다. 우리에게 이혼은 없어. 둘 중 누구 하나 죽어서 사별하지 않는 이상 우리 호적이 도두농의 그것처럼 너덜너덜해질 일은 절대 안 만들 거다.

"너, 사람 가지고 노니까 재미있니? 딸꾹."

도윤의 양 볼을 잡은 이열매의 손길이 점점 거세지자, 도윤은 그녀의 손을 잡아떼려고 했다. 하지만 술에 취한 그녀의 손은 그의 볼을 더욱 욱죌 뿐이었다. 설상가상으로 허벅지에 올라탄 그녀가 떨어지지 않으려는 듯 양 다리를 벌려 도윤의 허리를 감싸 안았다. 그 과정에서 부드러운 여체가 중심부에 밀착되면서 알딸딸하던 취기가 훅 치솟아 올랐다. 얼굴이 화끈거리고 온몸이 활활 타오르는 것 같다.

이열매가 도윤의 볼을 잡고 흔들 때마다 중심부가 욱죄어온다. 살살 흔드는 그녀의 엉덩이 움직임에 도윤은 낮은 신음을 내뱉었다.

"젠장. 이열매, 경고하는데, 떨어져."

"너, 그러면 안 되는 거야."

"떨어지라고 경고했어."

"떨어질 테니까 이혼장에 도장이나 찍어. 이 시끼…… 헉."

취기 때문인가? 도윤은 눈앞에서 달싹거리는 열매의 입술이 맛있어 보였다. 난, 분명 경고했다. 지금 네가 먼저 자극한 거야. 내가 아무리 참는다 해도 나도 남자야. 도두농의 피가 흐르는 짐승 같은 남자.

도윤이 열매의 입술을 거칠게 덮쳤다. 열매는 놀란 토끼눈을 했다. 훕, 하고 갑자기 삼킨 숨 때문인지 열매의 얼굴이 점점 빨개진다. 도윤의 볼을 붙잡고 있던 손이 스르륵 풀린다. 수줍은 듯 오물거리는 열매의 입술이 부드럽다. 입술이 맞닿아 있을 뿐인데 새콤한 맛의 과일을 베어 문 듯 입 안의 침샘이 자극되었다. 그녀의 입술을 좀 더 강하게 짓누르자 그 힘에 입술이 살짝 벌어졌고, 도윤은 굶주린 사람처럼 그 안으로 사정없이 혀를 밀어 넣었다. 젤리같이 말랑한 혀가 닿자 도윤의 혀가 그것을 감싸고 빨아들였다. 달달한 맛이 났다.

그는 한 손으로는 열매의 뒤통수를 잡고, 다른 팔은 허리를 휘감아 잡아당겼다.

"으응."

열매의 입에서 야릇한 소리가 새어 나온다. 그녀의 신음에 도윤의 손가락에 힘이 들어간다. 그녀의 머리카락 속에 박혀 있는 손가락 마디마디가 떨려온다. 그의 혀가 깊숙이 파고 들어가 그녀의 입 천장과 잇몸을 훑고 혀를 빨아당겼다. 이가 부딪치는 소리와 혀를 빨아당기는 소리가 야릇하다. 열매도 그의 혀뿌리가 뽑힐 만큼 강하게 반응하고 있다.

여자와의 접촉, 타액……. 도윤에겐 상상만 해도 진절머리 나도록 싫었던 행위들이었다. 이열매가 폭탄주에 이상한 약을 탄 것일까? 멈출 수가 없다. 그녀의 엉덩이에 깔려 있는 그의 중심부는 팽팽하게 부풀어 오르고 있다.

"아, 응……."

열매의 입에서 가냘픈 신음이 흘러나온다. 그녀가 두 손으로 그의 목을 감싸자 그들의 몸은 완전히 밀착되었다. 이제는 이곳이 어디인지 상관없다. 처음부터 둘만 있었던 것처럼, 그들은 서로의 몸을 탐했다. 도윤은 그녀의 달달한 맛에, 달콤한 향에 정신을 차릴 수가 없다. 그의 허리에 감겨 있는 열매의 다리에 힘이 들어간다.

"으흐."

이를 악물고 참으려 했지만 그녀가 힘을 줄 때마다 압박이 가해지는 중심부는 활화산같이 절절 끓어오르고 있다. 더 이상은 위험했다. 머리에 경고음이 울렸다. 이곳에서 일을 벌인다면 도두농과 다를 바가 없다. 순간 도윤은 정신을 차리고 행위를 멈췄다.

"……하아. 후우. 하아."

열매는 가쁜 숨을 쉬며 도윤을 쳐다본다. 타액으로 번들거리는 부푼 입술이 지독히도 색정적이다. 그의 긴 손가락이 그녀의 입술을 눌렀다.

"……딸꾹."

아직 그녀는 상황 파악이 안 되는지 멍한 표정으로 도윤을 쳐다보고 있다.

"딸꾹, 딸꾹, 딸꾹."

놀래서 눈만 동그래져 딸꾹질을 하고 있는 열매를 보며 도윤은 돌이킬 수 없는 실수를 하기 전에 이곳에서 그녀를 데리고 나가야 되겠다는 생각을 했다. 도윤은 열매를 소파에 앉혀놓고 테이블의 벨을 눌러 웨이터를 호출했다.

"네. 필요하신 것이 있으십니까."

웨이터들이 들어오자, 도윤은 아무렇지 않은 듯 그들에게 카드를 내밀었다.

"계산해주시고, 여기 쓰러져 있는 분들, 수고스럽겠지만 택시 좀 태워주십시오. 이건 팁입니다."

윤의 지갑에서 하얀 수표들이 나오자 그들의 표정이 밝아졌다.

"걱정하지 마십시오."

그들이 계산을 마친 카드를 가지고 오자, 도윤은 소파에 멍하게 앉아 있는 열매를 번쩍 안아 어깨에 둘러멨다.

"내려놔. 내 가방."

그제야 정신을 차렸는지 열매는 도윤의 등을 두드리며 발을 버둥거렸지만, 도윤은 그녀의 다리를 꽉 잡았다.

"내, 내려놔."

버둥거리는 틈에도 소파에서 가방을 낚아챈 그녀는 가방으로 도윤의 등을 펑펑 때렸다. 도윤은 자신의 어깨에 매달려 있으면서 챙길 건 다 챙기는 열매에게 실소를 금치 못했다.

도윤은 밖에 대기하고 있던 기사가 열어준 뒷좌석에 열매를 던지듯 집어넣으며 자신도 차에 탔다.

"집으로 가시죠."

열매는 달다 115

"네, 회장님."

열매는 엎어져 있다 벌떡 몸을 일으켜 도윤에게 기어가 그에게 얼굴을 들이밀었다.

"너, 왜 나 모른 척했니? 응 말해봐. 이유가 뭐야."

"이열매, 성격 안 죽었네. 그래, 이렇게 나와야 이열매지. 성추행 하는 도두농의 중심부를 가격하던 이열매."

"너, 나 도두농 방패로 데려다 놓은 거지? 왜, 내가 또 필요하니? 그치. 도퇴클럽, 그 회원들이 장난이 아니지?"

열매는 억울함이 한꺼번에 치밀어 오르는지 목소리가 울컥했다. 갈라지고 쉿소리가 나면서도 흐느낌이 섞여 있다.

"그러니까, 나한테 왜 웃어줬냐고. 웃지만 않았어도 희망을 가지지 않았을 거 아냐."

열매는 손등으로 눈과 코를 훔치면서도 말을 멈추지 않았다. 열매를 쳐다보는 도윤의 표정이 심각해졌다. 그는 열매가 술김에 털어놓은 이야기에서 예전 그 아이가 열매였다는 사실을 알게 되었다. 이열매가 그 여자아이가 맞았다. 자신을 스토커하듯 훔쳐보던 그 아이.

"나 혼자 애태우고……. 못 알아보는 게 말이 되냐고."

"……."

할 말이 없었다. 술에 취한 열매의 투정이 어렸을 적 자신을 왜 기억 못하냐는 건지, 아니면 지금의 자신을 왜 못 알아보냐는 건지 헷갈린다. 어쩌면 둘 다일지도.

그동안 쌓인 한이 많았는지 집에 도착하는 순간까지 계속 불만을 쏟아내던 열매는 집으로 들어오고서도 또 한 번 불만을 터뜨렸다.

"가구가, 달랑 침대 하나야? 다른 것도 아니고 침대?"

열매가 종종거리며 어지럽게 집 안을 돌아다니고 있다. 도윤은 거실 한가운데 서서 그녀의 어이없는 행동을 지켜보았다.

"부인이 다 가지고 나가서 급한 대로 구입한 거지."

"아, 급했던 것이 침대 하나였다?"

열매가 도윤에게 다가오더니 눈에 힘을 주며 쏴대기 시작했다.

도윤은 이로써 열매의 술버릇을 알게 되었다. 평소에도 말수가 적은 편은 아니었지만 술에 취하면 말이 더 많아진다. 그리고 집요하게 대답을 원하고 따진다.

"나에게는 그 잘난 몸뚱이를 보여주지 않더니 어떤 여자를 집에 들이셨나?"

열매가 미간을 찡그리며 눈에 힘을 주고 있다. 술기운이 돌아 시야가 흐릿한지 눈을 비비며 고개를 흔들며 고래고래 술주정을 시작했다.

"창립 기념 파티에서 볼 때마다 당신이 가여웠다고. 표정 없는 인형처럼 생기 없는 당신이 안쓰러웠어. 나도 부모님을 잃었지만 항상 슬퍼하진 않았다고. 나에겐 할머니가 있었으니까. 할머니가 있어서 난 외롭지도 슬프지도 않았는데, 당신은 달랐어. 할아버지가 있었지만 슬퍼 보였어. 처음에는 그저 바라만 보려고 했는데……."

술김에 털어놓는 열매의 이야기에 도윤이 놀랐다. 열매를 바라보는 그의 표정이 진지해졌다.

"그런데 당신이 날 보며 웃었어. 몇 년을 훔쳐 보았지만 당신이 웃는 모습을 처음 봤다고……. 그래서, 그래서 희망을 가졌어. 내가 당신을 행복하게 해줄 수 있겠구나. 빨리 어른이 돼서 당신 곁에 있으면서 웃게 해줘야겠다고."

도윤은 그녀의 속마음을 처음 들었다. 그녀가 자신과 결혼한 이유가 정말로 자신을 웃게 만들고, 행복하게 만들어주기 위해서였다는 취중진담에 머리가 띵했다.

"……이열매, 한 가지만 묻자. 나와 이혼하고 싶은 이유가 뭐야"

"정말로 몰라서 물어?"

"모르니까 묻지."

"할머니가 당신 곁에 있으면 불행해진다고 했는데도, 밥도 굶고 떼도 부리고, 죽는다고 협박하면서 결혼을 한 거였다고. 그런데 이게 뭐야. 당신은 날 도퇴클럽 퇴치용으로 개집에 들여 앉혀놓고 이용만 하고, 내가 당신에게 잘해주려고 그렇게 노력했는데, 날 기억하지도 못하고 무시하기만 하고……."

열매의 눈에 눈물이 맺혀간다. 도윤은 열매가 자신과 결혼하려 했던 이유를 자세히 몰랐다. 그저 자신의 돈과 외모에 미친 다른 여자들과 비슷한 이유일 거라 막연히 생각했었다. 같이 살면서 그런 생각은 많이 없어졌지만 여전히 의구심이 남아 있었다. 어릴 적부터 도두농 옆에 있던 모든 여자들이 그랬으니까.

하지만 열매는 그녀들과 선천적으로 달랐던 거다. 자신을 선택한 이유도, 3년을 같이 살며 버텨낸 이유도 위자료에 목숨 걸던 다른 여자들과 완전히 달랐다.

그녀가 다시 보인다. 아니 달라 보인다. 어렸을 때 내가 웃는 걸 좋아해주고, 그래서 나를 행복하게 해주고 싶어 나와 결혼한 여자. 그래서 힘들어도 웃었던 거다. 늦게 퇴근하던 나를 매일 그렇게 웃으며 반겨준 거다. 침대 위에서 돌아누운 내 등을 보면서도 그 긴 기간을 참아준 거다.

"그 이유야? 내가 당신을 무시해서?"

도윤이 열매의 어깨를 잡고 진지하게 물었다. 열매의 눈에 눈물이 그렁하게 맺혀간다.

"그것보다 서러운 결혼생활의 종지부를 찍게 만든 가장 큰 이유는…… 너, 너, 너! 고자잖아!"

"뭐라고?"

도윤의 동공이 흔들리기 시작했다. 이마에 힘줄이 툭 불거져 나올 정도로 도윤은 놀랐다.

"다시 한 번 말해봐. 내가 잘못 들은 거 같은데, 지금 뭐라고 했지?"

관계가 안 되니 이혼하겠다는 열매를 도윤은 사납게 노려보았다. 고작 그 이유로 내 곁을 떠났다고? 도윤에게 부부관계는 합의에 의해서 마음이 서로 통할 때 나누는 행위이다. 그녀와 도윤은 계약에 의한 결혼이었기에 당연히 부부관계는 그에겐 배제된 행위였을 뿐이다.

"고자라고 했다. 왜, 불만이야?"

"고작 그 이유로 집을 나갔단 말이야?"

이성적인 그에겐 열매의 성적인 불만이 쉽게 이해되지 않았다.

"고작? 시할아버지는 너무 잘돼서 문제. 넌 안 돼서 문제잖아. 억울하면 오늘 확인해보자고. 고자가 맞는지."

열매가 도윤의 바지를 붙잡고 벨트 버클을 풀려고 하자 도윤이 그녀의 손길을 막았다.

"이열매, 결혼생활 내내 노인네 때문에 받은 스트레스 풀라고 내버려두었더니, 그동안 육전이랑 무슨 일을 하고 다닌 거야?"

도윤은 버럭 소리를 지르고는 스스로에게 놀라 멈칫했다. 자신이 누구에게 소리를 지른 적이 있던가? 열매 앞에서는 감정이 자제되지 않는 게 신기했다.

"네가 안 찾은 1년 7개월 동안 살 뺐다. 너랑 이혼하고 쿨하게 연애하련다."

"이혼하고 연애를 하시겠다?"

도윤의 눈매가 사납게 꿈틀거렸다.

"왜? 불만이야. 이제 나 예뻐졌어. 게다가 이 나이에 건물주라고. 이제는 팔팔한 연하남 꼬셔서 하루에 세 번, 네 번씩 하고, 무시당하지 않고 사랑받으며 살 거야."

"내 기억으론, 유석원은 연하가 아닐 텐데."

"알 게 뭐야. 넌 빨리 도장이나 찍어."

열매는 자신의 목에 걸고 있던 가방에서 이혼 서류를 꺼내 흔들었다. 술 취한 여자가 자신의 가방을 목숨처럼 목 앞에 걸고 있는 모습이 코미디의 한 장면 같다.

아내 이열매의 모습이 생소하다. 그녀는 아내로 지낸 3년 동안, 별다른 불만을 말하지 않았다. 도퇴클럽의 회원들이 쳐들어왔다고 짐작되는 날엔 집 안에 술병들이 나뒹굴고 열매는 침대에 쓰러져 자고 있곤 했다. 도두농이 치는 사고를 수습하고 회사의 위기에 대처하기 위해 밤낮없이 일하다 보니 그녀에게 소홀했던 건 사실이다.

"부인, 이제 쓸모없는 소모전은 그만하자."

"누구 맘대로. 시작도 내가 했으니 끝도 내 마음이라고. 난 고자와는 못 살아."

고자, 내가 고자라. 이열매가 자신을 그렇게 생각하는지 몰랐다. 2년 전 육전 김민정이 자신의 아랫도리를 바라보며 의미심장한 웃음을 지은 것이 이런 의미였나?

"유감스럽게도 고자는 아니지만……."

사실 잘 모르겠다. 그녀가 원했다고 해도 관계가 원만하게 되었을지는 장담하지 못한다. 도두농의 엽기적 연애 행각에 대한 거부감에 여자와의 관계를 은연중 피해왔다. 그러다 보니 여성과 스킨십을 할 기회가 없었다. 더욱이 여자와의 관계가 없는 것에 대해 도윤은 개의치 않았다. 자신마저 문란하게 논다면 회사를 지키지 못할 테니까.

"귀신사 석수가 늠름하다며! 그 정기를 받고 태어난 네 물건이 얼마나 훌륭한지 확인해보자."

"육전님이 이런 것만 가르쳤습니까, 부인?"

열매는 그동안 쌓인 게 많았는지 술 취했다는 핑계로 도두농 못지않은 엽기 행각을 도윤에게 하고 있다. 도윤은 자신의 셔츠 단추를 풀어헤치며 더듬거리고 있는 열매의 손을 붙잡았다.

"휴우, 부인."

도윤이 긴 한숨을 내쉬었다. 그의 손 안에 잡혀 있는 열매의 손이 파르르 떨리고 있다. 열매는 그의 손을 뿌리치더니 그의 바지를 움켜쥐며 횡설수설하기 시작했다.

"도둑놈이 너 다섯 번은 가능할 거라 했다던데. 그거 팩트인 거니?"

"도대체 당신, 횟수에 집착하는 이유가 뭐야."

"성적 불만도 이혼 사유야. 왜! 불만이야?"

알코올의 힘을 빌린 열매는 평소에 하지 못했던 말들을 다 쏟아냈다.

"이열매, 물론 잘 알고 있겠지만 나는 한 번 시작한 건 끝장을 봐. 절대 중도에 그만두는 일 따위는 없지. 당신이 나를 감당할 수 있을까?"

도윤의 눈이 가늘어지고 입술이 삐딱하게 휘었다. 그의 짙어진 눈빛 속에 욕망이 가득 차 있었다.

"오늘은 당신이 하고 싶은 대로 해줄까 하는데, 날 원해?"

그대만 술에 취한 건 아니다. 내가 이렇게 마셔본 적이 있었던가? 적어도 내 기억에는 없다. 실수할까 봐, 행여 돌이킬 수 없는 일을 하게 될까 봐 자제해왔는데, 열매 너 때문에 무너지는구나.

"……응?"

"나를 원하냐고 물었어. 마음 떠난 여자를 안는 취미는 없으니 확실히 말해."

"당연한 거 아냐? 짝사랑한 햇수만 해도……."

갑작스런 상황 반전에 열매는 눈을 동그랗게 떴다.

"그럼 됐어. 부인이 원하는 대로……."

그의 말이 떨어지기가 무섭게 머뭇거리던 그녀의 손이 분주하게 움직이기 시작했다. 그의 셔츠를 벗기고 벨트의 버클을 풀었다. 도윤 역시 마음속에 팽팽하게 당겨져 있던 끈이 하나 뚝 끊어지면서 입술이 느슨하게 늘어지고 손길이 거칠어졌다. 순식간에 그녀의 블라우스 단추가 풀어지고 스커트 지퍼가 내려졌다.

"하아."

짧은 순간에 맨살과 맨살이 서로의 온도를 느끼고 있다. 도윤의 커다란 손은 열매의 등과 허리를 받치고 있고, 열매는 거의 그에게 매달려 있었다. 도윤이 열매를 탐하기 시작했다.

"아."

열매의 입술은 앵두처럼, 가슴은 봉긋한 복숭아처럼, 그리고 은밀한 곳의 맛은 처음 맛본 천상의 과실주 같았다. 앵두를 핥고 복숭아를 베어 물고 과실주는 흡입했다. 새콤달콤한 앵두는 도윤의 마음을 흔들고, 부드러운 복숭아의 속살은 이성을 마비시키고, 과실주의 황홀함은 그의 몸을 미치게 만들었다.

"이열매, 당신이 먼저 자초한 거야. 후회 따위 용납 못하니 각오해."

"괜찮지 않다면 다른 남자 찾을 거야."

"다시는 당신 입에서 다른 남자 이야기가 나오지 않게 만들어주지."

그는 숨을 몰아쉬는 열매를 벽으로 밀었다. 차가운 벽이 등에 닿자 열매는 반사적으로 도윤을 꽉 껴안았다. 그는 더듬거리며 벽 옆의 문고리를 돌렸다.

도윤은 방 안으로 들어오자마자 열매를 커다란 침대 위에 던지듯 눕혔다. 그녀의 다리를 들어 허리에 감고 자신의 남성을 거머쥐었다. 뭉툭한 끄트머리가 그녀의 수풀을 헤집고 내려와 곧 자리를 잡았다. 도윤의 남성이 그녀의 좁은 틈새를 부드럽게 문지르기 시작했다. 축축하게 젖어 있는 열매의 여성은 이미 준비가 다 되어 있었고, 도윤의 남성은 그걸 본능적으로 알아차렸다. 그가 그녀 안으로 쑥 밀고 들어왔다.

"아읏. 아악."

난생처음 느끼는 남성의 침입에 열매의 입에서는 비명이 새어
나왔다. 그러나 도윤은 돌이킬 수도 멈출 수도 없었다. 그는 열매
의 엉덩이를 꽉 움켜잡고 반쯤 들어간 남성을 끝까지 밀어 넣었다.
도윤의 어깨를 잡고 있던 열매의 손에 힘이 들어갔다. 열매의 눈에
눈물이 맺혔다. 그녀 안에 가득 찬 남성은 미칠 듯 조여오는 여성
에 의해 터질 듯 부풀어 꿈틀대고 있다.

"힘을 빼."

"빼고 있다고…… 아앗! 잠깐."

그녀가 그를 밀어내려 하자 도윤은 열매의 두 손을 낚아 그의
두 손으로 깍지를 꼈다. 손가락 사이사이에서도 도윤의 욕정이 느
껴졌다. 도윤은 미친 듯이 질주하려는 마음을 간신히 억누르고 아
주 천천히 허리를 조금 뒤로 뺐다가 다시 앞으로 움직여 그녀를
지그시 짓눌렀다.

"아앗! 그만."

"장난해?"

중간에 멈추려면 시작하지도 않았을 거다. 게다가 열매의 여성
은 머리에서 나온 지시를 스스로 부정하며, 도윤의 남성을 있는 힘
껏 물고는 놓아주지 않는다. 그녀의 은밀한 곳에서 느껴지는 옥죄
임은 참기 힘든 쾌감이다.

"아앗. 하아……."

열매의 입에서 나직한 신음 소리가 나자 그의 움직임이 조금씩
격해졌다. 탁, 탁, 철썩. 방 안에 퍼지는 낯선 소리, 그 원초적인 소

리가 도윤과 열매를 더욱 자극하고 있다. 열매가 받았다가 밀어내는 박자에 맞추어 그의 허리가 더욱 세차게 움직였다.

"하아, 아아……."

도윤은 거친 숨소리와 함께 머릿속이 점점 하얘졌다. 지난 32년간 쌓였던 것을 하룻밤에 전부 폭발시켰다.

밤새 도윤을 괴롭히던 열매가 깼나 보다.

"아아악- 끄응."

열매를 등지고 누웠지만, 등 뒤에서 끙끙거리는 그녀가 느껴진다. 그녀가 어떻게 나올지 궁금하기도 했지만 밤새 시달려 지금은 그녀를 감당할 자신이 없다. 첫 시작만 힘들었지, 두 번째부터는 도윤도 그녀를 감당하기 버거웠다.

부스럭거리며 침대에게 내려가는 소리가 들린다. 사부작사부작 옷을 챙기는 소리가 나더니 후다닥 도망가는 기척이 느껴졌다. 방문이 닫히는 소리에 도윤은 눈을 떴다.

지잉. 문자 알림음에 휴대폰을 확인한 도윤은 오늘도 어김없이 전송된 오늘의 운세를 확인했다.

[도윤 님 오늘의 운세 - 떠났던 귀인과 화끈하게 한판 붙으셨군요.]

"흐음."

뭐지. 어젯밤의 행적을 본 듯한 이 문구는? 도윤은 방 안을 두리번두리번 둘러보았으나, 달랑 침대 하나뿐인 이곳에 CCTV 같은 것이나마 있을 리 없다.

[……귀인은 당신의 몰랐던 능력을 알고 칭송하게 될 것입니다.]

"대단한 밤이었어."

도윤도 자신의 능력에 감탄하고 있다. 천하의 카사노바 도두농의 손자라 스스로도 어느 정도 예상은 했지만, 첫 관계부터 변강쇠 뺨치는 능력을 발휘할 줄은 몰랐다. 도윤은 간밤에 있었던 일을 떠올리며 만족스런 표정을 지었다.

"이열매. 이제는 나를 두고 고자니 뭐니 하는 헛소리는 하지 않겠지?"

오늘 이후 그녀가 자기를 어떻게 대할지 도윤은 은근히 기대되었다. 시작조차 하지 않았을 때는 참는 것이 가능했지만 한 번 가동되어 그 맛을 안 지금, 참을 생각은 추호도 없다. 앞으로 그녀가 오늘 했던 말을 후회할 정도로 그녀를 안아주고 사랑해줄 것이다.

"기대해, 이열매."

도윤은 머리 뒤로 깍지를 끼고 바로 누워 천장을 바라보았다. 언제나 무표정했던 그의 얼굴에 미소가 번지고 있었다.

열매는 도망치듯 도그빌라에서 나왔다. 누가 볼까 두려워 고개를 숙이며 택시를 탔고, 금광빌딩 집까지 어떻게 왔는지도 모르겠다. 외박을 하고 들어온 열매를 민정이 환한 얼굴로 반겼다. 그리고 숨 고를 새도 없이 열매에게 물었다.

"밤새 윤이 손자님과 있었던 거지?"

고개를 끄덕이는 열매를 보자 민정이 궁금해 죽겠다는 표정을 지었다. 이혼 도장을 받겠노라며 나간 열매가 외박을 하고 왔으니 당연 궁금할 것이다.

"확인해봤어? 가동이 잘되던? 세 번? 아님 다섯 번?"

"그것이, 음, 그게……. 기억이 잘 안 나요. 잤는지 안 잤는지. 아침에 옷은 벗고 있었는데……."

"휴우. 머리가 기억 못하더라도 몸은 기억할 텐데. 뻐근하다거나, 요상한 곳에 멍이 들었다거나. 그리고 벗고 있었다면 빼박 아닌가?"

민정은 이해할 수 없다는 듯 고개를 갸웃거렸다.

"온몸이 쑤시긴 한데, 그게 온몸을 불사르며 폭탄주를 제조한 후유증 같기도 하고, 멍은 별로……."

열매는 눈을 껌벅거리며 한숨을 쉬었다. 온몸이 방망이로 얻어맞은 것 같고, 아랫도리는 쓰리고 아프다. 꼭 러닝머신으로 마라톤 완주한 느낌? 살을 빼겠다고 처음 운동한 날 몸이 이렇게 아팠다.

"혹시 도그빌라 때의 실력이 발동한 거니?"

민정의 말에 열매가 고개를 끄덕였다. 2년 만에 안 쓰던 근육을 써서 아플 수도 있다. 허벅지 안쪽 근육이 쓰린 이유는 잘 모르겠지만.

"네 이마가 벌겋게 부어 있어 눈치는 챘다. 또 테이블에 갖다 박았겠지. 온갖 오두방정을 다 떨었을 테니 온몸이 안 쑤실 리 없고. 여기저기 부딪쳐서 멍만 안 들어도 다행이지. 그것보다 박은 건 이마일 텐데 입술은 왜 부었을까?"

"술병을 돌리다 부딪쳤나 보죠."

"참내, 한 번 발동 걸리면 아무도 못 말린다니까. 그런데 윤이 손자님은 네가 폭탄주 만드는 건 처음 본 거지? 놀라지 않아?"

"무덤덤하게 보기만 하던데요."

윤의 마음을 가장 알고 싶은 건 열매다. 그가 무슨 생각을 하고 있는지 도무지 알 수가 없다.

"내가 너의 신들린 폭탄주 제조 실력을 아는데, 처음 본 사람들은 입을 다물지 못할 텐데. 윤이 손자님은 무덤덤하더란 말이지? 정말 알 수 없어, 윤이 손자님."

민정은 못 말리겠다는 표정으로 일어나 주방에 갔다. 달그락거리는 소리가 나더니 커다란 머그잔을 들고 와 열매에게 내밀었다.

"꿀물이야. 마시면서 마저 얘기하자."

"고마워요."

열매는 눈을 반짝이며 민정이 내미는 꿀물을 받아 마셨다. 달달한 꿀물이 목구멍으로 내려가자 살 것 같다. 열매는 머그잔을 입에서 떼면서 그와의 일대일 대작을 떠올렸다.

"더 놀란 건, 아무리 먹여도 술에 안 취하더라고요."

"정말? 리얼리? 그럼 완전 대박인데?"

민정은 놀랐다는 듯 입을 동그랗게 모으고 천천히 박수를 쳤다.

"멀쩡한 상태로 저와 끝까지 대작을 한 사람은 처음이라 놀라긴 했어요."

"결론인즉슨, 마지막 대작 단계까지 가서 윤이 손자님과 한판 붙었는데, 보내야 하는 윤이 손자님이 아니라 이열매가 개가 되었다는 거네?"

"아무래도 그런 것 같아요. 바지를 벗긴 것까지는 기억이 나는데, 그 뒤가 기억나지 않는 것을 보면."

"가장 중요한 부분에서 필름이 끊어졌구나."

민정의 말에 열매가 고개를 끄덕이자 민정은 못 믿겠다는 표정을 지었다. 열매가 한숨을 쉬며 천장을 바라보자 민정이 열매에게 얼굴을 바싹 들이대며 심각하게 물었다.

"윤이 손자님이 너를 알아는 본 거지? 그것마저도 기억 안 나는 건 아니겠지?"

"분명히 나를 아냐고 따지긴 했는데, 결정적으로⋯⋯."

"결정적으로?"

"그가 뭐라고 했는지 기억이 안 나요."

"이, 이런. 도대체 기억나는 게 뭐야?"

민정이 버럭 짜증을 냈지만 열매는 고개만 저었다. 답답한 마음에 애꿎은 천장과 방바닥을 번갈아 쳐다볼 뿐이다. 조각같이 부서진 기억들이 들쑥날쑥 뒤엉켜 결론을 내릴 수가 없다. 말캉한 젤리를 먹은 것도 같긴 한데 그 맛이 오묘했다. 바나나에 생크림을 발라서 먹은 것도 같고, 도무지 제대로 된 기억이 없다.

찌직, 머릿속이 깨질 듯 아프다.

'나에게 여자는 평생 하나야.'

언뜻 떠오른 기억 속에서 그의 목소리가 들리는 듯했지만 어떤 상황에서 나온 말인지 모르겠다. 숙취로 인해 머리는 깨질 듯이 아프고 귀에는 계속 이명이 들려왔다. 두통과 이명을 비집고 그의 음성이 파편처럼 드문드문 떠올라 뒤죽박죽 엉켜가고 있다.

'날 원해?'

결혼생활 내내 보지 못한 그의 알몸이 어른거린다. 멎었던 심장도 벌떡벌떡 뛰게 할, 천지가 개벽할 영상이다. 자신을 원하냐는 그의 목소리는 사랑에 굶주린 나를 위로하기 위해 알코올이 지어

낸 신기루일까, 아님 실제 그가 한 말일까?

"미치겠네. 아우, 제발, 기억아. 돌아오라고."

열매가 주먹으로 제 머리를 치기 시작했다. 그 모습을 보며 민정은 고개를 절레절레 저었다.

"잠깐."

열매가 무언가 생각이 난 듯 갑자기 행동을 멈췄다. 그러고는 세상에 둘도 없는 진지한 표정으로 민정을 쳐다보며 말했다.

"만약, 그가 내가 이열매라는 사실을 모르고 섹스를 한다면, 그건 합법적인 관계일까요, 아님 불륜일까요? 이열매와의 관계는 합법적인 부부 관계지만, 모르고 하는 관계라면 바람일 뿐이잖아요."

민정은 갑작스런 열매의 질문에 어이가 없었다.

"갑자기 왜 그런 생각을 하는데?"

"그저 살 빠지고 예뻐져서 그에게 여성적인 매력이 통한 것뿐이잖아요. 그럼 과거 뚱뚱했던 이열매는 그에게 뭐가 되는 거죠?"

"힘든 문제네. 과거의 너냐, 현재의 너냐인데……. 둘 다 너니까."

끄덕이는 열매를 바라보던 민정이 한참을 생각하더니 별거 아니라는 표정으로 손짓을 했다.

"그럼 일단 윤이 손자님과 섹스할 기회를 다시 만들어봐. 대신 이번에는 맑은 정신으로. 섹스 도중에 내가 누군 줄 아냐고 물어도 보고. 남자들은 그 짓 할 때는 정신이 없어서 속말이 다 나오니까. 그렇게 윤이 손자님의 속마음도 알아보고, 그의 최대 능력치가 어디까지인지도 확인해봐."

"언닌 잘나가다가……."

열매의 양 볼이 빨갛게 물들어간다. 민정은 열매의 양 어깨를 잡으며 단호하게 말을 이었다.

"그러고 나서도 계속 고민이 되면 다시 생각해볼 문제지만, 그냥 좋으면 네가 이열매라고 고백하고 같이 살아. 어차피 이혼도 안 되어 있잖아. 그쪽도 이혼 안 하고 미적거리고 있다는 건 아직 너에게 미련이 남아 있다는 거니까. 그냥 편하게 생각해. 부부가 별거 있니? 속궁합 좋으면 웬만한 시련은 그냥 넘긴다."

역시 민정다운 명쾌한 대답이다.

"그를 한 번 더 꼬셔봐라?"

열매는 고민하기 시작했다. 특제 폭탄주도 안 먹히는 도윤을 어떤 방법으로 유혹할 수 있을까? 과연 내가 그를 안달복달 못하게, 나한테 반하게 만들 수 있을까?

이열매가 도그빌라에서 도망치듯 나간 지 하루가 지났다. 연락이 없다. 이틀이 지났다. 역시 전화 한 통 없다. 도윤은 열매가 부끄러워서 연락을 하지 못하나 싶어 먼저 연락을 하려고 휴대폰을 집어 들기도 했다. 하지만 한편으로는 그녀에게 시간을 주는 게 낫지 않을까 하는 생각도 들었다.

그렇게 이래저래 연락을 미루다가 결국 타이밍을 놓쳤고, 열흘이 지난 지금까지도 열매는 연락이 없다. 도윤은 초초해졌다. 그리고 이제야 그녀가 이해되기 시작했다. 이 짧은 시간의 기다림도 힘든데, 이열매는 그 긴 시간 동안 그를 기다려왔다는 것이다.

열매의 속마음을 알게 된 후, 많은 생각이 들었다. 그녀가 말한

'행복한 삶'에 대해서 진지하게 생각해보았다. 또한 도윤이 그동안 보아온 많은 위선적인 여자들과 자신에게 늘 솔직하고 최선을 다했던 열매를 비교해보기도 했다. 그리고 결론을 내렸다.

그 행복은 이열매가 아니면 줄 수 없어.

도윤은 자신도 모르는 사이 열매를 향한 속앓이를 시작했다. 서른두 해를 살면서 이런 감정을 가졌던 적이 없었기에 그는 당황스럽기만 하다. 쉼 없이 울리는 휴대폰이건만, 유일하게 이열매에게서만 울리지 않는다. 그렇다고 전화를 왜 하지 않느냐 따질 수도 없다. 그건 피차 마찬가지니까. 도윤은 가죽 의자에 등을 깊게 묻은 채 고개를 젖히고 눈을 감았다.

생각해보면 열매와 그는 시작부터가 잘못되었었다. 5년 전, 베이비핑거 본사에서 주최된 창립기념 파티에서 아르바이트 여대생을 성추행한 도두농의 행각이 기사화되면서 베이비핑거는 또 한 번 위기설에 휩싸였다. 도두농이 성추행한 여대생이 하필이면 베이비핑거 대주주 중 한 명인 금광희의 손녀라 문제는 더 커졌다.

금광희 여사는 더 이상 두고 볼 수 없다며 임시주총을 요청했고, 이로 인해 긴급 이사회가 소집되었다. 안건은 '도두농 회장의 여성 편력, 이대로 두고 볼 수 없다'는 민망한 주제였다. 주주들은 도두농 회장이 성추행으로 인해 해임되는 것은 원하지 않았지만, 그가 이번 사태를 책임지는 모습을 외부에 보여주기 바랐다. 다시 말해 도두농이 알아서 회장 자리에서 물러나야 한다는 압력을 간접적으로 도윤에게 보냈다. 도윤은 도두농으로 인해 베이비핑거의 위기설이 도는 건 어떻게든 막아야 했다.

하지만 그녀가 그에게 원한 건, 결혼이었다. 도윤은 결혼을 생각해본 적이 없다. 도두농의 피가 흐르는 자신이 정상적인 결혼생활을 할 수 있을지가 의심스러웠다. 아닌 척해도 도두농의 피가 어디를 가겠는가. 고민 끝에 도윤은 이열매를 다시 한 번 만나기로 했다.

SJ호텔 한식당 VIP룸, 거하게 차려진 한 상을 사이에 두고 열매와 도윤이 마주 앉았다. 어려운 자리였지만 그녀는 개의치 않는지 정말 복스럽게 식사를 했다. 도윤은 지금껏 열매처럼 음식을 먹는 여자를 본적이 없었다. 다이어트 때문에 소식하는 여자들만 보다 열매를 보니 신선하기까지 했다. 그녀의 식사 광경은 잊지 못할 문화 충격이었다.

식사가 끝나갈 무렵 도윤은 열매에게 물었다.

"아직도 저와 결혼을 하고 싶으십니까?"

그녀가 수저를 상에 내려놓더니 그를 똑바로 바라보았다.

"전 제안을 했고, 칼자루는 당신이 쥐고 있잖아요. 전 결정을 기다릴 뿐이에요."

"성추행 피해자는 이열매 씨입니다. 이열매 씨가 원한다면 베이비핑거는 공식 사과와 함께 보상을 해드릴 겁니다."

"사과는 당사자가 직접 해야 하는 거 아닌가요?"

벌게진 얼굴을 하고도 또박또박 자기 할 말을 다하는 열매의 성격이 도윤은 마음에 들었다.

"당사자가 연로하셔서 참석을 못했지만 이열매 씨가 원하신다면 사과하는 자리를 따로 마련하겠습니다."

도윤은 이번 기회에 도두농의 못된 버릇을 고칠 수도 있겠다는 생각이 들었다. 자신의 손자보다 어린 여자에게 고개를 숙이고 사과한다는 건 도두농 일생 최대의 굴욕이 될 것이다.

"결국, 사과와 보상은 해줄 수 있으나 결혼은 못해주겠다는 거네요."

순간, 착각인지 모르겠지만 그녀의 목소리에 힘이 빠진 것 같았다.

"저와 결혼을 한다면 여자가 아닌 아내로만 살아야 할 겁니다. 그래도 좋습니까?"

도윤은 스물일곱 살에 결혼을 하는 건 생각해본 적이 없다. 스물두 살의 어린애와 결혼할 만큼 굶주리지도 않았다. 그래도 상대방만 괜찮다고 한다면 아내라는 방패가 있는 게 편할 수도 있겠다는 생각이 들었다. 사전 김옥희의 딸 정희수의 끈적거리는 유혹까지도 한 번에 해결할 수 있을 테니까.

"다른 건 몰라도 행복하게 해줄게요."

그녀는 당돌하게 말했다.

행복이 뭔지는 모르겠지만 듣기 좋았다. 고민 끝에 도윤은 그녀와 결혼 계약서를 작성했다.

그들의 결혼이 확정된 후 사적인 자리에서 도두농은 열매에게 사과를 했고, 성추행 사건은 훈훈하게 마무리되었다. 언론에는 두 사람의 결혼 발표와 함께 성추행 해명 기사가 나갔다. 손주며느리에게 친숙하게 다가간 것이 크게 부풀려져 기사화된 것일 뿐이라고. 그리고 한 달 뒤, 그들은 정말 결혼했고, 언론은 잠잠해졌다. 이 결혼에 미칠 듯이 펄펄 뛴 건 정희수뿐, 아무도 신경을 쓰지 않았다.

호랑이도 제 말 하면 온다더니, 과거를 회상하던 도윤을 진한 향수 향이 방해했다. 언제 들어왔는지 여자의 손이 허락 없이 그의 이마와 뺨을 어루만지고 있다.

"윤아, 자니?"

"분명, 함부로 만지지 말라고 했던 걸로 기억합니다. 정희수 실장님."

도윤은 그녀의 손을 쳐내면서 눈을 떴다.

"항상 말하지만, 네가 밀어내도 난 상관없어."

"정 실장님은 상관없을지 몰라도 전 싫습니다."

냉담하리만큼 서늘한 음성이다. 그러나 정희수는 익숙하다는 듯 흘려듣고는 책상에 엉덩이를 걸치고 앉아 도윤을 쳐다본다.

"이런 모습, 직장 상사에 대한 예의가 아니라 생각됩니다만."

"이제는 날 받아줄 때도 되었잖아? 이열매가 짐 싸들고 나간 지 2년째야."

"제 와이프가 도그빌라에서 이사 나간 것과 정희수 실장님과는 하등의 상관도 없을 텐데요."

도윤의 목소리는 덤덤했다.

"이사? 요즘엔 별거를 이사 나갔다고 표현하니?"

"왜 별거라 생각하는지 모르겠지만, 어쨌든 도그빌라가 싫어 이사 나간 건 분명합니다."

"그럼 이열매가 어디 있는데? 와이프가 있는 남자가 허구한 날 회사에서 밤을 새니?"

도윤은 정희수와의 대화가 귀찮고 짜증 났다. 자신의 인생에 정희수가 끼어들 여지를 조금도 남기고 싶지 않았다.

"저는 와이프가 도그빌라에 있었을 때와 별반 다르지 않게 생활하고 있는데, 제가 왜 회사에서만 밤을 샌다고 생각하는지 모르겠군요. 제가 누구와 밤을 보내는지 모르시지 않던가요?"

"아직도 나한테 이러는 거, 열매 때문인 거야? 아니면 그새 다른 여자라도 생긴 거야? 뭐냐고!"

정희수와의 반복되는 레퍼토리에 구역질이 난다. 앵앵거리는 정희수의 쇳소리 섞인 목소리가 그의 신경을 긁고 있다. 듣고 있자니 머리가 지끈거린다.

"정희수 실장님에 대한 제 태도는 처음부터 지금까지 변함없었습니다."

도윤은 젖혔던 의자와 함께 몸을 세웠다.

"보고할 게 있으면 보고하시고, 결제할 서류가 있으면 두고 가시고, 일이 없으면 나가시죠."

도윤은 정희수를 무시하고 서류를 쳐다보았다. 하루에도 한두 번씩 불쑥 회장실로 쳐들어와 그를 유혹하는 정희수 때문에 짜증이 치밀어 오른다. 도두농의 전처이자 최대 주주인 김옥희의 딸만 아니라면 벌써 조치를 취했을 것이다. 김옥희도 문제지만 김옥희의 남동생인 김상희 이사도 무시할 수 없는 세력이기에 정희수의 만행을 두고 볼 수밖에 없었다. 하지만 날이 갈수록 노골적으로 유혹하는 정희수를 언제까지 참아줄 수 있는지는 모르겠다.

지잉. 휴대폰의 진동에 도윤은 휴대폰을 집어 들었다.

"누구야?"

"아직도 안 나갔습니까? 비서진들을 불러 끌어내야 나가시겠습니까?"

"알았어. 그만 화내. 네가 나에게 이럴수록 더 가지고 싶다는 것만 명심해."

그녀는 윙크를 날리며 회장실에서 나갔다. 그녀가 나가고 나서야 문자를 확인했다. 도윤이 가장 마음 편하게 확인할 수 있는 오늘의 운세다. 조부 도두농이 사고를 칠 때마다 마음의 안정과 평화를 찾고자 보기 시작한 것이 이제는 하루 일과가 되었다. 답장을 재촉하지도 않고 매일 잊지 않고 보내주는 것도 마음에 들었다.

[도윤 님 오늘의 운세 - 그동안 힘들었던 일들이 결실을 맺을 시기이나, 눈앞의 이익에만 사로잡히면 귀한 인연을 잃게 되니 조심하세요. '내 것이다'라고만 생각해서 멋대로 하다간 모든 것이 허사로 돌아가니 안절부절 말고 차분히 생각하세요.]

오늘의 운세는 이해가 되지 않는 말들이다. 결실을 맺었으면 내 것일 텐데 가지지 말라는 건 모순이다. 이미 가진 걸 어찌하란 말인가. 기다리는 열매의 연락은 없고 이것저것 다 맘에 안 든다.

도윤은 책상 위에 있는 휴대폰 액정을 신경질적으로 터치하면서 책상에 얼굴을 대고 엎드렸다. 탁탁탁탁, 액정을 치는 손가락이 메트로놈의 템포처럼 규칙적으로 소리를 내고 있다. 책상에 귀를 대고 있으니 밖에서 쿵쿵거리는 소음이 기분 나쁘게 들려온다. 며칠째 멈추지 않는 소음의 진원지는 도도타워 건너편 금광빌딩으로, 대대적인 리모델링 공사를 하고 있다.

열흘 동안 이열매에게 아무런 연락이 없는 건 이해할 수도 있다. 하지만 금광빌딩의 리모델링은 생각할수록 기분이 나쁘다. 굳이 안 해도 되는 공사다. 분명 유석원의 농간이리라. 고층 빌딩만 세우는 그가 작은 건물의 리모델링이라니, 기가 찰 노릇이다.

'하하. 우리 건물주님으로, 저에게 있어 아주 소중한 분이시죠. 이분은 유독 평. 생. 친하게 지내고 싶은 분이라.'

유석원의 능글거리는 얼굴이 떠오르자 도윤은 화가 확 치밀어 올랐다. 왜, 이열매에게 관심을 가지는 거지? 이열매는 내 와이프란 말이다. 도윤은 생각할수록 기분이 나쁘고 불안하다.

"아무래도 이대로는 안 되겠어."

도윤은 자리에서 벌떡 일어났다. 이열매에게 가서 따져야겠다. 도윤은 몸을 돌려 금광빌딩을 노려볼 때였다.

"어? 뭐야?"

도윤은 못 볼 것을 본 것처럼 전면 창에 바싹 달라붙었다. 눈을 가늘게 뜨고 미간을 찡그리며 창밖을 쳐다보았다. 그곳엔 금광빌딩 2층 간판 작업이 한창이다.

"……유석원 건축 사무실?"

눈을 비비고 다시 보아도 2층 간판에 보기 싫은 놈의 이름이 떡하니 걸리고 있다. 비어 있던 2층을 유석원이 임대했다? 대기업 건설사에서 근무하는 그가 독립이라도 한 것인가? 그런데 하필이면 하고많은 건물 중에 이열매의 금광빌딩인가? 도대체 그는 왜 금광빌딩에 세입자로 들어가는 거지?

유석원은 처음부터 도윤의 마음에 들지 않았다. 그에게 보란 듯이 도도타워 앞에서 열매를 품에 안은 것도, 그녀를 회식 자리에 데려와 자신의 옆자리에 앉힌 것까지, 모두 다 거슬렸다. 지금도 금광빌딩 공사 현장 한편에 다정하게 서 있는 이열매와 유석원의 뒤태가 상당히 거슬린다.

회사 일로 바쁘다는 핑계와 열매에게 생각할 시간을 준다고 방치해온 게 아무래도 한계에 다다른 듯하다. 도윤은 더 이상 두고만 볼 수 없었다. 책상에 결재를 기다리는 서류가 잔뜩 쌓여 있고 20분 뒤에 임원회의가 있다는 것은 아무런 문제가 되지 않았다. 도윤은 뒤돌아서서 책상에 있는 인터폰을 눌렀다.

-네, 회장님.

"박 실장님. 임원회의를 오후로 미뤄주십시오."

-네? 20분 뒤 회의 말씀하시는 겁니까? 이미 다들 대기하고 있을 텐데요.

비서실장의 난감한 심정이 인터폰 너머에서도 전해지고 있다. 하지만 도윤이 아무런 대꾸도 없자 박 실장의 나지막한 한숨 소리가 들리는가 싶더니 그는 바로 대답을 했다.

-네, 그렇게 전하겠습니다. 회의 시간을 다시 잡아서 보고드리겠습니다. 회장님.

"수고하십시오."

도윤은 인터폰의 버튼에서 손을 떼자마자 숙였던 몸을 폈다. 그는 육중한 나무 문을 열고 회장실에서 나왔다. 그가 나오자 비서들이 일어났다.

"윤, 어디 가려고?"

비서실장 옆에 서 있는 정희수를 보고 도윤은 인상을 찡그렸다. 난감한 표정의 박 실장을 보니 정희수가 도윤의 스케줄을 내놓으라고 협박이라도 하고 있었나 보다.

"곧 회의인데, 어디 가려는 거야?"

"정 실장님이 알 필요는 없습니다."

"윤아, 자꾸 이럴래?"

금광빌딩으로 이열매를 만나러 가는 길에 난관은 필요 없다. 자신에게 다가오는 정희수를 뒤로하고 비서실을 나왔다. 정희수가 급하게 그를 쫓아 나와 팔짱을 끼면서 달라붙었지만 그는 그녀의 팔을 자신에게서 떼어놓고 엘리베이터 앞에 가서 내림버튼을 눌렀다.

"윤아, 어디 가는데?"

앵앵거리는 목소리에 머리가 아파온다. '너는 아니니 내 앞에서 꺼져줄래!'라고 말하는 것도 이제는 지겨울 정도다. 그걸 노려 모른 척 계속 달라붙는 거라면 정희수의 작전은 반은 성공이다. 그녀와 말을 섞는 것도, 응대하는 것도 피곤해 이젠 그녀가 뭘 해도 그냥 두고 싶어지니까. 어쨌든 이럴 때는 무시가 답이다. 엘리베이터의 문이 열리자 그는 성큼 안으로 걸어 들어갔다.

"윤……."

"따라오지 마세요. 경고입니다."

도윤의 서늘한 음성과 손짓에 같이 타려던 정희수의 발걸음이 멈칫했다. 그사이 엘리베이터 문이 닫혔다. 이제야 숨이 쉬어진다.

10F, 9F, 8F …… 2F, 1F. 내려오는 시간이 길게만 느껴진다. 엘리베이터 문이 열리자 그는 급하게 발걸음을 정문으로 옮겼다. 경비원들과 경호직원들이 급하게 도윤에게 다가왔다.

"회장님, 차를 대시시킬까요?"

"아닙니다. 개인적인 용무가 있어서 그러니 다들 일 보십시오."

도윤은 회사 사람들을 뒤로하고 도도타워를 나섰다. 모든 난관과 장애물을 다 건넜다. 그리고 금광빌딩 앞에 서 있는 그들을 쳐다보았다. 시계를 보니 창문 밖에서 그들을 발견하고 밖으로 나오는 데 채 10분이 걸리지 않았다.

그들은 2층에 설치되고 있는 간판을 유심히 바라보고 있다. 새 간판에 쓰인 이름이 햇빛을 받아 유난히도 번쩍거린다.

두 사람은 팔짱을 끼고 있지도, 스킨십을 하고 있지도 않다. 그저 나란히 서 있기만 할 뿐인데도 주먹이 저절로 꽉 쥐어지고 온몸이 파르르 떨렸다. 도윤은 그들에게 걸어갔다. 가까워지자 그들의 말소리가 들려왔다.

"……제 아침과 점심을 책임지신다는 거죠?"

"그게 어렵겠어요? 어차피 도도타워 공사 때에도 노다지 식당에서 끼니를 해결하셨잖아요. 한동안 저도 노다지에서 일을 해야 할 것 같으니 일타쌍피, 일석이조 아니겠어요?"

이열매가 유석원의 끼니를 챙겨준다고? 왜?

엿들으려 한 건 아니지만 자연스럽게 그들의 대화가 들려왔다. 도윤은 걸음을 멈추고 재빨리 기척을 숨겼다.

"노 사장님은 아무래도 금방 나을 것 같진 않던데, 건물주님 혼자 일할 수 있겠어요? 골절상은 최소 몇 달일 텐데……."

"저랑 같이 가셨으면 괜찮았을 텐데. 혼자서 장 보시고 그 무거운 걸 들고 오시다가 넘어지셨으니……. 속상해요."

"노 사장님이 다리가 부러져 장사를 못하는데 건물주님이 대신 가게를 맡아 일을 하는 건 좀 이해가 되지 않는데요."

이해가 되지 않는 건 도윤도 마찬가지다. 그는 노다지의 사장이 누구였는지 기억하려 애썼다. 금광희 여사님의 친구였다고 들은 것 같기도 하다. 이런저런 생각을 하면서도 귀는 여전히 두 사람의 대화를 듣기 위해 쫑긋거리고 있다.

"노 사장님은 저희 할머니와 친자매로 여겨질 정도로 친하셨어요. 저한테는 돌아가신 할머니와 같으세요. 지금도 저를 손녀처럼 챙겨주시는 분인데, 절대 모른 척할 수 없어요. 하루 벌어 근근이 사시는 분이라 몇 달 장사 못하면 생계에 타격을 입으시기도 하고요."

"그렇군요. 밥, 밥, 하니 갑자기 배가 고픕니다. 아침도 못 먹었는데, 이른 아점 가능합니까?"

"어머, 식사 못하셨어요? 다 먹고 살자고 하는 일인데 식사는 하셔야지요. 들어가요. 챙겨드릴게요."

석원은 얼굴에 함박웃음을 띤 채 열매를 따라 노다지 안으로 들어갔다.

"아침은 나도 못 먹었는데……."

열매가 유석원을 챙기는 상황에 도윤은 어이가 없었다. 그는 열매가 집을 나가고, 집밥은 구경조차 못했다. 아침을 굶는 건 기본이고 심지어 사 먹는 아침조차 먹은 게 언제인지 기억나지 않는다.

"나도 당신이 해주는 밥이 먹고 싶다고."

도윤은 구시렁거리며 두 사람이 들어간 노다지 식당 앞에 섰다. 다친 분 대신 가게를 봐주는 건 그럴 수 있다. 하지만 그 핑계로 열매에게 밥을 얻어먹으려는 유석원은 용납할 수 없다. 자고로 같이 밥을 먹으면 없던 정도 쌓이기 마련이다. 절대로 둘이 같이 밥을 먹게 둘 수 없다.

도윤은 문 앞에 서서 천천히 호흡을 가다듬었다. 구겨졌던 인상이 조금씩 펴지고 상기된 얼굴빛이 원래 색깔을 찾기 시작했다. 평소의 포커페이스로 돌아오자 도윤은 노다지 출입문의 손잡이를 움켜잡고 천천히 잡아당겼다.

딸랑거리는 작은 종소리와 함께 문이 열렸고, 테이블에 음식을 차리던 열매와 수저를 손에 든 유석원이 동시에 문을 쳐다보았다. 세 사람은 눈이 마주쳤다.

"어? 어? 어억?"

"아니, 도 회장님이 이곳에 무슨 일로?"

놀라서 입만 벙긋거리는 열매 대신 유석원이 도윤을 쳐다보며 물었다. 도윤은 그들의 시선을 고스란히 받으며 유석원이 자리 잡은 테이블에 마주 앉았다.

"식당에 식사하러 오지 무슨 일로 오겠습니까?"

"그러니까 도 회장님이 왜 여기로 식사를 하러 오셨냐고요?"

"못 올 곳이 아니니까 왔겠지요. 여기 백반 하나 주십시오."

그는 열매를 쳐다보며 낮게 깔린 목소리로 주문을 했다. 열매는 도깨비라도 본 사람처럼 혼이 반쯤 나가 있다. 유석원은 이 상황이 못마땅한지 퉁명스럽게 반박했다.

"제 기억이 맞는다면 도도타워 안에도 사내 식당이 크게 지어져 있습니다. 그곳에서 식사를 하면 편하지 않겠습니까? 번거롭게 길 건너까지 오실 필요도 없고 말입니다."

"회장이 사내 식당에서 식사를 하면 직원들 체합니다. 지금은 또 식사 시간도 아니라."

유석원과 도윤의 팽팽한 기 싸움이 시작되었다.

"그렇다 치고, 그럼 많은 테이블 중에 하필이면 저와 마주 앉은 이유는?"

"한 테이블에 한 명씩 앉는 건 민폐지요."

"아, 그렇군요."

마주 보는 눈빛들이 살벌하다.

"건물주- 나 배고파. 밥 줘!"

딸랑, 종소리와 함께 바람이 살랑 들어온다. 노다지의 유리문이 열리는 소리와 함께 경쾌한 발걸음이 들린다.

"으악! 뭐얏!"

들어오던 이의 발걸음이 비명 소리와 함께 멈춰 섰다. 민정은 아무 생각 없이 식당 안으로 들어오다가 도윤을 발견하고는 사색이 되었다. 언젠가는 만날 거라 생각했지만 자신의 홈그라운드에 직접 찾아온 도윤과 이렇게 마주칠 거라고는 생각도 못했다. 민정은 멍하니 쟁반을 들고 서 있는 열매 쪽으로 혼이 빠진 듯한 발걸음으로 다가가 그녀의 귀에 소곤거렸다.

"이게 무슨 일이야? 왜 윤이 손자님이 여기 있는 거야? 말 좀 해봐."

열매는 그저 민정의 얼굴을 멀뚱멀뚱 쳐다보기만 했다.

"주문은 이미 한 걸로 알고 있습니다만, 식사 언제 됩니까?"

"네? 네……."

도윤의 시선은 여전히 유석원에게 향해 있다. 그의 신경질적인 음성에 열매는 황급히 정신을 차리고 주방으로 들어갔다. 그런 열매를 따라 민정도 급하게 주방에 들어갔다.

"열매야, 이 시츄에이션은 뭐야?"

"저도 잘……."

열매는 민정을 쳐다보며 고개를 가볍게 흔들었다. 그녀의 아무것도 몰라요, 하는 표정에 민정은 답답한지 한숨을 깊게 쉬면서 홀의 상황을 살펴보기 시작했다.

도윤은 뒷모습이라 그 표정을 가늠할 수 없었다. 하지만 마주보이는 유석원의 심각한 얼굴로 보아 결코 저 자리가 편치 않다는 걸 쉽게 알 수 있었다.

"하고 많은 자리 중에 둘이 마주 앉은 이유는 뭐래?"

"회장님이 한 테이블에 한 사람씩 앉는 건 낭비래요."

"……맞는 말이긴 한데, 일단 성질내기 전에 밥이나 주고 와."

"언니는요?"

"저기서 먹었다간 소화도 안 돼. 그냥 상황 좀 지켜보게. 재미난 구경을 놓칠 수는 없으니까."

열매는 나직이 한숨을 쉬며 국을 펐다. 민정은 잽싸게 반찬을 담아 쟁반에 올려놓았다. 열매는 도윤 앞에 한 상 차려놓고 잽싸게 주방으로 도망쳐왔다. 열매와 민정은 도윤과 유석원이 말없이 식사하는 장면을 지켜보았다.

"아, 음악이라도 틀어야 되나? 살벌해서 못 보겠네. 어떻게 한마디도 안 하고 수저질만 할 수 있지?"

"우리 도윤 회장님은 식사 시간에 원래 말이 없어요."

그의 아침은 에스프레소 커피와 토스트 같은 간단한 요기였다. 그리고 간단한 식사에 대화는 사치였다.

"아, 진짜. 분위기 살벌하게 여기까지 와서 이러냐고. 혹시 너랑 있었던 그날 밤 일 때문에 그러는 걸까? 그때 이후로 연락 안 했지?"

"그렇죠."

"혹시 너 그날 윤이 손자님에게 무슨 실수 한 거 아냐?"

"글쎄요. 기억이 나지 않아서……."

열매는 팔짱을 끼며 인상을 찡그렸다. 열매의 어조에 한숨이 묻어났다. 열매도 그날 밤에 무슨 일이 벌어졌는지 알고 싶다. 토막토막 떠오르는 단편적인 기억만으로는 도저히 큰 그림이 나오지 않아 미칠 것 같다.

"내 생각에는 너에게 뭔가 따지러 온 거 같아. 무슨 일인지는 모르겠지만 분위기상 내 말이 맞을 거야."

민정은 분명 그날 밤 일 때문이라 단정 지었는지 연신 고개를 끄덕였다.

"그냥 기억이 하나도 안 난다고 하고 물어봐. 그날 밤 무슨 일이 있었는지. 하지만 날 보고도 놀라지 않은 걸로 봐서, 너에 대해 아예 모르는 거 같지는 않아. 내 생각은 그런데, 당최 속을 알 수 없는 윤이 손자님이라."

열매와 민정의 못마땅한 시선을 의식했는지, 도윤이 먼저 말문을 열었다. 그들의 대화에 둘은 귀를 기울였다.

"SJ건설에서 나오셨나 봅니다."

"어떻게 하다 보니 그렇게 되었습니다."

"대부분 독립을 하면 강남으로 가는 걸로 알고 있는데 이곳이라니, 의외군요."

"도도타워를 건설하면서 오래 있던 동네라 그런지 정이 들어서요."

"많고 많은 건물 중에 금광빌딩인 이유가 뭡니까?"

폭탄이 터지기 전의 긴장감이다.

"전에도 말씀 드린 걸로 알고 있습니다. 평생 함께하고 싶은 분이 있어서요."

"유 소장님은 모든 일을 사적인 감정으로 결정하시는 분이었습니까?"

폭탄 심지에 불이 붙었다. 파바박, 불꽃이 튀는 듯한 착각이 든다.

"도 회장님께 충고를 들어야 할 이유는 없습니다. 거북하군요. 하지만 뭐, 이제 이웃사촌도 되었으니 잘 지내봅시다."

폭탄이 터졌다. 도윤의 표정이 묘하게 일그러졌다.

하지만 이건 전초전에 불과했다. 유석원과 도윤이 매 식사 시간마다 노다지 식당에서 팽팽한 기 싸움을 하리라고는, 열매는 상상도 못했다.

따르릉, 따르릉. 카운터에 놓인 전화가 시끄럽게 울린다. 열매는 식당 카운터에 앉아 턱을 괴고 못마땅한 시선으로 도윤과 유석원을 노려보며 전화를 받았다.

-열매야. 나 민정인데. 오늘도 그 인간들 버티고 앉아 있니?

"그러고 있네요."

-아, 이런 개베이비 종자들 같으니라고. 왜 남의 영업장에서 미팅을 하면서 기 싸움이냐고.

"그러게요."

-왜 저런다니? 요즘 내가 맘 편하게 밥을 못 먹겠어. 유 소장이야 오픈하고 할 일 없어 노다지에 상주한다고 쳐. 윤이 손자님 요즘 일 없다니? 베이비펑거 이전하더니 망했다니?

"알 수 없지요."

열매는 불만이 가득한 표정을 지으며 한숨을 푹푹 쉬었다. 결혼 생활을 했던 그때보다 지금이 오히려 그를 더 오래, 자세히 볼 수 있다는 사실에 열이 확 치밀어 올랐다.

마음만 먹으면 시간을 낼 수 있었는데 바쁘다고 집에 안 들어왔던 거고, 식사 시간이 이렇게도 여유롭건만, 그전에는 식사 시간 내내 전화 통화를 하면서 먹었다 이거지? 배신감에 치가 떨렸다.

-네가 윤이 손자님과 얘기 좀 해봐. 왜 그러는지. 뭐가 불만인 건지. 도대체 뭐 때문에 여기서 우리를 고문하고 있는 건지.

"안 그래도 오늘은 진지하게 물어볼까 해요. 하루 이틀이면 끝날 줄 알았는데 계속 저러는 걸 보면 분명 나에게 바라는 게 있을 거란 말이죠."

-제발 해결 좀 해. 나는 도씨들만 보면 두드러기가 난단 말이야. 편하게 따스한 밥 좀 먹자.

민정의 목소리에 불만이 가득하다. 하지만 도씨들에게 두드러기가 나는 건 내가 더 그럴 것이다. 도두농의 모든 만행을 자세히 아는 건 자신이 아니던가.

"상관없잖아요. 그냥 와요. 배고프다면서요."

열매는 시큰둥하게 말했고, 민정은 그 틈에서 밥을 먹으니 차라리 다이어트 하는 셈치고 굶는다면서 전화를 끊었다. 열매는 수화기를 내려놓자마자 자연스럽게 턱을 괴는 자세로 되돌아갔다. 그리고 그들을 노려보기 시작했다.

도무지 알 수도 없고 이해도 안 되는 대치 상황이다. 약속이나 한 것처럼 벌써 닷새째 저러고 있다. 유석원과 도윤은 껄끄러울 일이 없을 텐데, 왜들 저러는지 이해가 되지 않았다.

그때 식사를 마쳤는지 유석원이 일어난다.

"건물주님, 장부에 달아놓겠습니다."

"그냥 가셔도 되는데."

"제가 건물주님이 차려주는 식사를 한다고 했지, 식대까지 무료라는 말은 안 했습니다. 정당한 식대를 지불해야죠. 월말에 한꺼번에 정산하죠."

그는 장부에 이름을 적은 뒤 노다지를 나섰고, 그 뒤를 이어 도윤이 일어나 열매에게 카드를 내밀었다. 열매는 결제를 하면서 그에게 말을 걸었다.

"오늘 시간 되세요?"

"바쁩니다."

"그럴 줄 알았어요."

도윤이 단말기에 서명을 하자 열매는 카드를 그에게 돌려주었다.

"몇 시에 시간을 내면 됩니까?"

"바쁘시다면서요."

"바쁘다고 했지, 못 만난다고는 안 했습니다."

"……그렇군요."

열매는 볼을 뿌루퉁하게 부풀려서 입을 씰룩거렸다. 역시나 마음에 안 든다. 어쩜 변한 것이 하나도 없는지.

"인상 쓰지 마세요. 못나 보입니다."

"아, 네. 신경 써주셔서 무지무지 감사하네요."

"7시면 가능할 것 같은데 이곳으로 데리러 오겠습니다."

"아, 네. 그것도 아주 황송하네요."

"그럼, 그때 뵙죠."

도윤이 노다지를 나갔다. 정말 이해가 안 되고 알 수도 없는 남자다.

식당을 나선 도윤은 휴대폰을 확인했다. 여러 통의 전화와 메시지가 와 있었다. 무음으로 해두지 않았다면 식사 시간 내내 울렸을 거다. 그새 또 전화벨이 울렸다.

-회장님, 지금 어디십니까? SJ백화점 이사님과 미팅, 잊으신 건 아니시죠? 지금 출발하셔야 합니다.

"도도타워 입구입니다."

-그렇습니까? 아, 회장님, 여깁니다.

도도타워 입구에 검은색 차가 대기하고 있다. 도도타워 입구에서 박 실장이 휴대폰을 받으며 급하게 뛰어 나오고 있다. 도윤은 박 실장과 함께 대기하고 있던 승용차에 탔다.

박 실장은 미팅에 앞서 중요한 사항을 체크하며 보고하기 시작했다. 푹신한 등받이에 등을 기대니 머릿속이 멍해졌다. 도윤은 뻑뻑한 눈을 감았다. 눈을 감고 있는 그를 보았는지 박 비서의 걱정스런 목소리가 시작되었다.

"회장님. 어제 주무시긴 하신 겁니까? 아무리 업무가 많아도 최소 다섯 시간은 주무셔야 된다고 제가 누누이 말씀드리지 않았습니까. 제가 알기로는 제대로 못 주무신 게 벌써 일주일 정도 되신 것 같은데, 이러다 쓰러지십니다."

"아직은 견딜 만합니다. 그보다 이번 미팅에 우리 베이비핑거의 사활이 걸려 있습니다."

도윤은 팔을 들어 얼굴에 걸쳤다. 사실 그에겐 유석원과 기 싸움이나 하며 노다지에서 한가하게 시간을 보낼 여유가 없었다. 베이비핑거는 본사를 이전하면서 유아 용품이 주를 이루던 사업을 유아 의류와 아동복, 그리고 식품까지 확장하고 있다. 수입에 의존하던 많은 용품들도 자체 개발 중이다.

그 덕에 도윤은 베이비핑거에 입사한 이래 가장 바쁜 날들을 보내고 있다. 하지만 바쁘다는 핑계로 계속 열매를 방치해둔다면 이제는 정말 그녀를 잃을 수도 있다는 위기감을 느꼈다.

무리를 하면서까지 시간을 내서 그녀를 만나고 있다는 사실을 열매는 알까? 좀체 떨쳐지지 않는 이 불안감. 그녀를 확실히 찾아오기 전까지는 없어지지 않을 거 같다.

5. Before Sunrise

대한민국에서 가장 화려하다는 SJ호텔답게 입구부터 화려한 샹들리에와 인테리어가 눈에 들어온다. 도그빌라에서 하룻밤을 같이 보내고 보름 만에 그와 단둘이 만나는 시간을 만들었다. 예전이나 지금이나 그와의 단독 면담은 힘들다.

"변한 게 정말 없어."

그가 앞서 걷고 열매는 그를 따라 걸었다. 도윤의 등을 보며 걷고 있자니 5년 전 그와 처음으로 식사를 같이 했던 그날이 떠올라 기분이 묘해졌다.

"묻지 않고 예약했는데 입맛에 맞을지 모르겠습니다."

변하지 않은 멘트에 피식 웃음이 새어 나왔다. 그들이 도착하자 기다렸다는 듯이 음식들이 나오기 시작했다.

"식기 전에 드십시오."

공식 멘트처럼 변하지 않은 그의 말에 한숨이 나온다. 저 남자를 처음 만난 순간부터, 결혼하고 같이 살았던 3년, 헤어지고 나서 또 2년이 지났지만 그는 변함이 없다. 이 남자는 내가 아닌 다른 여자를 만날 때도 이럴까?

5년 전, 이곳에서 결혼 계약서에 도장을 찍었었다. 그 생각을 하니 기분이 묘해졌다. 열매는 가방 안에 들어 있는 이혼 서류를 만지작거렸다.

"도윤 회장님, 제가 누군 줄 아세요?"

"그 질문에 대한 대답은 이미 하지 않았습니까."

"네? 어, 언제요?"

열매는 당황하며 도윤에게 되물었다.

"저, 설마 그날인가요?"

"설마? 기억이 하나도 안. 난. 다? 어디부터 기억이 안 나는 겁니까?"

사늘한 그의 음성에 열매는 갑자기 죄인이 된 듯한 기분이 들었다. 하지만 내가 죄인 취급을 받을 이유는 없지 않은가?

"뭐, 술에 취한 게 자랑할 일은 아니지만, 그렇다고 도윤 회장님이 저를 다그칠 일도 아니지 않나요?"

열매가 입술을 씰룩거리며 불만스런 음성을 내뱉자 도윤의 미간에 살짝 주름이 잡혔다.

"기억이 난다면 절대 이럴 순 없을 텐데."

도윤이 생각보다 너무 당당하다. 그날 밤 무슨 일이 있었던 걸까? 아, 정말 맨정신으로는 못 물어보겠다. 식사는 한 상이지만 그녀가 원하는 게 보이지 않는다. 아, 딱 한 잔만 마셨으면 좋겠는데.

"뭐 더 필요한 게 있습니까?"

열매가 이리저리 눈을 굴리자 도윤이 물었다. 이 기회를 놓칠까 싶어 열매의 눈이 반짝였다.

"목이 말라서."

"여기 감주나 수정과가 맛이 좋던데. 먼저 달라고 하겠습니다."

"그것보다 음료수가 당기는데⋯⋯."

열매의 말이 끝나자 도윤은 테이블의 주문 벨을 눌렀다. 벨소리와 함께 한지로 된 문이 열리고 개량한복을 입은 종업원이 들어왔다.

"뭐가 더 필요하십니까?"

"여기 음료수 주십⋯⋯."

"소주 한 병 주세요."

도윤이 주문을 하는 도중에 열매가 끼어들었다. 도윤은 열매의 갑작스런 술 주문이 황당한지 그녀를 멍하니 쳐다보았다.

"손님, 소주는 어떤 걸로 드릴까요?"

"음, 유자 소주 있죠?"

"네."

"그걸로 주세요."

"네."

종업원이 문을 닫고 나가자 도윤은 열매를 보며 어이없는 표정을 지었다.

"오늘도 술을 마시겠다?"

"유자 소주가 무슨 술이라고. 그냥 유자 음료수지."

"음료수라. 하긴 그쪽 주량으로 보면 그렇겠군요."

"식기 전에 식사나 마저 하세요. 전이 참 따스하고 맛나네요."

열매는 입을 삐죽거리며 전을 한 입 베어 먹었다. 보글보글 끓고 있는 된장국의 적당한 간도 맛이 좋았다. 도윤의 젓가락은 불고기를 향한다. 작게 한 점 집어 입에 넣는 걸 지켜보는데, 남자가 저리 오물거리고 먹어서야.

열매는 예전부터 도윤의 식습관이 마음에 들지 않았다. 어떤 음식을 해도 소담하게 먹는 걸 본 적이 없다. 그런 식습관 덕택에 살이 안 찌고 좋은 몸매를 유지하는 거겠지만, 같이 밥 먹기에는 그리 좋은 스타일은 아니다. 오히려 유 소장이 복스럽게 잘 먹는다고 할까.

종업원이 하얀 백자 병을 가지고 들어왔다. 고급 식당이라 소주도 백자에 담아주나 본데, 소주는 유리병에 담겨야 제 맛이다. 막걸리도 아니고, 무슨 백자 병인지. 열매는 도윤이 백자 병을 들자 냉큼 하얀 백자 잔을 내밀었다. 쪼르륵, 노르스름한 물이 따라지는 소리마저 맛나게 들렸다. 하얀 잔에 노란 색상의 액체가 '나를 마셔주세요'라고 유혹의 손짓을 보내고 있다. 열매의 입술에 술잔이 닿는다. 도톰한 잔의 감촉이 느껴지면서 입 안에 달콤한 물이 흘러 들어왔다.

"카 하, 좋다."

술이 한 잔 들어갔을 뿐인데 벌써 용기가 난다. 열매는 가방에서 누런 서류 봉투를 꺼내 도윤에게 내밀었다.

"저번에 말했죠? 이혼 서류에 도장 찍어달라고요. 오늘은 찍어주세요."

"오늘도 가지고 오셨습니까?"

"당연하죠. 도장 찍어줄 때까지 가지고 와야죠."

낮고 담담한 그의 말투에 열매는 오기가 생겨 또박또박 말을 이었다.

"이혼을 아직도 하고 싶답니까, 이열매는?"

아직도라니? 우리 사이에 문제가 해결된 게 아무것도 없는데 그는 아직도라고 반문하고 있다. 열매의 표정을 읽었는지 그가 덤덤히 말을 이었다.

"대답을 못한다는 건, 고민을 하고 있다는 건데. 무엇이 가장 큰 문제인 것 같습니까?"

무엇이 문제냐고 묻는다면, 첫 번째는 도두농과 도퇴클럽이고, 두 번째는 네가 그것이 안 되어서인데. 내가 아무리 술에 취해 개가 된다고 해도 두 번째 이유는 절대 입 밖에 낼 수 없다.

갑자기 술이 확- 당긴다. 열매는 도윤과 자신의 비어 있는 술잔에 소주를 따르며, 적당한 변명을 생각했다.

"흐음, 그냥. 성격 차이라고 해두지요."

"성격 차이라……."

도윤은 말을 아꼈다. 그러고는 아무 말 없이 잔을 들어 입가로 가져갔다. 열매는 그가 잔을 들어 음미하듯 마시는 모습을 감상했다. 술을 물처럼 원샷하는 열매와 달리 우아하다. 꿀꺽, 목울대로 술이 넘어가는 모양과 소리는 짧은 순간임에도 섹시해 보인다.

"그럼 한 가지 더 물읍시다."

도윤은 술잔에서 입을 뗀 후 열매를 덤덤히 쳐다보며 말했다.

"뭘요?"

"왜 전화를 하지 않은 겁니까, 당신?"

도윤이 설마 내 전화를 기다려? 왜? 그러다 갑자기 열매는 자신이 먼저 연락을 해야 한다고 생각하는 도윤에게 열이 올랐다.

"그러는 회장님이 먼저 연락을 하면 안 되나요? ······어? 어? 왜 그러세요?"

도윤의 몸이 기우뚱하나 싶더니 테이블 위로 머리가 툭, 하고 떨어진다. 열매는 놀라서 도윤에게 가까이 갔다.

"회장님? 너, 왜 이러니."

열매가 도윤을 흔들었으나 그는 꿈쩍도 하지 않는다. 소주 한 잔에 취할 리가 없을 텐데. 열매는 도윤의 머리에 손을 짚어 보았다. 미열이 느껴졌다.

"헉. 열까지 있네. 이런 미련 곰탱이. 요즘 또 잠 안 자고 일만 하나 보네. 술 한 잔에 뻗는 걸 보니."

유자주 한 잔에 취해버린 도윤 때문에 열매는 옴짝달싹도 못하는 신세가 되어버렸다. 뻗어버린 도윤을 도그빌라로 데려가야 할지, 금광빌딩으로 데려가야 할지 고민하던 열매는 결국 SJ호텔의 스위트룸을 빌리기로 마음먹었다. 금광빌딩으로 데려가기엔 민정에게 설명할 일이 귀찮았고, 도그빌라로 데려가기엔 혹시라도 입주자들과 마주칠 게 싫었다.

열매는 호텔 매니저들의 도움으로 도윤을 룸으로 옮겼다. 커다란 룸의 침실에 그를 눕히니 힘이 빠졌다. 열매는 침대에 걸터앉아 잠이 든 도윤을 바라보았다. 감긴 눈의 속눈썹이 파르르 떨리고 있다. 처음 그의 눈을 보았을 때 자신보다 길어 보이는 속눈썹과 오뚝 솟은 코, 조각 같은 이목구비에 넋이 나갔었다. 지금도 마찬가지로 그를 보면 가슴이 설렌다. 하지만 지금은 한 가지 감정이 추가되었다. 이젠 그를 보면, 마음이 아프다.

"결국 오늘도 이혼을 못하는 건가? 아니 날 알고 있는지조차 못 듣는 건가? 한 번은 내가 취해서 실패, 오늘은 당신이 취해서 실패. 이혼 도장 받기가 왜 이렇게 힘들어."

고집스럽게 닫혀 있는 입술을 손가락으로 살짝 눌러보았다. 생각보다 부드럽다.

"아, 무드도 없고, 낭만도 없고. 아무리 서류상 부부라고 하지만 이건 아니야."

순간 자신의 엉덩이 밑에서 휴대폰 진동이 느껴졌다. 도윤을 침대에 눕히는 도중에 떨어졌나 보다. 열매는 도윤의 휴대폰을 집어 들었다. 액정에 '정희수 실장'이라고 발신인 표시가 되어 있다.

"아직도 이러고 계시네, 정희수 전 고모님."

열매는 몇 번이나 전화가 올까 궁금해하며 액정을 노려보고 있었다. 정확히 열 번째 부재중 통화가 찍히고, 열한 번째로 진동이 울리자 그녀는 씨익 웃으며 통화 버튼을 눌렀다.

-윤아, 어디 있어? 왜 이렇게 전화를 안 받는 거야?

"하아아, 누구?"

열매는 잠에서 깬 것처럼 하품을 하면서 목소리를 깔았다.

-윤이 전화 아니야?

"댁은 뉘신데 남의 남자 이름을 함부로 부르지?"

-너……! 어떤 년이야! 우리 윤이 어디 있어!

"우리 자기 자는데 방해하지 말고, 하아, 지금 도대체 몇 시야? 예의를 밥 말아서 드셨나?"

-야! 너, 거기 어디야!

그렇지, 네 성질이 어디 가겠니. 우리 결혼 생활 내내 이렇게 불쑥불쑥 전화를 해서 방해하던 버릇 어디 갈까. 열매는 종료 버튼을 눌러버렸다. 역시나 전화를 끊자마자 도윤의 휴대폰이 불이 나게 또 울린다. 얼마나 울렸으면 휴대폰이 뜨끈뜨끈하다.

"싸이코 같으니라고."

내가 없는 2년 동안도 이런 식으로 도윤에게 전화를 걸었겠지. 열매는 자고 있는 도윤을 노려보았다. 자는 모습마저도 섹시하니 정희수가 이렇게 목을 매는 거겠지. 정희수를 생각하니 그녀가 자신에게 했던 모진 말들과 사이코 짓들이 생각나 속에서 천불이 치솟았다.

"싸이코 정, 이 싸정아. 내가 도윤을 떠나더라도 너한테는 절대 못 준다."

열매는 입맛을 다시며 정희수에게 어떻게 해야 속이 후련할까 궁리했다. 그러다 반짝이는 아이디어가 떠올랐다.

오호, 이런 방법이 있었지? 뭐, 이렇게 한다면 내일 회사에서 도윤은 정희수에게 달달 볶이겠지만, 그거야 도윤이 알아서 할 문제.

열매는 도윤의 와이셔츠의 단추를 끌렀다. 하나하나, 단추를 끄를 때마다 그의 속살이 보인다. 꿀꺽, 침이 저절로 넘어간다. 다들 이 맛에 포르노를 보는 걸까? 남의 은밀한 속살을 본다는 게 이렇게나 짜릿하다는 걸 열매는 몸소 체험하고 있었다. 상의를 벗은 도윤을 가까이 보다니 눈이 호강이다. 열매는 자신의 원피스도 벗어내고 방 안 조명의 불빛을 어둑하게 조절하고 도윤이 자고 있는 침대 속으로 파고들었다.

그야말로 야시시한 분위기가 연출되었다. 그리고 도윤의 휴대폰을 들어 팔을 허공으로 뻗었다. 아무리 복수를 한다고 해도 정희수에게 도윤의 은밀한 속살을 보여줄 맘은 조금도 없다. 이상적인 각도를 찾기 위해 휴대폰의 위치를 이리저리 움직였다. 최대한 이상한 상상을 자극할 수 있는, 그러나 무슨 그림인지 확실히 알 수 없는 최상의 각도를 찾아냈다.

"크아, 복수 시작! 너도 한번 당해봐라."

열매는 머리를 흘러내리게 해서 자신의 얼굴이 안 보이게 만든 다음 도윤의 가슴에 얼굴을 묻었다. 그리고 영상통화 버튼을 눌렀다. 잠깐의 신호와 동시에 정희수가 전화를 받았다.

-윤아! ……허? 뭐야, 너!

열매가 연출한 야릇함이 야시시한 불빛으로 인해 최고조에 달했다. 이 장면이 무엇을 의미하는지 정희수가 모를 리 없을 것이다. 웃음이 새어 나오는 걸 참느라 온몸이 들썩거리기 시작했다. 도윤의 맨살에 입을 막고 큭큭거리니 야릇하게 들렸다.

"크, 흐윽, 흐응."

-너 우리 윤에게 무슨 짓을 하는 거야? 아악!

궁금해 죽겠지? 전체 샷도 아니고 부분 샷에 야시시한 조명이라. 내 긴 머리카락 감상이나 더 해보시든가. 열매는 부들거리며 소리를 지르는 정희수의 고함에 속이 후련하다 못해 십년 묵은 체증이 싹 내려가는 희열을 느꼈다. 열매는 도윤에게 몸을 더 바싹 붙였다. 3년을 같이 살았지만 이렇게 맨살을 마주 댄 적은 없었다. 그녀의 눈에 도윤의 탄탄한 가슴이 보였다. 매일 운동을 하고 사는 왕 코치의 몸매와 비교해도 결코 뒤지는 몸매가 아니었다. 열매는 동그랗고 작은 그의 유두를 꾸욱 눌러보았다. 탄탄하면서 말랑한 느낌이 좋았다.

"으응."

그녀의 손길에 도윤이 야한 신음 소리와 함께 몸을 뒤척였다. 열매는 화들짝 놀래 휴대폰을 침대 위에 떨어뜨리고 말았다.

"어? 어머!"

-뭐 하는 거야? 너 거기 어디야? 당장 불어! 어디 감히 우리 윤에게, 이년이 죽으려고!

까만 머리카락만 나풀대는 영상에서 호텔 천장 영상으로 바뀌자, 정희수는 발악을 했다. 고래고래 고함을 지르는 정희수의 목소리가 조용한 공간에 쩌렁쩌렁 울려 퍼졌다. 정희수가 팔팔 뛸 거라 예상은 했지만 이렇게까지 미친년처럼 고함을 질러댈 거라는 생각은 못했다. 이러다 잠든 도윤이 깰 것 같다.

-야, 너, 너, 거기서 당장 나와! 내 손에 죽는다. 아악!

정희수의 발악이 점점 심해지자 더 이상은 안 되겠다 싶어 열매는 휴대폰을 찾기 위해 고개를 들었다. 그 순간 열매는 사납게 자신을 노려보는 도윤과 눈이 마주쳤다.

헉! 정희수의 악에 받친 음성에 도윤이 깼나 보다. 아니 그것까지는 괜찮았다. 그의 시선이 열매의 얼굴을 떠나 그녀의 손가락 끝으로 옮겨졌다. 열매는 머릿속이 하얘졌다. 열매의 손가락은 아직 그의 유두를 누르고 있었다.

"호호, 읍- 스! 깼으면 깼다고 말하지 그랬어…… 요."

열매는 슬그머니 그의 몸에서 손가락을 거두며 말끝을 흐렸다. 그녀는 급하게 머리를 굴렸지만, 아무리 생각해도 지금 자신의 변태 행각에 대한 변명이 떠오르지 않았다. 도윤은 열매를 사늘히 쳐다보더니 침대 위에서 혼자 왕왕거리고 있는 휴대폰을 노려보았다. 그가 휴대폰을 잡기 위해 몸을 일으키자 조각상 같은 그의 몸매가 온전히 드러났다.

-윤아, 윤이야? 윤이지. 너 지금 뭐 하는 거야.

"보고도 모릅니까. 정 실장님."

막 잠에서 깨어나 낮게 가라앉은 목소리가 더없이 섹시하게 방 안에 울려 퍼진다.

-윤아!

"바쁘니까 끊으십시오."

-뭐 때문에 바쁜…….

그녀의 말이 끝나기도 전에 도윤은 휴대폰의 배터리를 분리해 바닥에 내던졌다. 도윤은 상의가 벗겨진 자신의 몸과 속옷 차림의 열매를 번갈아 쳐다보았다. 열매는 단단해 보이는 그의 복근 아래 아슬아슬하게 감춰진, 미처 벗기지 않아 보이지 않는 하체가 아쉬워 입맛만 다셨다. 기왕 벗기는 거 다 벗길걸. 저 밑에는……. 생각만으로도 공기가 후끈 달아오른다.

"감상은 끝났습니까?"

"아직, 멀었…… 헉. 그, 그게 아니라……."

아무리 법적으로는 남편이라고 하지만 무늬만 부부다. 술에 취해 자고 있는 동안 그의 옷을 벗긴 것에 대해 뭐라 변명할 수가 없다. 취한 척 누워버릴까? 아니면 그냥 뻔뻔하게 버틸까? 머릿속이 복잡하다 못해 터질 것만 같다.

"술버릇 대단하네. 자고 있는 남자 성추행이라니."

"네? ……딸꾹!"

열매는 생각지도 못한 성추행이라는 말에 너무 놀라 딸꾹질이 튀어나왔다.

"기억이 안 난다고 하더니."

"딸꾹, 딸꾹."

"머리는 기억 못해도 몸은 기억했나 봅. 니. 다."

"따알꾹, 딸꾹."

못마땅하다는 듯 올라가는 도윤의 입꼬리에 여러 의미가 내포되어 있었다. 저 웃음의 의미는 이런 상황이 처음이 아니라는? 그럼 이전에도 같은 일이 벌어졌다는 건가?

"또다시 기억 못한다고 변명을 하면 가만두지 않을 겁니다. 이번에는 잊지 못하게 해줄 테니까."

"뭐, 뭘요?"

멍청하게 묻고 말았다. 묻고 나니 창피했다. 쥐구멍이 있다면 숨고 싶은데, 왜 하필이면 스위트룸을 빌렸을까. 너무도 휑해서 숨을 곳도 없다. 열매는 급한 대로 시트를 당겨 몸을 가렸다.

"고자라고 헛소리를 계속하니 이번엔 반드시……."

"딸꾹. 제, 제가 그랬나요?"

헉, 미친……. 면전에다 고자라고 했다고? 이런.

"잘 자고 있는 남자 옷 벗겨놓고 깨웠으면 각오한 거 아닌가?"

"그럴 목적이 아니었는데…… 요?"

잠자는 사자, 아니 도윤의 코털을 건드렸다. 정희수에게 복수할 생각으로 미련한 짓을 하고 말았다. 정희수를 도발할 목적이었지만 벗겨도 너무 벗겼다. 단추 몇 개만 살짝 끄르면 될 것을 뭘 이리 홀라당 벗긴 것일까. 남편님 옷 벗긴 적이 없어 흥분했던 걸까? 그녀의 본능이 사고를 치고 말았다.

미. 치. 겠. 다. 불타는 듯 노려보는 도윤에게 뭐라 변명할 거리도 없다. 이럴 때는 그저 쿨하게 인정하고 도망가는 게 최고다. 이혼 도장이고 나발이고 일단은 삼십육계! 열매가 시트를 부여잡고 슬금슬금 몸을 뒤로 뺐다.

"제가 잠시 미쳤었나 봅니다. 쏘- 오리! 딸꾹."

"어딜 또 도망가려고, 이번에는 어림없어."

열매는 침대에서 내려가려다 도윤에게 붙잡혔다. 도윤이 버둥거리는 그녀를 잡아 침대에 내팽개치듯 눕혔다.

"딸꾹. 딸꾹."

"딸꾹질 멈추는 방법, 간단한데."

"응? 헉."

도윤의 입술이 열매의 입술을 동의도 없이 덮쳤다. 입이 막히고 코가 눌렸다. 숨을 참아 딸꾹질을 멎게 하는 방법쯤은 나도 안다. 이렇게 인위적으로 하지 않아도 된다고!

그의 입술이 그녀의 입술을 꽉 누르자 열매는 흠칫 놀라 순간 입을 꽉 다물고 숨을 멈출 수밖에 없었다. 그의 입술은 그녀의 입을 막고 코마저 강하게 누르고 있어 숨을 쉬기가 힘들었다. 결국 그녀는 살기 위해 버둥거렸고, 그의 입술이 떨어지자마자 참았던 숨을 한 번에 터트리고 말았다.

"푸하. 하학. 허헉."

"일단 딸꾹질은 멈췄고."

열매가 허헉거리며 숨을 쉬는 도중 그의 입술이 다시 그녀의 입을 덮쳐왔다. 하지만 이번에는 누르기만 했던 처음과 달리 열려 있던 그녀의 입술 사이로 그의 혀가 들어왔다. 치열을 건드리고 입천장을 살살 건드리며 자극했다. 순식간에 입 안을 점령당하자 열매는 어떻게 해야 할지 몰라 눈만 동그랗게 뜨고 있었다. 그녀의 입 안을 희롱하던 그가 잠시 뜨거운 숨결을 토하더니 그는 어느새 그녀의 목덜미로 내려와 귓불까지 잘근거리며 물고 빨아 당기고 있다.

"각오해. 다 기억해내려면 이건 시작에 불과하니까."

도윤의 목소리가 귓가에 나직이 울려 퍼졌다. 그의 선전포고에 열매는 멀미가 나듯 속이 울렁거리고 아랫배가 조여왔다. 그가 능숙한 손길로 브래지어의 후크를 끄르자 그녀의 풍만한 가슴이 온전히 모습을 드러냈다. 너무 순식간에 벌어진 일이라 열매는 얼떨떨했다. 그와 부부로 사는 3년 동안 그의 입술 용도는 밥 먹는 게 전부인 줄 알았건만, 그렇지 않다는 사실을 처음, 아주 확실히 알게 되었다.

"저, 오늘은 여기까지만……."

"장난해?"

오늘의 도윤은 낯설다. 열매에게 있어 도윤은 일중독에 빠진 냉정한 사업가, 싸정의 스토커에 시달리고 도두농의 사고를 뒷수습하느라 언제나 바쁜 사람이었다. 그의 험한 시선에 어색한 웃음만 나온다. 물론 자신의 죄를 알고는 있다.

첫째, 보름 전 도그빌라에서 있었던 일을 홀라당 잊어버린 것. 둘째, 술 취해 쓰러진 서류상의 무늬만 남편인 도윤의 옷을 허락 없이 벗긴 것. 셋째, 욕구를 참지 못하고 그의 유두를 누른 것. (이게 아마 가장 큰 죄일 게다.) 마지막, 그가 깨기 전에 증거를 인멸

한 후 도망가야 된다는 사실을 잊고 싸정과 기 싸움을 한 것.

결국, 제때 도망가는 타이밍을 놓쳐 이런 상황까지 오게 됐다.

"휴우."

은은한 조명 밑에서 보이는 그는 평소에 그녀가 알던 윤이 아니었다. 그의 하얗고 긴 손가락이 열매의 뺨을 어루만지자 전류가 찌르르 흘렀다. 이대로 더 있다가는 큰일이 생길 거 같아 열매는 잠시 도윤이 떨어진 틈을 이용해 조용히 도주를 시도했다. 발가락을 침대 밖으로 내밀고 엉덩이를 슬금슬금 뒤로 뺐다.

"어디 가시려나 봅니다? 그러면 제가 상당히 곤란할 거란 생각은 안 해보셨습니까?"

"……충분히 곤란해 보이네요."

열매의 시선이 그의 다리 사이로 가 있다. 볼록한 것이 움찔거린다. 그의 욕망이 고스란히 느껴진다. 침대 밖으로 나온 발가락 끝에 차가운 물건이 닿는다. 발가락에 느껴지는 감촉으로 보아 가방 같다.

"자꾸 어딜 내빼려 합니까?"

"그, 그게 가, 가방이요."

"가방이 필요한 타이밍은 아닐 텐데?"

"그, 그게, 아, 맞아요, 이혼장! 아무래도 이혼장에 도장을 찍어야 마음이 놓일 듯해요. 지금 관계는 정상이 아니잖아요."

그의 마음을 확인할 수 있는 마지막 타이밍일지도 모른다. 열매의 짐작대로 이혼장 이야기가 나오자 그가 멈칫했다. 급하게 둘러댄 말이긴 했지만 확인은 필요했다. 자신이 이열매임을 그가 아는지 모르는지, 정확하게 짚을 필요가 있었다.

그녀가 이열매인 줄 도윤이 알고 있다면 이 상황은 합법적이지만, 그게 아니라면 추잡한 불륜일 테니까.

"이 타이밍에서 이혼장에 도장을 찍어라?"

"도장 찍기 전까지 당신은 유부남이고, 이런 관계, 남들이 보면 불륜일 수 있다고요."

"불륜? 우리가 왜 불륜이지?"

도윤의 입술이 묘하게 비틀린다. 무언가를 알고 있다는 표정에서 열매는 등 뒤로 식은땀이 흘렀다. 그는 내가 이열매라는 것을 아는 걸까? 아니라면 저렇게 당당할 리가 없잖아.

"당신…… 내가 누군지 알아요?"

"지난번 당신에게 밤새 말해주었을 텐데."

열매는 도윤이 식당에서 민정을 보고도 놀라지 않는 걸로 보아 그가 다 알고 있는 것 같다고 한 민정의 말이 떠올랐다. 그가 자신에 대해 알고 있다면 왜 한 번도 그녀의 이름을 부르지 않는지 궁금해졌다.

"한 번만 더 제대로 말해줘요. 내가 누군지."

잠시 침묵이 흘렀다. 열매는 그의 입이 벌어지는 몇 초가 영원처럼 길게 느껴졌다.

"유 소장의 건물주."

"장난해요? 여기서 왜 유석원 소장이 나오는데요?"

기대하던 대답이 나오지 않자 열매는 짜증이 확 밀려왔다. 그런 열매를 보며 도윤은 느긋한 미소를 지었다.

"지금 나에게 당신은 이웃사촌님일 뿐."

"도윤 회장님! 당신은 이웃사촌하고 옷 벗고 키스하고 막, 그래요?"

열매는 능글거리는 그에게 화가 나서 소리를 빽 질렀다.

"억울하면 기억하든가."

"다시 말해주는 게 그렇게 어려워요?"

"그날 밤을 다 잊은 건 당신이라고."

"다그치니까 생각이 더 안 나는 거예요."

"그래서 생각나게 해주겠다는 거 아닙니까."

열매는 자신에게 다가오는 도윤에게 억지웃음을 지으며 뒤로 슬금슬금 피했으나 침대 헤드보드로 인해 짧은 도주는 끝을 맺었다. 궁지에 몰린 쥐가 되었다.

"말보다 행동으로 보여드리는 게 빠를 겁니다."

"제 생각에는, 말이 더 빠를 거 같은데요?"

"말로는 불가능한데."

"말로 불가능한 게 있나요?"

"밤새 벌어진 몸의 언어라 음담패설이 될 텐데 그래도 상관없다면 시도해볼까요, 이웃사촌님?"

그가 얼굴을 가까이 대고 열매의 귀에다 속삭이기 시작했다. 중저음의 보이스로 한 단어, 한 단어 힘을 주어 소곤거렸다.

1분이 지났을 뿐인데 상상도 못했던 뜨거운 표현들이 나열되자 열매의 입이 점점 벌어지고 있다. 2분이 지났다. 절대 나는 그런 일을 한 적이, 아니 할 리가 없다. 이건 도윤이 꾸며낸 픽션일 뿐이다. 라고 말하는 듯 열매는 오른손 엄지손가락을 입에 물고는 두 눈을 크게 껌벅거리고 있다. 5분이 지났다. 열매의 머릿속이 혼란하다. 머릿속에 그려진 두 형체가 어느새 뒤섞여 하나가 되자 그녀는 모든 것을 내려놓는다. 무념무상. 머릿속이 하얘져간다.

그의 입술에서 거침없는 외설스런 표현들이 쏟아져 나오리라고는 생각지 못했다. 그의 손이 그녀의 등을 쓰다듬고 가슴을 어루만지고 있었지만 그녀는 그게 상상인지 현실인지조차 의식하지 못했다. 이런 경험은 생소해서 뭐라 설명할 수가 없다.

"더 해드릴까요?"

귓가에 낮게 속삭이는 그의 말에 열매는 정신을 차리고 도리도리 고개를 흔들었다. 현실을 부정하고자 그녀는 고개를 돌리고 눈을 감았다. 도윤이 내뱉은 수많은 음담패설을 듣고 있자니 자신이 그렇게 한 거 같기도 하고, 한순간에 자신이 섹스에 능숙한 옹녀가된 듯한 착각까지 들었다.

"기다렸다는 듯 이러면 곤란합니다. 이웃사촌님."

"네?"

멍하게 혼이 빠져 있던 열매는 도윤의 말에 고개를 들어 그를 쳐다보았다. 그는 그녀와 눈이 마주치자 아래로 눈짓을 보냈다. 열매는 그의 시선을 쫓아갔다. 그녀의 두 눈에 도윤의 바지를 부여잡고 있는 자신의 두 손이 보였다.

그 장면을 보는 순간, 열매는 어퍼컷을 연달아 얻어맞은 듯 머리가 멍해졌다.

"이 팔은 내 의지와 상관이 없어요."

열매는 혼이 나간 듯 중얼거렸다. 감았다고 생각한 두 눈조차도 도윤의 균형 잡힌 상체부터 아슬아슬하게 보일락 말락 하는 골반 아래까지를 훑고 있었다.

"상관이 없다면 그만하실 생각은 없으신지?"

"그러고 싶지만……."

그녀의 손이란 놈은 어느새 그의 바지를 벗겼고, 마지막 남은 그의 천 조각을 부여잡고 벗기고 있었다. 그녀가 그의 드로즈를 벗기자 그의 분신이 튕겨져 나왔다. 순간 열매의 동공에 쓰나미가 몰려왔다.

"오- 우."

그의 분신을 양손으로 붙잡으며 열매는 나지막한 탄성을 뱉어냈다.

"후우. 한결같이 변함없는 반응이십니다."

도윤은 자제심을 발휘하느라 이를 악물었는지 단어 하나하나에 힘이 들어갔다.

"설마……."

"그때도 지금처럼 능숙하게 벗기셨습니다."

"……제가 저번에도 그랬었군요."

도윤은 어이없다는 표정으로 열매를 바라보았다. 도윤의 음성에 그제야 정신을 차린 열매는 얼굴이 화끈 달아오르기 시작했다.

"제가 왜! 그랬을까요."

열매는 고개를 숙이고 말았다. 아무리 술이 취해 필름이 끊겼다고 해도 이런 충격적인 장면이 머릿속에서 다 삭제가 되었다는 건 말이 안 된다. 어지러워서 맨정신으로는 도저히 버틸 수가 없다. 절실하게 알코올이 필요하다.

"딱 하, 한 잔만 마시고 다시 시작하는 건 어떨지?"

"당신의 대단한 주사를 보았는데 가능할 거라 생각합니까? 앞으로 당신은 금주입니다."

"오늘만 마시면 안 될까요? 아무래도 맨정신으로는……."

"이웃사촌님. 알코올 때문에 다 잊었다는 핑계를 또! 대시려는 모양인데, 이번에는 어림없습니다."

그가 그녀의 얼굴을 잡고는 자신과 시선을 맞췄다. 그의 말 한마디 한마디에 힘이 들어간다.

"당신이 앞으로 도망 못 가게, 기억 안 난다는 헛소리를 못하게, 그리고……."

"그리고?"

"고자라는 헛소리를 못하게 확실하게 보여드리죠."

"내가 그런 소리를 했을 리가……."

그런 소리를 한 적이 없다고 우기려는 순간 기억이 났다.

'너, 한번 확인해보자. 고자가 맞는지.'

띄엄띄엄 떠오르는 기억의 조각에 확실히 그 문제의 단어 고자가 있다. 아무리 그렇다고 말 한 번 잘못 내뱉은 걸로 계속 꼬투리를 잡다니. 도윤이 이렇게 뒤끝이 있는지 몰랐다. 비록 반말과 함께 삿대질을 같이했기로, 엉? 그리고 보니 도윤에게 덤볐었네, 내가?

"자, 잠깐만요. 거, 거긴."

열매가 딴생각을 하고 있는 사이 그가 그녀의 다리 사이를 파고들었다. 열매는 다리를 급하게 꼬았지만 그에 의해 다시 벌어졌다.

"당신이 먼저 시작했습니다."

그가 입꼬리를 올려 전쟁을 선언했다. 그러곤 방금 전 귓가에 속삭인 음담패설을 하나씩 다시 재연하기 시작했다.

그와의 키스는 혀뿌리가 뽑힐 것같이 얼얼해 정신을 차릴 수가 없었다. 열매가 정신줄을 놓고 있는 사이 그녀의 입술을 탐하던 그의 입술이 그녀의 가슴까지 내려갔다. 한 입에 다 베어 먹으려는 듯이 빨아대는 그의 입은 열매의 가슴이 달콤한 과실주라도 되는 듯 탐하고 또 탐했다. 아래쪽에는 무언가가 자꾸 움찔거리며 노크를 한다. 밤의 세계는 열매가 생각했던 것만큼 간단하지 않았다. 그동안 열심히 보았던 여성 잡지에 이런 건 적혀 있지 않았다.

"하아, 아!"

그의 입 안에서 농락당하고 있는 유두는 얼얼하다 못해 쓰리지만 또한 짜릿했다. 그녀의 얇은 실크팬티 안으로 그의 손이 들어왔다. 터럭을 살살 긁고 지나 은밀한 곳을 한 번에 건드렸다.

"그때처럼 젖었어."

그의 말은 그의 행동보다 야했다.

"다섯 번. 그 이상도 가능하다는 거, 다시 확인시켜줄게."

팽팽하게 부풀어 오른 남성을 보니, 인터넷에서 찾아본 귀신사 석수가 떠올랐다. 귀신사 석수를 생각하니 그날 밤 기억 중 하나가 희미하게 떠올랐다.

'귀신사 석수의 정기를 받고 태어났다며? 하룻밤에 다섯 번은 가능하다던데. 확인해보자.'

그 기억 속에 자신이 비틀거리며 도윤의 바지를 부여잡고 술주정을 하고 있다. 잊었던 기억이 떠오를수록 얼굴이 화끈거려 고개를 들 수가 없다.

"그, 그건 실언이었고 실수였……."

"오기로 횟수를 채운 건 기억나는지."

"그래도 조금씩, 기억나고 있어요. 아웃, 말할 때는, 가만있으면…… 안 되나요? 흐응."

대화가 시작되었을 때부터 그는 열매를 약 올리고 있었다. 언제 벗겼는지 사라진 팬티로 인해 열매의 여성은 무방비 상태였다. 단단한 듯 부드러운 남성이 그녀의 은밀한 속살 입구에서 들어갈 듯 말 듯 감칠맛 나게 그녀를 자극하고 있었다.

"이제는 상관없습니다. 오늘 다시 하면 되니까. 이번에는 당신이 처음부터 끝까지 세봐요. 몇 번이 가능하고, 그 다음 날 어떤지."

열매는 미끈거리는 남성이 자신의 여성 입구에서 조금씩 흔들릴 때마다 아랫배의 은밀한 곳에 찌르륵 전기가 오듯 화끈거려 대화에 집중할 수 없었다. 그녀는 결국 참지 못하고 그의 목에 팔을 두르고 양쪽 다리를 들어 그의 허리를 힘껏 감싸 안았다. 그러자 그의 남성이 그녀 안에 힘껏 들어왔다.

"아, 하아-"

감칠맛 나게 움직이던 그가 한 번에 가장 깊숙한 곳까지 쑥 밀고 들어오자 한 번도 느껴본 적 없는 곳까지 진동이 느껴졌다. 강한 신음 소리와 함께 반사적으로 그녀의 허리가 튕겨지자 그는 정신을 차리지 못하고 격렬하게 움직이기 시작했다. 방 안 가득 살이 맞닿는 소리가 울린다. 열매는 이 행위를 잊었다는 게 말이 안 된다는 생각이 들었고, 그가 심술을 부리는 이유가 그제야 이해가 됐다.

"하윽…… 아, 아!"

열매는 문득 오늘 밤 살아서 이 방에서 나갈 수 있을까 하는 의문이 들었다. 밤의 역사는 엄청난 체력을 요하는 일이었다. 밤의 행위는 침대 위에서만 이뤄지는 것도 아니었다.

"허억, 거, 거기까지는. 아, 흐윽, 으으응."

그가 공언했던 횟수가 하나둘 채워질 때마다, 소파와 욕실, 심지어 티 테이블마저도 에로틱한 곳으로 변하는 마법이 벌어졌다.

'말캉한 젤리를 먹은 것 같기도 한데 그 맛이 오묘해. 바나나에 생크림을 뿌려먹은 맛?'

그 맛의 정체도 알게 되었다. 도그빌라의 밤 이후 민정과 대화를 하면서 궁금했던 한 가지가 해결이 되는 순간이다.

후룩, 춥. 혀를 달싹거릴 때마다 입 안에서 음탕한 소리가 새어 나온다. 젤리를 씹는 것처럼 쫀득한 남성이 혀의 움직임에 따라 움찔거린다. 뭉뚝한 귀두에서 배어 나오는 액은 짠맛이 강한 생크림 맛이 난다. 젤리와 바나나와 생크림의 정체가 이런 것일 줄은 꿈에도 몰랐다.

"으으. 음……. 물지만 말고. 제대로."

"최, 최선을 다하고 있는 거예요."

열매는 입 안 가득히 담겨 있는 남성 때문에 우물거리며 대꾸했다. 목구멍까지 밀고 들어오는 남성 때문에 숨쉬기도 버겁다. 여기서 더 뭘 하라고 하는 건지. 혀를 살살 돌려 간질이기만 하자 도윤의 얼굴에는 불만이 가득이다.

"못 참겠다."

"헉."

도윤이 자신의 몸 위에서 깔짝거리고 있던 열매의 허리를 잡아 돌렸다. 그녀의 몸 위로 체중을 싣더니 그녀의 다리를 크게 벌렸다. 그는 열매의 타액으로 번들거리는 남성을 그녀 안에 밀어 넣었다.

"으읏."

부드러운 남성이 몸 안으로 들어오자 열매는 자신도 모르게 잘게 떨면서 야릇한 신음 소리를 냈다. 모든 감각이 여성 쪽으로 쏠리고 있다. 천천히 움직이기 시작하더니, 속도가 붙는다.

탁, 탁. 살과 살의 마찰음이 점점 커질수록 몸이 붕 떴다가 가라앉는 느낌이다. 땀에 범벅이 된 그의 모습은 아찔할 정도로 매력적이다. 그리스 조각상을 가져다놓은 것처럼 수려한 이목구비다. 피부는 희고, 살짝 감긴 눈 위의 속눈썹은 열매보다 길다.

"하아."

신음을 입 안으로 삼키고 있는 입술은 깨물어버리고 싶을 만큼 섹시해 보인다. 가지고 싶고, 소유하고 싶다. 이제야 알 것 같다. 정희수가 도윤을 가지고 싶어 미쳐 날뛰는 이유를.

"아직도 내가 고자라고 생각해?"

"하아, 흐읏."

"대답해."

그는 열매의 대답을 강요하며 거칠게 빠른 속도로 움직였다. 대답을 하라면서 그는 숨 쉴 틈조차 주지 않았다.

퍽, 퍽. 질척거리는 소리만큼 열매는 머릿속이 백지가 되고 있다.

"그 말은…… 으읏. 하아."

그 말은 취소라고 말할 틈도 없다. 강하게 밀어붙이는 거친 움직임에 신음 소리만 나올 뿐이다. 열매는 도윤에게 고자라고 했던 과거의 발언을 반성하기로 했다.

그는 진정한 종마였다.

베이비핑거의 비서실은 난리가 났다. 도윤이 베이비핑거에 입사한 이후 처음으로 무단결근을 했다. 전화 한 통 없는, 아니 휴대폰의 전원마저 꺼져 있는 난감한 상황이었다. 게다가 디자인실 정희수 실장의 히스테리로 박 비서실장은 죽을 지경이었다.

그녀가 박 실장의 휴대폰으로 전화를 한 건 어제 저녁 9시부터다. 그 시간부터 지금까지 도윤 회장을 찾아내라고 계속 난리를 피우고 있다. 다른 비서실 직원이 보기에도 박 실장이 안돼 보일 정도였다.

"실장님, 정희수 실장 좀 너무하네요. 괜히 싸정이 아니에요."

"나라고 별수 있나. 회장님도 어쩌지 못하는데."

"도윤 회장님은 할아버지 잘못 만나 웬 고생이래요. 금수저라고 다 좋은 게 아니라는 걸 회장님 보고 알게 되었다니까요."

"난 무섭다. 들이대는 것도 정도껏 해야 매력이 있는데, 이건 스토커 수준이라."

그들은 디자인실 내선 번호가 계속 깜빡이며 시끄럽게 울어대는 전화를 쳐다보며 고개를 절레절레 저었다. 사이코 정 실장이 아침부터 미친 듯이 전화를 하고 있는데 솔직히 받아도 할 말이 없었다. 어제저녁부터 행적이 묘한 도윤이다. 그들은 그저 도윤 회장이 일주일 밤샘의 후유증으로 어디선가 주무시고 있는 게 아닐까 짐작할 뿐이다.

쾅- 그때 비서실의 문이 부서져라 열렸다. 그들이 문 쪽을 쳐다보니 얼굴이 시뻘게진 디자인실 정희수 실장이 씩씩거리며 들어오고 있었다. 올 것이 왔구나 싶어 그들은 나직이 한숨을 쉬었다.

"당신들, 어떻게 내 전화를 안 받아? 잘리고 싶어? 윤이가 어제 마지막으로 만난 여자가 누구야!"

"정희수 실장님. 제가 업무 외적인 회장님의 사생활까지 알 도리가 없지 않습니까."

"박 실장. 정말 이러기야? 박 실장은 알 거 아니야?"

"정말 모릅니다."

"그럼 지금 윤이 어디 있냐고. 오늘 스케줄을 대라고."

"오늘은 회장님이 몸이 안 좋으셔서 쉰다고 하셨습니다."

사무적인 박 실장과 달리 정희수는 발악을 하고 있다.

"어제 윤이가 여자랑 같이 있었단 말이야! 말도 안 돼."

"정 실장님, 여기서 이러시면 안 됩니다."

"이 세상에 우리 윤이를 가만 둘 여자는 어디에도 없다고!"

팔팔 뛰는 정희수를 보며 박 실장은 한숨을 쉬었다. 최근에 도윤이 없는 시간을 쪼개는 걸 보면 여자가 생긴 것 같지만 정희수의 반응을 보니 걱정이 되었다.

도윤에 대한 정희수의 집착은 혀를 내두를 정도다. 오죽하면 사모님 이열매가 짐을 싸들고 나갔을까. 이열매는 도윤이 정희수를 이길 대항마로 고른 여자다. 그런 그녀도 3년 만에 두 손 두 발을 다 들고 항복할 정도였다.

'우리 회장님은 이 시간까지 뭐 하고 계신 걸까?'

한편, 박 실장과 함께 모두가 궁금해하는 도윤은 점심시간이 지난 이 시간까지 침대에서 일어나질 못하고 있다.

"회사 안 가요? 일어나요."

열매는 눈도 뜨지 못하고 중얼거렸다. 손가락 하나 까닥하기도 힘들어 발가락으로 그를 툭툭 건드렸다.

"지금은 당신이 아무리 자극해도 무리니, 그냥 잡시다."

"그거 하자는 게 아니라 일어나라고요."

"일주일을 제대로 못 자고 일했으니, 오늘은 쉬어도 돼."

"어쩐지 술 한 잔에 뻗더라. 그렇게 일한다고 누가 알아준다고…… 하아암."

열매는 일주일 밤샘을 하고도 밤새 달린 그의 체력에 감탄했다. 정상 컨디션일 때는 얼마나 대단할지 궁금하기도 했다.

"얘도, 나도 수면이 필요하니 잡시다."

"난 깨웠어요. 나중에 뭐라기 없기. 하아암."

잠에 취한 그들이 눈도 제대로 뜨지 못한 채 들릴락 말락 대화를 나눴다. 하긴 그도 인간이다. 밤새 마라톤을 하고 벌떡 일어나 나가는 건 말이 안 된다. 열매는 하품을 연신 하며 등을 돌렸다. 그러자 도윤이 뒤에서 열매를 품에 살며시 안았다. 그러고는 곧 쌕쌕거리는 숨소리가 들려왔다. 잠이 든 도윤이 내쉬는 부드러운 숨결이 규칙적으로 열매의 머리를 간질였다. 달콤한 자장가 같은 그의 숨소리를 들으며 열매도 곧 잠이 들었다.

어떤 폭탄이 그들을 기다리고 있는지 알지 못한 채, 그들은 단잠에 빠졌다.

도윤, 그에 대해 얼마나 알고 있었던 걸까?

그와 함께 차를 탔던 기억을 더듬어보면, 그는 늘 뒷좌석에서 서류를 보고 있었다. 운전대를 잡은 모습을 보니 새삼 그가 달라 보인다. 어제오늘, 그는 그녀가 알던 도윤이 아니었다.

"고자가 아니란 게 판명되었는데도 이열매는 여전히 이혼이 하고 싶을까?"

그에 관해 새로 알게 된 것들 중 하나, 그는 생각보다 뒤끝이 길다. 도윤은 열매를 금광빌딩 앞에 내려주는 순간까지 확인받고 싶어 했다.

"꼭 지금 듣고 싶어요?"

"남자의 자존심이라."

"아! 자. 존. 심. 이었군요. 그것이."

"밤새도록, 동이 틀 때까지 가능했다. 그리고 잠깐 쉬고 저녁 때까지 또 가능하더라는 거, 꼭 빼먹지 말고 전해주십시오."

"헐. 이열매가 아- 주 좋아하겠네요?"

"생각보다 만족스럽지 않으셨나 봅니다?"

더 있다가는 도윤에게 말려들 것 같아 열매는 차에서 내려 소리 나게 문을 쾅 닫았다.

"다음번에는 더 분발하지요. 이웃사촌님을 만족시키기 위해."

창문이 아래로 반쯤 열리더니 그의 목소리가 들려왔다. 열매는 뿌루퉁하게 입이 튀어나왔다.

"설마 이혼하고 싶다는 이유가 그게 다일 거라는 생각은 안 하시겠죠?"

그와의 육체적인 관계는 어쩌면 이렇게 차근히 풀면 될 일이었다. 하지만 도두농과 그 주변의 복잡함은 아직도 건재하다.

"다 버리지 않는다면 오지 않겠다는 소리로 들리는군요."

갑자기 가라앉은 그의 목소리를 듣자 열매는 마음이 짠해졌다. 도두농의 만행으로 생겨난 엄청난 시월드는 도윤도 쉽게 어쩌지 못하는 부분이다.

"조심히 들어가세요."

결국 열매는 결론을 내리지 못하고 도윤을 뒤로한 채 급한 걸음으로 금광빌딩 안으로 들어갔다.

"도그빌라도 싫고 도퇴클럽도 싫어. 하지만 당신은 좋아."

열매는 빠른 걸음으로 계단을 오르며 중얼거렸다. 도윤에 대한 사랑이 식지 않았다는 걸 확인했기에 무조건 그를 받아들일까 하는 마음도 들었다. 하지만 어떻게 빠져나온 시월드인데. 손바닥 뒤집듯 마음이 오락가락한다.

열매가 금광빌딩 안으로 들어가자, 도윤은 차에서 내렸다. 그의 시선은 그녀가 들어간 금광빌딩 1층 현관에 머물러 있다. 켜졌다 꺼지는 센서 전등으로 열매의 움직임을 느낄 수 있었다. 열매답게 다다닥 급하게 올라가는 소리가 울리고 있다. 계단 통로 2층의 작은 불이 켜지더니 곧이어 3층의 작은 창에서 불빛이 새어 나온다. 도윤의 시선은 곧 켜질 4층으로 향했다.

이열매, 그녀에 대해 얼마나 알고 있었던 걸까?

베이비펑거의 대주주였던 금광희의 손녀. 도두농의 만행을 숨기고자 정략적으로 결혼한 여자. 불같이 사랑한 건 아니지만 정희수처럼 몸서리치게 싫은 여자는 아니었다. 적어도 그녀는 도윤을 피곤하게 하지 않아서 좋았다.

3년을 같이 살았고, 2년을 별거했다. 이혼을 원하는 그녀의 이유 중에는 '성적 차이'도 있었다. 물론 그 부분은 그녀에게 제대로 설명도 하지 않고 방치한 그의 잘못임이 명백했다. 그녀에게 처음부터 양해를 구했어야 했다. 자신에게 성관계는 조부 도두농처럼 즐거움을 위한 운동 같은 게 아니라고, 사랑하지 않는 관계에서 섹스란 서로에게 상처일 뿐이라고 미리 얘기를 했어야 했다.

"……시답지 않는 변명이지."

그녀와 관계를 갖고 나니 그가 가지고 있던 생각들이 하찮은 변명거리에 지나지 않음을 알게 되었다.

"도두농과 도퇴클럽이 문제겠지?"

성적 차이는 극복할 수 있는 문제라는 것을 확인한 열매가 아직까지 고민을 한다는 건 그들 때문일 것이다. 그들을 생각하니 도윤도 마음이 답답해졌다. 열매도 그들 때문에 자신을 다시 받아들이기가 쉽지 않을 것이다. 두 사람의 발목을 잡는 저들을 떨쳐내기는 쉽지 않다.

열매는 4층까지 빠른 걸음으로 올라가 도어록의 비밀번호를 누르고 현관으로 들어갔다. 구두를 벗고 터덜터덜 안방으로 들어가 침대 위에 대자로 뻗었다.

"아, 이열매. 앞으로 어쩔거냐고. 아아악!"

열매는 손과 발을 버둥거리며 그제야 참았던 비명을 내질렀다. 도윤의 표정이 머릿속에서 떠나지 않는다. 욕정을 이기지 못하고. 색에 정신이 팔리면 인생 종친다고 했던가?

"아, 미치겠다. 어떻게 빠져나온 곳인데, 그 불구덩이에 또 들어가겠다고?"

열매는 침대 매트에 얼굴을 파묻었다. 이렇게 입과 코를 막고 확, 죽어버릴 것이다.

"아무리 먹고 싶어도 참았어야 했어. 다이어트 후 찾아온 요요

와 다를 게 뭐있어. 죽을힘을 다해 살을 뺐을 땐 다른 세상이 펼쳐질 거라 생각했는데. 미친."

지금의 상황은 베리베리 스트로베리 그랜드 사이즈를 한 통 다 퍼먹은 뒤, 빈 통을 보며 느끼는 허탈감과도 같다.

"그래서, 밤새 다섯 번은 되던?"

"다섯 번이 아니라 동틀 때까지 되던데."

"오호, 귀신사 석수의 정기를 받은 게 맞네."

"죽여드린다고 경고하더니, 밤새 죽을 뻔…… 엉?"

열매는 아무 생각 없이 대답을 하다가 혼잣말이 아니라는 생각에 고개를 들었다. 마스크팩을 한 민정이 양손으로 얼굴 꽃받침을 하고는 눈을 반짝이며 열매를 쳐다보고 있었다.

"어제 저녁에 나간 이열매가 24시간 만에 집에 왔어. 윤이 손자님이 쾌락의 경지인 다섯 번이 가능하다는 걸 확인했다는 건데. 오호! 죽이는 정력인데 뭘 고민해? 데리고 살아."

민정의 말에 열매는 깊은 한숨을 쉬며 쓴웃음을 지었다.

"싸정까지 딸려오니까 그렇죠."

"그게 좀 걸리긴 하지만, 뭐가 문제야. 싸정이 그러는 거 하루 이틀도 아니고. 무시해. 그래봤자 도윤이 네 남자지, 싸정이 남자는 아니잖아."

"어제 보니 정희수의 병이 더 심해졌더라고요. 이제는 그를 아예 자기 남자라고 착각하고 있던데요."

그에게 시월드만 없다면 완벽할 텐데. 도윤이 달라졌다고 그의 시월드까지 달라지는 건 아니다. 여전히 바람둥이 명예회장 도두 농과 도퇴클럽은 건재했다.

"사실 잘 모르겠어요. 내가 어떻게 하고 싶은 건지."

"널 보니 이제 이혼장은 필요 없을 것 같지만, 네 인생이니까 잘 생각하고 결정해."

민정의 시선은 화장대로 가 있다. 그 위에 놓여 있는 가방에 반으로 접힌 누런 서류봉투가 삐죽 튀어나와 있다.

"후우."

열매는 침대 매트에 이마를 눌러 박았다. 한숨뿐이 안 나온다.

도윤은 금광빌딩 4층 가정집 내부의 불이 켜지는 것까지 확인한 후 휴대폰의 전원을 켰다. 찌잉, 찌잉, 찌잉, 찌잉, 기다렸다는 듯 문자들과 부재중 통화 기록들이 표시되었다.

[회장님, 어떻게 된 일입니까? 혹시 무슨 일이 생겼으면 저에게라도 전화를 주셔야 하지 않습니까.]

[윤아 나에게 이러기야? 하루 종일 전화도 안 받고, 어디 있는 거야?]

[회장님, 정말 아무 일 없으신 겁니까?]

박 실장과 정희수의 다급한 문자들로 보아 오늘 하루가 어떠했는지 눈에 선하다. 그럼에도 도윤은 다른 무엇보다 먼저 이열매의 전화번호를 터치했다. 전화를 하기에는 할 말이 없고, 문자를 보내려 하니 쓸 말이 없었다. 사무적인 대화와 문서만 취급했던 도윤이라 이럴 때는 뭐라고 써서 보내야 하는지 감이 잡히지 않았다. 그렇다고 박 실장에게 물어볼 수도 없는 노릇이다.

몇 번이나 썼다 지우기를 반복했다.

"음."

결국 도윤은 실수로 전송 버튼을 터치해 지우려던 문자를 보내고 말았다.

드르륵. 가방과 함께 화장대에 올려놓은 열매의 휴대폰이 울렸다.

"열매, 문자 왔네. 윤이 손자인가?"

"설마요?"

열매는 급하게 일어나 휴대폰을 들어 문자를 확인했다. 도윤에게 2년 만에 오는 문자다. 아닌 척해도 설레는 표정을 숨길 수가 없다.

"이열매, 문자 하나에 헤벌쭉하면서 퍽이나 고민 중이다. 보니까 게임 끝이네. 머리 아프게 고민하지 말고 데리고 살아. 응? 왜? 무슨 문자기에 표정이 그래?"

민정은 휴대폰 액정을 바라보는 열매의 표정이 일그러지자 호기심에 열매 옆에 바짝 붙어 문자를 쳐다봤다.

"헉. 뭐야, 이게? 불타는 밤을 보낸 뒤의 문자는 대부분 '잘 들어갔냐? 눈웃음 눈웃음', '언제 다시 볼까? 하트 하트', 그게 아니면 '좋았다. 이모티콘', '사랑한다, 블라블라' 뭐 식상하지만 다들 그렇게 보내지 않아?"

민정은 휴대폰 보며 어이없는 표정을 지었다.

"……도윤 회장님께 뭘 바라요. 문자 보낸 걸로도 황송하네요. 후우."

도윤이 보낸 문자의 내용은 예전 결혼 기간에 열매가 종종 받았던 문자와 비슷했다. '오늘 늦어', '저녁 먹고 가', '야근해' 등등 그 당시에는 정이 없어 사무적으로 보내나 생각했었지만, 지금 보니 사적으로 여자에게 문자를 보내는 데 서툴다는 결론이다.

"정말 이 정도일 줄은 몰랐다. 우리 윤이 손자님, 연애해본 적 없나? 데이트 후 이런 문자라니. 나 같으면 바로 빠이빠이야. 도두 농 밑에서 뭘 배운 거야?"

민정은 못 믿겠다는 표정으로 구시렁거렸다. 열매는 머릿속이 복잡해졌다. 도윤의 무뚝뚝함에 서운하기도 했지만, 연애 경험 없는 도윤의 순수함이 좋기도 하다. 어쨌든 확실한 건, 열매는 여전히 도윤이 행복해졌으면 좋겠고 그의 웃는 모습을 보면 행복했다.

도윤은 휴대폰을 뚫어지게 쳐다보며 생각에 잠겼다. 실수라고 하지만 전송하고 나니 아무리 생각해도 내용이 부실했다.

[내일 아침 식사는 8시에.]

"이건 심했나?"

도윤은 추가 메시지를 보냈다.

[국은 북엇국으로.]

도윤은 이정도면 됐겠지 하는 만족스런 미소를 지으며 길 건너편 도도타워 쪽으로 몸을 돌렸다. 대부분 퇴근을 해야 할 저녁 시간이지만 도도타워의 꽤 많은 부서들이 아직 환하게 불을 밝히고 있다. 도윤은 차에 올라타 도도타워 주차장으로 차를 돌렸다. 차의 출입을 알리는 붉은색 등의 번쩍거리는 불빛과 경고음 소리가 유난히도 크게 들린다.

회장실로 들어오자마자 도윤은 소파에 다리를 뻗고 길게 누웠다. 팔을 얼굴에 두르고 눈을 감았다. 그래도 몸은 피곤하지만 마음은 홀가분하다. 길 건너에 이열매가 있다는 사실 하나만으로 이곳이 도그빌라보다 편하게 느껴진다.

이른 아침부터 금광빌딩 1층 노다지 식당의 주방 불이 환하게 켜져 있다. 톡톡톡톡, 나무 도마에서 나는 경쾌한 칼 소리가 일정하게 들린다.

타악- 타악- 탁, 탁.

죄도 없는 북어는 열매의 연타석 방망이질에 힘없이 쭉쭉 펴지고 있다. 열매는 부드러워진 북어를 잘게 찢어 냄비 안에 넣었다.

"장사하기 위해서 만드는 거야. 그럼, 장사 때문이야."

누가 묻지도 않았는데 열매는 계속 스스로를 세뇌시키고 있다. 이건 도윤을 위해 만드는 게 아니다. 그가 북엇국이 먹고 싶다고 해서 끓이는 게 아니다. 우연히 보니 주방에 북어가 있었을 뿐이다.

밥솥에서 치익, 치이익- 하고 김이 빠져나오고 있다. 맛있는 밥 냄새가 폴폴 난다. 시계를 보니 7시 50분. 조금 있으면 들어오겠지 싶어 열매는 끓이던 국의 불을 약하게 조절하고 주방에서 나왔다.

그런데 분명 8시까지 밥 먹으러 온다고 했던 그가 오지 않는다. 자기가 한 약속만큼은 철저히 지키는 사람인데, 혹 무슨 문제가 생긴 건 아닌가 걱정되어 열매는 굳게 닫힌 가게 문만 쳐다보며 서성거렸다.

9시가 다 되어간다. 혹시 늦게 온다는 문자라도 와 있나 싶어 휴대폰을 쳐다보는 사이, 쓰윽 가게 문이 열렸다. 열매는 반가운 마음에 고개를 들었지만 눈에 들어온 사람은 유석원이었다. 실망감이 들었다.

"누구 기다리셨습니까? 설마 저는 아니겠죠?"

유석원은 상큼하게 웃으며 자리에 앉았다.

"어제는 무슨 일이 있으셨습니까? 노다지가 문을 닫아 걱정했습니다."

"개인적인 사정이 있어서요."

"사고라도 난 걸까 봐 걱정했습니다. 김민정 씨에게 여쭤봐도 별말씀이 없으시고."

"식사하셔야죠? 준비해올게요."

열매는 할 말이 많아 보이는 유석원을 피해 주방으로 들어갔다. 유석원 맞은편에 도윤이 없으니 분위기가 살벌하지 않아서 좋긴 했지만, 불안했다. 지금 이 순간이 왜인지 폭풍 전야처럼 고요하기만 하다.

유석원이 앉은 테이블에 백반을 차려놓은 뒤, 카운터에 앉았다. 째깍째깍 초침 소리가 유난히도 크게 들려온다.

"정말 별일 없으신 겁니까?"

카운터에 앉아 시계만 쳐다보는 열매를 보며 유석원이 식사를 하다 말고 쳐다보았다.

"네. 별일 없어요."

못 오면 못 온다고 문자 한 통 넣어주는 게 뭐가 힘든지. 도윤과의 관계가 좋아졌다고 생각한 게 혼자만의 착각인 것 같아 눈물이 핑 돈다.

"혹시, 도윤 회장님을 기다리고 계신 겁니까?"

"제, 제가 왜 회장님을 기다린다고 생각하시는 거죠?"

그가 잘못한 것도 아닌데 열매는 날카롭게 반응했다. 도윤에 대한 서운한 마음에 애먼 유석원에게 화풀이를 하고 말았다.

"힘든 관계를 왜 계속 유지하려고 합니까!"

"네?"

"절대 변하지 않을 겁니다. 그들은……."

"지금 무슨 소리를 하시는 거예요?"

수저를 테이블에 내려놓은 유석원의 목소리는 전에는 듣지 못한 분노가 어려 있었다.

"그들이 행복해진다면 불공평하지."

유석원은 이를 악물며 중얼거렸다. 열매는 그의 매서운 시선에서 강한 적의를 느꼈다.

그에게 무언가 말하려는 찰나, 열매의 휴대폰이 울렸다. 열매는 급하게 문자를 확인했다.

[급한 일 때문에 당분간 식사하러 못 갑니다.]

도윤에게서 좀 더 긴 문자가 왔다. 단답형으로 끝나는 문자만 받다가 정성 어린 긴 문자를 받으니 감격스러워 화색이 돌았다. 그러면서도 그가 식사할 시간도 없는 급한 일이 무언지 궁금했고, 한편으로는 걱정이 되었다. 도윤의 문자를 보며 시시각각 변하는 열매의 얼굴을 보며 석원의 표정은 어두워졌다.

"그에게 가장 소중한 게 무엇인지 확실히 알 것 같군요."

열매는 석원의 목소리에 고개를 들었다.

"유 소장님. 아까부터 알아듣기 힘든 말씀을 하시는데 쉽게 말해주세요. 저에게 하고 싶은 말이 있는 거죠?"

"전, 당신이 행복해지길 바라는 남자입니다."

"유 소장님이 왜 제 행복을 바라죠? 이해가 안 되는데요."

"앞으로 이해가 되실 겁니다. 제가 건물주님을 좋아……."

유석원의 의미심장한 시선이 부담스러웠다. 열매가 아무리 둔하다 하더라도 유석원의 다음 말을 직잠할 수 있었다. 그의 눈빛은 열매가 도윤을 바라보는 시선과 같았다. 그의 말을 끝까지 듣는다면 누군가에게 상처가 되는 일이 생길지도 모른다. 열매는 급하게 화제를 돌렸다.

"아, 드라마 할 때가 되었는데."

열매는 천연덕스럽게 리모컨을 들고 TV를 켰다. 드라마나 뉴스를 틀어놓으면 어색한 분위기가 나아질지도 모른다.

-여보, 난 당신 없으면 못 살아요.

-구질구질하게 이러지 마. 난 이미 너와 끝났어.

-여보. 우리 배 속에 있는 아기를 생각해요.

분위기 전환을 하려고 튼 드라마인데 내용이 너무 구질구질하다. 열매는 채널을 바꿨다. 리모컨으로 채널을 돌리던 열매는 익숙한 얼굴이 화면에 나오자 채널을 멈췄다.

"어? 도둑놈 사진이 왜 크게 박혀 있는 거지?"

열매는 리모컨을 누르던 손을 멈추고 화면을 멍하게 쳐다보았다. 뉴스 채널에서, 얼마 전에 민정과 같이 만난 강 변호사가 보인다. 그는 손에 두툼한 서류 봉투를 들고 카메라 앞에 서 있다.

-더 이상 도두농의 엽기 행각을 두고 볼 수 없다는 판단에 집단 소송을 하기로 결정했습니다.

그가 서류를 접수하는 장면이 보인다.

"강 변호사가 뭐 하는 거지?"

열매는 TV를 보면서 중얼거렸다. 번쩍거리며 터지는 많은 플래시 불빛 속에서 강 변호사는 당당하게 무언가를 발표하고 있다.

-사회의 악이…….

-수없이 염문을 뿌리는 그에게 엄단을…….

-더 이상 피해자가 생기지 않게…….

우리의 아이의 미래를 위해 지저분한 경영자가 운영하는 곳의 제품을 불매운동까지 불사하겠다는 그의 말이 그럴싸하게 들린다.

"아무리 그래도, 이번에는 무사히 넘어가지 못할 겁니다."

유석원이 TV를 쳐다보며 의미심장한 말을 내뱉었다. 그가 일어나더니 카운터에 있는 장부에 서둘러 사인을 한다.

"식사 잘했습니다."

"반도 못 드신 것 같은데요?"

열매는 거의 손을 대지 않은 음식들을 보며 중얼거렸다.

"앞으로 식사는 못할 거 같으니 기다리지 마십시오. 건물주님. 건물주님은 몰라도 전, 건물주님이 많이 그리울지도 모르겠습니다."

"네?"

오늘따라 유석원이 이상하다. 어리둥절해 하는 열매를 보며 그가 조용히 미소를 지었다. 쓸쓸하고 슬퍼 보이는 미소였다. 그는 간단히 묵례를 하고 노다지를 나갔다.

유석원이 나감과 동시에 노다지의 문이 급하게 다시 열렸다. 급하게 뛰어 들어온 민정이 숨도 고르지 못한 채 흥분해서 크게 소리쳤다.

"TV에 도둑놈 얼굴이 대문짝만 하게 나오고 있어."

"안 그래도 보고 있었는데, 무슨 일이래요?"

열매는 민정과 TV 화면을 번갈아 쳐다보며 눈을 동그랗게 떴다.

"뭐긴 뭐겠어. 도퇴클럽 회원들의 집단 소송이 본격적으로 진행되는 거지."

"에메랄드 회원들이 도두농 성추행 건으로 집단 소송을 준비한다는 말은 계속 있었잖아요. 언젠가는 터질 거라고 생각했지만 좀 갑작스럽긴 하네요."

열매는 별거 아닌 걸로 호들갑을 떤다는 듯 피식 웃었다. 민정은 답답하다는 듯 가슴을 치며 다급히 말을 이었다.

"그거뿐이라면 내가 말을 안 하지. 에메랄드뿐만 아니라 진주, 사파이어, 루비까지 다 들고 일어났어. 다들 손에 손잡고 도두농 엿 먹이기에 돌입한다나 봐."

"네? 모두 다요? 왜요?"

열매는 놀라 표정이 경직되었다. 도윤이 아침 식사를 하러 오지 못한 이유가 또, 조부 때문이었다.

"그거야 나도 모르지. 하지만 저렇게 조직적으로 움직인다는 건 뒤에 누군가가 있다는 거야."

"……싸정 쪽에서 손을 쓴 걸까요?"

도윤이 자신과 결혼한 이유 중 하나가 도두농의 네 번째 부인 김옥희를 견제하기 위한 거라는 걸 열매는 알고 있었다. 김옥희에게 베이비핑거 대표이사 자리를 빼앗기지 않기 위해 주요 주주였던 할머니의 지지가 필요했던 것이다. 열매도 알고 있었지만 도윤을 좋아했기에 기꺼이 그의 편이 되었다.

"도두농 엿 먹이고 도씨 일가가 물러나면, 그 자리 차지하면서 이득 볼 사람이 싸정 일가이긴 하지만 확실히는 모르지. 이럴 줄 알았으면 도퇴클럽에 명목상으로 가입해놓을 걸 그랬나? 정보를 들을 수가 없으니 답답하네."

TV에서는 도두농이 저지른 그간의 사건 사고들을 요약해주고 있었고, 민정은 가슴을 치며 울분을 토하고 있다.

"그나저나 난 자다가 웬 날벼락이니? 도두농 사건이 터졌으니 전처들이 또 입방아에 오르락내리락하겠지? 이놈의 육전 딱지, 지 겹다. 봐봐, 말이 끝나기가 무섭게 나오네, 나와. 일전부터 시작한 다."

"그나마 다행히 언니는 일반인이라 사진이 모자이크 처리되잖 아요."

열매는 시큰둥하게 말했다. 머릿속은 온통 도윤의 걱정으로 가 득했다. 열매는 갑자기 도윤이 보고 싶어졌다. 일주일을 제대로 못 잤다고 쓰러지듯 잠들던 모습이 떠올라 안쓰러웠다. 죽어라 일을 해도 결과는 항상 이 모양이다. 잘못은 조부가 했는데 왜 도윤이 고통을 받아야 하는지.

"다 소용없다. 인터넷 검색하면 내 사진 다 떠 있다."

"삭제 요청하면 안 되나요?"

"한두 개가 아니라. 아악! 육전 김땡땡 나온다. 으악! 저 사진은 바뀌지도 않아. 아아악!"

민정이 머리를 쥐어뜯으며 팔팔 뛴다.

'당신, 밥은 먹었을까? 괜찮겠지?'

열매는 도윤이 걱정되었다. 저 일을 수습하려면 또 몇 날 며칠 잠도 못 자고 뛰어다니겠지? 지금 그는 밥 먹으러 오겠다고 한 걸 기억하지 못할 정도로 정신이 없을 것이다. 열매가 준비한 아침밥 한 술 뜰 수 없을 정도로 바쁠 것이다. 열매는 휴대폰을 계속 만지작거렸다. 그에게 전화를 하고 싶지만, 어떤 말을 해줘야 할지 몰라 애꿎은 휴대폰 화면만 껐다 켰다 했다.

6. 구타 유발자들

도퇴클럽의 도두농 성추행 집단 고소 사건이 연일 화제다. 대한민국 건국 이래 최대 규모의 성추행 소송 사건이다 보니 더욱 언론에서 떠들고 있다. 특히, '우리 아이 바르게 키우기 소비자 연맹'이 앞장서서 베이비핑거를 공격하고 있었다.

'아이들은 우리의 미래다. 그런데 그 아이들이 사용하는 물건을 만드는 회사의 최고 경영자가 성추행범이라니, 도저히 있을 수 없는 일이다'라며 흥분했다. 그들은 더러운 성범죄자가 최고주주이며 경영자인 회사의 제품을 절대 자신의 아이들이 쓰게 할 수 없다며 불매운동을 하기 시작했다.

지- 잉, 지- 잉. 연달아 울리는 문자 알림에 도윤은 휴대폰 액정을 터치했다. 첫 번째 문자는 항상 그가 즐겨보던 오늘의 운세였다.

[도윤 님의 오늘의 운세 - 가장 가까운 이들의 이해할 수 없는 행동도 끈기 있게 참고 기다리면 좋은 결과가 뒤따릅니다. 하는 일은 막힘이 없고 애정운도 만족스럽습니다. 당신에게 더없는 최고의 날입니다.]

마음의 안정을 얻고자 보아오던 운세다. 하지만 오늘은 인정할 수가 없다. 지금, 조부를 이해하라고? 게다가, 오늘이 최고의 날이라니. 이제는 오늘의 운세마저도 그를 놀리는 건가 싶어 도윤은 마음이 상했다.

휴대폰의 액정을 신경질적으로 터치해 화면을 바꾸었다. 두 번째 문자를 확인하는 순간 도윤은 몸 안의 모든 피가 거꾸로 솟는 거 같았다.

[윤아, 나의 자유로운 영혼을 이해해주고 위로해줄 곳은 아메리카밖에 없는 듯하구나. 윤아, 너를 믿는다. 모든 것이 해결되면 돌아오마. 할애비가♥]

"허, 하, 후우, 훕, 후우우우우……. 이, 이, 망할!"

도윤이 숨을 가쁘게 쉬며 두 주먹으로 힘껏 책상을 내리쳤다.

쾅, 쾅, 쾅, 쾅.

부들부들 떨리는 두 주먹은 아픈지도 모르겠다. 책상이 마치 도두농인 양 치고 또 쳤다. 말도 안 되는 오늘의 운세 뒤에 조부의 황당한 문자 테러라니. 오늘은 최고가 아닌 최악의 날이다. 가슴이 조여온다. 숨이 막혀온다.

"회장님, 큰일 났습니다."

문이 열리고 박 실장이 사색이 되어 뛰어 들어왔다.

"도두농 명예회장님이 한국을 뜨신답니다."

"후우, 후우."

도윤은 부르르 떨며 가슴을 부여잡고 불규칙하게 숨을 쉬고 있었다. 박 실장이 그런 도윤을 보고는 다급하게 다가왔다.

"회장님, 괜찮으십니까?"

"견딜 만합니다. 노인네는 어디로 가신, 답. 니. 까?"

한 글자 한 글자 힘겹게 말하는 도윤을 보며 박 실장은 머뭇거리다 입을 열었다.

"미국 마이애미로 가신다고……."

박 실장은 이마에 실핏줄이 불거져 나온 도윤을 보며 말끝을 흐렸다.

"헉, 휴양지, 휴양지로…… 가신다?"

"회장님, 숨쉬기에 집중하십시오. 이러다 큰일 나십니다."

"누가 스트레스만 주지 않으면 괜찮습니다."

이런 상황에서 도두농은 사건을 해결할 시도는커녕 도망을 갔다. 언제나 이런 식이다. 사고 치고 도망가기. 그리고 해결될 때까지 숨어 있기. 이번에도 도두농은 뒷수습을 도윤에게 맡기고 도피를 선택했다.

"회장님, 안색이 너무 창백하십니다. 병원에 가보셔야 할 것 같습니다."

"제 병명이 뭔지 아시지 않습니까. 병원에 가봐야 소용없어요. 스트레스 받지 말고 무조건 안정을 취하라고 하는데, 누구 때문에 절대 불가능하지요."

도윤이 호흡에 어려움을 느끼기 시작한 건 2년 전 도두농의 일곱 번째 결혼식부터였다. 그전에도 가슴이 답답한 증세가 있긴 했지만 도두농의 결혼과 열매의 이혼 선언 후 심해졌다. 도윤은 큰 병이 생긴 게 아닌가 싶어 병원에서 정밀 진단을 받았다.

몸에는 문제가 없다며 정신과 상담을 권유받았고, 우습게도 극도의 스트레스로 인한 '화병'을 진단받았다. 울화병이라고도 불리는 이 병은 분노와 화를 표출하지 못하고 쌓여 마음속에 응어리가 생기는 병으로, 주로 중년 여성에게서 많이 나타나는 병이라고 했다.

"분노를 표출해야 좋아진다고 박사님이 말씀하셨습니다. 복싱 같이 두들기는 운동을 해보는 건 어떨까요?"

"샌드백을 치는 것도 좋은 방법이겠군요."

"무조건 참는 것보다 나을 겁니다. 바로 알아보겠습니다."

"이제 별걸 다 하게 되는군요, 누구 때문에."

도윤의 화병이 도두농에게 받은 스트레스가 주원인이란 걸 잘 알고 있는 박 실장은 뭐라 대꾸를 할 수가 없었다. 그렇다고 막연히 괜찮을 거라며 위로를 하기도 뭐한, 개 같은 상황이 아니던가.

"바로 비상회의에 들어가셔야 하는데, 어떻게 할까요? 도두농 명예회장님이 해외로 뜨신 사실을 이사들이 알면 분위기가 좋지는 않을 텐데 말입니다."

박 실장은 엄한 천장만 바라보며 말을 잇지 못하고 있다. 나오는 건 한숨뿐이다.

"특히 김상희 이사 쪽이 문제입니다. 잔뜩 벼르고 나올 거라 예상이 됩니다."

"지금 돌아가는 상황이 가장 반가운 건 김옥희, 김상희 쪽이겠지."

그들을 생각하니 가슴이 옥죄어온다.

"회장님을 추궁하면서 궁지로 몰아붙일 확률이 높습니다. 도두 농 명예회장님이 국내에 없는 상황에서 이 사건이 제대로 해결되 긴 어려울 거 같아 걱정입니다."

"박 실장, 그건 걱정할 일이 아닙니다. 진짜 문제는 일이 터지기 전까지 우리가 몰랐다는 겁니다. 불매운동도 심상치 않고, 주주들 불안감도 예전보다 더 큰 거 같습니다. 뭔가 수상합니다."

도윤이 울리지 않는 휴대폰을 손에 쥐었다. 열매에게 아침을 먹 겠다고 문자를 보냈지만 지키지 못했다. 열매와는 항상 이런 식이 었다. 조금 가까워진다 싶으면 항상 일이 터졌다. 조금은 괜찮은 남자가 될 수 있지 않을까 싶어 다가가려 했지만, 언제나처럼 제자 리걸음이다. 윤조차 감당하기 힘든 도두농과 도퇴클럽 회원들이 다. 단지 자신과 결혼을 했다는 이유로 그들의 만행을 감당하라는 건 고문과도 같다. 이런 상황 속에 있는 자신을 온전히 받아줄 정 상적인 여자는 없을 것이다.

'부인에게 또 미안해질 거 같지만 당신을 보낼 순 없어. 이럴수 록 당신이 더 필요하니까.'

"어떻게든 되겠죠. 일어나죠."

도윤이 비틀거리며 자리에서 일어났다. 도윤은 도두농으로 인 해 열리는 비상회의에 참석하기 위해 위태로운 발걸음으로 회의 장을 향했다.

임원들과 부서의 장들이 모인 회의장은 말 그대로 아비규환이 었다. 무조건 흥분해서 내일이면 회사가 망할 것처럼 말하는 사람 부터 차분히 대처를 하자는 이들까지, 서로 자신들의 의견을 말하느라 회의장이 소란스럽다. 그중에서도 특히 김상희 이사와 패턴실 김일두 실장은 도윤이 오기 전부터 한바탕 붙고 있었다.

도윤이 회의장에 들어서자 김상희는 대뜸 도윤에게 따지기 시작했다.

"회장님, 사태가 이리 되도록 안일하게 대처하신 이유가 궁금한데 말씀 좀 해보시죠."

"김상희 이사, 당사자도 아닌 도윤 회장님에게 다짜고짜 따지는건 좀 아닌 것 같습니다."

"김일두 실장, 지금 돌아가는 상황을 몰라서 하는 소립니까? 본사 이전하면서 들어간 자금이 얼마인지 알고나 있습니까? 하긴 패턴실에서 패턴만 짜는 사람이 회사 돌아가는 사정을 어떻게 알까?"

철저히 도윤 편인 김일두가 마음에 들 리 없는 김상희다. 김일두는 김상희가 자신의 직책을 비하하자 눈을 부라리기 시작했다.

"지금 나와 우리 부서를 비하하는 건가?"

"아니꼽게 듣는 당신이 문제지, 난 지금 우리 회사가 어려워질 수 있다는 말을 하는 거요. 투자자들이 투자 자금을 뺀다고 해도할 말이 없다고. 그러면 망하는 거라고."

"김 이사, 망한다는 말을 어떻게 그렇게 쉽게 내뱉으시나? 도두농 그 양반이 이러는 게 하루 이틀도 아니고 평생을 그러고 사신양반인데, 그래도 베이비핑거는 잘만 돌아갔다고."

육전 김민정의 아버지 김일두 실장과 사전 김옥희의 남동생인김상희 이사의 언쟁이 감정적인 싸움으로 번지면서 말도 짧아지기 시작했다.

"도두농 명예회장님 여자 문제가 불거질 때마다 주식이 널뛰기하는 건 김 실장이 더 잘 알고 있지 않나? 자기도 피해자면서 도두 농 명예회장을 무조건 두둔하는 건 이치에 맞지 않지."

"사적인 일을 공적인 부분으로 가져오면 안 되지. 김 이사야말 로 본질을 바로 파악해야지, 너무 사적인 감정이 앞서는 거 아냐?"

나이가 지긋한 이들의 유치한 언쟁을 듣고 있자니 도윤은 머리 가 아파왔다. 직급은 다르지만 김일두 실장은 도두농의 육전의 부 친이고, 김상희 이사는 사전 김옥희의 남동생이다. 다시 말해, 법 적으로 한때 도윤의 가족이었던 사람들이다.

"지금 실장이 이사에게 대드는 건가? 이거 하극상이야!"

"허, 김 이사가 직급은 위일지 모르지만 족보로 따지면 내가 위 야!"

"족보로 따지는 건 이제 무의미하지 않나? 그저 '전'일 뿐인데?"

유치한 말싸움은 어느새 직급과 족보 싸움으로 번졌다. 사전의 동생과 육전의 아버지, 즉 '전'들의 전쟁이 시작되었다. 코미디 프로 에 나올 법한 '전'이라는 단어가 나오자, 그들을 제외한 다른 임원과 부서장들의 입에서 '피식', '풋', 바람 빠지는 소리가 새어 나왔다. 그 들 모두 웃음을 참느라 곤욕이다. 이런 분위기 속에서 정작 당사자 인 김상희 이사와 김일두 실장만 심각하다. 도윤은 한숨만 나왔다.

"에잇, 생각하면 기분 나쁘니 '전' 이야기는 뺍시다."

"족보를 먼저 들먹인 사람이 누군데."

"직급 들먹이며 따지니까 나온 거지. 아무튼 실언이오."

"그건 나도 마찬가집니다. 우리가 이래도 베이비핑거의 임원과 부서장으로서 품위를 지켜야 하지 않겠습니까."

그렇게 전의 전쟁은 생각보다 짧게, 그리고 훈훈하게 마무리되었다. 둘 다 도두농에 대한 안 좋은 과거가 있다 보니 더 이상 사람들 많은 곳에서 말하기 싫은 눈치다. 이럴 때만 기가 막히게 잘 맞는 그들이다.

"아, 결론을 말하자면, 도두농 명예회장님은 이미 일선에서 물러나신 분이니 이번 일은 명예회장님 개인의 사적인 문제일 뿐이란 겁니다."

"김 실장이 아무리 두둔하려고 해도 소비자에겐 아직 도두농이 곧 베이비핑거라고. 소비자가 불매운동을 한다잖아. 그런데도 이게 개인 문제일 뿐인가?"

김상희 이사가 흥분하자 분위기가 다시 험악해졌다. 회사의 윗선이 쉴 없이 큰 목소리를 내자 아랫사람들은 눈치 보기 바쁘다. 누구의 편을 들어야 할지 머리 굴리는 것이 보인다. 도윤은 의자에 비스듬히 앉아 회의장의 돌아가는 상황에 실소를 금치 못했다.

"그거야 소비자가 회사 사정을 잘 모르니깐 그런 거지. 그러니 언론에 베이비핑거에서 공식 발표를 하자는 거야. 도두농은 이미 은퇴한 형식적인 명예회장이라고. 그렇게 해서 이번 문제를 명예회장님의 개인 문제로 몰고 가자고. 회사 문제로 끌고오지 말고."

"아무리 개인적이라고 해도 소비자는 같다고 생각해. 한 번 찍힌 이미지가 쉽게 변하나?"

이번 기회를 절대 놓치지 않으려는 듯 김상희는 끈질기게 꼬투리를 잡고 책임자를 찾아 시시비비를 가리겠다고 우기고 있다. 도윤은 그가 무엇을 원하는지 알아챘다. 도두농을 겨냥하고 있지만 최종목표는 도윤을 회장직에서 내려오게 만들려는 것이다.

"그래서 김 이사가 하고 싶은 말은 뭔데? 도윤 회장님이 도의적인 책임을 지고 물러나야 한다는 뉘앙스인가? 도윤 회장님이야말로 가장 큰 피해자인데?"

"책임을 져야 한다면, 그래야겠지."

김상희의 어조가 격앙되어 간다. 그의 입에서 도윤의 책임론이 나오는 걸로 봐서 그의 배후에는 김옥희가 있을 것이다. 책임 운운하면서 끌어내리려 하는 공격 패턴은 이제 새삼스러울 것도 없다. 다만, 도두농의 사고가 누적될수록 공격 강도가 점점 세어질 뿐이다.

"아이고, 김 이사님, 김 실장님. 두 분 다 어린애들도 아니고, 참 유치하게 말싸움입니다. 두 분 다 진정하세요."

그들의 언쟁은 마침 문을 열고 들어오는 한 여성으로 인해 중단되었다. 그녀는 화려한 명품 의상으로 몸을 치장하고 있었고, 얼굴에는 다른 이들을 압도하는 자신만만한 표정을 하고 있었다. 그녀를 보자 김상희가 벌떡 일어나 의자를 빼주었고, 그녀는 우아하게 다리를 꼬고 앉았다.

"김옥희 여사님은 이곳에 무슨 일로 오셨습니까?"

"회사의 사활이 걸려 있는데 베이비펑거 주요 주주의 한 사람으로서 걱정이 되어 왔지요. 우리 도윤 회장님은 제가 온 것이 불만인가 봅니다."

"그럴 리가요."

도윤은 아픈 이마를 꾹꾹 누르며 간신히 말을 내뱉었다. 재미있는 구경거리를 놓치지 않으려는 김옥희의 등장. 반가울 리 없다. 박 실장은 옆에서 도윤을 주시하고 있다. 김옥희의 등장과 함께 그의 화병 증상이 또 언제 나타날지 몰라 불안해하는 게 보인다.

"그럼 도윤 회장님은 어떻게 이 사태를 해결하실 생각이신지요? 듣고 싶군요."

김옥희의 말에 다들 도윤에게 시선을 집중했다.

"알아서 해결하겠습니다."

도윤의 입꼬리가 비정상적으로 올라간다. 김옥희의 속내가 보인다. 김상희의 바통을 이어받아 도두농의 치부를 최대한 드러내 자신이 원하는 것을 얻어내려 하겠지. 하지만 당신이 원하는 건 절대 내어주지 않겠어.

"알아서? 그런 말은 누군들 못할까? 우리가 도윤 회장에게 듣고 싶은 말은 그런 무책임한 발언이 아니랍니다."

"제게 어떤 말을 듣고 싶으신 겁니까? 도두농 명예회장님은 5년 전 모든 경영 일선에서 물러나신 분입니다. 김 실장님 말대로 이제는 베이비핑거와 단 1퍼센트도 관계없는 분의 사생활일 뿐이죠. 저희 집안일이니 알아서 해결하겠습니다."

아직은 맥박도 괜찮고 호흡도 좋다. 식은땀도 안 나고 가슴의 답답함도 없다. 더 이상 스트레스를 받지만 않으면 된다. 도윤은 계속 스스로의 상태를 체크하며 아무렇지 않은 척 그녀의 얼굴을 바라보았다.

"도 회장."

"김옥희 주주님께서 그렇게 원하시니, 제가 앞으로 할 일을 말씀드리죠. 일단 김일두 실장님이 말씀하신 것처럼 회사 홈페이지에 도두농은 베이비핑거와 아무런 관계가 없다는 글을 게시하겠습니다. 아, 언론에도 그 사실을 강조해서 보도를 내도록 하겠습니다. 됐습니까?"

"그게 다는 아니겠지?"

무덤덤한 도윤의 발언에 김옥희는 당황스러워 쉿소리를 냈다. 도윤이 분위기에 휩쓸려 흥분하길 바랐던 그녀의 목표가 빗나갔다. 그녀의 흔들리는 눈동자를 보며 도윤은 미소를 지었다.

"어떤 말을 더 해드릴까요? 제가 나선다고 해결될 일은 아닙니다. 애정과 치정이 얽힌 문제는 당사자가 가장 잘 알지, 제삼자인 제가 뭘 알겠습니까. 그러니 당사자들끼리 해결하는 게 가장 빠르겠지요. 그럼 오늘 회의는 이것으로 끝내겠습니다. 앞으로 추가적인 문제가 발생되면 그때 다시 의논하는 걸로 합시다. 그럼."

도윤은 차가운 표정으로 자신을 노려보는 김옥희를 뒤에 두고 회의장을 떠났다. 그들의 시선이 느껴지자 등 뒤가 서늘해온다.

비상 회의가 끝나고 이사실로 들어서자 김옥희가 본성을 드러냈다. 우아함을 가장했던 말투는 어느새 천박하게 변해 있었다.

"도대체 도윤, 저 새낀 뭘 믿고 저리 당당한 거야?"

"하지만 다행히도 여론은 우리 편입니다."

김상희는 흥분하는 김옥희를 보며 절절맸다. 김옥희는 무능력한 동생을 보며 버럭 소리를 질렀다.

"내가 도윤의 이미지만 흠집 내면 경영권은 우리 손으로 쉽게 들어온다고 누누이 말했는데, 어디로 흘려들은 거야! 넌 도대체 뭐 하는 인간이야?"

"누님, 왜 저에게 그러십니까?"

난데없이 벼락이 떨어지자 김상희는 억울하다는 듯 볼멘소리를 내뱉었다.

"내가 도윤을 자극하라고 했지, 쓸데없이 김일두 같은 거와 싸우라고 했냐고. 이 머저리 같은 놈아."

"누님. 김일두가 도윤 측근 아닙니까. 도윤이 잘못될까 저러는 걸 어쩝니까. 저도 할 만큼 했다고요."

"다시 말해줄까? 도윤의 빈틈을 찾으라고. 그래야 우리가 경영권을 가지는 데 유리해진다고. 도두농의 계집질이야 하루 이틀도 아니고, 다들 만성이 되었다고. 도두농은 그저 시발점일 뿐, 다른 문제들이 도미노처럼 더 터져줘야 한다고."

김옥희는 흥분해서 이사실에 그들 외에 다른 손님이 있었다는 것을 잊고 있었다. 그들의 언성이 끝나지 않고 이어지자 이사실 소파에 앉아 그들을 기다리던 외부인이 멋쩍은 얼굴로 일어섰다.

"어머, 스티븐이 와 있었네. 이해해요. 회의실에서 못 볼 꼴을 봐서. 호호."

김옥희는 스티븐을 보자 당황해 변명을 늘어놓기 시작했다.

"이해합니다."

그녀는 어느새 말투와 몸짓이 바뀌어 있었다.

"엄마, 회의장 분위기 어땠어?"

이사실 문이 열리고 정희수가 모습을 드러냈다. 김옥희는 정희수를 보자 표정이 미묘하게 변했다. 화가 났지만 스티븐 때문에 억지로 참고 가식적인 웃음만 짓고 있다.

"회의장에서 보자고 했더니, 어딜 갔다 지금 오는 거니?"

"치. 윤이 공격하는 자리에 내가 왜 가. 난 우리 윤이 불쌍해서 싫어."

"아직도 정신을 못 차리고, 쯧쯧. 이럴 땐 내 속에서 나온 자식이 맞나 싶다."

"내가 다시 말하는데, 우리 윤이 잘못되면 엄마, 삼촌이라도 용서 못해."

정희수는 소파에 털썩 주저앉으며 도윤 편을 들었다. 김옥희는 마음에 들지 않는 듯 입술을 악물며 천천히 말을 내뱉었다.

"휴우, 스티븐 앞에서 무슨 추태인지. 스티븐, 우리 딸이 인정이 많아서 그래. 이해해요."

김옥희는 정희수 옆에 다리를 꼬고 앉았다. 그들을 마주 보고 앉은 스티븐은 앞에 펼쳐 놓은 서류에서 시선을 떼지 않고 있다.

"스티븐 생각은 어떤 것 같아요?"

"서류상으로는 문제가 없어 보입니다. 재차 강조하는 말이지만, 어설픈 공격은 안 하니만 못합니다."

"걱정 안 해도 된다니까. 우리 동생이 일 하나는 똑 부러지게 하니까."

김옥희의 가식적인 말이 지겨운지 스티븐은 서류에서 눈을 뗐다. 이제는 다 식은 찻잔을 들어 입가로 가지고 가며 자세를 편하게 잡았다. 차를 마시는 그를 김옥희가 낮은 목소리로 회유하기 시작했다.

"우리 쪽 지분과 스티븐 지분을 합치면 도윤의 지분을 넘으니 경영권 확보는 확실해요."

"제가 알기로는 도윤 회장의 와이프 지분도 만만치 않다고 들었습니다."

"호호, 걱정 말아요. 하늘이 우리 편인지 도윤은 와이프와 별거,

아니 곧 이혼할 거랍니다."

"도윤 회장님이 별거 중인 게 확실합니까?"

스티븐이 김옥희를 쳐다보며 의아한 표정을 지었다. 김옥희는 어색한 미소를 지으며 그를 쳐다보았다.

"도윤에게 질려서 짐 싸들고 나간 원수 같은 사이랍니다. 그 애가 도윤에게 힘을 실어줄 리가 없어요."

그녀는 확신하는 어조로 대답했다.

"엄마, 왜 우리 윤이를 회장 자리에서 몰아내지 못해 안달이야. 내가 윤이랑 결혼하면 다 해결되는 거 아냐? 나 그냥 회장 사모님 할래."

정희수가 테이블에 놓여 있는 패션잡지를 집더니 페이지를 신경질적으로 넘긴다. 그녀는 김옥희가 도윤을 건드리는 데 화가 나 있는지 버럭 짜증을 냈다. 그런 정희수의 반응에 김옥희의 얼굴은 붉으락푸르락해져 갔다.

"정 실장, 체통을 지켜야지. 호호. 스티븐은 이해해줘요. 우리 정 실장이 어려서부터 같이 자란 도윤 회장을 동생처럼 생각해서 그런 거니까."

김옥희의 얼굴에 억지 미소가 걸렸다.

"도윤 회장님이 와이프와 다시 합칠 가능성은 생각 안 해보셨습니까?"

"내가 한 달 전까지 사람을 붙여서 아는데, 윤은 이열매를 만나지 않아."

정희수의 목소리에 날이 서 있다. 마치 바람난 남편 감시하는 와이프처럼, 너무도 당당하다.

"정희수 실장님이 도윤 회장님을 감시했군요."

"감시라뇨? 그냥 이상한 년들이 붙을까 봐 보호 차원에서 그런 거지."

정희수는 스티븐을 보며 날카롭게 반응했다.

"아내가 집을 나가면 보통은 찾기 마련인데."

"정략결혼이니까. 도두농 회장의 성추행 사건을 입막음하려고 우리 윤이가 어쩔 수 없이 그 뚱땡이와 결혼한 거라고."

윤의 부인 이야기에 신경이 날카로워진 정희수는 앙칼진 목소리로 발끈했다.

"필요에 의해 결혼하고, 뚱뚱하다는 이유로 무시했다면 정말 형편없는 남자군요, 도윤 회장은."

달그락, 테이블에 찻잔이 놓이는 소리가 유난히 크게 들려왔다. 연신 감정 없던 스티븐의 얼굴에 미묘하게 경련이 일었지만 그녀는 눈치채지 못했다. 오히려 자신의 감정에 못 이겨 파르르 떨고 있다.

"남자면 당연한 거죠? 늘씬하고 섹시한 여자에게 끌리는 게 남자의 본성이니까. 자, 이제 이런 재미없는 대화 말고 생산적인 대화를 나눠요. 내가 회장 자리에 앉으면 우리 스티븐 씨의 공은 절대 잊지 않을게."

모녀는 닮는다고, 그러고 보니 김옥희처럼 정희수도 지나치게 야하게 입고 있다. 자신의 외모에 자신 있다는 듯 역겨운 말들을 아무렇지 않게 내뱉고 있다.

"그럼요, 누님. 누님이 아니면 누가 대표이사를 한답니까?"

김옥희와 그녀의 동생 김상희는 벌써부터 베이비핑거를 손에 넣은 듯한 표정이다. 그들을 보고 있자니 추악한 돼지들이 생각난다. 도두농으로부터 시작된 더럽고 추한 이곳, 중역이란 자들이 썩어빠진 이곳. 공중분해 시켜버리고 말 것이다.

김옥희와 김상희, 이들과는 잠시 손을 잡았을 뿐이다. 도두농이 피눈물을 흘리며 과거를 반성하게 만들기 위해. 어머니를 농락하고 버린, 자신을 사생아로 만든 악의 시작을 벌하기 위해서 말이다.

스티븐 유, 유석원은 구역질이 나는 걸 간신히 참고 이 공간에 앉아 있었다. 32년 전 도두농은 그의 모친을 귀신사에 홀로 남겨두고 떠났다. 도두농에게 모친은 필요에 의해 쓰이다 그 가치가 없어져 버려진 일회용 소모품이었다. 도두농과 도윤에게 여자란 일회용품일 뿐이다. 도윤도 열매를 마찬가지 방법으로 이용하고 있다. 석원은 열매가 그의 모친처럼 이용당하고 버려지게 보고만 있지 않을 것이다.

타앙, 탕, 탕.

노다지 식당의 주방에는 북어를 내리치는 방망이 소리가 크게 울려 퍼지고 있다.

"아, 또 북엇국이야? 이열매, 국 좀 바꿔. 며칠째 북엇국만 먹었더니 속이 밍밍해. 나 요즘 술도 안 먹는다고."

민정의 하소연에도 열매의 방망이질은 멈추지 않았다.

"그렇게 걱정되면 국 싸들고 도도타워 올라가보든가. 그냥 식사 배달 왔다고 하면서 들어가. 너 살 빠져서 아무도 몰라볼 거야."

타앙, 탕, 탕. 죄 없는 북어만 열매의 방망이질에 쫙- 쫙- 펴지고 있다.

"사고는 도둑놈이 치고, 뒷수습은 불쌍하게도 윤이 손자님 담당이지. 하지만 어쩔 거야. 도둑놈의 손자로 태어난 게 저주인 걸."

열매는 민정의 말이 들리지 않는지 분노의 방망이질을 멈추지 않고 있다. 민정은 결국 의자에 털썩 앉아서는 푸념을 늘어놓기 시작했다.

"열매 네가 걱정하는 이유도 알 만하다. 저 도둑놈은 죽지 않는 한 계속 사고를 칠 텐데, 옆에서 계속 보는 것도 곤욕이겠다. 그래, 이참에 그냥 윤이 손자랑 정리해버려. 아무리 속궁합이 죽이게 맞으면 뭐해? 마음고생이 심한 걸. 나 봐. 한 번 도둑놈하고 엮였다가 평생 주홍글씨 낙인 찍힌 거. 너도 그 전에 그냥 빠져나와라."

민정은 고개를 돌려 가게 밖 도도타워를 쳐다보았다. 빛 좋은 개살구 같다는 생각이 들었다.

"가게가 한가하니 마음이 더 심란하네. 윤이 손자님이야 사고 수습 때문에 못 온다고 해도, 유 소장은 왜 안 오지? 사무실 문도 닫혀 있고. 많이 바쁜가?"

민정이 중얼거리자, 열매는 방망이질을 잠시 멈추고 썰렁한 노다지 홀을 훑어보았다.

"유 소장님은 한동안 못 온다고 했어요."

"어디 공사라도 맡았나? 아무튼 윤이 손자님과 유 소장 기 싸움할 때는 꼴도 보기 싫더니, 없으니까 썰렁하네."

"든 자리는 몰라도 난 자리는 안다고 하잖아요."

영혼 없는 대화가 오고 간다. 열매는 울리지도 않는 휴대폰을 괜히 쳐다보았다. 그날 긴 장문의 문자 이후, 그는 연락이 없다. 정신이 없을 거란 걸 알지만 서운한 맘이 드는 건 어쩔 수 없다.

"휴우. 이런 말, 해도 될까 싶은데, 정확한 정보통을 통해 들은 소리인데……. 도두농 한국 떴단다."

"네?"

민정의 말에 놀란 열매는 손에 들고 있던 방망이를 놓쳤다. 시끄러운 소리를 내며 방망이가 바닥에 떨어졌다. 열매는 놀란 눈으로 민정을 쳐다보았다.

"놀랐지? 나도 그랬어. 미국으로 떴다네. 그 인간, 대책 없는 거 알고는 있었지만 기가 막혀 말이 안 나오더라고."

"허, 아무리 생각이 없다고……. 말이 돼요?"

열매는 바닥에 떨어진 방망이를 들어 행주로 쓱 닦은 후, 분노에 찬 방망이질을 다시 시작했다.

탕, 탕, 탕, 탕. 북어를 도두농이라 생각하고 때리는 건지 열매의 방망이질은 살벌하다 못해 살기가 느껴진다. 방망이질로 북어는 납작하게 펴지다 못해 구멍이 숭숭 뚫리고 있다.

"이열매, 북어는 도두농이 아니다. 북어는 아무 잘못 없다. 그만 패라. 아주 너덜너덜, 걸레가 되다 못해 흔적도 없이 사라지겠어. 오늘은 그나마 북엇국마저 못 먹게 생겼네. 휴우."

민정의 하소연에도 열매는 멈추지 않고 북어를 두들기고 있다.

"이 망할 영감탱이 같으니라고. 내 손에 걸리면 아주 아작을……."

열매는 북어를 들고 잘게 찢기 시작했다. 모든 분노가 손가락 끝으로 모였는지 북어는 찢어지다 못해 가루가 되어 날아갈 지경이다.

"아아악! 아악!"

열매는 소리를 질렀다. 지르고 또 질러도 속에서 부글부글 끓고 있는 화가 삭지 않는다. 열매는 조각난 북어를 푹푹 끓였다. 동동 떠 있는 북어 살점을 살벌하게 노려보던 열매는 결심했다는 듯 국 그릇을 꺼내 들었다. 밥과 반찬을 주섬주섬 그릇에 담고 랩을 씌운 뒤 북엇국이 담긴 국그릇과 함께 철가방에 집어넣었다.

"베이비핑거 회장실로 배달 가게? 잘 생각했다. 여기는 내가 지키고 있을 테니 천천히 갔다 와."

민정은 열매를 가게 밖까지 배웅하며 손까지 흔들었다. 모자를 푹 뒤집어쓴 열매가 철가방을 들고 도도타워로 향했다.

정문으로 씩씩하게 들어오긴 했으나 그게 다였다. 열매는 로비에 멍하게 서서 절망했다. 그녀는 도윤이 일하는 회장 집무실이 몇 층이며, 어떻게 가야 하는지 전혀 몰랐다.

"말도 안 되게 웃기는 상황이긴 한데, 오기가 생기네."

이대로 물러서기엔 자존심이 상했다. 칼을 뽑았는데 이대로 물러설 수는 없다. 적장을 베지는 못할망정 한 번 휘둘러보기라도 해야 하지 않겠는가.

열매는 자신만만하게 안내데스크로 갔다. 바닥에 철가방을 내려놓고 데스크 여직원에게 물었다.

"저, 회장실이 어디죠?"

"무슨 일 때문에 그러십니까?"

"식사 배달이요."

"네? 저희는 전혀 듣지 못했는데요."

여직원은 열매를 위아래로 훑어보며 의아해하는 표정을 지었다. 표정으로 보아 회장이 음식을 시켰다는 걸 믿지 못하는 눈치다.

"회장실에 전화해봐요. 아, 회장님이 직접 주문하셨으니 꼭 회장님께 여쭤보라고 하세요. 길 건너 노다지에서 회장님이 특별 주문하신 속풀이 북엇국이 왔다고요."

너무도 당당한 열매의 말에 데스크 직원은 인터폰을 들었다.

'도윤, 만약 식사를 거절하면 내 인생에서 아웃될 줄 알아.'

열매는 눈을 새초롬하게 뜨고 직원의 입을 뚫어져라 쳐다보았다. 통화를 하던 직원의 눈이 커지는가 싶더니 곧 침착한 표정이 되었다. 통화를 마친 직원은 괜한 헛기침을 했다.

"흠, 회장님이 주문하신 음식이 맞다고 하십니다. 오른쪽으로 꺾어 들어가서 엘리베이터를 타고 10층에서 내리시면 됩니다."

비즈니스 웃음이겠지만 여직원의 화사한 미소를 보며 열매도 따라 웃었다. 그녀의 어색한 웃음에 여직원의 입꼬리가 파르르 떨리긴 했지만 열매는 개의치 않고 바닥에 내려놓았던 철가방을 씩씩하게 들었다.

"감사합니다."

열매는 마른침을 꼴깍 삼키고는 보안팀을 지나 오른쪽으로 꺾어 들어갔다. 안쪽에 엘리베이터가 있었다. 마침 한쪽 엘리베이터가 지하층에서 올라오고 있었다. 열매는 서둘러 상향 버튼을 눌렀다. 다행히 엘리베이터가 1층 로비에 멈춰 섰다. 문이 열렸다. 순간 열매는 입이 쩍 벌어졌다.

휙- 열매는 지금까지 살면서 이렇게 빠르게 움직인 적이 없을 거라 장담한다. 엘리베이터 문이 열리는 순간, 안에 있던 싸정을 발견한 것이다. 순식간에 옆으로 피한 열매는 가슴에 손을 얹었다. 엘리베이터 문이 닫히고, 위로 올라가는 소리를 듣고서야 열매가 움직였다.

"아, 깜짝이야. 근데, 싸정 옆에 있던 남자가 왠지 익숙한데……"

너무 급하게 피하느라 남자의 얼굴까지는 확인하지 못했으나 얼핏 본 분위기가 어디서 많이 본 사람이다. 그들이 탄 엘리베이터는 9층에서 멈췄다. 어느새 다른 쪽 엘리베이터가 도착했다. 열매는 숫자 9를 한 번 더 쳐다보고는 철가방을 챙겨 엘리베이터에 올라탔다.

열매는 자신이 왜 9층을 눌렀는지 모른다. 무서워 피한 주제에 싸정과 다시 마주치길 바라는 건 아닐 텐데 말이다. 엘리베이터의 문이 열리자 열매는 고개를 밖으로 내밀었다. 9층 복도는 조용했다. 열매는 이리저리 고개를 돌리며 주변을 살핀 후 철가방을 옆에 끼고 조심스레 발걸음을 옮겼다.

커다란 나무 문에 박혀 있는 명패들을 보니, 임원들 사무실로 쓰는 층인가 보다. 한참을 돌아보았지만 싸정도, 그 옆에 있던 남자도 어디로 갔는지 발견하지 못했다. 괜히 오래 머물러 있다간 정말 싸정에게 걸릴 수도 있다.

열매는 비상계단의 문을 살짝 열었다. 회장실이 바로 위층이라 계단으로 올라가는 게 빠르겠다 싶어 비상계단을 택한 것이다. 계단으로 올라가려던 열매는 계단 중간에서 전화를 받으며 뒤돌아서 있는 남자를 보았다. 싸정과 같이 있던 남자다.

열매는 한 계단 밑으로 내려가 몸을 숨겼다. 남자는 열매의 기척을 느끼지 못했는지 계속 통화 중이다.

"Mom. Don't worry about me. I'm not a kid anymore. You just take a good care of yourself. (어머니, 걱정 마세요. 제가 어린애도 아니고. 어머니 건강이나 신경 쓰세요.)"

익숙한 뒤태다. 훅 풍기는 남성 화장품의 냄새마저 익숙하다. 창가에 비치는 햇살에 눈도 제대로 뜨지 못하던 열매는 눈을 가늘게 뜨고 그를 쳐다보았다. 한참을 쳐다보다 그가 유석원이라는 걸 알게 되었다.

"I'm gonna be through this. I will stop Mr Do from continuing his evil deed. Sorry, I gotta go now. I was in a meeting. Bye, Mom. (전 끝까지 가볼 생각입니다. 도두농 그가 더 이상 죄악을 저지르지 못하게 막을 겁니다. 그럼 전 들어가봐야 합니다. 회의 도중 나온 거라서 이만 끊겠습니다.)"

그가 뭐라고 하는지 자세하게 듣고 싶었으나, 들을수록 속이 울렁거리게 만드는 네이티브 발음이다. 원어민 발음은 듣기만 해도 헛구역질이 난다. 도윤이 바이어와 통화할 때 자주 듣긴 했지만 역시나 적응이 되지 않는다. 열매가 영어 울렁증으로 헛구역질을 하는 사이 유석원은 복도로 통하는 문을 열고 나갔다.

"이놈의 몹쓸 영어 울렁증 같으니라고. 난 워터라 배웠는데 그걸 워러라 발음하라 한다면, 난 워터라고 배워 그리 발음한 것뿐이고……."

열매는 구시렁거리며 계단을 올라갔다. 그나저나 그가 왜 싸정과 같이 있었을까? 일단 회장실부터 찾아야 하기에 10층의 비상문을 열고 복도로 나갔다.

"북어를 잡아서 끓여 오는 줄 알았습니다."

회장실을 찾아 복도를 두리번거리던 열매는 뒤에서 울리는 나지막한 음성에 화들짝 놀라 몸을 돌렸다. 도윤이 팔짱을 끼고 불만에 가득 찬 얼굴로 서 있는 게 아닌가. 왜, 회장님이 친히 몸소 마중을 나와 계신지.

"멀쩡히 움직이는 엘리베이터를 두고 10층까지 걸어 올라오셨나 봅니다."

"그건 아닌데 사정이 있었……. 말 그대로 싸정 때문이지요."

"사정입니까, 싸정입니까?"

"여기서 논할 문제는 아니고 들어가죠. 이러다 정말 싸정이 볼까 겁나요."

열매는 도윤을 따라 철가방을 들고 고개를 푹 숙인 채 회장실로 들어갔다. 비서실을 가로질러 갈 때, 열매는 뒤통수가 따가웠다. 회장이 음식을 시킨 것도 신기할 테지만 철가방을 들고 배달 온 자신에 대해서도 궁금할 것이다.

회장실로 들어온 열매는 테이블에 음식을 차리기 시작했다.

"치, 소문나면 어쩌려고 나와 있어요?"

"음식 가지고 올라온다는 사람이 기다려도 안 오니까."

진심인가 싶어 열매는 도윤을 쳐다보았지만 곧 그의 얼굴에서 무언가 읽어내기를 포기했다. 그의 표정은 여전히 무표정했다. 저렇게 한결같기도 쉽지 않다.

"설마 길이라도 잃어버렸을까 봐요? 드세요. 얼굴 보니 계속 식사도 제대로 못한 것 같은데."

"입맛이 없어서."

"그럴 때일수록 더 잘 먹어야 한다는 거 몰라요? 드세요."

열매는 수저를 도윤의 손에 직접 쥐여주었다. 그녀는 도윤이 식사하는 걸 말없이 지켜보았다.

"그나저나 여기 도도타워에 문제가 생겼나요?"

"어떤 문제 말입니까? 하도 많다 보니 꼭 집어서 설명해주지 않으면 모릅니다."

도윤의 말에 열매는 그가 도두농의 사건을 떠올리는 것 같아, 아니라고 손사래를 쳤다.

"아, 도두농 명예회장님 일이 아니라 건물에 무슨 결함이 생겼나 해서요. 아까 배달 오다가 싸정과 유석원 소장이 같이 엘리베이터를 타고 올라가는 걸 봤거든요. 또 계단에서 유 소장님이 누군랑 통화하는지 모르겠지만 심각하게 얘기하는 걸 봐서요."

열매의 말에 도윤이 수저를 내려놓고 심각하게 그녀를 쳐다보았다.

"그가 뭐라고 하던가요?"

"음, 그게…… 엄마랑 애가 뭘 멈추려고 하는데, 그게 그러니까, 아, 미팅을 했다고."

열매는 제대로 설명을 해주고 싶었지만 유석원이 무슨 소리를 했는지 알 수가 없었다. 자기가 생각해도 말도 안 되는 소리를 하고 있는 열매를 도윤이 빤히 바라보았다. 열매는 솔직하게 털어놓았다.

"사실은요. 유 소장님이 영어로 통화를 해서 정확하게 무슨 대화를 했는지 잘 모르겠어요. 원어민 발음이라 알아듣기가 힘들더라고요. 콩글리시라면 대충 알아들었을 텐데.”

열매의 말에 도윤의 표정이 더 심각해졌다.

“유석원 소장이 몇 층에 있었습니까?”

“9층이요.”

“중역들 사무실이 있는 9층이라.”

“문제 있는 건가요?”

열매가 걱정스런 눈빛으로 도윤을 쳐다보았다.

“별문제 아닐 겁니다.”

“그럼 다행이지만…… 아, 마저 드세요.”

열매는 도윤이 식사를 멈춘 것이 신경 쓰였다. 지금은 도윤의 식사가 먼저다. 며칠 사이 핼쑥해진 도윤의 얼굴에 마음이 짠하고 안쓰럽기만 하다.

“오늘 저녁도 부탁드리고 싶은데 가능합니까?”

“오실 수는 있나요?”

열매의 표정이 환하게 변하는 것을 보며 도윤이 부드러운 미소를 지었다. 그의 미소에 열매의 가슴이 콩콩대기 시작했다. 가뭄에 콩 나듯 하는 도윤의 미소인지라 바라만 봐도 좋았다.

“시간은 정할 수 없지만, 늦더라도 가겠습니다.”

“기다릴 테니 걱정 말고 아무 때나 오세요.”

열매의 대답을 듣고 도윤은 수저를 들고 다시 식사를 했다.

“국은 어때요?”

도윤은 자신을 초롱초롱한 눈으로 쳐다보는 열매를 보며 국으로 수저를 가지고 갔다.

“시원한 게 맛있습니다.”

"휴, 다행이다. 사실 북어를 너무 두들겨서 맛을 장담할 수 없었거든요."

"그랬군요. 스트레스는 다 풀었겠네요."

"도윤 회장님에게도 강추예요. 한번 두들겨보세요. 속이 다 후련해요."

열매는 엄지를 치켜들며 환하게 웃었다. 열매의 말을 듣자니 힘들게 복싱까지 할 필요가 없을 것 같다. 북어를 조부라 생각하고 두들기면 정신 건강에 좋을 것 같다.

"그렇다면 오늘 저녁에 두세 마리 준비해주세요. 마음껏 두들기게."

"두 마리 가지고 되겠어요? 한 쾌로 준비해드리죠. 아주 걸레가 될 때까지 두들기세요."

농담이지만 속이 시원하다. 도윤이 지금껏 원하던 말들일지도 모른다. 어떻게 사건을 해결할 거냐는 독촉보다는 스트레스를 날리라는 말. 그 말을 듣고 싶었다. 속이 확 뚫리는 기분이다.

"지금 당장이라도 가고 싶군요. 저녁까지 어떻게 기다리지?"

"휴유, 그동안 힘들었나 봐요. 하긴 그런 조부가 있으면 나라도 열 받죠. 이번엔 또 미국으로 가셨다고 하던데."

열매의 말에 도윤의 표정이 다시 굳었다. 도두농이 미국에 있는 건 기밀이었다.

"도두농 명예회장님이 미국에 가신 건 어떻게 아셨습니까?"

"왜요? 제가 알면 안 되나요? 민정 언니가 말해주었는데요."

"육전님이?"

기가 막혔다. 김민정도 알 정도면 김옥희는 진작에 알고 있었다는 말이 되는데……. 머리가 아파오기 시작했다.

도윤이 식사를 마치자 열매는 주섬주섬 철가방에 그릇들을 넣고 일어섰다. 그녀는 회장실의 문을 빼꼼히 열고 바깥 상황을 살펴보았다.

"죄지었습니까? 당당히 나가세요."

"뒤통수가 따가워서."

"철가방 들고 패기 있게 도도타워를 쳐들어오셨을 때처럼 당당히 나가시죠."

"패기 있게 쳐들어는 왔지만, 당당하게 들어온 건 또 아니라서. 그게 말처럼 쉬운 게 아니랍니다."

열매는 싸정과 마주칠까 두려워 비상계단을 이용한 일을 떠올리며 씁쓸한 표정을 지었다. 이제 피할 이유가 없는데도 몸은 그녀의 패악을 기억하고 있었다.

도윤은 몇 초 단위로 표정이 바뀌는 그녀가 귀여웠다. 자신의 끼니를 걱정해주는 유일한 사람이라 더 사랑스럽게 보이는지도 모르겠다. 도윤은 도두농의 사건을 빨리 해결하고 그녀를 자신의 곁으로 데려다 놔야겠다는 생각을 했다.

"그렇다면 같이 나갈까요?"

"됐어요. 나오지 마세요. 직원들이 이상하게 생각하니까요."

"난 상관없는데."

"휴우, 알아서 갈 테니 걱정 마시고 일이나 빨리 끝내세요."

열매가 입을 삐죽 내밀더니 철가방을 들고 나간다.

열매가 나가고, 도윤은 의자에 앉았다. 유석원, 그가 무슨 일로 도도타워에 왔을까. 그는 미국에서 이름난 건축가였다. 미국에 있는 그를 대기업 SJ건설에서 파격적인 연봉으로 스카우트해서 유명세를 타기도 했었다. 그가 네이티브 영어를 쓴다는 것 자체는 이상한 일이 아니다.

하지만 그가 SJ에서 나와 금광빌딩 2층에 사무실을 얻은 건 수상하다. 처음에는 유석원이 열매에게 한 행동이나 노다지 식당에서의 일들이 그저 열매에 대한 개인적인 관심 때문이라 생각했었다. 하지만 정희수와 같이 9층에서 내렸다면 김상희 이사와 관련이 있다는 거다. 그리고 김상희 측에서 도도타워를 설계한 건축가와 따로 만날 이유가 없다. 그렇다면 유석원이 단순히 건축가가 아닐 수도 있다는 결론이 나온다.

도윤은 자리에서 일어났다. 궁금할 때는 확인해보는 게 최고다. 아직 유석원이 김상희와 함께 있을지도 모른다. 도윤은 회장실에서 나가 곧바로 9층에 있는 김상희 이사의 사무실로 향했다. 짧은 노크와 동시에 도윤은 문을 벌컥 열고 성큼성큼 들어갔다.

도윤의 눈에는 긴장한 표정이 역력한 김상희와 그와 반대로 여유로운 유석원이 보인다.

"회장님이 미리 연락도 없이 웬일이십니까?"

"제가 이사님을 뵈려면 미리 허락을 받고 방문해야 하나 보죠?"

"그, 그게 아니라."

김상희가 식은땀을 흘리며 더듬거리기 시작했다.

"중요한 회의 중인데 제가 방해를 했나 봅니다?"

도윤은 자신이 볼까 봐 테이블에 놓인 서류들을 급하게 치우는 김상희를 매섭게 노려보았다. 허둥거리는 김상희와 달리 유석원은 여전히 느긋했다.

"회장님이 이사님과 나눌 말씀이 있나 봅니다. 제가 자리를 비켜드리죠."

"스티븐, 자, 잠깐만 기다려요. 회장님, 잠깐만 아, 앉으세요."

김 이사가 그를 '스티븐'이라고 부르는 순간, 도윤의 눈매가 매서워졌다. 건축가 유석원이 아니라 '스티븐 유'라면 그들이 한 사무실에 있는 이유는 분명해진다. 스티븐 유는 베이비핑거의 주식을 대량으로 구입해온 미국인이다. 결국 이들의 목적은 베이비핑거를 손에 넣으려는 게 아닌가.

유석원과 김상희와의 만남에 대한 궁금증이 풀리자 도윤은 더 이상 이곳에 있을 이유가 없어졌다. 그대로 사무실에서 나서자 유석원이 그를 쫓아 나왔다.

"회장님."

유석원의 목소리에 도윤이 걸음을 멈췄다.

"유 소장님을 이곳에서 뵐 줄 몰랐습니다. 저희 도도타워 건물에 문제가 생긴 줄 알고 놀랐는데, 아무래도 다른 쪽으로 문제가 생긴 듯하군요."

"조용한 곳에서 얘기를 나눴으면 좋겠습니다."

갑작스럽게 마주쳤음에도 유석원에게는 당황한 모습이 보이지 않는다. 도윤은 그게 더 기분이 나빴다.

"그럽시다. 마침 옆 회의실이 비어 있으니 들어가시죠."

도윤은 9층에 위치한 빈 회의실로 들어갔다. 도윤을 따라 들어온 유석원은 도윤이 자리에 앉자 따라 앉았다.

"한 가지, 회장님께 묻고 싶은 것이 있습니다."

"말해보시죠."

두 남자의 시선이 공중에서 날카롭게 부딪쳤다.

"우리 건물주님이 회장님께 어떤 의미인지 궁금합니다."

"지금 일과는 무관한 질문 같은데, 그게 왜 궁금한지 모르겠군요."

유석원이 자신과 열매와의 관계를 입에 올리자 도윤은 불쾌했다.

"김 이사 말로는 회장님이 별거 중이라고 하던데요."

"저희 부부 간의 일입니다."

"이제는 아니라서. 회장님의 그 유별난 부부관계가 제가 진행하는 일과 밀접한 관계가 있어서 말입니다."

"유 소장이 저의 이웃사촌에게 관심이 있는 거 같은데……."

도윤은 화를 삭이며 이성적으로 대꾸하려 애썼다.

"관심이라. 단도직입적으로 말하죠. 어차피 전략적으로 정 없이 살았다는 거, 압니다. 구차하게 질질 끌지 말고 도장 찍어주시죠."

"당신, 어디까지 알고 있는 겁니까?"

"아, 불안해하지 마십시오, 회장님. 건물주님의 정체는 저만 알고 있으니까요."

그 말은 곧, 자신은 건물주의 정체를 알고 있으나 김옥희 측은 아직 모른다는 말이다.

"내 이혼 문제를 남이 왈가왈부하니 불쾌하군요."

"새로운 시작을 위해서라고 해두죠."

너무도 당당한 유석원을 보니 부아가 치밀어 올랐다. 유석원이 열매를 좋아하는 건가? 갑자기 열이 치밀어 오른다. 하지만 열매는 아직 내 와이프다. 법의 틀 안에서는 내 소유다. 마음껏 뜨거운 사랑을 나눌 수 있도록 법이 허락한 관계란 말이다.

"내 아내를 마음에 두고 있는 거라면 마음 접으시죠."

도윤의 '아내'란 말에 유석원의 표정이 처음으로 미세하게 흔들렸다.

"자기 먹기는 싫고 남 주기는 아깝다는 말로 들립니다. 회장님, 우리 건물주님에게 희망고문은 그만하고 이제 제 갈 길 가게 놔두십시오."

"다시 한 번 말하는데 우리 부부 문제에 유 소장이 관여할 이유도, 권리도 없습니다. 제삼자는 빠지시죠."

도윤의 말에 유석원이 가소롭다는 듯 입꼬리를 올리며 웃었다.

"……제가 건물주님을 채 갈까 봐 벌벌 떠는 회장님을 볼 줄은 몰랐습니다. 별거 중인 아내가 언제부터 그렇게 끔찍했다고. 남의 여자가 될 생각을 하니 속이 쓰리십니까?"

"아무리 간통법이 폐지되었다고 해도, 남편 앞에서 불륜을 선언하는 모습은 과히 좋아 보이지 않습니다."

"당신의 조부와 마찬가지로, 당신 옆에 있으면 그녀는 불행한 삶을 살 겁니다. 그녀는 충분히 행복해질 자격이 있는 여자인데, 그런 여자를 데려다가 시체만도 못한 삶을 살게 만들어놓고 놔주지도 않는다? 과연 회장님이 그녀를 행복하게 만들어줄 수 있는지 가슴에 손을 얹고 생각해보십시오."

도윤은 유석원의 말에 백만 볼트 전기에 감전된 것처럼 충격을 받았다. 놀라서 굳은 도윤을 보며 유석원이 미소를 지었다. 마치 일부러 도윤을 자극하려는 듯하다.

"그러는 유 소장은 행복하게 만들어줄 수 있다?"

도윤은 지금 자신이 유석원에게 휘말리고 있다는 것을 느끼고 있지만 어쩔 수 없다. 온몸이 질투로 활활 불타오르고 있다.

"앞으로 내 전부가 될 수도 있으니까."

"지금, 뭐라고…….."

"당신은 절대로 이열매의 진정한 매력을 알지 못할 겁니다. 그녀가 아름다운 건 내면이니까."

도윤은 유석원의 입에서 나온 '전부'란 말이 머릿속에 빙빙 맴돌아 아무런 생각도 할 수 없었다. 유석원이 이열매에게 관심을 보이는 게 싫다.

"유석원 소장, 정말 이해가 되지 않는군요. 단지 내 부인 때문에 김옥희와 손잡은 건 아닐 텐데."

"일석이조라고 해두지요."

진심인지, 그저 날 놀리는 건지 알 수 없지만 한 가지는 확실하다. 그는 이열매를 이용해 자신이 원하는 바를 얻으려는 거다. 하지만 자신이 그 사실을 안 이상 절대 가만히 있지 않을 것이다. 그는 나와 열매 사이를 방해하는 김옥희 같은 부류일 뿐이다.

"유석원, 다시는 이열매 앞에 나타나지 않는 게 좋을 거야. 당신이 이열매를 이용하는 거, 절대 방관하지 않을 테니."

"협박하는 겁니까?"

"내 여자를 지키려면 무슨 짓인들 못할까."

도윤은 분노의 감정을 누르며 자리에서 일어났다. 더 이상 그와 마주 앉아 대화할 이유가 없었다.

그는 열매에게 저지른 과거의 실수를 반복하고 싶지 않았다. 앞으로는 도퇴클럽과 정희수의 패악질에서 그녀를 지킬 것이다. 물론 의도가 불순한 유석원도 예외는 아니다.

밤 8시가 돼도 도윤은 나타나지 않는다.

열매는 기다렸다. 그가 늦어도 오겠다고 했으니까. 하지만 밤 9시가 되어도 나타나지 않자 열매는 한숨을 쉬며 노다지를 정리하고 문을 닫았다.

터덜터덜 계단을 올랐다. 어김없이 차례차례 켜지는 센서등이 괜히 얄밉다. 열매는 집 안으로 들어갔다. 마침 옷을 차려입고 외출하는 민정과 마주쳤다.

"이 시간에 어디 가세요?"

"아, 내가 요즘 도둑놈 때문에 마음고생을 했잖아. 스트레스 좀 풀려고. 클럽 갈 거야. 호호."

"클럽요?"

"얼마 전에 왕 코치 친구들이 헬스장에 놀러 와서 봤는데, 다들 미남들이더라고. 거기다 뽀송한 연하. 그때 연락처 주고받았는데 오늘 홍대 왔다고 클럽에서 놀자고 하네. 이게 얼마만인지 가슴이 막 설레. 으하하하하. 생각만 해도 기분 넘 좋은 거. 왜? 열매도 낄래? 왕 코치, 열매도 잘 알잖아. 그렇지 않아도 혼자 끼기 뻘쭘했는데 잘됐다. 같이 놀자."

민정이 열매의 손을 잡고 간절한 눈으로 바라봤지만 열매는 고개를 저었다.

"전 됐어요. 언니나 실컷 놀다 오세요."

"치. 그럴 줄 알았어. 그럼 오늘 나 기다리지 말고 자. 밤새 달릴 거야."

"무리하지 마세요. 이제 나이가……."

"뗏! 나이는 숫자에 불과해. 그럼 나 간다."

민정은 콧노래를 부르며 나갔다. 민정이 나가자 열매는 옷들을 챙기고 욕실로 들어갔다. 화장을 지우고 타월에 바디샴푸를 꾹꾹 짜온몸을 빡빡 닦았다. 온몸에 따스한 물줄기가 쏟아지니 살 것 같다.

"저녁은 먹었을까? 얼굴 많이 상했던데."

낮에 입맛이 없다던 도윤 생각에 열매는 마음이 짠했다. 며칠 만에 족히 몇 킬로는 빠져 보였다.

"도움이 안 되는 도둑놈 같으니라고. 지가 싸놓은 똥을 누구보고 치우라고."

열매는 궁시렁거리며 머리에 수건을 감고 헐렁한 면티와 반바지를 입고 욕실에서 나왔다. 화장대 앞에 민정이 쓰던 마스크팩을 발견하고, 무심코 한 장 꺼내 얼굴에 붙였다.

띵동, 띵동. 벨소리에 열매는 거실로 나왔다. 인터폰 화면을 확인한 열매는 화들짝 놀랐다. 화면에 도윤의 얼굴이 있었다. 다급히 현관문을 열었다.

"회장님이 여기는 웬일이세요? 지금 시간이 몇 시인 줄 알아요? 10시가 넘었다고요."

"지금 일이 끝났고, 제가 늦어도 온다고 말하지 않았던가요."

언제 들어도 가슴이 설레는 중저음의 보이스가 열매의 심장을 폭행했다. 그의 향이 풍겨오자 발끝부터 저리기 시작했다.

"그건 노다지 얘기죠. 여기는 식당이 아니잖아요."

"그래서, 저녁 안 됩니까?"

"안 되는 건 아닌데, 일단 들어오세요."

열매는 달다 227

열매가 문을 활짝 열자 도윤이 집 안으로 성큼 들어왔다. 현관에 구두를 벗고 거실로 들어오는 그를 보니 열매는 마음이 싱숭생숭했다. 저녁 늦은 시간까지 일하고 왔음에도 주름 하나 없는 말끔한 슈트다. 그가 슈트 상의를 벗자 열매는 습관적으로 상의를 받아 옷걸이를 찾아 걸었다. 오래 떨어져 있었다 해도 그를 보자마자 몸이 반응을 했다. 이래서 습관이 무서운가 보다. 열매는 옷걸이에 걸린 상의를 보며 머쓱한 기분이 들었다.

"잠깐만 소파에 앉아 있어요. 밥이 남아 있나 볼게요."

열매는 어색한 마음에 도윤을 쳐다보지도 않고 급하게 주방으로 갔다. 주방을 뒤지던 열매가 당황스런 표정을 지었다.

"저, 라면밖에 없는데. 잠시 노다지에 내려갔다 올게요. 식당에는 요깃거리가 있거든요."

"라면도 괜찮군요. 당신이 유혹하는 거 같아서."

"네?"

별생각 없이 말한 '라면'이라는 단어가 도윤에게 다르게 들렸다는 생각에 열매는 민망했다. 유행어가 된 영화 대사, '라면 먹고 가요'의 의도는 절대 아니었다.

"그, 그게 아니라. 정말 여기는 라면밖에 없어요. 요즘 식사를 노다지에서 다 해서요."

열매는 당황해서 더듬거리기 시작했다.

"라면도 괜찮습니다."

"회장님이 인스턴트를 먹겠다고요?"

"저 그리 별난 사람 아닙니다. 군대 있을 때도 많이 먹었습니다, 라면."

그를 잘 안다고 생각했는데 아직도 모르는 게 많다. 그가 왜 라면을 먹지 않을 거라 생각했을까? 라면을 끓여서 내놓자, 그가 젓가락을 들고 맛있게 먹는다. 열매는 도윤이 라면을 먹고 있는 모습을 보면서도 그가 라면을 먹는다는 사실이 믿기지가 않았다.

"라면 먹는 거 처음 봅니까?"

"아, 미안해요. 안 볼 테니 편히 먹어요. 그리고 김치도 같이. 작년에 담근 김장김치라 라면이랑 환상의 궁합이에요."

"쳐다보는 건 괜찮습니다. 다만, 얼굴에 붙인 하얀 거는 떼고 보셨으면."

"네? 아."

도윤의 말에 열매는 얼굴에 마스크팩을 붙인 사실이 기억났다. 이래서 안 하던 짓을 하면 탈이 난다는 건가. 열매는 벌떡 일어나 안방으로 달려 들어갔다. 한쪽 끝이 말라 돌돌 말려 올라가는 마스크팩을 보니 어이 상실이다.

아무리 도윤에게 정신이 팔렸다지만 얼굴에 팩을 붙인 것도 잊다니. 열매는 신경질적으로 얼굴에 붙은 것을 뜯어냈다. 번질번질한 맨얼굴이 드러나니, 자신감도 상실이다.

그는 완벽하다 싶은 비즈니스 슈트를 입었는데, 자신은 헐렁한 티에 반바지, 수건을 딩딩 동여맨 머리에, 얼굴은 마스크팩이라니. 최악이다.

"아, 쪽팔려."

열매는 화장대에 이마를 박고 눈을 질끈 감았다. 밖에 나가서 도윤을 어떻게 볼지. 하지만 언제까지 숨어 있을 수만은 없었다. 거실로 나오니 벌써 식사를 마쳤는지, 도윤이 빈 그릇을 개수대에 담그고 있었다.

"차라도 드릴까요?"

"차보다, 좀 씻고 싶은데."

"음, 음? 씻으려고요?"

그의 씻고 싶다는 말에 열매는 몸이 확 달아올랐다. 문득 오늘 민정이 안 들어온다고 선포하고 나간 사실이 떠올랐다. 그녀는 도윤을 머리부터 스캔해 내려오기 시작했다. 단정히 입고 있는 셔츠의 안쪽이 투시되어 보이는 듯했다. 내려오던 시선이 그의 중심부에서 멈추자 열매의 눈동자에 자그마한 경련이 일었다.

"무슨 생각을 하고 있는 겁니까? 전 그저 세수를 하고 싶다는 말이었는데. 우리 이웃사촌님은 이상한 생각을 하고 있나 봅니다?"

윤의 입꼬리가 살며시 말려 올라갔다. 열매는 머릿속 생각이 도윤에게 들킨 것 같아 민망했다.

"오해를 받지 않으려면 신체부위를 꼭 집어서 말해야죠. 손이나 얼굴을 씻겠다고요. 그냥 씻는다고 하면 몸 전체를 씻겠다는 거 아닌가요?"

변명을 안 하는 게 더 좋을 뻔했다. 하면 할수록 깊은 수렁에 빠지고 있다. 열매는 도윤이 자신을 놀리고 있다는 걸 깨닫지 못한 채 그의 술수에 걸려들고 말았다.

"그 말은 제가 샤워를 하지 않아서 아쉽다는 말로 들리는군요."

"뭐, 가, 같이 씻는 것도 아닌데 아쉽긴요, 물만 아깝지. 어? 아, 아니. 이건 실언이에요."

여기서 왜 같이 씻자는 말이 튀어나온 건지. 도윤이 황당한 표정으로 열매를 쳐다보았다.

"세수를 하시든 이를 닦으시든 마음대로 하세요."

열매는 더 이상 수습이 안 되겠다 싶어 자리를 피하려 했다.

"그렇군요. 우리 이웃사촌님은 제가 같이 씻자는 말을 안 해서 아쉬웠군요. 그럼 같이 씻을까요? 이웃사촌님?"

"실언이라고요. 저는 보시다시피 이미 씻었, 답. 니. 다. 도윤 회장님은 제 신경 쓰지 말고 씻기나 하시죠. 옷은 제가 준비해둘게요."

아름답게 마무리는 못 지을망정, 그래도 변태로 찍히는 건 막아야 한다.

"손만 씻으면 되는데 왜 자꾸 샤워를 하라고 하시는지……."

"시, 싫으면 말고요."

얼굴이 붉어지는 열매에게 도윤이 가까이 다가왔다.

"그런데 육전님은 어디 가셨습니까?"

"미, 민정 언니는 클럽 갔는데요."

"언제 오신답니까?"

"밤샌대요."

가까이 다가오는 도윤의 얼굴에 정신 못 차리고 나불거리는 이 입이 방정이다.

"아하! 그래서 자꾸 저를 씻기지 못해 안달이셨군요. 저를 잡아두려는 의도를 미처 못 알아들어서 죄송합니다."

완전 말렸다. 그리고 갈수록 태산이다.

"이웃사촌님의 의도를 알았으니 온몸을 아주 깨끗하게 씻겠습니다. 문을 잠그지 않고 씻을 테니 우리 이웃사촌님도 아쉬우면 들어오십시오."

도윤은 장난기 가득한 표정과 함께 아쉬우면 들어오라는 한마디를 남기고 욕실에 들어갔다. 열매는 스르르 바닥에 주저앉았다. 저번에는 이놈의 손이 사고를 치더니, 오늘은 입이 방정을 떨었다. 열매는 자신의 입을 손바닥으로 찰싹 쳤다. 그러다 이러고 있다가 도윤이 나체로 욕실에서 나올 수도 있다는 생각에 서둘러 서랍장에서 옷을 꺼냈다.

반팔 티와 반바지를 꺼내 욕실 문 앞에 두었다. 열매가 다이어트 전에 입었던 옷들이라 길이는 짧을지 몰라도 사이즈는 충분할 것이다.

"옷을 두었으니 입어요."

열매는 맥 빠진 목소리로 말하고는 자리를 피했다. 욕실에서 나오는 그와 마주친다면 분명 표정 관리가 안 될 거다.

열매는 주방으로 가 냉장고에서 맥주를 한 캔 꺼냈다. 캔 뚜껑을 따고 벌컥벌컥 들이마셨다. 시원한 맥주가 식도를 타고 흘러 내려가자 그제야 답답함이 사라졌다. 평소에는 생각나지 않는 알코올이 왜 그만 보면 절실해지는지 모르겠다. 그를 자주 만나게 되면 알코올 중독자가 될 게 틀림없다.

열매는 어느새 비어버린 빈 캔을 식탁 위에 내려놓고 냉장고에서 한 캔을 더 꺼냈다. 역시 긴장 푸는 데 알코올만큼 좋은 게 없다. 타탕, 캔 뚜껑 따는 소리가 경쾌하다. 열매는 식탁에 앉아 만족스런 미소를 지으며 새로 딴 맥주 캔을 입으로 가져갔다.

"이웃사촌님, 제가 분명히 금주하라고 했는데. 잊으셨습니까?"

알코올을 즐기느라 잠시 잊고 있었던 사람의 목소리가 들려왔다. 열매가 고개를 돌리니 도윤이 머리에 물기를 머금은 채 심각한 표정으로 서 있었다. 열매는 순간 억울했다. 누구 때문만 아니었어도 술 마실 이유가 없었다. 항상 그와 그의 주변 인물들 때문에 술을 마셨었다. 지금도 도윤 때문에 생긴 긴장감을 풀기 위해서가 아닌가.

"……제가 저혈압이라. 잠들기 전에 마시면 좋다고 해서요."

열매는 기가 죽어 말하면서도 손에서 맥주 캔을 놓지 않았다.

"하루 한 잔을 넘는 순간 그건 치료제가 아니라 간독성 물질일 뿐. 그리고 제 기억으로 이웃사촌님은 저혈압이었던 적이 한 번도 없었습니다."

"저에 대해 잘 아시는 듯 말씀하시네요."

열매가 퉁명스럽게 말하자, 도윤이 그녀 곁으로 와 식탁에 손을 얹고 말했다.

"내가 아무리 변변치 못한 남편이었다고 하지만, 3년을 같이 산 와이프 버릇과 건강 상태를 모를까."

"알고는 있었네. 왜 그동안 모른 척했어요? 언제부터 안 거죠?"

"언제부터인지가 중요한가? 몰랐다고 해도 여기 와보면 누구나 알 거야. 예전 우리 집 가구들이 다 있으니. 이 식탁에서 3년 동안 아침저녁으로 식사했고, 이 의자도 내가 앉았던 의자고. 거실에 있는 소파도, 벽에 걸려 있는 TV도……."

"아, 가구. 3년을 같이 산 와이프는 몰라도 가구는 알아봤다는 건가? 헐, 갑자기 술이 더 땅기네."

열매는 자신의 변한 모습에 대해서는 한 마디 말 없이 가구 타령이나 하고 있는 도윤의 말이 섭섭했다. 열매의 눈에 눈물이 그렁그렁 맺혀간다. 화장대 밑에 있는 가방에서 이혼장을 꺼내 던져주고 싶은 마음이다. 열매는 손에 쥔 캔만 애꿎게 쳐다보았다.

"내 눈에는 술 먹을 기회를 만들고 싶어 안달이 난 걸로 보이는데? 부인, 다시 한 번 말하는데 이번 기회에 술을 끊어보는 건 어때?"

도윤이 열매의 손에서 캔을 빼앗았다.

"술도 내 마음대로 먹지 못하나."

열매의 입이 비쭉 나왔다. 누구 때문에 마셨고, 누구 때문에 늘어난 주량인데…….

"어릴 때 소담하게 먹던 음식이야 빨리 어른이 되기 위해서라지만, 다 큰 어른이 매일 술을 마시는 이유는 뭔데?"

"지, 지금 뭐라고 했어요?"

열매는 눈이 동그래져 도윤을 쳐다보았다. 많이 먹으면 어른이 될 수도 있다는 말은 어렸을 때 열매가 창립 기념 파티에서 했던 말이다. 열매만이 기억하고 있다고 생각했던 둘만의 추억이다.

"당신도 우리 어렸을 때 기억하고 있었어요? 그런데 왜 모른 척한 거죠? 그렇게 날 놀리면 재미있어요?"

"이열매, 난 당신을 모른 척할 수도 없고, 놀리려고 한 적도 없어. 단지 당신의 소중함을 뒤늦게 깨달았고, 그걸 표현하는 방식이 서툴렀을 뿐이지."

열매는 그의 눈빛에서 진실한 마음을 느낄 수 있었다. 도윤의 솔직한 고백에 열매는 섭섭했던 마음이 눈처럼 녹기 시작했다.

사실 이혼하자고 한 건 그저 투정이었을 뿐, 정말 하고 싶었던 건 아니었다. 정말 하고 싶었다면 이혼장을 그냥 놓고 나오지는 않았겠지. 은연중에 열매는 그가 자신을 찾아오길 바랐던 걸지도 모른다. 이래서 애정 문제에서는 더 좋아하는 사람이 약자가 된다고 하나 보다. 열매는 도윤에게 독해질 수가 없다.

"근데 내가 옛날부터 당신을 알고 있었다는 건 언제 알았어요? 우리가 나눈 대화는 어디까지 기억해요?"

열매는 심각한 표정으로 도윤을 쳐다봤다. 열매는 궁금했다. 그가 자신을 어떤 모습으로 기억하고 있는지.

"당신 살 빠진 모습 보고 기억났어. 그렇다고 많이 기억나는 건 아냐. 미안해."

열매는 실망한 듯 보였다. 도윤은 열매의 손을 잡았다.

"다른 건 기억 못해도 한 가지는 확실하게 났지. 당신이 나를 웃게 만든 거. 처음이었어. 부모님이 돌아가신 이후로 웃었던 거. 살면서 날 웃게 만든 사람은 당신뿐이라 당신을 놓칠 수가 없어."

고백인 걸까? 열매는 가슴이 터질 것 같았다.

"지금 당장은 당신이 끔찍하게 여기는 시월드를 해결해줄 수 없어. 거지 같아도 할아버지는 내 유일한 혈육이라서. 하지만 앞으로 당신이 힘들지 않게 노력할게."

도윤이 노력하겠다고 한다. 저런 말도 할 줄 아나 싶어 열매의 표정이 멍하다. 도윤이 열매의 이마를 손가락으로 툭 건드리더니 미소를 지었다.

"그러니 다시는 이혼장 던져놓고 가출하지 말라고."

"찾지도 않았으면서."

열매는 자신이 힘겹게 결정한 이혼을 그저 단순 가출로 치부하는 도윤에게 서운했다. 저절로 뽀로통해지고 날 선 목소리가 튀어나왔다.

"할아버지 일이 해결되면, 우리 다시 시작하자. 당신이 원하면 결혼식도 다시 하고, 신혼여행도 가고, 다른 부부들처럼 살아보자. 당신이 약속했잖아. 날 웃게 만들고 행복하게 해주겠다고. 그 행복, 이제라도 느끼고 싶다."

그의 고백에 열매는 입이 벌어졌다. 그에게 그토록 듣고 싶었던 프러포즈를 받았다. 꿈이 아닌가 싶어 눈만 껌뻑였다.

도윤이 주머니에 손을 넣더니 반지 케이스를 꺼냈다.

"당신이 빼놓고 간 결혼 반지야. 이제 맞지 않을 것 같아서 좀 줄였어."

도윤이 반지 케이스를 열자 번쩍이는 다이아몬드 반지가 보인다. 열매가 냉큼 자신의 손을 그에게 내밀었다. 그는 반지를 꺼내 열매의 손가락에 끼어주었다. 반지는 처음부터 뺀 적이 없었던 것처럼 그녀의 손가락에서 반짝이고 있었다.

"이제는 빼지 마."

"당신은요?"

열매의 말에 도윤이 손가락을 펴서 그녀에게 보여주었다. 미처 몰랐지만 그의 손가락에도 그들의 결혼 반지가 끼워져 있었다.

도윤이 열매의 어깨를 살며시 잡아끌었다. 열매는 가슴이 쿵쾅거리기 시작했다. 이제 열매에게는 도두농과 도퇴클럽도 문제가 되지 않는다. 도윤에게 멋진 프러포즈를 받고 나니 모든 걱정이 사라졌다.

이제부터 우리 신랑을 괴롭히는 것들은 내 손에 다 죽을 줄 알아.

열매의 두 주먹에 힘이 들어간다. 도윤도 그녀의 마음을 읽었는지 그녀를 꽉 안으며 또박또박 한 글자씩 힘주어 말했다.

"우리 외에 다른 사람은 너무 깊게 생각하지 말자. 회장님이란 호칭도, 격식도 너무 지키지 말고. 나는 집에서는 편하게 숨 쉬고 싶어. 숨 막히는 생활은 밖에서 하는 걸로 충분해."

도윤의 말대로 도윤을 회장님이라고 부르는 건 거리감이 있다.

"그러니까 말인데. 당신, 여보, 남편, 오빠. 골라."

"갑자기 왜 그러는 건데요?"

열매는 번개를 맞은 듯 멍하게 고개를 들어 도윤을 쳐다보았다. 아무래도 꿈이 분명하다. 그렇지 않고서는 한 번에 이런 일들이 생기지 않을 것이다. 꿈이라면 깨고 싶지 않다.

"고르라니까."

그의 품이 따뜻한 게 생생히 느껴지는 걸 보아 꿈은 아닌데, 도윤이 왜 이럴까? 그가 먹은 라면 스프가 MSG가 아닌 마법의 가루였던 것일까. 하지만 아무래도 상관없다.

열매는 고민했다. 도윤의 표정에서는 그의 생각이 읽히지 않는다. 그가 원하는 대답은 모르겠고 자신이 직접 골라야 하는데, 오빠는 좀 어딘가 간지럽고, 여보는 부르기 민망하다.

"호칭들이 다 마음에 안 들어요."

도윤의 가슴에 얼굴을 푹 파묻은 채 열매가 웅얼거렸다. 꼭 칭얼대는 어린아이 같다.

"호칭을 정하기 힘들다면 일단 다른 것부터 먼저 확인해보면 안 될까? 방에 있는 침대, 예전 우리 방에 있던 그 침대 맞지?"

머리 위로 그의 나지막한 목소리가 들렸다. 열매는 당황한 눈으로 도윤을 올려보았다. 도윤과 눈이 마주치자 열매는 볼이 홍시처럼 빨개졌다. 도윤이 뭘 원하는지에 생각이 미치자 온몸이 뜨겁게 달아올랐다.

"그 침대를 사용했을 때는 불면증이 없었는데, 당신이 들고 나간 후로는 통 잠을 잘 못 자서. 침대 문제인지, 당신 때문인지 알 수가 없더라고."

"30센티미터 통 라텍스 매트잖아요. 아주 폭신해서 한 번 누우면 잠이 스르륵 오긴 하죠. 하긴, 얼마짜리인데. 잠이 안 오면 안 되죠."

"부인이 태국 여행 갔을 때 가이드의 속삭임에 넘어가 거금을 들여 구입한 매트지."

"당신하고 오붓하게 여행 가려고 예약했던 건데, 당신은 일 때문에 바빠 못 가고, 열 받아서 혼자서 갔죠. 그렇게 간 것도 서러운데, 이 매트만 있으면 신랑이 알아서 침대로 들어온다는 가이드 말에 홀랑 구입했건만…… 흥, 유혹은커녕, 아악, 생각할수록 열 받네."

"아, 나를 침대로 유인하기 위해 매트를 구입하셨다?"

도윤이 놀리는 줄도 모르고 열매는 계속 구시렁거렸다.

"내가 나중에 얼마나 열 받았는지. 잠이라도 잘 와야 돈이 안 아깝…… 헉. 지금 그게 문제가 아니잖아요."

열매는 침대 얘기를 떠들다가 이글거리는 눈으로 자신을 쳐다보는 도윤과 눈이 마주치자 머쓱해졌다. 지금 그가 확인하고 싶은 건 라텍스가 아니지 않은가.

"안 될까?"

"당연히 안……."

"안 된다면 그만둘 수도."

"안…… 된다는데 왜 자꾸 다가와요?"

열매는 도윤의 얼굴이 다가오자 숨을 몰아쉬었다. 그의 입술이 닿을 듯 말 듯 그녀를 안달 나게 만들었다.

"이열매. 당신만이 날 숨 쉬게 해. ……되는 거지?"

그가 열매의 방문을 가리키며 씨익 웃는다. 자연스럽게 헝클어져 흘러내리는 머리카락, 반듯한 이마, 긴 속눈썹, 오뚝한 콧날, 꾹 다물어진 조각 같은 입술. 쳐다만 보아도 심장이 쿵 하고 떨어진다. 열매는 귀신에 홀린 듯 끄덕이며 그의 손을 잡고 방으로 들어가 방문을 쾅 하고 닫았다. 이제 지긋지긋한 짝사랑은 끝났다. 죽이게 섹시한 도윤이 온전히 자기 것이라는 생각에 열매는 아랫배가 조여왔다.

그의 긴 손가락이 그녀의 이마와 코, 입, 목덜미를 부드럽게 쓸어내리고 있다. 그의 손가락이 지나가는 자리마다 불에 덴 것처럼 화끈거린다. 쿵쿵쿵쿵, 심장이 제멋대로 뛰고 숨이 가빠진다. 그의 입술이 맞닿자 펑, 하고 모든 이성이 날아갔다. 그가 그녀의 면 티를 벗기고 브래지어의 후크를 풀었다. 그녀의 탐스러운 가슴이 그의 손에 쥐어졌다. 장인의 손 안에서 빚어지는 도자기처럼, 도윤이 그녀의 가슴을 부드럽게 쓰다듬었다. 그녀의 가슴이 그의 손길에 반응했다. 솟아오른 그녀의 유두를 도윤이 조심스레 핥고 빨아 당겼다.

"하아……."

열매는 자신도 모르게 신음을 토해냈다. 그의 손이 그녀의 은밀한 입구까지 내려오자 열매는 움찔거리며 몸을 떨었다. 그의 손가락이 클리토리스를 지그시 누르며 간질이고 있다.

"하지 마요. 거, 거긴 안…… 흡."

그의 손가락이 촉촉하게 젖은 여성 안으로 파고들었다. 그리고 그녀의 주름진 내벽을 간질이며 희롱하기 시작했다. 그 작은 움직임만으로도 열매는 움찔거리며 애액이 흥건하게 흘렀다. 그가 갑자기 열매를 돌려 침대에 상체를 눕혀 엎드리는 자세로 만들었다. 열매는 자신이 거금을 들여 구한 라텍스 위에 얼굴을 파묻고 말았다.

그의 단단한 남성이 엉덩이 주변을 맴돌다 클리토리스 주변을 간질인다. 부드럽고 뜨거운 남성이 느껴지자 열매는 자기도 모르게 몸이 뒤틀렸다. 그의 손이 그녀의 허리와 등을 부드럽게 애무했다. 그녀의 뒤에서 그녀를 쳐다보는 도윤의 뜨거운 시선이 느껴졌다. 단단한 귀두가 그녀의 틈 사이를 비집고 이미 완전히 질척해진 질 안으로 침투한다. 열매의 엉덩이가 흔들린다. 그는 열매의 허리를 꽉 쥐고는 남성을 살짝 뒤로 물렸다 단번에 뿌리 끝까지 여성 안으로 꽉 밀어 넣었다.

"흐응."

단단한 남성이 한 치의 망설임 없이 끝까지 쑤욱 밀고 들어오자 그 쾌감에 열매는 정신을 차릴 수가 없었다.

퍼버버버벅, 폭죽이 터지고 있다. 축제 때 보았던 불꽃놀이의 폭죽 소리가 머릿속에 울려 퍼지고 있다. 예민한 속살이 그의 움직임에 따라 화끈거린다. 온몸이 비틀리고 꼬이고 흔들린다.

"아……."

열매의 허리가 활처럼 휘어지며 신음 소리를 냈다. 파고드는 남성이 빠져나갔다 쿵 하고 끝까지 밀어 넣을 때마다 몸 안이 옥죄고 찌르르 전기가 흐른다. 그녀의 색정적인 신음 소리에 그의 피스톤질이 더 격렬해지고 있다.

"하아, 아아……."

"후, 하아……."

정신이 흔들릴 만큼 움직임이 격렬해지고, 눈물이 나올 만큼 몸이 뜨거워졌다. 몸과 몸이 부딪치는 소리도, 입을 비집고 나오는 신음도 느껴지지 않을 만큼 머릿속이 멍해지는 순간, 그가 열매를 안았다. 더 이상 들어갈 수 없을 만큼 남성을 깊숙이 넣고는 그녀를 쥐어짜듯 세게 안았다. 쿡. 쿡. 그의 분신들이 그녀의 몸 깊숙이 쏟아져 나왔다. 자신 안에서 마지막으로 꿈틀대는 남성을 느끼며 열매는 침대 위에 그대로 엎드려 누웠다. 도윤도 그제야 참았던 긴 숨을 내쉬며 열매 위에 겹쳐 누웠다. 열매의 귓가에 그의 가쁜 숨소리가 들린다.

한바탕 폭풍이 지나고, 그들은 알몸으로 나란히 누워 있다. 열매가 손을 머리 위로 들어 올려 손가락에 낀 반지를 바라보았다. 얼굴에는 믿을 수 없다는 표정이 반, 좋아 죽겠다는 표정이 반이다. 이리저리 쳐다보던 열매는 갑자기 자기 양 볼을 잡아당겼다. 아프기도 하고 아파서 기쁘기도 하다. 뒤늦게 받은 프러포즈에 가슴이 설레어, 열매는 몸을 가만두지 못하고 있다.

"음, 오늘 민정 언니 안 들어오는데……."

하지만 옆에 누운 도윤은 별 기척이 없었다. 너무도 조용한 도윤이 이상해서 열매가 고개를 들어 그를 쳐다보았다.

열매는 어이가 없었다. 침대에 누운 그의 숨소리가 고르다 싶더니, 그 짧은 사이에 잠이 들어 있었다.

"밖에서는 밤새 되는데 집 안에서는 안 된다?"

열매는 잠이 든 도윤을 노려보았다.

"결혼 생활 3년, 우리 부부의 진짜 문제를 드디어 찾았어. 우리 신랑을 고자로 만든 건 이 침대였어. 여기에 눕기만 하면 잠이 드니 아무 일도 안 됐던 거야."

라텍스가 문제다. 얼마 전 SJ호텔에서는 분명 다섯 번이었다. 그런데 오늘 도윤은 라텍스의 폭신함 때문인지 그저 한 판을 끝으로 잠들어버렸다. 도윤이 집에서 잠만 잔 이유를 찾았다. 라텍스가 너무 편한 거다.

"침대를 바꿀 때가 온 거야."

잠을 부르는 요물. 열매는 입술을 씰룩거리며 애먼 라텍스만 노려보았다.

다음 날, 민정이 눈이 퀭해서 들어왔다.

"지금 들어와요?"

"열매야, 오늘은 정말 북엇국이 필요해. 시원한 국물이 당겨."

민정이 구두를 벗자마자 거실에 벌러덩 누웠다.

"어쩌죠. 오늘은 북엇국이 아닌데."

"콩나물국도 강추야."

"죄송하지만, 오늘 메뉴는 삼계탕, 장어구이, 굴전……."

"자, 잠깐. 내가 지금 필요한 건 시원한 속풀이 국물이라고. 밤일 안 되는 남편한테 먹이는 스태미나 음식 같은 게 아니라. 그 음식들은 생각만 해도 토 나와."

민정은 목까지 넘어오는 듯 헛구역질을 했다. 그런 민정을 보며 열매는 덤덤하게 말했다.

"그냥 보양식이라고 해두지요."

"그니까. 우리가 쓸 데도 없는 정력 쌓아서 뭐하려고. 난 시원한 국물만 있으면 돼. 그게 안 되면 얼마 전에 구입한 홍삼진액이라도 타줘."

민정은 배를 부여잡으며 기어가는 목소리로 말했다.

"죄송합니다, 육전님. 제가 어제 뭘 잘못했는지 아침부터 정력 강화 음식을 만드는군요. 그리고 홍삼진액도 제가 먹고 있습니다. 저기 계신 분이 너무 많이 주시는 바람에 먹기 힘들었는데 나눠 먹죠."

시큰둥한 남성의 음성에 민정은 간신히 몸을 돌렸다. 불만이 가득한 표정으로 도윤이 커다란 머그컵을 들고 있다.

"열매야, 내가 간만에 너무 놀았나 보다. 술을 끊든가 해야지, 헛것이 보이네. 이 아침에 윤이 손자님이라니."

"민정 언니는 나이를 생각해서 살살 노시고, 회장님은 마저 드시죠. 기력이 예전만 못한 게, 아무래도 보양식이 필요해요."

열매가 팔짱을 끼고 엄한 표정을 짓자 도윤은 마지못해 머그잔을 입에 가져갔다.

"열매야, 너도 윤이 손자님이 보이는 거지?"

민정은 눈을 비비며 도윤을 똑바로 쳐다보며 점점 입이 벌어졌다.

"허억, 도윤 손자님이 왜 우리 집에 있는 건데. 허얼, 뭐, 뭐야. 내가 없는 사이 둘이서 뭐 한 거야?"

민정이 자리에서 벌떡 일어났다.

"어머머머머, 둘이 이제부터 합치는 거야? 콩그레츄레이션!"

"언니, 축하하는 얼굴이 아닌데."

"아냐. 내가 밤새 놀아서 얼굴 근육이 마비가 돼서 그런 거야. 축하하는 얼굴 맞아."

민정은 양 손가락으로 입꼬리를 올리며 억지웃음을 지었다.

"이제 이열매, 이혼장과 완전 졸업인가?"

"그건 제가 그렇게 없애라고 하는데도 굳이 가지고 있겠다는군요."

도윤은 다 마신 빈 머그컵을 들고 못마땅하다는 표정을 지었고 열매는 입을 삐죽거리며 볼멘소리를 했다.

"아직 도윤 회장님 믿지 못하겠거든요."

"에이, 만리장성도 쌓았겠다 이혼은 무슨. 그냥 살아."

민정은 손사래를 치며 인상을 썼다. 속이 쓰린지 끅끅거리고 있다. 열매가 꿀물을 타주겠다며 주방으로 가자 도윤이 입을 열었다.

"안 그래도 육전님께 물어보고 싶은 것이 있었는데 잘되었군요."

"뭐? 윤이 손자님이 나에게 물어볼 게 뭐가 있는데?"

"저희 할아버님이 미국에 가신 건 어떻게 아셨습니까?"

도윤이 심각하게 민정에게 물었다. 도윤의 심각한 표정에 민정은 고개를 갸웃했다.

"도둑놈 미국 간 거 비밀이었어? 완죤, 다 아는 분위기던데?"

"어디서 들었습니까?"

"나야 강 변한테 들었지. 도둑놈이 윤이 손자님에게 모든 걸 떠넘기고 마이애미 해변가에서 놀고 있다고 엄청 흥분하면서 떠들더라고."

민정은 도윤을 물끄러미 쳐다보았다.

"강 변호사가 안다면 도퇴클럽 회원들도 제 조부님의 거취를 다 알겠군요."

"내 귀까지 들어왔는데 다 알지 않을까?"

"다 안다?"

"그것뿐만 아니야. 윤이 손자님이 왔으니 말인데, 제일 심각한 건……."

민정이 거실에 털썩 주저앉아 심각한 표정을 지었다.

"강 변이 이상한 말을 하던데."

"무슨 말이요?"

"강변이 나에게 귀띔해주길, 조만간 정말 큰 사건이 터질 거래. 성추행 소송은 시작에 불과하다고 하던데. 내 생각에 강 변이 대놓고 윤이 손자님에게 말하지는 못하니까, 윤이 손자님에게 귀띔을 해주라고 나에게 말한 게 아닐까 싶어. 내가 열매와 가까운 거 아니니까."

"언니, 그건 또 무슨 소리예요? 자세히 말해봐요."

열매가 꿀물을 들고 그들의 대화에 끼어들었다.

"열매 땡큐. 가장 반갑다."

민정이 열매가 내미는 꿀물을 받더니 벌컥벌컥 들이마셨다. 한 잔을 다 마신 후 민정이 입을 열었다.

"강 변 말로는 도두농을 사회에서 매장시킬 거라고 하던데. 베이비핑거도 무사하지 못할 거라고."

"자세하게 말해보십시오."

"도두농이 32년 전 귀신사에서 벌였던 일이 시발점이라던데."

"귀신사라……."

도윤이 중얼거리며 생각에 빠졌다. 갑자기 열매가 뭔가 떠올랐는지 손바닥을 쳤다.

"언니, 32년 전 귀신사라면 우리 회장님 태어난 곳 아니에요? 귀신사에서 무슨 일이 있었대요?"

"그건 나도 모르지. 강 변에게 그게 뭐냐고 물었는데 비밀 유지 항목이 있어서 더 이상은 말 못한대."

민정은 입을 삐죽거리며 말을 이었다.

"윤이 회장님이 태어난 게 문제가 될 리는 없고, 도둑놈이 다른 사고를 친 건가?"

"그때 있었던 일이라……."

도윤은 심각한 표정으로 생각에 잠겼다.

"윤이 손자님, 뭐 집히는 게 있어?"

생각에 빠진 도윤은 민정의 말이 들리지 않았다.

"아무튼 모든 원흉은 도둑놈이네. 도두농도 윤이 손자를 생각한다면 절대 이렇게 룰루랄라 남의 집 불구경하듯 방관하고 있으면 안 되지. 쯧쯧."

도윤의 심각한 모습에 민정은 안타까운 표정으로 혀를 찼다.

7. A양의 진실

"난 정말 이해가 안 돼. 아무리 봐도 흐리멍덩한 여인이건만 어딜 봐서 미모의 여인이라는 건지……."

"뒷모습만으로도 제 미모가 빛난다는 말이겠죠."

"지금 웃으라고 하는 소리지?"

"저 상황보다 더 웃기려고요."

열매와 민정은 나란히 소파에 앉아 영혼 없는 말들을 주고받고 있다. 그들의 시선은 벽에 걸려 있는 커다란 TV를 향하고 있다.

[베이비핑거 도윤 회장, 미모의 여인 A양과 호텔 투숙. 그도 조부 도두농의 전철을 밟는 것인가?]

커다란 자막과 함께 도윤이 한 여성과 호텔에 들어가는 영상이 뉴스에 나오고 있다.

"그날 맞지? 너 외박하고 들어온 날. 주변 배경을 보니 호텔은 SJ 같고."

"네, 맞아요."

"가십거리 만드는 건 좋은데 좀 알아보고 기사를 내던가. 다이어트 성공은 축하할 일이지만 다들 못 알아보니 이런 부작용도 생기네."

아직까지 그와 열매는 합법적인 부부다. 부부가 호텔에 간 것을 불륜이라 부르는 건 난센스다. 그럼에도 TV속 뉴스 자막은 아주 커다랗게 불륜이라는 단어를 내보내고 있다. 열매는 아니 땐 굴뚝에도 연기가 날 수 있다는 사실을 처음 알게 되었다.

-도두농 명예회장의 성추행 관련 소송이 진행되고 있는 지금, 손자 도윤 회장의 불륜 소식이 전해지자 소비자들은 분노에 휩싸였습니다. 소비자 연맹과 우리 아이 바르게 키우기 연합에서는 성적으로 문란한 사주들이 운영하는 회사의 제품을 아이에게 사용할 수 없다며 불매운동과 함께 더 나아가 경영진의 퇴진을 요구하고 있습니다.

TV 화면은 도도타워와 그 앞에 모여 있는 시위자들을 보여주고 있었다.

-성범죄자가 만든 제품, 우리 아이에게 사용할 수 없다.

-물러나라. 물러나라.

-도씨 일가는 모든 경영에서 손을 떼라. 손을 떼라.

TV 속 시위자들의 함성이 창밖에서도 고스란히 들려오고 있다. 물론 TV 속 영상도 길 건너에서 생방으로 바로 볼 수 있다.

"아주 죽으라, 죽으라 하네. 제대로 알지도 못하고 저게 뭐람. 도둑놈이 죽일 놈이지. 남이 싼 똥에 주저앉는다더니, 애꿎은 윤이 손자님만 피해를 입잖아."

민정은 도도타워에 몰려든 시위자들을 보며 인상을 구겼다.

이 사태의 이유는 밤사이 터진 도윤의 스캔들 기사 때문이다. 도윤이 미모의 여인과 SJ 호텔에 들어가는 영상이 인터넷에 퍼지면서 도두농의 엽기 행각에 비해 크게 부각되지 않았던 도윤의 사생활이 관심을 받았다.

도두농의 성추행 사건을 무마하고자 도윤이 마음에 없는 결혼을 했고, 그 부인과는 현재 별거 중이라는 내용의 기사까지 열매의 옛 사진과 함께 크게 실렸다. 얼굴은 모자이크 처리가 되었지만 거구의 살집이 그대로 실리면서 대중들의 입방아에 올랐다. 차마 눈을 뜨고 보지 못할 험한 댓글들이 달리기 시작했다.

"자기 남편하고 호텔 갔다 스캔들 난 건 아마 이열매뿐일 거야. 아무튼 우리 잠시 피해 있어야 하는 거 아니야? 자고로 불리하다 싶을 때는 삼십육계가 최고니까. 그 대표적 사례로 도두농이 있잖아. 국내에서 아무리 시끄러워도 도둑놈은 마이애미에서 유유자적하게 놀고 있잖니."

"아니에요, 언니. 그 사람이 힘들어하고 있는데 저만 편할 수는 없죠. 아무래도 제가 직접 움직여야 할 것 같아요."

열매는 손가락에서 빛나고 있는 결혼 반지를 어루만졌다. 그날 밤, 도윤의 고백을 듣고 가슴이 아팠다. 열매는 도윤에게 그가 원하는 행복한 가정을 만들어주고 싶었다.

"어떻게 하려고?"

"저한테 생각이 있어요. 민정 언니는 그냥 저만 따라 오세요."

열매는 민정의 두 손을 잡았다. 열매의 얼굴에는 비장함이 흘렀다. 그들은 심호흡을 하고 현관으로 발을 내딛었다.

도도타워 앞에 1.5톤짜리 채소 트럭이 한 대 멈춰 섰다. 차 안에는 열매가 비장한 얼굴로 핸들을 붙잡고 앉아 있다. 그 옆에는 민정이 백미러를 보며 마스크와 야구 모자를 눌러쓰고 있다.

"박씨 아저씨, 고맙기도 하지. 차는 와이프도 안 빌려준다던데. 건물주 백이 좋네."

"그동안 노다지 식당과 오래 거래한 정으로 도와주신 거예요. 지금 상황에서는 눈에 잘 띄어야 말이 먹힐 테니 유치해도 이 방법밖에 없어요."

"난 아직 이게 잘하는 짓인지 모르겠다. 그나저나 바깥 분위기 완전 살벌하네."

민정은 밖의 상황을 보며 목소리가 점점 기어 들어간다.

"언니, 그렇다고 우리가 피하면 일은 더 커질 거예요. 트럭도 빌렸고, 자료도 뽑았고, 칼을 뽑았으니 용감하게 휘둘러봐야지요."

"열매야. 우리도 도둑놈처럼 윤이 손자님에게 다 맡기자. 윤이 손자님, 이런 거 해결 잘하잖아. 도둑놈 뒤치다꺼리를 한 노하우가 있어서."

"일이 생기면 모두 도윤 회장님에게 다 떠맡기고 숨잖아요. 저는 그러고 싶지 않아요."

"그거야 그렇지만……."

도도타워 앞은 아비규환이다. 도도타워 입구는 사설 경호원들이 막아서 있고 시위대들과 간간히 몸싸움마저 벌이고 있다. 열매도 무서웠지만 도윤을 위해서라면 더한 것도 할 수 있다.

"언니는 지켜만 봐요. 제가 다 할 테니까. 방송국 카메라도, 취재하는 기자들도 안 보이니 지금 나가면 될 것 같아요."

열매는 주먹을 꽉 쥐고 트럭에서 내렸다. 그러고는 채소가 실려 있던 트럭 짐칸 한가운데에 올라섰다. 언뜻 보면 선거 유세라도 할 기세다. 힘이 꽉 들어간 손에는 빨간 확성기가 쥐어져 있었다. 심호흡을 길게 한 뒤, 열매는 시위자들을 향해 몸을 돌렸다.

-여러분, 안녕하세요. 저는 도윤 회장님과 함께 호텔에 들어간 A양입니다.

열매의 말에 소리를 지르며 시위하던 사람들이 한꺼번에 그녀를 쳐다보았다.

"헉, 정말 A양이다. 뻔뻔하게 그날 입었던 옷을 똑같이 입고 나타났어."

"그렇게까지 언론의 주목을 받고 싶은 거야? 아니면 정말 베이비핑거 사모님이라고 되고 싶으신가?"

주변의 모든 시선이 트럭 위에 서 있는 열매에게 향했다. 시위자들이 사납게 트럭 앞으로 몰려들어 트럭에서 그녀를 끌어내리려고 했다.

-진정하세요. 다 오해라고요. 제 말 좀 들어보세요.

열매는 확성기를 대고 시위자들을 향해 소리를 질렀다.

"불결하고, 더러운……!"

-오해라고 말씀드렸잖아요.

열매는 자신이 잘못한 것이 없기에 시위대를 똑바로 쳐다보았다. 그런데 갑자기 어디선가 계란이 날아왔다. 열매는 팔을 들어

날아오는 계란을 막았다. 계란이 팔에 부딪쳐 깨졌다. 끈적끈적한 내용물이 온몸에 튀었다. 달걀이 날아온 곳을 매섭게 쳐다보자 달 걀을 던지던 사람이 손을 슬그머니 내렸다.

"남의 남자와 놀아난 불륜녀가 어디서 큰소리야!"

-누가 그러던가요? 제가 불륜을 했다고.

"세상 사람들이 다 알아. 더러운 년 같으니라고."

-세상 사람들이 다 아는 사실을 왜 저는 모르죠? 제 기억으로 전 지금껏 불륜을 저지른 적이 없거든요!

열매는 한 치도 물러설 생각이 없는 듯 단호하게 대답했다.

"베이비핑거 회장이 뚱뚱한 마누라가 싫증 났나 보지? 날씬한 여자를 보니까 마누라는 생각도 안 났겠지. 집에서 피눈물 흘릴 마 누라는 생각도 안 하고."

"도두농 피가 어디 가나? 치마만 두르면 다 좋은 게지."

"그 나물에 그 밥이지. 그런 놈에게 놀아나는 년도 다 똑같아."

시위자들은 열매의 말은 듣지 않고 그저 그녀와 도윤을 조롱했 다.

-휴우, 지금 여기에 다들 청문회를 하러 오신 건가요?

"뭐라고?"

-흥분하시기 전, 제 말 좀 들어보세요. 괜히 후회할 짓 하지 마시 고요.

"지금 협박하는 거야?"

-협박은 제가 당하고 있는 거 같은데요. 아, 앞에 계신 분들, 피 켓 좀 잠깐 내려놓으시고, 이것 좀 보시죠. 민정 언니, 지금이에 요.

열매의 말이 끝나기가 무섭게 민정이 차 문을 열고 내렸다. 민정은 커다란 쇼핑백에서 종이 뭉치를 꺼냈다. 민정은 시위대들에게 한 장씩 나눠주었다. 모여 있던 이들이 복사물을 보더니 눈이 휘둥그레져서 수군거리기 시작했다.

민정이 나눠준 복사물에는 열매의 다이어트 과정이 담긴 사진들이 인쇄되어 있었다. 당시 민정은 열매에게 자극이 필요하다면서 변화 과정을 사진으로 남겨뒀었다.

"이건 사기야. 말도 안 돼."

"인간이 어떻게 이렇게 변할 수 있어? 전신 성형도 아니고?"

종이를 내던지며 소리를 지르는 이들도 있다. 열매는 나풀거리며 날아온 종이를 집어 들었다. 그 안에는 열매의 피나는 다이어트 과정이 있었다. 열매의 변천사라고 할까.

사진을 보니 물과 단백질제만 먹고 버텼던 서럽고 힘들었던 과거가 생각났다. 다이어트를 하던 시간들, 정말 많이 힘들었다. 열매의 눈에 그렁그렁 눈물이 차올랐다. 그 고통을 다 견디고 지금의 몸매를 만들었다. 세상 사람들이 아무도 자신을 알아보지 못했다는 것이 한편으론 벅찬 감동까지 밀려와 온몸이 짜릿했다.

반면 시위자들은 자기들끼리 웅성거리기 시작했다.

"몇 킬로그램를 빼야 이렇게 되는 거지?"

-궁금하십니까? 저는 2년 전 80킬로그램의 체중이었습니다. 하지만 열심히 노력한 결과 무려 32킬로그램을 감량했습니다. 그 다이어트 후유증으로 오늘 제가 불륜녀라는 오명을 얻은 겁니다.

열매는 흥분이 가시지 않는지 목청이 커졌다. 시위자들은 종이 속의 사진과 열매를 번갈아 보며 입을 다물지 못하고 있다.

"여러분! 기자도 몰랐고, 회사 직원도 몰랐고, 여기 계신 여러분들도 몰랐습니다. 변신에 성공하신, 베이비펭거 도윤 회장님의 사모님! 이열매 님이십니다!"

민정이 손을 뻗어 열매를 가리켰다. 열매는 오버하는 민정을 보며 고개를 숙였다. 못하겠다고 할 땐 언제고, 열매보다 더 신이 난 민정의 목청이 쩌렁쩌렁 울려 퍼지고 있다. 문득 아, 이건 아닌 것 같다는 생각에 열매는 창피해서 고개를 돌리고 말았다. 열매는 트럭에서 내려 민정에게 다가가 옆구리를 찔렀다.

"민정 언니, 너무 오버하지 마요."

"앗, 쏘리. 내가 너무 흥분했나 봐. 감정 조절이 안 됐네."

민정은 소리를 지르기 위해 잠시 벗었던 마스크를 다시 쓰고 슬슬 뒤로 물러났다.

"휴우."

열매는 한숨을 내쉬었다. 하지만 이왕 시작한 거 끝장은 봐야겠다는 생각에 열매는 두 손을 꽉 쥐었다. 그때였다.

"부인, 이곳에서 뭐 하십니까?"

열매는 서늘하게 들려오는 목소리에 등골이 오싹해졌다. 뒤돌아보니 도윤이 서 있었다.

"헉, 회, 회장님이 왜 여기에? 일 안 하세요?"

"부인, 여기가 어딘지 잊고 계신 모양입니다."

도윤이 도도타워를 등지고 서 있다. 그제야 열매는 회사에서 자신을 볼 수 있었겠구나 생각이 들었다.

"아, 다 보고 있었, 어⋯⋯ 요?"

조금 전만 해도 확성기로 당당하게 외치던 열매는 어디 갔는지,

말을 더듬거렸다. 도윤의 등장은 생각지도 못했던지라 당황한 열매의 이마에는 식은땀이 송골송골 맺힌다.

"내가 부인 때문에……."

열매를 바라보는 도윤의 눈빛이 흔들렸다. 도윤이 그녀에게 성큼성큼 다가갔다. 열매는 멈칫거리며 뒷걸음질 쳤다. 하지만 곧 그에게 붙잡혔다.

"왜 나왔어요. 그냥 조용히 해결하려고 했는데."

열매는 기어 들어가는 목소리로 변명 아닌 변명을 하기 시작했다.

"조용한 해결이라. 그대의 등장은 늘 요란했던 거 같은데."

도윤이 열매와 시위대를 번갈아 쳐다보았다. 열매는 도윤의 등 뒤로 검은 아우라가 보이는 듯해 눈을 비볐다. 분명 모락모락 검은 연기가 피어오르고 있다. 화가 난 거다. 그것도 엄청나게.

시위대도 냉랭한 도윤의 기운을 느꼈는지 눈치를 보며 한두 명씩 대열에서 떠나고 있다.

"결국 해결했잖아요……."

기어 들어가다 못해 목구멍에서 말소리가 맴돌고 있다.

"회장 사모님이 몸소 나설 자리는 아니지 않나?"

열매는 도윤이 자신에게 잘했다고 말해줄 거라 생각했었다. 하지만 오히려 그가 자신에게 다그치듯 말하자 억울했다. 누구 때문에 망신스런 사진까지 공개했는데.

"그래서 회장님이 하고 싶은 말이 뭔데요?"

"베이비핑거 법무팀이 오보를 낸 언론사에 정정 기사를 요구한 것은 물론, 명예훼손 및 허위사실 유포에 관한 법률 위반 건에 대해서도 고소하려고 준비 중이었다고."

그답지 않게 도윤이 흥분하고 있다.

"가출도 모자라 시위대 앞에 맨몸으로 서다니……. 부인이 직접 시위대 앞에 나타나서 얼마나 놀랐는지 알아? 기가 막혀서. 당신마저 내 명줄을 단축시킬 참이야?"

그제야 열매는 도윤이 숨을 가쁘게 쉬고 있는 걸 느꼈다. 급하게 뛰어나왔는지 머릿결도 흐트러져 있다. 자신이 걱정되어 급하게 뛰어나온 걸까? 열매는 순간 눈물이 핑 돌았다.

"뭐, 뭐 하시는 거예요?"

"가만있어봐."

그는 손수건을 꺼내 여기저기 달걀이 튀어 있는 열매의 옷과 머리를 닦아주었다.

"회장님."

"다치지 않아서 다행이야."

열매는 그의 다정한 행동에 놀라 도윤의 얼굴을 쳐다보았다. 두 사람의 다정한 모습에 주변이 웅성거렸다.

그들도 안다. 자신들이 언론의 오보만 믿고 흥분해서 앞뒤 가리지 않고 행동한 것을. 영업장 앞에서 불법으로 시위를 한 것도 모자라 회장 부인에게 달걀 세례까지 했다. 명백한 명예훼손이다. 그들이 자신들을 고소한다고 해도 뭐라 변론할 여지가 없다.

"저, 뭐 하시려고요?"

열매는 도윤의 얼굴이 가깝게 다가오자 눈이 동그래졌다. 이렇게 사람이 많은 곳에서 뭐 하려는 건지. 그녀의 생각을 읽은 듯 그의 입꼬리가 느슨하게 올라간다. 그가 열매의 귀에 속삭였다.

"이열매, 기왕 힘들게 나섰으니, 잉꼬부부 콘셉트로 마무리 지읍시다."

"네? 헉."

도윤이 열매를 부드럽게 감싸 안았다.

"저 이렇게까지 안 하셔도……."

"가만있지 않으면 여기서 키스할 거야."

도윤의 협박에 열매는 설마 했지만 도윤의 표정을 보니 키스 정도는 하고도 남겠다는 생각이 들었다.

"와우! 역시 우리 회장님 부부, 참 보기 좋아. 호호호. 저러니 불륜 소리를 듣지. 결혼한 지 5년인데 아직도 불타올라. 호호호호. 우린 병풍이라고 생각하고 진하게 키스 한번 해봐요. 호호호호호."

민정이 유난히 목청을 높여서 말했다.

"이열매, 정말 키스를 기다리는 건 아닐 테니, 이만 이곳을 빠져나가볼까?"

"어떻게요?"

"그냥 내 옆에 딱 붙어 있으면 돼."

"하지만 모양새가. 저, 잠깐만요. 보폭이……. 내 다리는 회장님보다 짧다고요. 천천히요."

열매는 도윤에게 안기다시피 해서 도도타워로 끌려 들어갔다. 도도타워에 들어가자 상황을 주시하고 있던 직원들이 우르르 몰려왔다.

"사모님, 못 알아봬서 죄송합니다."

"오우, 사모님 짱이에요. 어떻게 그 살을 다 빼셨는지……."

"그러니 저희도 못 알아봤지요."

다들 놀랍다는 표정들로 엄지를 치켜세웠다. 도윤은 열매를 감싸 안은 손을 풀지 않은 채 엘리베이터 앞에 섰다. 그곳에는 이미 다른 직원이 엘리베이터 버튼을 누르고 도윤과 열매를 기다리고 있었다. 그들이 열린 엘리베이터 안으로 들어가자 직원들이 몸을 90도로 숙이면서 버튼에서 손을 뗐다. 문이 닫혔다.

"후우, 난리네요."

"앞으로는 행동하기 전에 나한테 미리 얘기를 좀 해줘."

그제야 마음이 놓였는지 도윤의 목소리가 부드러워졌다. 도윤은 열매를 품에 꽉 안으며 안도의 한숨을 내쉬었다.

"그만해요. 여기 CCTV도 있잖아요."

열매가 엘리베이터 구석에 달려 있는 CCTV를 흘낏 쳐다보았다.

"밤에는 그렇게 불타오르면서 낮에는 아닌 척. 이열매, 밤과 낮의 행동이 너무 달라."

도윤은 장난기가 발동했는지 열매의 귓불을 만지고 목 선을 따라 쓰다듬으며 귓가에 대고 간지럽게 속삭였다. 그의 손길에 열매는 온몸이 화르르 불타올랐다. 조금만 더 흥분되면 이곳에서 거사를 치를 수도 있겠다는 생각에 열매는 정신이 번쩍 들었다. 열매는 10층에 도착한 엘리베이터의 문이 열리자마자 도윤을 밀치면서 서둘러 내렸다.

그런 열매 뒤를 도윤이 웃으며 따라갔다. 비서실 직원들이 그들을 기다리고 있었다.

"사모님 정말 오랜만입니다. 저는 회장님이 급하게 뛰어나가셔서 무슨 일인가 했습니다."

짐작은 했지만 당시 상황이 상상돼 웃음이 나왔다.

"회장님의 그런 모습, 처음 보았습니다. 대책 논의를 위해 회의하던 중, 사모님이 시위대 앞에 나섰다는 말에 회장님이 회의장을 박차고 나가셨습니다."

"박차고 나가요?"

열매는 믿지 않는다는 듯 도윤을 쳐다보았다.

"제가 회장님 밑에서 일한 지 8년째인데 뛰는 모습은 처음 봤습니다."

"박 실장님. 한가한가 봅니다. 오늘 품평회 연기된 거 대리점주님들에게 연락 돌리셨습니까?"

"그건 홍보팀에서 하는 일인데요? 흠흠."

박 실장이 눈치 없게 열매에게 떠들자 도윤의 눈빛이 날카롭게 변했다. 열매는 도윤이 자신 때문에 뛰어나온 사실을 확인하자 기분이 묘했다. 정말 자신 때문에 나온 거였다.

박 실장이 도윤의 눈빛에 헛기침만 하더니 얼른 말을 돌렸다.

"필요하신 건 없으십니까?"

"얼음물 좀 부탁합니다."

"네. 더 필요하신 건 없으십니까?"

"얼음물이면 충분합니다."

도윤이 열매의 손을 꽉 잡은 채로 그녀를 회장실로 데리고 들어갔다.

도윤과 열매가 도도타워로 사라지자 웅성거리던 시위대는 뿔뿔

이 흩어졌다. 뒤에 남은 민정은 시위대가 해산하자 노다지에서 식사를 하며 기다리고 있던 박씨에게 트럭 열쇠를 넘겨주었다. 한바탕 태풍이 휩쓸고 간 것처럼 정신이 하나도 없다.

"열매는 윤이 손자님과 할 말이 많으려나?"

민정은 도도타워 앞에서 기웃거리다 로비에 걸어둔 커다란 플래카드를 보았다.

"오늘이 신상품 품평회 날이었네? 시위 때문에 연기되었나?"

품평회가 연기되지 않았다면 분명 지금쯤 이곳은 점주들과 관계자들로 북적거리고 있었을 거다. 민정은 한가한 로비를 지나 도도타워 안으로 들어갔다. 민정은 마스크와 모자를 벗고 품평회장 입구라고 표시가 된 화살표를 따라 들어갔다.

커다란 공간에 신상품들이 진열되어 있다. 오랜만에 보니 정겹다. 도두농과의 결혼으로 손을 놓긴 했지만, 그녀는 뼛속까지 디자이너였다. 어렸을 적부터 아버지 김일두 옆에서 함께 작업하며 배운 기술이다.

"도둑놈 때문에 많은 걸 잃었네."

민정은 중얼거리면서 진열되어 있는 옷들을 살펴보았다.

"정희수 디자인이야 항상 거기서 거기지. 근데 이건 진짜로 어디서 본 거 같은데……."

제품들을 살피던 민정은 고개를 갸우뚱거리고 인상을 구겼다.

품평회장 입구가 갑자기 소란스럽다. 민정은 죄를 지은 것도 아닌데 자신도 모르게 옷이 걸린 행거 뒤로 몸을 숨겼다. 품평회장 안으로 정희수와 김옥희가 들어왔다.

"말도 안 돼!"

얼굴이 시뻘개져서 씩씩거리는 정희수를 보니 무슨 일인지 알 것 같다. 뜬금없이 이열매가 나타났으니 열이 받는 거겠지.

"허, 우리 윤이, 이열매랑 헤어진 게 아니었어? 내 눈을 피해 계속 만나고 있었던 거야?"

시위 장면을 봤는지 정희수의 목소리에 날이 서 있다.

"희수야, 여긴 회사야. 말조심해."

"아무도 없는데 어때. 품평회도 결국 연기돼서 여긴 아무도 안 올 거라고."

"그거와 상관없이 항상 말조심해야 해. 넌 윤이 일이라면 물불을 가리지 않아 걱정이구나."

김옥희의 가식적인 목소리가 들려오자 민정은 구역질이 났다. 김옥희는 항상 저런 식으로 사람을 미치게 만드는 인물이다. 아닌 척, 우아한 척을 떨면서 뒤로 호박씨 까는 전형적인 인물.

"엄마, 나 절대 윤이를 용서 못해. 감히 나 몰래 이열매와 만나고 있었다니."

"우리 딸이 이제야 정신을 차렸구나. 그래, 도윤을 가지고 싶다면 그를 자리에서 끌어내려야지. 모든 것을 가졌던 사람이 그것을 잃게 되면, 결국 힘 있는 자 밑에 굴복하기 마련이란다."

그들의 말을 엿듣고자 한 건 아니지만, 민정은 기가 막혔다. 도윤이 자기 와이프를 몰래 만나든 공개적으로 만나든, 그게 자기와 무슨 상관이라고 저리 열을 내는 건지. 누가 보면 정희수가 도윤의 와이프고, 도윤이 열매와 바람이라도 피우는 걸로 착각하겠다. 민정은 나가서 한마디 쏘아붙이고 싶었지만, 숨어 있는 처지에 그럴 수는 없었다.

김옥희가 민정이 숨어 있는 행거 쪽으로 걸어온다. 민정은 죄지은 것도 없이 가슴이 조마조마했다. 처음부터 숨지 말고 당당하게 나섰어야 했는데 이미 늦었다. 김옥희가 행거의 옷을 만지작거리며 물었다.

"여기다 두고 온 건 확실한 거냐?"

"그걸 들고 작업한 곳은 오늘 여기밖에 없어요. 이쯤 있을 텐데. 아, 있다. 엄마, 여기 있어요. 잃어버렸을까 조마조마했네."

"칠칠치 못하게. 누가 봤으면 어쩔 뻔했니? 이런 일 하나도 제대로 못하는 너를 믿고, 내가 일을 진행시켜야 하는지 모르겠구나."

민정은 정희수가 찾던 게 무엇인지 궁금했지만 바로 앞에 있는 김옥희 때문에 움직일 수가 없었다. 말소리만 들리는 게, 궁금해 미치겠다. 김옥희가 저리 흥분하는 걸 보면 분명히 그들의 약점일 텐데. 조금만 더 빨리 왔으면 그녀가 먼저 발견했을 텐데. 민정은 아쉬운 마음에 두 주먹만 불끈 쥐었다.

지잉, 지잉. 휴대폰의 진동 소리가 들리더니 김옥희가 전화를 받았다.

"김 이사. 너 일을 도대체 어떻게 하는 거야? 도윤이 바람피우는 장면 잡았다고 큰소리치더니, 그 상대가 이열매야? 너 이따위로 일하려면 이사 자리 내놔!"

김옥희가 흥분해서 내뱉은 말에 민정은 오늘 있었던 일이 다 이해되었다.

"내가 네 말만 믿고 기자들 매수하고 알바 동원해서 시위까지 했는데, 한순간에 물거품이 되었어. 어떻게 수습할 거야. 뭐? 거기가 어딘데. ……알았어. 회사에는 보는 눈이 많으니 지금 도그빌라로 와. 스티븐도 데리고 오고. 우린 바로 출발할 거야. 그래, 끊어. 희수야, 너도 볼일 다 봤으면 가자."

"어디 가게요?"

"네 외삼촌이 집으로 온다고 했다. 가자."

김옥희와 정희수가 품평회장을 빠져나갔다. 민정은 그들의 대화에서 수상한 기운을 감지했다. 이 판을 벌인 게 저들 짓이었던 것이다. 하지만, 이렇게까지 해서 얻는 게 무엇일까? 자세히는 모르겠지만 도윤과 열매에게 귀띔을 해줘야겠다는 생각이 들었다. 민정은 마음이 급해졌다.

열매는 얼음물을 시원하게 벌컥벌컥 한 번에 다 마셨다. 이제야 좀 살 것 같다. 도윤이 자신을 뚫어져라 쳐다보고 있지 않으면 더 좋겠지만.

"불만인 건 알겠는데 그만 쳐다봐요. 민망하게."

열매의 말에 그의 눈매만 살짝 움찔거렸을 뿐 그의 시선은 움직일 생각을 안 한다. 열매는 답답해서 숨만 길게 들이쉬고 내쉬었다.

"뭐라고 말 좀 해봐요. 아, 답답해서 못 살겠네."

"답답이라. 이 상황에 답이 없는 건 나 아닌가?"

"드디어 말문이 터지셨네. 회장님이 답답할 게 뭐가 있다고."

"아, 우리 부인은 머리보다 몸 쓰는 걸 좋아하는 걸 잊었군요. 가출을 해도 거하게 이삿짐을 불러서 나가는 부인인데."

도윤이 소파에서 천천히 일어나더니 열매에게 다가왔다. 열매는 점점 크게 보이는 도윤의 얼굴을 보며 침만 꿀꺽 삼켰다.

"제가 말을 하라고 했지, 이렇게 가까이 오라는 건……."

"아직까지 우리 부인께서는 자기가 얼마나 큰 사고를 쳤는지 모르는 것 같은데."

"뭘요?"

"지금쯤이면 시끄러워졌을 텐데."

도윤은 열매 옆에 앉았다. 그는 스마트폰을 꺼내더니 여유롭게 검색을 하기 시작했다.

"음. 역시나 실시간으로 올라옵니다. 당신의 숨기고픈 흑역사가."

"뭐, 뭐가요?"

"이걸 보면 행동하기 전에 나와 의논하지 않은 걸 후회할 텐데. 그래도 보고 싶다면 어쩔 수 없고."

도윤이 스마트폰을 열매에게 내밀었다. 도윤에게 건네받은 폰 액정에는 방금 전 열매가 도도타워 시위대 앞에 서 있는 사진이 있었다. 그리고 그 밑에는 이미 관련 기사들이 쏟아져 나오고 있었다. 제목만 봐도 어처구니없는 기사들이다.

"헉, 이게 뭐지? '베이비핑거 사모님 과거 대박', '다이어트일까, 전신 성형일까?', '32킬로그램 감량 성공한 B사 사모님, 과거 뚱땡이 시절 사진 대방출', '비만 와이프를 데리고 산, 도윤 회장은 누구인가'. '정녕 그는 보살인가? B사 대표, 그는 누구인가?' ……말도 안 돼. 내가 시위대 앞에 나선 게 한 시간도 아니고 30분도 안 됐단 말이에요. 그 짧은 시간에 이런 글들이 올라오다니 말이 돼요? 게다가 내 과거 사진은 도대체 다 어디서 나온 거야?"

열매가 다다닥 액정을 터치하면서 흥분하기 시작했다. 검색을 하면 할수록 열매의 머리 위로 까만 아우라가 피어오르는 것만 같다. 도윤은 열매의 손에서 바통 터치하듯 폰을 도로 채 갔다.

"검색어 순위에도 진입하고 있군. 우리 조부님이 아무리 날고 기어도 실검 순위는 들지 못했는데, 이런 경이로운 기록은 부인이 처음이야. 집안의 경사인가?"

"지금 놀리는 거죠. 젠장."

말도 안 된다. 도윤이 몸으로 행동하기 전에 머리를 쓸 생각은 왜 못했냐고 비난한 이유를 알 것 같다. 나는 왜 이런 여파까지 생각하지 못한 걸까? 자신이 한심스럽다.

마지막 화려한 대미를 장식한 사진은 바로 도윤이 열매를 품에 안고 도도타워로 들어가는 사진이었다. 일은 열매가 다 하고 도윤은 그저 마지막에 나타났을 뿐인데, 그가 멋있다고 야단이다.

가장 열 받는 건, 똑같은 사진이 올라왔는데 누구는 굴욕이요, 누구는 무결점 찬사라는 거다. 갑자기 도윤이 얄미워졌다. 그를 돕겠다고 나선 건, 쥐가 고양이를 생각한 가소로운 일이었나 싶다. 열매는 평생 저 사진이 주홍글씨처럼 인터넷에 떠돌아다닐 생각에 온몸에 소름이 돋았다.

"으으으으악! 아아악!"

열매가 두 손으로 양 귀를 막으며 괴로워했다. 도윤이 그런 그녀의 옆에 앉아 손을 떼며 그녀의 귀에 속삭였다.

"다른 이들은 돈을 들여서 없애려 하는 과거를 스스로 다 까. 발. 린. 우리 부인."

"당신마저 그런 말 말아요."

"부인, 나와 이혼하고 연하남 꼬셔서 화려하게 살고자 했던 꿈은 이제 완전 물 건너갔는데, 어쩌지?"

느릿하게 또박또박 발음하는 그가 왜 이리도 얄밉게 보이는지 모르겠다. 열매는 미간을 찡그리고 입을 삐죽거렸다.

"회장님, 너무 즐거워하는 거 아닌가요? 내가 누구 때문에……. 아악, 망했어. 역시 머리가 나쁘면 몸이 고생한다고 하더니. 아악!"

"이제 당신은 내 호적에서 꼼짝 마라야. 당신 입으로 도윤 와이프라고 광고했으니 당신이 책임져야지."

괴로워하는 열매에 비해 도윤은 너무 즐거워하는 표정이다.

"또 한 가지. 부인께서 내가 당신 거라고 공표하는 바람에 나도 곤란해졌어."

"회장님이 곤란할 일이 뭐 있어요? 올라오는 사진 보니 자긴 굴욕 사진 하나도 없구먼."

"내 거취 때문에 곤란하다고. 아무래도 오늘부터 금광빌딩에 들어가야 할 것 같은데."

도윤의 표정이 갑자기 심각하게 변했다.

"네? 도그빌라는 어쩌고, 우리 집에는 왜요?"

"도그빌라는 당신이 싫어하잖아. 개집이라고."

"그건 그거고. 왜 갑자기 금광빌딩에 들어온다는 거예요?"

열매는 집에 들어온다는 도윤의 말이 믿기지 않았다.

"당신 입으로 우리가 부부라고 만천하에 공개를 해놨잖아. 당신 얼굴 공개돼서 웬만한 사람들은 다 알아볼 텐데, 우리가 따로 살면 별거한다고 소문나지 않겠어?"

"그건 그렇죠. 그것까지는 생각하지 못했네요."

"시위대 앞에 나설 때 미리 생각했어야지."

"아, 뭐가 이리 복잡한지……."

도윤의 말에 틀린 것이 하나도 없기에 열매는 또 머리를 쥐어뜯었다.

"하하하. 푸하하."

도윤이 갑자기 크게 웃기 시작했다. 소리 내어 웃는 도윤을 어렸을 적 이후 처음 보는 열매는 눈만 동그래졌다.

"당신을 보면 꽉 막혔던 가슴이 뻥 뚫려. 아침 내내 숨이 막혔는데, 이제 숨이 쉬어진단 말이야."

"네? 무슨 말이죠?"

"돌팔이 의사보다 당신이 낫다는 말."

도윤이 열매의 어깨에 팔을 두르더니 자신에게 끌어당겼다. 그의 품에 빨려 들어가듯 안겨 그를 쳐다보았다. 얼마나 웃었는지, 눈에 눈물까지 맺혀 있다.

"오늘부터 같이 살자. 이열매."

갑작스런 도윤의 고백에 열매는 굳어버렸다. 이건 반칙이다. 이러면 절대 거절하지 못한단 말이다. 그의 달콤한 고백에 모든 사고 회로가 정지해버렸다.

'오늘부터 같이 살자, 이열매.'

그의 고백에 열매는 분명 승낙을 했었다. 빨개진 얼굴로 고개를 끄덕였으니 동의를 했다고 봐도 무방하다.

그런데, 이건 뭘까?

"도도타워에서 봤을 때는 몰랐네. 이곳이 이런 용도로 쓰는 곳인지."

"금광빌딩으로 들어오고 싶다면서요?"

"같이 살자고 한 말을 이렇게 받아들이다니. 헛허."

도윤은 기가 막히는 건지, 어이가 없는 건지, 입에서 헛웃음만 새어 나왔다. 그의 주변 사람들 중에 정상 범위 내에 있는 사람들이 거의 없다고는 하지만, 이열매조차 예측 범위에서 벗어날 줄 몰랐다. 적어도 이번만큼은 자신이 원하는 대로, 자신의 예상대로 흘러갈 거라 생각했었다.

하지만 오만이었던 걸까? 아무리 생각해도 이 상황은 그의 예상 범위에 들어 있지 않은 돌발 상황이다.

"자, 여기다 도장을 찍으시면 계약 끝. 바로 금광빌딩에 입주하실 수 있습니다."

열매가 계약서를 펄럭이며 도윤에게 도장을 찍으라고 말하고 있다.

"……내가 살고 싶은 곳은 이곳이 아니란 걸 잘 아실 텐데."

"지금 비어 있는 곳은 여기뿐이에요."

반지를 껴주며 프러포즈를 하고, 멋지게 고백도 했다. 분명 열매의 표정은 '과거는 다 용서하고 받아줄게요'였는데. 이건 뭘까?

"허, 그래서 나더러 여기서 살라고?"

"여기도 사람 사는 곳이에요. 싫으면 넓디넓은 회장님의 궁궐 도그빌라로 가시든가요."

당황하는 도윤과 달리 열매는 덤덤했다. 아무리 도윤이 열매를 노려보아도 그녀는 끄떡하지 않고 서 있다.

이열매, 이렇게 나오시겠다?

"당신이 거주하는 4층에도 분명 빈방이 있을 텐데, 굳이 여기서 지내라고 하는 이유가 뭐지?"

"어머, 여자 둘이 사는 곳에 들어오시겠다고? 꿈도 야무져라. 당신이 들어오면 민정 언니 입장이 뭐가 되겠어요?"

"육전님의 거주하시는 곳은 도그빌라 201호라 기억하는데, 육전님이야말로 100평의 넓디넓은 궁궐을 두고 왜 당신 집 건넛방에 얹혀살지?"

도윤의 목소리에는 불만이 가득 차 있었다.

"민정 언니 사정은 회장님이 아실 필요 없고요, 회장님 살겠다고 민정 언니를 개집으로 내쫓는 건 제가 싫어요. 그 개들의 소굴에는 회장님이나 들어가세요."

"난 이렇게 좁은 곳에서 살아본 적이 없어. 결정적으로 여긴 엘리베이터가 없잖아."

"엘리베이터가 없는 건 제가 살고 있는 4층도 마찬가지예요."

열매는 시큰둥하게 말을 받아쳤다.

"다른 건 백 번 양보해도, 여긴 도도타워에서도 너무 잘 보인다고. 우리 직원들이 여기 있는 날 보면 무슨 생각을 할까?"

"운동한다고 하시든가, 화분에 물 주려고 올라왔다고 하든가. 변명은 회장님이 알아서 하세요. 그것까지 제가 생각해야 하나요?"

열매는 팔짱을 끼고 또박또박 말을 내뱉었다. 도윤은 기가 막혔다. 지금 이열매는 베이비펭거의 회장인 그에게 금광빌딩 옥탑방에 거주하라고 당당하게 말하고 있다. 같이 살자는 도윤의 말을 이렇게 이해한 건지, 아니면 합치기 전 도윤을 길들이기 위해 일부러 이러는 건지 이해가 되지 않는다.

도윤은 금광빌딩 옥상에 위치한 자그마한 옥탑방 안에 들어왔다. 더 기가 막히는 건 원룸 방 한가운데 떡하니 버티고 있는 라텍스 침대다.

"당신 방에 있던 침대는 왜 여기에 있지?"

"회장님이 갑자기 금광빌딩으로 들어오겠다고 한 이유를 생각해봤는데, 제 결론은 저 라텍스였어요. 금광빌딩 입주 기념으로 회장님에게 선물할게요."

"부인 대신 라텍스······."

"회장님의 숙면을 책임질 라텍스도 있으니 오늘 하루 곰곰이 생각해보시고 도장을 찍든가요. 회장님은 유난히 저와 관련된 건 도장 찍기 싫어하는 거 같으니까. 그럼, 저는 이만."

열매가 뒤돌아 나가려 하자, 도윤은 다급하게 소리쳤다.

"어딜 가려고!"

"어디 가긴요. 이제 제 사생활까지 맘대로 하게요? 그런 마음으로 여기 들어왔다면 방 빼고 나가세요."

"부, 부인. 잠깐만, 그래, 짐 정리! 이거 도와줘야지!"

"옷가방 달랑 하나면서 거창하게 무슨 정리요. 그냥 대충 꺼내 입으시고 출근이나 하세요. 이제 바로 앞이 회사라 출근하긴 편하시겠어요."

부들부들 떠는 도윤을 두고 열매는 여유롭게 옥탑방을 빠져나간다. 사실 도윤은 오늘 열매와 합친 기념으로 멋지게 보내려 하루 휴가를 냈다. 필요한 물품들을 구입한 후, 드라이브도 하고 분위기 좋은 곳에서 식사도 하면서 그녀와 데이트를 하려고 했다.

그런 도윤의 마음도 모르고 열매는 그를 버려두고 콧노래를 부르며 계단을 내려가고 있다.

"옥탑방이라……."

도윤은 옥상을 한 바퀴 돌아보았다. 그가 살고 있는 도그빌라의 거실만 한 공간이지만 그래도 이곳은 전혀 답답하지 않다. 천천히 둘러보니 하늘을 지붕 삼고 서울을 마당으로 삼은 기분마저 든다. 그리고 바로 아래층엔 열매도 있지 않은가?

도윤은 옥상 한쪽에 있는 평상에 누웠다. 하늘이 보인다. 마지막으로 하늘을 본 적이 언제였던가? 비록 열매와 같은 집을 쓰는 건 실패했지만 도윤은 지금 이곳에서 그 어느 때의 어느 장소보다 편안함을 느꼈다.

도도타워에서 일하고 있는 직원들이 자신을 본다면 놀라겠지. 자신의 회사 건물에서 훤히 보이는 옥상 평상에 대자로 누워 있지만 정작 그는 상관없다고 생각했다. 시원한 바람이 솔솔 불자 몸이 노곤해진다.

이열매가 바로 밑에 있어서 그런가? 긴장감이 사라진다. 도윤은 눈을 감았다. 이런 평온한 일상이 계속되면 좋겠다.

열매는 콧노래를 부르며 노다지 주방에서 점심 장사를 준비하고 있다. 멸치에 고추를 넣어 달달 볶고, 아침 일찍 배달 온 신선한 두부도 조심스레 꺼내 조렸다. 민정은 옆에서 양념들을 건네며 돕고 있다. 먹음직스럽게 만들어지는 음식에 침을 꼴깍 삼킨다.

민정은 열매가 만든 반찬들을 반찬통에 옮겨 담았다.

"윤이 손자님을 옥탑방에서 지내라고 할 거야? 아무리 생각해도 너무한 것 같은데. 나 때문이라면, ……내가 나가면 되지. 도그빌라도 있고, 아님 이 근처에다가 집을 구해도 되고."

민정의 목소리에는 힘이 없었다. 당장 금광빌딩에서 나가면 갈 곳이라곤 도그빌라인데, 사실 그곳은 죽어도 가기 싫었던 것이다.

"언니 때문 아니에요."

"네가 집 나온 건 윤이 손자님이 그게 안 되서 그런 거 아니었어? 가동이 잘되니까 이제 문제 없는 거잖아."

민정은 웃으며 열매를 바라보았다. 자기는 잘못된 결혼 생활을 했지만, 열매는 그 전철을 밟지 않아 다행이라 생각했다. 적어도 도윤은 도두농과 질적으로 다르니까.

"도윤 회장님만 보면 문제없어요. 어쩌면 처음부터 그가 문제가 아니었는지도 몰라요. 결혼도 제가 우겨서 한 거고, 성격상 애정 없는 결혼 상대를 무책임하게 안을 남자가 아니었던 거죠."

"그렇다면 뭘 고민하는 거야?"

민정은 이해할 수 없다는 표정을 지으며 열매를 쳐다보았다. 열매는 앞치마를 벗으며 주방에서 나왔다.

"제가 문제예요. 그의 시월드를 이기지 못하고 집에서 나왔는데, 정작 시월드는 변한 게 하나도 없잖아요. 우리 회장님 생각하면 마음 약해지다가, 도둑놈 생각만 하면 자다가도 벌떡 일어나게 돼요. 이기적일지 몰라도 힘든 건 사실이잖아요."

열매는 한숨을 쉬며 손님들 마시라고 갖다둔 믹스커피 봉지를 꺼내 종이컵에 탈탈 털어 온수를 부었다. 작은 수저로 휘휘 저은 후 홀 의자에 앉았다.

"그 문제라면 할 말 없다. 내가 산증인이니."

민정도 주방에서 나와 열매의 맞은편 의자에 앉았다. 열매는 종이컵을 입에 가져가 후후 불면서 마시기 시작했다. 커피의 달달한 냄새가 후각을 자극하는지 민정이 코를 들썩였다.

"열매야, 맛있니?"

"오랜만에 마시니 죽이는데요. 왜요? 언니도 한잔 드려요? 스트레스 해소에는 달달한 커피가 최고죠."

"응. 네가 마시는 걸 보니 먹고 싶어지네."

"가끔씩은 괜찮아요. 타드릴 테니 앉아 있어요."

"아니야. 내가 타 먹을게."

민정이 일어나 믹스커피를 탔다. 수증기와 함께 올라오는 달콤한 커피 냄새가 좋은지 민정은 향을 천천히 음미했다. 한 모금 마시더니 입 안에서 천천히 굴리며 맛을 느끼고 있다.

"음, 역쉬. 맛있어. 왜 살찌는 음식들은 하나같이 맛있을까? 아무튼 내 생각에 윤이 손자님은 절대 옥탑방에서 못 지내. 아무리 지랄 같은 조부를 두었다지만 윤이 손자님은 다이아몬드 수저를 물고 태어났다고. 마음고생은 했을지 몰라도 물질적으로는 풍부하게 살았지. 하나뿐인 핏줄이라고 도두농이 윤이 손자님을 얼마나 애지중지했는데."

"애지중지 두 번만 했다가, 아예 저승 구경시키겠네요. 세상에 그런 할아버지가 어디 있대요?"

열매는 입을 삐쭉 내밀었다. 도두농의 유들유들한 모습과 행동들을 생각하니 저절로 인상이 찌푸려진다. 도윤에게 잘난 허우대를 물려준 건 감사하지만, 딱 거기까지다.

"내가 도둑놈 다른 건 몰라도 딱 하나 인정하는 건 있다."

"그게 뭔데요?"

"절대 배다른 형제들은 만들지 않겠다는 신념이랄까? 지금껏 도둑놈이 그렇게 계집질을 했어도 배다른 형제는 없잖아."

"……듣고 보니 그건 그러네요."

열매는 민정의 말을 들으며 고개를 끄덕였다.

"회사를 욕심내는 배다른 삼촌들까지 있었다면 우리 회장님은 제 명에 살지 못했을 거예요. 지금도 저렇게 힘든데."

"그건 동감. 핏줄도 아닌 싸정이만으로도 저 난리인데. 생각만 해도 끔직해. 으으."

민정이 오싹하다는 듯 어깨를 들썩였다. 열매는 커피를 마시며 문밖의 도도타워를 쳐다보았다. 그가 있을지도 모르는 10층 꼭대기 층에 열매의 시선이 머물렀다.

오늘도 창문 사이로 밝게 들어오는 햇살에 잠에서 깼다. 꼭대기 층이라 그런지 햇빛이 강하다. 블라인드라도 사서 달아야 하나 생각하며 자리에서 일어났다. 도윤은 일어남과 동시에 습관처럼 휴대폰을 확인했다. 어김없이 오늘의 운세 문자가 날아와 있다. 푹신한 침대 덕분인지 숙면을 해서 온몸이 개운하다. 이열매가 다른 층에 거주하고 있다는 게 아쉽기는 하지만, 그녀의 홈그라운드에 입성한 걸로 만족하기로 했다. 서서히 가까워지면 되니까.

[도윤 님의 오늘의 운세 - 인내는 쓰고 열매는 달다.]

오늘따라 너무도 간단한 오늘의 운세지만 최근 받아본 운세 중 가장 정확했다. 인내는 쓰지만 열매는 엄청 달다. 그녀를 생각하면 답답했던 가슴도 뻥 뚫린다. 이제 목표는 그녀를 아래층이 아닌 옆

자리로 오게 만드는 것뿐. 생각만으로도 미소가 절로 지어진다.

도윤은 간단하게 세수를 하고 문을 열고 밖으로 나왔다. 도도타워를 바라보며 간단하게 스트레칭을 했다. 아침 햇살을 받는 도도타워의 유리들이 유난히도 반짝거린다. 가벼운 마음으로 계단을 내려가보니 1층 노다지의 문은 활짝 열려 있고, 안쪽의 주방에선 통통통, 경쾌한 도마 소리가 난다. 솔솔 풍겨 나오는 음식의 향이 침샘을 자극했다.

도윤은 주방으로 걸어가 음식 준비를 하고 있는 열매에게 대뜸 물었다.

"오늘 아침 메뉴는 뭡니까?"

"아, 깜짝이야. 뭐예요? 왔으면 기척이라도 하지."

"지금 하고 있잖아."

"그게 기척인가? 치, 오늘 아침은 우거지국이에요. 지금 드려요?"

그녀는 도윤의 대답을 기다리지도 않고 커다란 국통의 뚜껑을 열었다. 하얀 김이 모락모락 나면서 구수한 냄새가 훅 하고 코끝으로 밀려 들어왔다. 이곳에 들어오자마자 그의 침샘을 자극하던 냄새의 정체가 우거지국이었나 보다. 간단하고 소박한 한 상이 차려졌다. 아침에 먹기에 딱 좋은 메뉴들로 국과 반찬, 그리고 갓 무친 겉절이 김치가 입에 착착 붙었다.

"간 맞아요?"

"응. 맛있네. 그런데 언제까지 식당 일을 해야 하는 거야?"

도윤은 정말 궁금했는지 식사를 멈추고 열매의 대답을 기다렸다. 열매는 별일 아니라는 듯 가볍게 대꾸했다.

"노 사장님이 거의 다 나으셔서 조만간 그만둘 것 같아요."

"힘들지는 않고?"

"힘들지는 않지만 사실 회장 부인이 식당 일을 한다고 알려지면 당신에게 흠이 될까 봐 그게 제일 걱정이긴 해요."

열매는 도윤을 쳐다보며 조심스럽게 말했다. 며칠 전까지만 해도 그녀가 무엇을 하든 문제가 되지 않았지만, 이제는 도윤이 그녀 곁에 있다. 그녀의 작은 행동이 그에게 큰 누가 될 수도 있다는 걸 알기에 조심스러웠다.

"내 걱정은 말아. 열심히 일하는 게 부끄러운 건 아니니까."

윤은 불안해하는 열매를 다독거렸다. 김옥희가 알게 되면 비아냥거리긴 하겠지만, 그녀의 일이 부끄러운 건 아니다.

"당신이 괜찮다면 다행이고요. 반찬 좀 더 드릴까요?"

"응. 두부조림."

"안 그래도 당신 좋아하는 거라 많이 만들었어요. 많이 드세요."

열매는 도윤이 식사하는 걸 지켜보며 부족한 것이 없는지 계속 확인했다. 도그빌라 시절에도 식사 때마다 곁에서 챙겨주던 열매였다. 그때는 몰랐었다. 이런 사소한 것들이 행복이라는 걸. 열매가 떠난 후에야 하나씩 알게 되었다.

썰렁한 집은 싫다. 수다를 떠는 열매가 있어 살 수 있었고, 자신 옆에서 종종거리며 챙겨주는 그녀로 인해 외롭지 않았다. 시간이 지날수록 그녀가 자신에게 했던 행동 하나하나가 그리웠고 다시 느끼고 싶었다. 그녀를 곁에 두고 싶은 건 자신의 이기심일지 모르겠지만, 평범한 행복을 느끼고 싶은 이기심 정도는 가져도 되지 않을까.

"한 번만 더 말해줄래?"

"뭘요?"

"지금 당신이라고 했잖아. 회장님 소리보다 듣기 좋아서."

"말이 허, 헛 나온 거예요."

열매가 다급히 자리에서 일어나더니 주방으로 들어갔다. 도윤은 그런 그녀를 보며 미소를 지었다. 어제보다 오늘 조금 더 가까워진 기분이었다. 오늘은 그녀가 자신을 회장님이 아닌 당신이라고 부른 것에 만족하기로 했다. 밥맛이 더 좋다.

식사를 끝내고 옥탑방으로 올라갔다. 간단하게 샤워를 하고 슈트를 차려입었다. 금광빌딩을 나선 도윤의 발걸음이 가벼웠다. 항상 운전사가 운전하는 고급 세단을 타고 출근했지만, 금광빌딩에 거주하기 시작하면서는 걸어서 출근한다. 생산적인 일이 아닐 수 없다. 도윤이 도도타워 앞에 섰다. 다른 직원들 틈에서 같이 출근하니 에너지가 넘치는 것 같다.

"좋은 아침입니다, 회장님. 지금 출근하십니까?"

"네, 좋은 아침이군요. 김 실장님, 대중교통으로 출근하시는 겁니까?"

"회장님도 걸어 다니시는데, 자가용이 웬 말입니까? 저도 이제 지하철 이용합니다."

융통성 없기로 유명한 김일두 실장이지만, 이런 면은 마음에 들었다. 그는 회사를 위한 일이라면 물불을 가리지 않았다. 김상희 이사 측 사람들처럼 자신의 이익에 의해서만 움직이는 그런 인물은 아니다. 그래서 조부 도두놈이 김 실장의 딸 김민정과 사고를 쳤을 때, 도윤이 많이 안타까워하곤 했다.

"오랜만에 지하철을 이용하시니 어떠십니까?"

"막히지도 않고 좋더군요. 출근하는 젊은이들 틈에 껴 있으니 젊어진 거 같기도 하고요."

"김 실장님은 생각이 젊어서 좋습니다."

"제가 생긴 것도 동안이긴 합니다. 허허허. 민정이가 절 닮아 인물이 훤……."

김일두는 말을 하다 말고 말끝을 흐렸다. 도윤은 김일두의 어두워진 표정을 보며 조심히 말을 꺼냈다.

"실장님은 아직도 따님이 용서가 안 되십니까? 그분, 길 건너 금광빌딩에 거주하시는 건 아십니까?"

"압니다. 제 눈에 띄려고 지금도 밖에 나와 기웃거리고 있지 않습니까?"

그렇게 말하면서도 그는 뒤를 돌아보지 않았다. 도윤이 금광빌딩을 나섰을 때부터 민정은 도도타워를 흘끔거리며 노다지 출입문을 닦고 있었다. 출근하는 김일두를 보기 위해 매일 아침마다 노다지 가게 앞을 청소한다는 민정과 그런 그녀를 모른 척하는 김일두를 보며 도윤은 마음이 편하지 않았다. 이들 부녀 사이를 서먹하게 만든 원흉이 그의 조부이기 때문이다. 도윤은 어떻게든 그 둘을 화해시키고 싶다.

"벌써 5년 전 일이고, 끝난 일입니다. 용서해주시지요."

"……자식과의 인연이 쉬이 끊긴답니까. 조만간 회포를 풀어야지요."

민정을 생각하는 김 실장의 목소리에 떨림이 느껴졌다.

"저는 회장님이 사모님과 재결합하신 결정에 전적으로 찬성입니다. 김상희 측에서야 불만이겠지만 전 그들을 견제하는 차원에서라도 잘하신 결정이라 생각합니다. 더불어 회장님이 도보로 출근하시면서 시작된 베이비핑거의 변화도 마음에 들고요."

"어떻게 변했습니까?"

"요즘 회장님이 주차장에 내려가실 일이 없나 봅니다. 항상 주차 공간 부족이었던 도도타워 주자창이 텅 비었어요. 말 그대로 회장님 덕분에 베이비핑거의 출근 풍경이 달라졌지요."

"그렇습니까?"

"아마도 김상희 이사가 가장 죽을 맛일 겁니다. 운전사가 딸린 외제차를 고수하는 양반이라 눈치는 보이고, 골머리가 빠질 겁니다."

도윤은 김일두와 대화를 나누며 도도타워 안으로 들어섰다. 주차장에서 바로 회장실로 올라갔을 땐 보지 못했던 직원들의 출근 모습이 보인다. 생기 넘쳐 보이는 모습이 보기 좋았다. 요 몇 년 동안 느껴보지 못했던 기분이다. 그러나 하급 직원들과 달리 임원들의 표정은 가히 좋아 보이지 않았다. 김일두 말대로 도윤이 걸어서 출근을 하자 다들 눈치를 보고 있는 듯하다.

도윤은 지금의 행복을 깨고 싶은 마음이 없었다. 지금껏 살면서 한 번도 속 편히 살아본 적이 없다. 항상 가슴이 조이고 심장이 멈출 것 같은 스트레스를 안고 살았다. 이제는 보상을 받아도 되지 않을까.

도윤은 가벼운 발걸음으로 회장실로 향했다. 도윤을 보자 박 실장이 곤란한 표정으로 도윤을 맞이했다. 박 실장의 표정을 보니 회장실 안에 누가 있을지 보지 않아도 뻔했다. 회사에 출근한 지 채

5분도 안 되어 행복감이 박살 나는 소리가 들린다.

"회장님."

"됐습니다. 일 보십시오."

밝았던 도윤의 표정이 어둡게 변했다. 그가 육중한 회장실의 문을 열고 들어서자 앙칼진 목소리가 그를 맞이했다.

"도윤, 네가 나에게 이럴 순 없어. 어떻게 나를 두고 이열매와 다시 합칠 수 있어?"

밤새 얼마나 마셨는지 정희수에게서 술 냄새가 풍겨 나온다. 비틀거리며 도윤에게 다가오자 구역질이 난다.

"내가 내 와이프와 같이 사는 일을 정 실장님에게 허락이라도 맡아야 하나?"

"도윤!"

"모든 일엔 절차가 있는 법입니다. 저에게 보고할 일이 있다면 절차를 밟아서 오고, 사적인 일은 월권행위입니다. 주제넘게 제 사생활에 참견하지 마시죠."

"주제넘는다고? 네가 어떻게 그런 말을 할 수 있어?"

그녀는 거의 발악에 가깝게 히스테리를 부리고 있다. 처음부터 정희수가 그에게 자그마한 희망이라도 가지지 못하게 싹을 잘랐어야 했다. 자신이 원했던 건 아니지만 조부로 인해 맺어진 인연이라 칼같이 끊지 못했던 게 실수였다.

"실장이라는 중책을 맡은 사람이 아침부터 온몸에 술 냄새를 풍기며 출근한 것부터 정상이 아닙니다."

"윤아, 네가 나에게 이럴 수는 없어. 나에겐 너뿐이라고. 알잖아."

또 시작이다. 지긋지긋하게 반복되는 이 레퍼토리. 도윤은 오늘로서 이 인연을 끝내야겠다고 마음먹었다.

"우리 관계는, 한때 법적인 조카였고 지금은 엄연한 직장 상사로 아는데. 내 기억이 맞는다면 정희수 실장에게 책임질 일은 한 번도 한 적이 없는데."

정희수에게 존대를 쓴 것부터가 잘못이었다. 갑자기 변한 도윤의 말투에 정희수의 눈이 휘둥그레졌다. 경멸스럽게 바라보는 그의 눈빛에 정희수는 발악하듯 소리를 질렀다.

"너는 처음부터 조카도, 동생도 아니었어. 너는 내 전부였다고. 너를 만났던 열 살 때부터 나에겐 너뿐이었다고."

정희수는 도윤에게 매달려 소리치며 울기 시작했다.

"나에게 윤이 널 빼면 아무것도 없어. 너는 내 전부라고."

도윤이 반응이 없자 정희수는 원망이 서린 눈으로 애원을 하기 시작했다. 도윤은 김옥희 모녀가 도두농을 만나기 전 어떻게 살았는지 모른다. 그러나 알고 싶지도 않다.

"나와는 상관없지 않나? 정희수 실장."

생각하고 싶지도 않은 과거를 생각나게 만드는 여자라 더 싫다. 부모님이 비명횡사하고 행복과 거리가 멀어진 어린 시절이었다. 계속 바뀌는 새할머니 틈에서 도윤은 웃음이 없는 하루하루를 보냈다. 틈만 보이면 서로를 물어뜯는 사람들이 모인 곳. 그곳에서 행복이란 사치였으니까.

"난 널 사랑해."

사랑이라는 단어가 끔찍하게 들려온다. 아름다운 단어라도 누구의 입에서 나오느냐에 따라 느껴지는 감정은 다르다.

정희수와 이열매. 둘 다 어릴 적 만난 인연이다. 하지만 방식은 완전히 다르다. 정희수는 도윤을 소유하려 했지만, 열매는 그를 지켜보았다. 한 명은 자신이 행복해지기 위해 도윤을 옭아매려 했고, 다른 한 명은 도윤에게 웃음을 되찾아주려 노력했다.

"윤, 다시 생각해봐. 내가 잘할게. 열매보다 내가 낫잖아."

도윤은 자신을 붙잡고 있는 정희수를 똑바로 쳐다보며 말했다.

"내가 옛정을 생각해서 마지막으로 충고 하나 하지. 유능한 박사님을 한 분 소개해드릴 테니, 한번 상담 받아보는 건 어때. 정 실장이 나에게 집착하는 거, 그거 병이야."

그녀의 몸이 자신에게 닿아 있는 게 불쾌한지 그는 매몰차게 뿌리치며 옷을 털었다.

"도윤, 이제 나를 정신병자로 몰아? 내가 어딜 봐서 미친년처럼 보이는 거지?"

여전히 말귀를 못 알아듣는 그녀에게는 돌려 말할 필요도 없다.

"꺼져."

"뭐라고?"

두 번 말하고 싶지도 않은 듯 도윤은 뒤돌아 책상으로 갔다.

정희수는 믿기지 않는다는 듯 자신의 머리를 쥐어뜯었다. 그녀를 무시한 채 책상 의자에 앉아 서류를 집어 드는 도윤을 보며 그녀는 마지막 발악을 했다.

"도윤. 후회할 거야. 나를 무시한 거, 뼈저리게 후회하게 만들어 줄 거야. 내 앞에 무릎 꿇고 빌게 만들 거야."

그녀는 회장실의 문이 부서져라 열고는 씩씩거리며 나갔다. 그녀가 사라지자 도윤은 그제야 편하게 자리를 잡고 의자를 돌렸다.

가슴을 짓누르던 무거운 돌덩이를 제거한 듯 숨쉬기가 편하고 살 것 같다. 진작 이렇게 정희수를 쳐내야 했다. 그의 눈에 금광빌딩이 보인다.

출근한 지 20분도 되지 않았다. 하지만 벌써 도윤의 머릿속엔 금광빌딩에 돌아가고 싶다는 생각으로 가득하다. 창밖에 보이는 금광빌딩이야말로, 도윤에게 있어 마음의 평화를 줄 수 있는 유일한 휴식처였다.

8. 옥탑방 회장님

지지직, 신선한 고기가 잘 달구어진 불판에 올라가자 경쾌한 소리를 내기 시작했다. 얼굴이 발그레 상기된 열매가 집게와 가위로 잘 구워진 고기를 뒤집고 자르고 있다.

"열매야, 다 씻어 왔어."

"깨끗하게 씻었죠?"

"그럼, 한 잎 한 잎 정성 들여 씻었다. 이제 슬슬 먹어볼까?"

민정이 커다란 쟁반을 들고 옥상 입구에 모습을 드러냈다. 민정이 휴대용 가스레인지에 놓인 불판을 쳐다보며 침을 꿀꺽 삼킨다. 그녀는 쟁반을 평상에 올려놓으며 자리를 잡았다. 쟁반에는 상추, 깻잎, 청경채, 치커리 등 쌈채소들이 수북이 담겨져 있다. 열매는 그중 가장 잘 구워진 고기를 쌈에 넣고 쌈장과 고추를 얹어 도윤에게 내밀었다.

"아— 해봐요."

"아?"

도윤은 열매가 넣어주는 쌈을 얼떨결에 받아먹었다. 도그빌라 거실 평수만도 못한 옥상이지만 도윤에겐 이곳이 호사스러운 도그빌라보다 편했다. 열매가 만들어주는 소박한 밥상도 도윤에게는 그 어떤 산해진미보다 낫다.

"아— 행복해."

민정은 커다랗게 쌈을 싸서 입 안에 넣으며 행복한 표정을 지었다. 그러고는 우물거리면서 맥주와 소주병을 들었다.

"고기에는 소맥이지. 우리 이열매, 왕년의 솜씨 한번 발휘해보지? 맥주, 소주, 양주 다 있다."

"여기서는 자세가 잘 안 나올 것 같은데요."

말은 그렇게 하면서도 열매는 깍지를 끼고 스트레칭을 하며 몸을 풀고 있다. 도윤의 눈매가 사납게 꿈틀거렸지만 열매는 개의치 않고 맥주가 담긴 맥주잔에 소주잔을 풍덩 담갔다.

"이건 워밍업. 한잔들 하시지요."

열매는 기분이 한층 달아올라 잔을 흔들기 시작했다. 잔들이 줄을 서고, 거품이 일고, 공중에서 술이 날아다닌다.

"우리 열매 솜씨 죽지 않았네."

"부끄러워요, 민정 언니. 저도 예전 같지 않아요. 호호호호."

한 잔, 두 잔, 잔들이 돌면서 분위기는 화기애애했다.

"윤이 손자님은 지내기에 불편하지 않아?"

민정이 술잔을 들면서 물었다.

"편합니다."

"사실, 나도 그래. 도그빌라보다 여기가 사람 사는 곳 같아. 열매 곁에 있으면 즐거워. 윤이 손자님도 그걸 아니까 이리 온 거겠지만."

열매는 불판을 보며 고기를 굽고 있다. 얼굴에 미소가 끊이지 않는 열매를 보자 도윤의 입꼬리도 느슨히 풀어졌다.

"이렇게 오래오래 살고 싶지? 골치 아픈 사람들 보지 말고."

"그러면 더없이 좋겠지만 마음대로 되지는 않겠지요. 그리고 보고 싶어도 못 보는 사람들도 있습니다. 당장 김 실장님만 해도 육전님을 많이 보고 싶어 합니다."

도윤의 말에 민정의 표정이 어두워졌다. 민정은 한참 동안 잔을 만지작거리더니 원샷을 하고 도윤에게 내밀었다. 도윤이 말없이 잔을 받자 민정이 잔을 채웠다.

"먼저 다가가십시오."

"나도 아는데, 아빠 얼굴 보기가 미안해서. 그렇게 난리를 피우며 결혼했는데 잘 살지도 못하고, 아빠 얼굴에 먹칠이나 하고. 하지만 언젠가는 봐야지."

민정은 술잔을 비우며 중얼거렸다.

콩콩콩, 급한 발걸음 소리가 들린다. 도윤과 민정이 대화를 나누는 사이 열매가 아래층에 다녀왔나 보다. 그녀는 품에 시원한 술과 음료수들을 한아름 안고 와 평상에 내려놓았다. 그러더니 곧장 불판 위에 생고기를 얹는다. 열매는 열심히 고기를 구워 연신 도윤의 앞에 놓고 있다.

"이열매, 윤이 손자님만 입이야? 나도 입이야."

보다 못해 민정이 한마디 하자, 열매의 입이 삐죽 튀어나왔다.

"언니는 알아서 집어 드세요. 우리 회장님은 입이 짧아서 이렇게 하지 않으면 먹지를 않는다고요."

"치사하다, 치사해. 치사해서 내가 직접 먹는다."

"피, 그런 것 가지고 삐치긴. 여기 있어요. 드세요."

열매가 웃으며 발그레한 얼굴로 민정에게 쌈을 내밀었다. 민정은 열매가 싸주는 쌈을 받아먹으며 낄낄거렸다. 도윤이 잔을 입으로 가져가는 걸 보며 민정이 입을 열었다.

"윤이 손자님, 한 가지만 물어볼게. 우리 아빠도 이번 신상품 때 같이 작업했어?"

"아니요. 정희수 실장이 외부에서 작업한 걸로 압니다."

"역시 그럴 줄 알았어. 우리 아빠랑 작업한 것 같지 않았어."

"무슨 일 때문에 그러십니까?"

"아니야. 고기 맛있네. 열매야, 고기 더 굽자. 고기 다 떨어졌어."

그녀답지 않게 정색하고 당황하는 민정을 보며 도윤이 술잔을 내려놓았다. 민정이 열매를 끌고 고기 불판 쪽으로 가더니 둘이 쑥덕거리기 시작했다. 무언가 수상하다. 한참을 쑥덕거리던 열매가 고기 접시를 들고 도윤에게 다가왔다.

"어디 아파요? 안색이 안 좋아요."

열매는 고기를 집어 도윤의 입에 넣으며 그의 안색을 살폈다. 도윤은 열매가 내미는 고기를 연신 받아먹으며 생긋 웃음을 지었다.

"당신이 걱정해주니까 괜찮아. 육전님과는 무슨 얘기를 한 거지?"

"별거 아니에요. 확실해지면 당신에게 얘기할게요. 그보다 당신 식사 잘하고, 영양제도 빼먹지 말고. 일보다 몸 좀 챙겨요."

열매는 말을 급하게 돌렸다.

"당신이 챙겨주면 되잖아."

"뭐, 언제는 안 챙겨줬나?"

열매의 입이 뽀로통 나오더니 고기를 집어 도윤에게 내밀었다. 도윤은 자신 앞에 놓여 있는 줄지 않는 고기를 보며 살짝 인상을 찡그렸다.

"고기 말고 다른 걸 먹으면 안 될까?"

"뭐가 먹고 싶은데요?"

"열매가 먹고 싶어. 한 입에 넣고 꿀꺽."

"헉, 당신."

도윤의 말에 열매는 화들짝 놀라며 민정을 쳐다보았다. 민정은 전화 통화를 하고 있었다. 무슨 대화를 하는지 몰라도 적어도 그녀가 열매와 도윤을 신경 쓰고 있지 않다는 건 확실했다. 그녀는 안도의 한숨을 쉬었다. 놀리는 건지 진심인 건지, 도윤의 변하지 않은 표정에 열매의 얼굴만 화끈거렸다.

"당신 미쳤어요? 민정 언니도 있는데 들으면 뭐라고 생각하겠어요?"

"난 상관없는데?"

"당신은 상관없을지 몰라도 난 아니에요. 낯간지러운 소리를 들으니까 속이 메슥거리잖아요."

열매의 걱정과 무관하게 민정은 깔깔거리며 통화중이다.

"속이 안 좋은 건 나야. 당신이 잔뜩 먹여놓은 고기 때문에."

"당신 속 안 좋아요? 체한 거예요?"

"과식한 것 같아."

"정말요? 어떡해요. 잠깐만 날 따라와요."

도윤이 배를 문지르며 인상을 쓰자 열매는 사색이 되어 벌떡 일어나 도윤의 손을 잡고 아래층으로 끌고 내려갔다. 집 안으로 들어오자 소파에 도윤을 앉혔다. 그녀는 도윤의 손가락에 실을 묶고 바늘로 엄지손가락을 땄다.

"헉, 검은 피 봐. 당신은 내가 준다고 미련하게 다 받아먹어요?"

"계속 입에 넣어주길래."

"누가 미련곰탱이 아니랄까 봐."

툴툴거리던 열매는 냉장고에 가서 음료를 한 잔 따라와 도윤에게 내밀었다.

"매실액이에요. 마시면 소화에 도움이 될 거에요. 쭉 들이켜요."

"매실액이 아니라 열매가 먹고 싶은데."

"지금 농담이 나와요? 매실액이나 마셔요."

열매는 벌게진 얼굴로 도윤을 타박하며 매실액을 손에 쥐여주었다. 열매는 도윤이 다 마실 때까지 걱정스런 눈으로 바라보았다.

"밖에 나가서 걸을래요? 소화 안 될 때는 운동이 좋아요."

"걷는 거 말고 딴 게 하고 싶은데. 아까부터 맛보고 싶어서 죽는 줄 알았어."

도윤이 갑자기 열매의 입술을 덮쳤다. 갑작스런 도윤의 행동에 열매는 당황해서 꼼짝하지 못했다. 열매의 입술을 탐하던 도윤의 손이 어느새 슬며시 옷 속으로 들어왔다. 깜짝 놀란 열매는 도윤을 밀어냈다.

"저, 고기 굽느라 땀을 많이 흘려서 끈적거려요."

"괜찮아."

"내, 내가 괜찮지 않아요. 민정 언니도 언제 들어올지 모르는데……."

열매는 당황해서 말끝을 흐렸다. 순간 도윤의 휴대폰이 울렸다. 도윤은 주머니에 있던 휴대폰을 꺼내 문자를 확인하더니 회심의 미소를 지었다. 열매는 그의 표정이 수상해서 그의 휴대폰을 쳐다보았다.

[윤이 손자님, 난 헬스장 왕 코치가 놀자고 톡 와서 놀러간다. 이 몸은 연하 귀염둥이들과 동틀 때까지 놀 예정이니, 열매와 불타오르는 밤을 보내셔~ 파이팅~♥]

"……라고 육전님이 말씀하십니다. 부인, 그럼 먼저 씻을까요?"

도윤의 눈빛이 이글이글 불타오른다. 그 모습을 보자 열매도 온몸에 취기가 올라오기 시작했다. 몸속에서 마치 용암이라도 분출되는 듯이 뜨겁다.

그리고 몇 분 후, 열매는 자신의 욕실 웜화이트 조명이 에로틱한 컬러임을 깨달았다. 도윤이 들어간 욕실에 왜 졸래졸래 쫓아 들어갔는지 모르겠다. 자신의 집 욕실은 도그빌라와 달리 많이 좁다. 185센티미터의 도윤이 들어가자 꽉 찬 느낌이다.

"흠, 흠. 옥탑방에서 당신 옷 가지고 올게요."

좁은 욕실에서 도윤의 이글거리는 눈빛을 받자니 민망함이 밀려온다. 열매는 뒤돌아 나가려고 했으나 도윤의 긴 팔이 그녀의 허리를 잡아당겼다.

"어딜 도망가려고."

"오, 옷이 필요하잖아요."

"오늘 밤 과연 옷이 필요할까?"

그가 샤워기의 물을 틀자 시원한 물줄기가 그들에게 쏟아졌다.

"뭐예요. 퉷퉷."

"옷이 젖었으니 벗어야지. 안 그렇소, 부인?"

그는 열매의 바지를 확 잡아당겨 벗겼다. 헐렁한 고무줄 반바지는 힘없이 벗겨졌다. 바지가 벗겨지자 도윤은 열매를 샤워부스 벽으로 밀었다. 그녀가 벽에 몸을 기대자 그녀의 다리를 들어 자신의 허리에 감았다. 물에 젖은 얇은 실크 팬티가 그에 의해 힘없이 옆으로 밀리고, 그 안에 가려져 있던 여성 안으로 다짜고짜 커다란 남성이 밀고 들어왔다.

"아, 하앗!"

"널 보면 참을 수가 없어. 이열매."

그의 입술이 그녀의 입술에 겹쳐지고, 그의 가슴이 그녀의 가슴에 맞닿고, 도윤의 남성이 열매의 여성과 합쳐졌다. 남성이 여성을 거칠게 맛볼 때마다 차가운 타일 벽이 등에 쿵쿵 닿는다. 꽉 닫힌 욕실 안이 에로틱한 신음 소리로 채워졌다.

퍽, 퍽.

거센 소리와 함께 대리석 식탁에서 2라운드가 시작되었다.

"아앗."

열매가 대리석 식탁을 양손으로 짚고 몸을 숙이고 있다. 도윤의 손이 그녀의 풍만한 엉덩이를 쥐고 있다. 그의 남성은 그녀 안에 들어가 격렬하게 휘젓고 있다. 그의 거친 움직임에 열매의 가슴이 묵직한 대리석 식탁에 눌려 있다. 검붉게 부풀어 오른 남성이 그녀의 좁은 통로로 전진과 후퇴를 반복한다.

"허, 헉."

"후훗."

다리 하나는 공중에, 다른 하나는 까치발을 하며 서 있는 열매는 온몸이 부서질 것만 같았다.

"이 자세로 하면 깊게 들어가서 좋아."

그녀의 여성은 그를 아찔할 만큼 조여댄다.

"너, 너 때문에 내가 미치겠다. 휴우."

열매는 자궁까지 닿을 듯이 느껴지는 그의 남성에 찌릿한 통증을 느꼈다. 그는 잠시 숨을 고르더니 다시 격렬하게 움직인다.

"하아. 후."

도윤의 등 뒤로 땀이 흐르고, 여체는 그의 움직임으로 흔들린다. 이곳은 두 남녀의 거친 호흡만이 가득하다.

남성이 예민한 질 내벽을 훑고 있다. 부풀어 오른 남성이 그녀의 여성 안으로 깊게 꿰뚫고 들어올 때마다 그녀는 등이 젖혀진다. 흘러나오는 애액으로 인해 질척거리는 소리가 색정적으로 들린다. 그의 하체의 움직임이 점점 빨라지면서 그는 열매의 허리를 잡고 쳐올렸다. 발끝이 저릿하고, 쾌락에 의해 열매의 입에서는 야한 신음만 흘러나온다.

"하앗, 앗."

"으으."

열매가 온몸을 휘도는 전율에 정신을 못 차리는 동안 그도 절정에 다다랐는지 마지막 피스톤질로 그의 남성을 질 깊숙이 밀어 넣었다. 그러고는 뒤에서 열매를 힘껏 안으며 그녀의 안쪽 깊숙한 곳에 뜨거운 분신들을 뿌렸다.

"내가 이열매 때문에 이러다 큰일 나지 싶다."

"보, 보약 해줄게요."

"열심히 보약을 먹고 이 한 몸 불살라 덮치라?"

"그 말이 그렇게 들리나요? 헉."

그녀가 항의를 할 새도 없이 그가 열매를 돌려세우더니 키스를 하기 시작했다. 그의 혀가 열매의 혀를 사정없이 빨아들인다. 알코올의 영향인 걸까. 마비될 듯이 짜릿하다. 그의 혀가 그녀를 희롱한다. 두 사람의 입술은 떨어질 생각이 없어 보였다. 열매는 자신의 두 팔이 그의 목을 감싸 안는 것도 자각하지 못한 채 도윤과의 키스에 빠져들었다.

그리고, 3라운드 시작이다.

"이열매. 이열매."

그의 기분 좋은 중저음이 반복된다. 그 부드러움에 열매의 이성은 이미 완전히 정복당했다. 그는 식탁 의자에 앉아 열매를 그의 허벅지 위에 걸터앉혔다. 그의 단단한 허벅지 근육이 열매의 여린 맨살에 닿아 그대로 느껴졌다. 움직이려 할수록 그는 더욱 강한 힘으로 옭아맸다. 열매의 은밀한 속살에 뜨겁고 단단한 무언가가 침입해 들어오려 한다.

"아, 하……."

도윤은 열매의 탐스러운 가슴을 한 입 가득 먹고 있다. 먹었다는 표현이 정확할 정도로 빨고, 당기고, 물고, 정신이 하나도 없다.

"간지러워요. 그, 그만해요."

"간지러우면 안 되는데. 흥분해야지. 이왕 하는 거 확실하게 해야지. 내일 아침에 당신 보양식 만들 힘도 없게."

"그때는 그냥 당신이 피곤해 보여서……. 허억."

도윤의 혀가 그녀의 유두를 깨물면서 빨아당겼다

유두 끝에서 온몸으로 퍼지는 짜릿한 느낌에 온몸을 떨며 그를 안았다. 꿈틀거리는 그의 등 근육과 뜨거운 열기가 느껴진다. 엉덩이 아래에 깔려 있던 성난 남성이 꿈틀거리며 그녀의 여체 안으로 가차 없이 파고들었다. 좁고 뜨거운 그녀의 여체가 성난 남성을 사정없이 조이자 그가 인상을 찡그렸다.

"후, 하아아……. 죽을 거 같아."

나의 연인이 속삭인다. 하지만 나도 그런걸요. 당신이 들어올 때마다 데일 만큼 뜨거운 열기를 느낀답니다.

열매는 두 다리를 들어 그의 허리에 감았다. 그의 두 손이 그녀의 허리를 잡았다. 도윤의 움직임에 죄 없는 의자는 위태롭게 삐걱거리고 있다. 열매는 그에게 매달려 있다. 아래쪽은 그의 성난 남성이 느릿하고 천천히 밀고 들어오고 나가고를 반복하며 부드러운 움직임으로 열매의 애를 태웠다.

팔베개를 하고 누워 있는 열매가 졸기 시작한다. 두 눈을 껌벅거리는 모습마저 사랑스럽다. 열매를 바라보는 도윤은 아직도 아쉬운지 열매를 바라보는 시선이 음흉하다.

"나 옥탑방에서 여기로 내려오면 안 될까?"

"며칠 만에 벌써 내려올 생각을 하다니요. 어림도 없어요."

"내가 노력할게."

되지도 않는 귀염을 보이는 도윤에게 마음이 흔들렸다. 그녀는 새초롬한 표정을 지으며 도윤을 쳐다보았다.

"오, 오늘만 자고 가요."

"내일은?"

"그거야 내일 돼봐야 알죠."

"아, 더 노력해야 하는 건가? 이 정도로는 이열매를 만족시키지 못하니, 뭘 더 먹고 힘을 써야 하나?"

"놀리지 마요."

열매가 팩하고 돌아눕자 도윤이 그녀를 뒤에서 꼭 껴안았다.

"이열매. 당신이 좋아."

도윤의 갑작스런 고백에 열매의 눈이 커졌다.

"좋다."

도윤의 그 한마디에 열매는 마음이 흔들렸다. 그동안 얼마나 힘들었기에 그러나 싶어 한쪽으로는 마음이 짠하기도 했다. 그렇게 밤은 깊어갔다.

출근길, 윤의 발걸음이 가볍다. 밤새 열매와 함께 있었던 것도 있지만 근래엔 하루하루가 신선하고 행복했다. 물론 비서실의 박 실장의 얼굴을 보기 전까지는 그랬다.

안절부절못하고 왔다 갔다 하는 박 실장을 보자 도윤의 표정이 사늘히 식었다.

"무슨 일이 생긴 겁니까?"

"회장님, 오셨습니까."

"이번에는 또 어떤 사건이죠?"

도윤이 덤덤하게 물었다. 마치 커피 한잔 타달라는 듯 일상적인 어조로 묻는 도윤이 박 실장은 안쓰러웠다. 조부 도두농으로 인해 그는 겪지 않아도 될 일들을 많이 겪었다. 자신이 도윤의 곁에서 보고, 듣고, 겪지 않았다면 믿기 힘들 일들을. 박 실장은 그답지 않게 입술을 질근거리며 말문을 쉬이 열지 못했다.

"들어가서 말씀드리겠습니다."

"그러세요."

회장실로 따라 들어온 박 실장은 한숨을 길게 내쉬었다.

"괜찮습니다. 이제 말씀해보세요."

도윤은 의자에 앉으며 편한 표정을 지으려 애썼다. 그가 무슨 소리를 하든지 놀라지 않겠다고 다짐하지만 가슴이 답답해지는 건 어쩔 수가 없었다.

"회장님, 도두농 명예회장님이 한국에 오십니다. 지금쯤 비행기에서 내리셨을 겁니다."

"갑작스런 귀국이라, 이번에는 미국에서 성추행이라도 하셨답니까?"

조부가 갑작스레 한국에 온다는 말에 가슴이 뻐근해져 온다. 표정이 굳어가는 도윤을 보며 박 실장은 무거운 입을 떼었다.

"그게, 도두농 회장님의 아들이라고 주장하는 사람이 나타났다고 합니다. 새로 들어오는 소식은 법무팀에서 확인하는 대로 회장님께 보고하겠습니다."

"……누구인지 확인은 하셨습니까?"

"네. 회장님도 아시는 분입니다. 바로……."

박 실장의 입에서 익숙한 이름이 나오자, 입에서 실소가 흘러나왔다. 동시에 열매의 얼굴이 떠올랐다. 이번 일을 열매가 알게 되면 그녀가 또 떠나지 않을까 걱정이 되었다. 처음부터 그의 몫이 아니었던 행복일지도 모르지만 도윤은 놓치고 싶지 않다.

'열매야. 끊이지 않는 사건 사고들, 정말 싫다. 내가 어떻게 해야 할까?'

이제는 괜찮지가 않다. 모든 것을 놓고 싶을 정도로 지쳐간다. 도윤은 이를 악물고 일어나 창가로 걸어갔다. 유일한 안식처, 금광 빌딩이 보인다. 그의 새 둥지 옥탑방도 보인다. 모든 것을 버리고 저곳으로 가고 싶다.

인천공항 입국장 앞에 많은 취재진들이 모여 있다. 도두농이 미국에서 온다는 말에 그의 귀국 모습을 취재하려 모여든 것이다. 입국장 문이 열리자, 카메라 셔터 누르는 소리가 요란하게 들렸다. 여기저기 터지는 플래시 불빛 속에 그가 온전히 모습을 드러냈다.

"헐."

"헉."

도두농을 본 기자들의 첫마디는 '헐'과 '헉'이었다. 그들의 정확한 정보에 따르면 도두농은 모든 것을 자신의 손자에게 떠맡기고 미국으로 도망쳤었다. 도망쳐서 실컷 놀다 온 주제에 입국장에 들어오는 모습이 가관이다. 어디서 본 건 있었는지, 얼굴을 커다란 마스크로 가리고 휠체어를 타고 나타났다. 게다가 옆에는 링거까지 매달았다.

"콜록, 콜록. 다들 무슨 일로 나오셨나? 콜록, 콜록."

척 봐도 연기다. 나오지도 않는 기침을 억지로 연신 하더니 무릎에 덮여 있는 담요를 목까지 끌어 올렸다.

"나이가 드니 힘들구려. 사진 다 찍었으면 비켜주구려."

"저, 도두농 회장님. 이번에 아들이라고 주장하는 이가 나타났다는데 그 일로 돌아오신 겁니까?"

"성추행 사건은 어떻게 진행되고 있는 겁니까?"

"가물가물하구려. 콜록콜록."

너무도 뻔뻔한 도두농의 모습에 다들 할 말을 잃었다. 도두농은 기자들을 가르고 나와 대기하고 있던 앰뷸런스에 몸을 실었다. 도두농을 싣고 삐- 뽀- 소리를 내며 사라지는 앰뷸런스를 보는 기자들은 한결같이 어이없는 표정들이다.

앰뷸런스의 최종 목적지는 병원이 아니라 도도타워였다. 도도타워 지하 주차장에 멈춘 앰뷸런스에서 멀쩡하게 도두농이 걸어나왔다. 그는 말끔하게 차려입은 슈트를 탈탈 털고 여유롭게 도도타워 안으로 들어갔다.

"오랜만입니다. 도두농 명예회장님."

"윤아, 할애비다."

도두농이 두 팔을 벌려 도윤을 안으려 했지만 도윤은 자리에서 일어나지도 않았다.

"한국에 오셨으면 댁으로 가서서 부인과 회포를 푸셔야지, 도도타워에는 왜 오셨습니까?"

"박 실장이 네가 아직 퇴근 전이라기에. 윤아, 같이 집에 들어가자꾸나."

도두농은 어울리지도 않게 콧소리를 내며 도윤에게 얼굴을 들이밀었다. 도윤은 인상을 쓰며 퉁명스럽게 대답했다.

"어디로 가자는 말씀이시죠?"

"도그빌라든 어디든, 할아비 곁에 좀 있어다오."

"전처들 소굴인 도그빌라로 가시겠다? 친자 소송으로 잠시 성추행 사건은 잊으셨나 봅니다."

도두농은 애원하다시피 도윤에게 매달렸지만, 도윤은 냉정하기만 했다.

"윤아, 이 할아비가 늙어서 그런지 이제 송사는 지치는구나."

"그 송사들 대부분은 제가 해결한 걸로 기억합니다."

"내 편은 너뿐인걸. 이번에도 내 편이 되어줄 거지? 이번에는 나도 뭐가 뭔지 하나도 모르겠구나."

도윤은 자신의 팔에 매달리다시피 한 도두농을 보며 코웃음을 쳤다. 정희수나 조부나 자신을 보면 매달려 애원하는 게 일인가 보다. 결국 도윤은 자리에서 일어났고, 도두농도 따라서 구부렸던 몸을 폈다.

"그나저나 어쩝니까? 제가 이제는 도그빌라에 안 살아서요."

"이사했냐? 어디로?"

"금광빌딩."

"손주며느리랑 합친 거냐? 그건 축하할 일인데, 멀쩡한 집 놔두고 왜 금광빌딩에서 살지?"

도두농은 이해가 안 된다는 듯 눈만 깜박였다.

"그건 제 마음이고, 이번 친자 소송은 알아서 하십시오. 저는 신경 쓰고 싶지 않습니다."

도윤은 일어나 도두농을 지나치려 했지만, 도두농은 여전히 도윤을 잡고 있다. 도윤에게 질질 끌려가면서도 도두농은 도윤의 팔을 잡고 놓아주지 않았다.

"윤아, 난 정말 모르는 일이야. 언제 적 일인지도, 내 아들이라고 주장하는 놈의 어미가 누군지도 모른다고. 기억에 없어."

"여자가 한둘이 아니었으니 기억이 안 나시겠죠. 귀신사에서 벌어진 일이라고 하니 잘 기억해보십시오."

"귀신사라고? 거긴 네가 태어난 곳이 아니냐? 거기가 왜?"

도두농은 정말 모르겠다는 듯 도윤만 멀거니 바라보고 있다.

"저는 퇴근하겠으니 알아서 가세요."

"윤아, 같이 가자. 미연이도 예전 같지 않구나. 바가지가 심해서 피곤해."

"자업자득입니다."

도윤은 풀이 죽은 도두농을 보며 한숨을 쉬었다. 도두농의 반응을 보니 물러날 것 같지 않다. 정희수처럼 함부로 내칠 수 있는 사람도 아니라 도윤은 머리가 아팠다.

한편 금광빌딩에서는 뉴스에 나온 도두농의 입국 소식을 본 민정의 입꼬리가 올라가다 못해 실룩거리고 있다.

"아주 지랄 생쑈를 했네. 나갈 땐 팔팔하던 양반이 갑자기 다 죽어서 왔어."

"저런 모습으로 들어오리라곤……. 예상 밖이네요."

열매도 기가 막힌지 뉴스에서 눈을 떼지 못하고 있다.

"보는 내가 창피하다. 저 모습을 보니 배다른 형제 안 만든 거 하나 인정한다고 한 내 입을 꿰매고 싶다. 저런 인간을 칭찬한 내가 미친년이지."

"정말 어떻게 하면 저렇게 뻔뻔할 수가 있는 거죠?"

"평생 저러고 살았으니, 자기가 뭘 잘못했는지도 모르는 거지. 언젠가는 큰코다치지. 윤이 손자님은 오늘도 야근이겠네. 불쌍한 우리 손자님."

열매의 시선은 불이 환하게 켜져 있는 도도타워 10층을 향했다. 바로 앞에 집이 있는데도 오지 못하는 도윤이 안쓰러웠다.

"아아악, 또 나와 일전부터……. 젠장. 도둑놈, 내 앞에 나타나기만 해봐. 아주 가루로 만들어버리겠어."

민정이 이를 갈면서 들고 있던 쿠션에 주먹질을 하기 시작했다. 퍽퍽, 주먹질 소리와 함께 띵동, 인터폰 벨이 울렸다. 화면에 도윤의 얼굴이 보이자 열매는 벌떡 일어나 현관문을 열어주었다.

"당신 괜찮아요?"

열매는 문을 열자마자 도윤을 걱정하기 시작했다. 도윤은 열매를 보며 고개를 끄덕였다. 열매는 그제야 마음이 놓였다.

"들어와요. ……헉!"

열매의 입이 갑자기 크게 벌어지더니 허공에 삿대질을 하기 시작했다.

"윤이 손자님, 왔어? 오늘 뉴스 봤어? 헉, 뭐야!"

민정은 뉴스가 나오는 TV를 가리키며 현관으로 고개를 돌렸다. 걱정스런 마음에 인사를 건네려던 민정은 도윤의 뒤를 쫓아 들어오는 한 남자를 보았다. 민정의 눈이 살벌하게 빛나더니 벌떡 몸을 일으켰다.

"아니 이 영감탱이가 여기가 어디라고 들어와. 윤이 손자님은 저 망할 영감을 왜 데리고 온 거야?"

"데리고 온 게 아니라 쫓아온 겁니다."

도윤이 시큰둥하게 반응하는 사이, 도두농은 민정을 보고 화색이 돌았다.

"오, 우리 민정이 여기 있었나. 반가워, 민정아."

"헐, 우리 민정이 같은 소리 하고 있네. 마침 잘 만났다. 안 그래도 뉴스 보고 혈압이 올랐는데……."

"민정아."

민정은 들고 있던 쿠션과 함께 도두농에게 진격했다. 성큼성큼 큰 걸음으로 다가오는 민정을 보고 도두농은 자신을 환영하는 줄 알고 두 팔을 벌렸다. 민정을 안으려는 도두농을 향해 민정이 팔을 크게 휘둘렀다. 휘잉- 하는 바람 소리와 함께 쿠션이 도두농의 얼굴을 후려쳤다. 퍽!

"아이쿠! 윤아, 손주며느님, 나 죽는다! 죽어."

열매가 놀라 삿대질을 하는 동안, 민정은 시원하게 도두농을 가격했다. 열매는 민정의 사나운 표정을 보며 도두농은 민정에게 맡기는 게 낫겠다고 생각했다.

"내가 그 휠체어 다시 사용하게 만들어줄게. 일회용이면 아깝잖아!"

열매의 판단은 정확했다. 거실에 민정의 목소리가 쩌렁쩌렁하게 울리고, 그 뒤에 도두농의 죽을 듯한 비명 소리가 이어진다.

"이번 일은 민정이 당신하고는 상관없잖아."

"없긴. 아까 뉴스에 당신 입국 영상과 함께 일전부터 육전까지 프로필 또 읊었다고. 사고 좀 그만 쳐라, 이 망할 영감탱아!"

"아아악, 악! 살려줘."

민정의 팔이 공중에서 큰 원을 그었다. 민정의 손에 들린 쿠션에서 또 한 번의 시원한 바람 소리가 났다. 휘이잉, 그 소리의 끝은 퍽! 과 함께 으악! 하는 도두농의 비명 소리였다. 도두농의 비명에

도 도윤과 열매는 쳐다보지도 않았다. 열매는 도윤의 손을 잡고 걱정스런 표정을 지었다.

"조부님 일로 당신이 힘들어지는 건 아니겠죠?"

"친자 소송은 집안일이니 회사까지 영향이 가지는 않을 거야. 근데 그게 문제가 아니라……."

"왜요? 또 다른 일이 생긴 거예요?"

도윤이 말끝을 흐리자 열매는 가슴이 철렁했다.

"친자라고 주장하는 사람이 우리가 아는 사람이야."

"우리가 안다고요? 누군데요?"

도윤은 민정에게 얻어맞고 있는 도두농을 힐끔 쳐다보더니 조용한 목소리로 말했다.

"유석원."

"네? 유 소장님이 할아버님 아들이라고요?"

열매의 목소리가 자신도 모르게 커졌다. 그 말에 쿠션을 휘두르던 민정의 팔이 공중에서 멈췄다.

"뭐, 도둑놈 아들이 유 소장이라고?"

"나 빼고 다 아는 분위기인데. 유 소장이 누군가?"

도두농이 민정이 내리치던 쿠션을 막느라 들어 올렸던 양팔을 그대로 머리에 댄 채로 호기심 가득한 얼굴로 물었다. 그러자 민정의 구타가 다시 시작되었다.

"이 망할 영감탱이야. 가만있어."

"내 일인데 왜 나만 몰라?"

"더 맞아야 조용할래?"

민정은 구타를 멈추고 그들에게 다가갔다.

"그럼 유 소장이 금광빌딩에 들어온 거, 아니, 그 전에 도도타워 건설할 때부터 계획된 접근이었던 거야?"

"언니, 설마요. 우리랑 같이 운동하면서 봐왔지만, 유 소장님 그런 사람 아니잖아요."

"그러니까. 우리가 유 소장을 알고 지낸 시간이 얼마인데…….. 열 길 물속은 알아도 한 길 사람 속은 모른다더니. 헐, 완전 멘붕이야."

열매와 민정은 이해가 안 된다는 표정으로 도윤을 멍하게 쳐다보았다.

"저, 저기, 여러분? 유 소장이 누구냐니까?"

도두농이 대화에 끼려다가 민정과 열매의 날 선 눈총만 받았다. 도두농은 고개를 푹 떨구고는 소파에 힘없이 쪼그리고 앉았다.

"앗, 피다. 우리 민정이 너무해."

도두농이 투덜대며 테이블에 놓인 티슈를 뽑아 콧구멍을 막았다. 그 모습에 민정의 표정이 구겨졌다. 더 못 때린 것이 아쉬운 듯 쿠션을 꽉 쥐어 잡자 도두농이 화들짝 놀랐다.

"친자 소송 준비를 하는 와중에 김옥희와 손잡은 것도 불길해."

"네? 사전님은 기회가 날 때마다 베이비핑거를 손에 넣으려고 안달이었잖아요. 이번 기회에 베이비핑거를 아주 자기 걸로 만들려고 음모를 짠 건가요?"

"아직 확실한 건 없어."

도윤은 아직 확실한 게 아니라며 그녀들을 안심시키려 했지만 그의 표정에는 이 상황에 대한 심각함이 그대로 드러났다.

"역시 이놈의 영감탱이가 문제였어. 여자 사고 치는 것도 모자라 이제는 배다른 씨를 만들어서 문제를 만들었어? 에이.”

열매도 사납게 도두농을 노려보았다. 민정에 이어 열매까지 노려보자 도두농은 움찔하면서 재빠르게 다른 쿠션을 들어 얼굴을 막았다.

“대책은 있는 거예요?”

“적어도 저쪽은 몇 년 전부터 차근히 준비한 칼날을 뺐을 테니 조용히 넘어갈 수는 없겠지. 우리도 그에 맞는 대책을 세워야지. 최악의 수까지 생각하고 있으니 걱정 마.”

도윤은 열매를 안심시키려는 듯 애써 미소를 지어 보였다.

보름달이 떠 있다. 밤하늘을 제대로 본 게 언제였는지 기억도 나지 않는다. 도윤은 평상에 누워 저녁 하늘을 바라보았다. 하나, 둘, 셋. 간간히 보이는 별을 세어보는 것도 나쁘지 않다.

“잠이 안 와요?”

도윤이 누워 있는 평상으로 열매가 다가왔다. 누워 있는 도윤에게 몸을 숙여 방긋 웃었다.

“그러는 당신은?”

“잠이 안 와서요. 한잔하려고 올라왔는데 같이 마실래요?”

열매가 도윤의 얼굴 위로 맥주 캔을 흔들었다.

“참 말 안 들어요. 금주는 언제 하려는지…….”

“당신 안 보는 2년 동안은 술 마실 일이 없었거든요. 당신을 다시 만나니 계속 술이 당기네요. 뭐, 당신도 마찬가지일 것 같지만. 한잔해요. 냉장고에서 꺼내 와서 대따 시원하거든요.”

탁, 치이익, 경쾌한 캔 뚜껑 따는 소리가 들린다. 열매는 거품이 올라오는 맥주를 한 모금 마시더니 시원한 표정을 짓는다. 그러더니 나머지 한 개를 더 따 양손에 나눠 들고는 도윤의 얼굴 앞에서 흔든다. 맥주 한 모금에 행복해하는 열매를 보니 도윤의 입꼬리가 저절로 올라갔다. 열매는 그가 걱정돼서 올라온 거였다.

도윤은 자신을 쳐다보는 열매를 끌어당겼다. 열매는 무방비로 있다가 도윤의 몸 위로 기우뚱하고 넘어졌다.

"앗, 피 같은 술."

열매는 맥주가 쏟아지지 않게 하기 위해 양손을 옆으로 벌려서 캔을 수직으로 세웠다. 맥주는 사수했지만 도윤의 몸에 포개져 야릇한 포즈가 만들어졌다.

"지금 뭐 하는 거예요?"

"하늘 보자고. 달도 보고, 구름도 보고, 별도 보고."

"여기서 하늘을 보면서 별을 따자는 건, 훤히 다 보여서 그닥……."

늘어지는 말끝과 함께 열매의 눈매도 같이 가늘어지고 있다. 열매가 그의 의도를 오해하자 도윤은 헛웃음이 살짝 나왔다.

"헛. 나는 순수하게 하늘을 보자는 거였는데, 우리 부인은 항상 다른 쪽을 생각하네. 난감해. 뭐, 부인이 원한다면 이 평상에서 이 한 몸 불사를 수도 있고. 말씀만 하시죠."

그제야 도윤의 의도를 알아챈 열매의 얼굴에 자그마한 경련이 일었다. 쪽팔린다, 쪽팔려. 자신이 그쪽으로만 생각하는 여자로 찍힌 것 같아 열매는 빨리 그 자리를 뜨고 싶었다.

"몰라요. 맥주 안 마시려면 혼자라도 마실래요."

열매는 뽀로통 입을 내밀며 몸을 일으키려고 하자 도윤이 힘주어 그녀를 안았다.

"조금만 더 이렇게 있자."

열매는 도윤의 가슴에 얼굴을 묻었다. 쿵쿵쿵. 그의 심장 소리가 들린다. 도윤의 심장이 자신에게 뭐라고 말하는지 들어보려는 듯 그녀는 눈을 감고 가만히 귀를 기울였다. 그때 갑자기 조용한 옥상에 드르렁, 크릉, 커어엉, 푸우우우우- 하는 요상한 잡음이 들려온다. 열매는 인상을 쓰면서 소리가 들려오는 곳을 향해 고개를 돌렸다. 그 소음의 근원지는 옥탑방 안이었다. 그제야 열매는 도윤이 평상에 누워 있는 이유를 알았다.

"할아버님이 코를 골아서 못 자는 거죠? 할아버님은 대궐 같은 집 놔두고 왜 여기 와 있대요? 당신과 같이 있고 싶어서 여기 있는 건 아닐 테고."

망할 영감이 조용히 잠을 자도 모자를 판에 천둥 소리를 내며 자고 있다.

"집에 가봤자 좋은 소리는 못 들을 테지. 서미연이 노인네의 혈육이 나타났다는 말에 가만있지 않을 테니."

"할아버님의 여자 관계야 익히 알 텐데. 자식 하나 나타난 게 큰 문제가 될까요?"

열매는 도두농이 그간 일으킨 문제들이 생각나자 인상을 찡그렸다.

"돈이 얽혔으니까. 그나마 다른 여자들은 다들 재산을 단단히 챙겼고 서미연도 그럴 생각이었겠지. 친자가 나타났다는 건 자신이 앞으로 챙길 재산을 나눠줘야 한다는 건데, 그 전에 재산을 얻어내려고 노인네를 닦달할 거야. 노인네도 아는 거지. 이대로 집에 들어가면 서미연의 등쌀에 자신의 명줄이 짧아질 거라는 걸."

"그렇군요. 그것까지는 생각하지 못했네요."

덤덤하게 설명하는 도윤의 말이 왜 이렇게 슬프게 들리는지 모르겠다.

"할아버님 소송으로 당신 일이 많아지겠죠?"

"변호사들이 알아서 진행하는 일이라 크게 할 일은 없어. 다만 회사 이미지 실추가 문제지. 항상 그래왔듯이 나는 내 자리 잘 지키며 열심히 일할 수밖에. 직원들이 동요되면 안 되니까."

"그렇군요."

열매는 도윤이 안쓰러웠다. 안 그래도 일중독자인 도윤이다. 소송과 관련해서는 일이 없다 해도, 실추한 회사의 이미지를 되돌리려면 또 다른 방면으로 얼마나 더 일을 해야 한다는 건지.

"당신 자야 하지 않아요? 내일 일하려면."

"잠은 아무 때나 자도 되고."

그 말에 열매는 눈을 반짝였다. 이 기회에 도윤에게 궁금했던 걸 해소하기로 했다.

"저 한 가지 궁금한 게 있는데. 나랑 왜 결혼한 거예요?"

"결혼은 당신이 하자고 했잖아."

"그런 거 말고요. 처음에는 할아버지 성추행을 무마하려고 결혼한 게 아닌가 생각했었는데, 지금 생각해보면 성추행 정도는 당신이 해결할 수 있지 않았나 싶어서요."

그녀의 말에 그는 그저 빙긋 웃을 뿐이었다.

"결혼 생활 내내 저에게 관심도 없다가 왜 갑자기 이러는지도 궁금해요. 살 빼니까 예뻐져서 그런 건지."

이번에는 아무리 그가 섹시하게 유혹한다고 해도 다 뿌리치고 대답을 꼭 들을 것이다.

"예쁜 여자들은 많아. 하지만……."

도윤은 나직이 한숨을 쉬더니 그녀를 뚫어지게 쳐다본다. 답답함에 열매는 그에게 대답을 재촉했다.

"하지만 뭐요? 왜 말을 하다 말아요. 답답하게."

눈을 동그랗게 뜨고 대답을 종용하는 열매를 보며 도윤은 그녀에게 어떻게 설명해야 할지 막막했다.

"그냥 좋아."

도윤은 사랑받고 자란 열매가, 사랑할 줄 아는 열매가 좋았다. 그리고 무엇보다 열매가 오랜 시간 자신을 향해 품어오고 증명해온 열매만의 사랑 방식에 중독되어버렸다.

"이런 감정이 처음이라 표현하는 방법도, 다가서는 방법도 서툴러. 그게 당신을 서운하게 했다는 것도 알아. 당신이 날 떠났을 때, 날 행복하게 해준다던 당신마저 날 버린 것 같아 화가 났었지. 하지만 그뿐이야. 당신을 다시 만나니 좋더라고. 박 실장에게 물어보니……."

"박 실장님이 뭐라 했는데요?"

뜸을 들이며 말꼬리를 잘라먹는 그가 답답해서 열매는 재차 물었다.

"나에게도 사랑이 온 것 같다던데, 박 실장이."

열매는 뜬금없는 도윤의 고백에 정신이 멍해졌다. 요즘 그가 자주 로맨틱해져서 적응이 되지 않는다. 눈이 동그래지고 얼굴이 빨개진다.

"사랑한다. 이열매. 당신과 평생 같이 살고 싶다."

열매는 시선을 어디다 두어야 할지 알 수 없었다. 도윤이 그녀를 뚫어지게 쳐다보자 숨이 가빠진다. 그녀는 허둥지둥 딴짓을 했다. 드르렁, 드르렁, 끊이지 않고 소음이 들려오는 옥탑방만 엄하게 노려보았다.

"저, 저 콧구멍을 틀어막든가, 서미연에게 꼰질러 데리고 가라고 하든가, 그것도 안 되면 도퇴클럽 회원들에게 제물로 바치고 말거야."

갑자기 도두농이 더 미워졌다. 도윤이 편히 쉬어야 할 라텍스 침대에서 가해자인 도두농이 코까지 골며 자고 있다. 우리 도윤은 그 침대마저도 빼앗겨 딱딱한 평상에 누워 있다. 우리 불쌍한 신랑.

도윤은 옥탑방을 쳐다보며 투덜거리는 열매를 보며 씨익 웃었다. 태어나서 난생처음으로 여자에게 사랑 고백을 했다. 그런데 돌아오는 말은 전혀 로맨틱한 대사가 아니었다.

"이열매, 내가 당신을 사랑해. 열매야, 부인, 사랑해."

도윤은 열매를 놀리듯 계속 사랑 고백을 했다. 한 번이 힘들지, 한 번 고백하고 나니 그 다음부터는 쉬웠다. 도윤의 고백에 열매의 얼굴은 더 이상 빨개질 수 없을 만큼 붉어졌다. 맥주를 들고 있는 손조차 어떻게 할지 몰라 어정쩡했다. 그 모습에 도윤이 그녀의 손에 있는 맥주 하나를 뺏어 들었다. 손 하나가 자유로워진 열매는 몸을 일으켰다. 도윤도 따라 몸을 일으키더니 맥주를 벌컥벌컥 마시기 시작했다.

"급하게 마시지 마요."

"우리 부인이 하늘도 보고, 별도 따게 하려면 장애물을 다 없애야지."

순식간에 다 마셨는지 도윤의 손에서 알루미늄 캔이 사정없이 구겨졌다. 도윤은 그녀가 쥐고 있는 나머지 맥주 캔에 손을 뻗었다. 열매는 그가 자기 캔마저 빼앗으려 하자 다급히 외쳤다.

"잠깐만요. 이건 내 꺼……."

도윤의 이글거리는 눈빛을 보자 열매는 슬그머니 손에 들고 있던 맥주를 도윤에게 넘겼다. 도윤은 가벼운 미소를 띠고 맥주를 벌컥벌컥 마셨다. 그의 목울대로 꿀꺽꿀꺽 넘어가는 소리를 들으니 저절로 입맛이 다셔졌다. 섹시한 목선이다. 그의 쭉 뻗은 목선을 쳐다보니 그대로 하늘까지 시선에 들어왔다. 오늘따라 유난히 별이 반짝반짝 빛난다. 이거야말로 하늘도 보고, 별도 따고, 일석이조구나. 열매가 하늘의 별을 감상하는 사이, 도윤이 맥주를 원샷하고 캔을 찌그려 평상에 내려놓았다.

"고백에 대한 당신의 대답을 들으려면 추가 봉사가 필요하겠지, 밤새."

도윤의 나지막한 목소리가 귓가에 흘러 들어오더니 그의 입술이 열매의 입술에 닿았다. 알싸한 알코올 향이 훅 하고 밀려온다.

"우리 달달한 열매, 맛보고 싶어서 죽는 줄 알았네."

도윤이 예고한 대로, 그는 열매를 맛보고 있다. 그의 혀가 열매의 입술 사이를 가르고 들어와 입 안의 모든 것들을 맛보고 빨아당기고 있다. 맥주의 시원함이 고스란히 혀끝으로 전해진다. 그가 혀끝으로 톡톡 입천장을 건드리고 간질인다.

도시의 밤은 환하다. 가로등 불빛, 아직 소등되지 않은 수많은 건물들과 빨간 십자가들. 매일 보던 익숙한 야경이 로맨틱하다. 누가 볼지도 모르는 확 트인 공간에서의 키스는 숨 막히도록 짜릿했다. 간간히 들려오는 코고는 소리만 없으면 퍼펙트하겠지만, 지금은 이걸로도 만족한다.

"아래층으로 내려갈까?"

열매는 세차게 고개를 끄덕였다. 그는 그녀의 격한 반응에 씨익 웃더니 열매를 번쩍 안아 성큼성큼 아래층으로 내려갔다. 열매는 생각했다. 오늘 밤도 길고 길 거라는 것을.

열매의 두 손이 도윤의 목을 꼭 감싸 안았다. 그리고 그의 귀에 대고 속삭였다.

"나도 당신을 사랑해요. 오래전부터 사랑했어요."

그가 웃는다.

9. Checkmate!

　도두농의 성추행 집단 소송과 함께 친자 소송까지 진행되면서 언론은 베이비핑거의 행보에 예의 주시하게 되었다. 하루가 멀다 하고 쏟아져 나오는 추측성 기사들과 거기에 동조하는 반응으로 베이비핑거는 창립 이후 가장 큰 위기를 맞이하게 되었다.

　신규 대리점 계약이 줄줄이 취소되었고, 가장 큰 사활을 걸었던 SJ백화점 신규 입점이 무기한 연기되었다. 도윤은 실추된 기업의 이미지를 회복하고자 여러 행사를 기획했다. 도도타워 로비에서 베이비핑거의 전 제품을 할인 판매하고 크게 경품 행사도 했다. 가을 신규 상품 패션쇼에 설 어린이 모델을 공개 모집하기로 결정하고 대규모 홍보를 시작했다. 어린이 모델로 선발된 아이들에게는 상금까지 크게 걸었다.

　유아 모델 콘테스트에 걸맞지 않게 큰 상금이 걸리자 베이비핑거 홈페이지에 신청이 줄을 이었다.

도도타워 문화센터에서는 도두농의 소송 이후, 줄줄이 수강 신청을 취소하고 환불하는 사태가 벌어져, 도윤은 문화센터 강좌를 듣는 수강생들을 위한 경품을 따로 내걸었다. 임산부 요가, 음악 태교, 자연분만 출산 가이드 등의 수업을 듣는 예비 부모들이 추첨을 해서 당첨되면 출산 용품 전체를 지원하기로 했다. 커다랗게 광고 포스터가 붙자 수강 신청을 취소하고 환불하는 사태가 진정되었다.

그렇게 도윤의 대처로 급한 발등의 불은 껐지만, 그 불의 원인은 그대로이기에 언제 다시 점화될지 모르는 불안감이 계속되었다.

"김옥희 측 움직임은 어떻습니까?"

"아직은 잠잠합니다. 조용한 것이 이상할 정도로요."

"분명 무언가 있을 겁니다. 일단, 박 실장님은 올해 계약이 만료되는 강남과 청담 대리점주님 의중을 떠보세요. 이번 재계약이 중요합니다."

"김옥희 최측근이라 저 또한 관심을 갖고 있었습니다."

도윤의 표정은 어둡다. 항상 오너가 되고 싶어 했던 김옥희가 도두농의 친자일지도 모르는 유석원과 손을 잡은 것도 이상하다. 또한 친자 소송을 해놓고 그 모습을 드러내지 않는 유석원도 수상하다. 아무리 도윤이 이열매 앞에 맴돌지 말라고 경고를 했다고 하지만 모습을 드러내지 않는 그 속내가 궁금하다. 도두농의 재산을 원한 거였다면 지금이 아니라 그 전에 소송을 했어야 했다. 지금처럼 도두농이 여기저기 재산을 날려 탕진하기 전에 선수를 쳤어야 했다.

지잉, 지잉, 지잉. 도윤의 휴대폰에 문자 메시지가 연이어 오고 있다.

"회장님, 문자가 계속 오고 있는데 확인 안 하셔도 됩니까?"

박 실장의 말에 도윤은 문자를 확인했다.

[윤아, 언제 퇴근할 거냐? 손주며느님은 저기압이고, 민정이는 무서워서 밥 달라는 소리를 못하겠다. 배고파~ㅠㅠ 할애비가♥]

[중화요리 시켰는데 혼자 먹으려니 청승맞다. 잠깐 내려오렴. 점심 전이면 같이 먹자. 할애비가♥]

[윤아, 답장~ 플리즈~! 할애비가♥]

도윤은 자리에서 일어나 창가로 걸어갔다. 창밖으로 금광빌딩과 함께 조부 도두농이 보인다. 그는 금광빌딩 옥상 평상에 앉아 무언가를 먹고 있다. 배달시켰다는 중화요리인가 보다.

"명예회장님이 금광빌딩으로 가신 겁니까? 어제 서미연 사모님이 도두농 명예회장님의 행방을 묻는 전화를 해서 당황했었는데. 지, 지금 저기서 뭐 하시는 겁니까?"

도윤이 움직임 없이 창밖을 보자 박 실장이 다가왔다. 그는 도윤의 시선을 좇아 금광빌딩에 있는 도두농을 발견했다. 박 실장은 믿기지 않는다는 듯 눈까지 비비며 창밖을 보았다. 아무리 봐도 도두농이다.

"도도타워에서 훤히 보이는 저곳에 앉아서 뭐 하시는 겁니까?"

"음식을 드시고 계시지 않습니까?"

"아니, 손자인 회장님이 본인의 사고 수습으로 밤낮없이 뛰고 있는데, 저리 편하게 계실 수 있단 말입니까?"

박 실장답지 않게 목소리 톤이 높아졌다. 도윤의 입꼬리가 피식 올라갔다.

"언제는 편히 안 계셨답니까? 그나마 제가 감시할 수 있는 곳에 있어서 다행입니다. 적어도 추가 사고를 치지는 못할 테니까."

"회장님은 식사도 못하고 계시는데 밥이 넘어간답니까?"

쉴 없이 열심히 무언가를 먹고 있는 도두농을 보며 박 실장의 인상이 사정없이 구겨졌다.

"지금 상황에서 제일 속 편한 건 할아버님뿐이긴 합니다. 가끔은 조부님의 뻔뻔한 성격이 부럽기도 합니다."

도윤은 길게 한숨을 쉬면서 의자에 앉았다. 머리가 지끈거리며 아파온다.

한편 노다지에서는 민정과 열매가 테이블을 사이에 두고 머리를 맞대고 있다.

"등잔 밑이 어두울 거야."

"과연 먹힐까요?"

열매는 민정에게 얼마 전 연기된 품평회장에서의 김옥희와 정희수의 이상한 행동에 대해서 듣게 되었다. 디자인에 문외한인 열매도 무언가 수상했다. 그녀들은 확실한 물증이 나오기 전에 도윤에게 말하는 건 아니라고 판단, 증거를 찾기로 했다.

"문제는 어떻게 디자인 실장실에 들어가냐는 건데. 들어간다고 그곳에 증거들이 있을 거란 보장도 없고."

"내가 싸정이를 잘 아는데, 걔가 무지 단순해. 그동안 딱히 변했을 리도 없으니 그 버릇도 분명 그대로일 거야. 모든 증거는 실장실에 있을 거야."

"저녁보다는 낮에 증거물이 많긴 할 텐데. 보는 눈도 있고, 무엇보다 정희수에게 걸리면 미쳐 날뛸걸요. SJ호텔 일로 앙금이 남아 있을 테니."

열매는 싸정을 생각하니 골치가 지끈거렸다. SJ호텔에 도윤과 갔을 때 싸정을 놀렸던 사건도 있고, 여러모로 마주치면 곱게 지나가지는 않을 거란 건 불 보듯 뻔하다.

"힘은 제가 더 세니 싸정이 난리를 쳐도 상관이 없긴 한데……."

열매는 말끝을 흐리며 한숨을 쉬었다. 아무리 생각해도 무모한 시도라는 생각이 든다.

"네 말대로 걸리면 이도 저도 아닌 게 되긴 하지."

민정의 한쪽 눈이 실룩거린다. 민정은 테이블을 손가락으로 두드리며 생각에 잠겨 있다. 그러다 볼펜을 들고 무언가를 그리기 시작했다.

"관건은 CCTV인데……. 예전 사옥이라면 내가 대충 위치들을 아는데 새로 바뀐 도도타워는 도통 알 수가 없어서."

민정은 커다란 종이에 그림을 그리고, 열매는 심각한 표정으로 생각에 잠겨 있다.

"도도타워 보안과장이 누구죠? 슬쩍 물어보면 알려주지 않을까요?"

"내가 누군지 알긴 아는데, 나랑은 좀 껄끄러워."

민정은 인상이 심하게 구겨졌다. 생각하기도 싫은 사람을 생각하는 게 분명했다.

"보안과장이 사약이 남동생이야. 도둑놈이 나랑 결혼하면서 약혼을 깼기 때문에 사약과 관계가 참 그렇다."

"아, 사약이라면 껄끄럽겠네요."

열매의 표정도 민정을 쫓아 심각하게 구겨졌다. 게다가 사약이라면 사전 김옥희의 수족이나 다름이 없다. 그들은 결국 보안이라는 커다란 난관에 봉착했다.

"우리 회장님에게 물어보면 좀 그렇죠?"

"윤이 손자님은 우리가 나선다고 하면 결사반대할걸. 항상 치밀한 계획을 세우며 움직이는 윤이 손자님인데, 우리 일하는 스타일이 마음에 들겠어? 얼마 전 시위대 사건이 가장 컸지. 게다가 이열매는 아직까지 인터넷 실검이 오르락내리락하잖아."

"그 얘긴 꺼내지도 마세요. 가장 기분 나쁜 게 뭔지 알아요? 도둑놈 성추행, 친자 소송도 못 드는 실검을 왜 내가 들어가냐는 거죠."

"다이어트 성공 신화에 죽이게 잘생긴 남편을 둔 재벌 사모님이 좋지, 다 늙어 빠진 영감탱이 스캔들이 더 좋겠어? 나라도 전자에 클릭해."

민정이 열매를 쳐다보며 포기하라는 표정을 지었다. 열매는 인터넷 생각을 하니 머리가 아파왔다. 그때 그들 뒤로 음흉한 영감의 목소리가 들려왔다.

"탕수육 남았는데 먹으련?"

"앗, 깜짝이야! 뭐야, 이 영감탱이는 여기 어떻게 들어온 거야?"

"여기 아무나 들어올 수 있는 식당 아니었어?"

도두농이 노다지를 쭉 훑어보면서 씨익 웃었다. 그는 그녀들 앞으로 탕수육이 담긴 접시를 내밀었다. 하지만 그녀들이 받을 생각을 하지 않고 오히려 사납게 노려보자 이내 불쌍한 표정으로 고개를 떨구며 테이블에 접시를 내려놓았다. 그런 그의 눈에 민정이 그린 그림이 들어왔다.

"혹시 이거 도도타워?"

"뭘 봐요."

도두농이 그림을 가리키자 열매가 급하게 그림을 가렸다. 도두농은 고개를 갸웃거리며 열매를 쳐다보았다.

"도도타워 내부를 그린 거 같은데 뭐 하려고?"

"도둑놈 씨는 빠지셔. 자, 잠깐만."

도두농을 살벌하게 노려보던 민정의 눈매가 느슨하게 풀리더니 눈꼬리가 올라가기 시작했다. 그 모습에 도두농이 움찔거리며 뒷걸음질을 친다. 민정이 성큼성큼 도두농에게 다가가 얼굴을 드밀었다.

"민정, 왜 그런 눈으로 나를 보는 거지? 난 민정이 그런 표정을 지을 때가 제일 무서워."

"사약 알지?"

"민정, 내가 아무리 미워도 사약은 사양일세. 나 오래 살고 싶어."

도두농이 울상을 짓자 민정의 표정이 더 사나워졌다.

"자다 사약 처마시는 소리 말고! 당신은 이제부터 불쌍한 손자님을 위해 힘을 써야겠어."

"힘이라면 그대들이 더 셀 듯한데. 허허허허."

"농담 말고. 당신이 싸놓은 똥 치우는 손자님이 불쌍하지도 않아?"

"미, 민정. 무섭게 노려보지 마시게. 뜬금없이 사약, 사약 하면 내가 아냐고."

도두농의 말에 민정의 표정이 구겨지고 있다. 열매는 의아한 표정으로 민정을 쳐다보았다.

"언니, 갑자기 왜 그러세요?"

"열매야, 이번 기회에 영감탱이를 이용해야겠다. 아니 재물로 바칠 거야."

"……민정, 나는 가보겠네. 탕수육은 두고 갈 테니 드시게나."

"도두농, 스톱!"

민정의 눈초리에 도두농은 얼굴에 핏기가 사라지면서 발걸음을 멈췄다.

"컴온, 도둑놈."

민정이 손가락을 까닥하자 도두농의 표정이 시커멓게 변해갔다. 도두농이 고개를 숙이며 민정에게 다가갔다.

5분 후, 민정에게 계획을 들은 도두농이 심각한 표정으로 그녀들을 쳐다보았다.

"무슨 일이 생긴 거 맞지? 왜 나에게 중요한 내용은 쏙 빼놓고, 그냥 일만 시키는 거지? 답답하구려."

"당신을 뭘 믿고. 지금은 그저 시키는 대로만 해. 여태껏 윤이 손자님에게 한 짓이 있는데 이 정도는 해줘야 하지 않겠어?"

"내 직감으로는 옥희와 연관이 있는 거 같은데, 사실 옥희가 민정이보다 사나워서 난 빠지고 싶네."

"이 자리에 없는 김옥희는 무섭고, 바로 앞에 있는 나는 덜 무섭다?"

민정이 손목을 돌리며 깍지를 끼자 두두둑 소리가 났다. 아랫입술을 실룩거리며 도두농을 노려보자 그는 억지웃음을 지으며 양손을 흔들었다.

"민정, 농담이야. 나도 우리 윤에게 해를 입히는 옥희가 달갑지

320

않아. 우리 윤에게 짐이 되는 건 나 하나만으로 족하니까."

"조부님이 그 일만 잘 해주시면 밥을 챙겨드리죠."

"정말? 세 끼를 다 주는 건가?"

열매의 말에 도두농의 표정이 환하게 변해갔다. 그런 도두농을 보며 열매는 시큰둥하게 말을 이었다.

"하는 거 봐서, 한 끼만 드릴지 세 끼를 다 드릴지 결정하죠."

"결론은 내가 사약이의 동생인 보안과장과 사전의 동생인 김상희 이사만 맡으면 된다는 거지? 뭐, 그 정도쯤이야. 허허허허허허. 손주며느님, 난 이런 첩보물 좋아하네."

도두농이 회상에 빠지며 흥분해서 말했지만 열매와 민정은 들은 체도 안 하고 심기일전 두 손을 잡고 파이팅을 외치고 있다.

'이번에는 실수하지 않고 당신을 도울 거예요.'

'정희수, 내가 간다.'

'삼시 세끼를 사수한다.'

각각 다른 목적이지만 다들 도도타워 침투 임무에 바짝 힘이 들어갔다.

이열매와 김민정, 그리고 도두농이 도도타워 현관에 섰다. 열매와 민정은 커다란 철가방이 들려진 양손에 힘이 들어간다.

"일단 내가 사각지대로 움직일 테니, 열매 너는 무조건 시간을 벌어야 해. 영감은 할 일 알죠? 제대로 못하면 내 손에 죽어."

민정은 주먹을 쥐고 도두농의 얼굴에 들이밀었다. 도두농은 민정의 협박에 흠칫 뒷걸음질을 쳤다.

"제발 죽는다는 말은 빼면 안 될까? 예전 민정은 사랑스러운 여인이었는데. 지금은 너무 사나워졌어."

"누구 때문에 변했는데."

"그렇군. 내가 죽일 놈이지."

민정을 보며 도두농이 길게 한숨을 쉬었다.

열매는 그들을 보며 고개를 절레절레 저었다. 저렇게 살기도 힘들다.

"언니, 저는 준비되었어요."

"나도. 우리 파이팅하자."

"네."

둘은 크게 심호흡을 하고 도도타워 안으로 들어갔다. 그녀들 뒤로 도두농이 뒷짐을 쥐며 어슬렁어슬렁 걸어 들어간다.

열매가 도윤의 부인이라 커밍아웃을 한 이후, 그녀는 언제든 도도타워에 출입할 수 있게 됐다. 그들은 엘리베이터를 다고 디자인실이 있는 8층으로 올라갔다.

디자인실 직원들은 갑자기 등장한 그녀들로 눈이 휘둥그레졌다.

"여러분, 신상품 때문에 고생 많이 하신다고 우리 회장님이 걱정을 해서요."

유독 '회장님'을 강조하며 열매는 철가방의 문을 열었다.

"제가 여러분들을 위해 간식을 만들어 왔는데, 드시면서 하시지요."

"사모님이 저희를 위해 손수 만드셨다고요?"

"솜씨는 없지만, 여러분들의 건강이 곧 베이비핑거의 앞날이니까요."

열매의 말에 다들 화색이 돌았다.

"연락하시면 저희가 가지고 왔을 텐데, 손수 이 무거운 걸 들고 오셨어요?"

"저희가 세팅할게요."

다들 앞다투어 음식을 꺼냈다.

"와, 정말 사모님이 다 만드신 거예요?"

그들이 시선이 음식으로 몰렸다. 열매는 디자인실 직원 하나가 그녀의 눈치를 보면서 다급히 실장실로 들어가는 것을 보았다. 그 직원이 들어간 지 1분도 되지 않아 디자인 실장실 문이 부서져라 열리며 정희수가 모습을 드러냈다.

"이열매, 여기서 뭐 하는 거야?"

"실장님도 나오셨네요."

열매는 정희수에 말리지 않으려 차분하게 대꾸했다. 정희수가 씩씩거리며 열매에게 다가갔다. 화기애애했던 분위기가 갑자기 얼어붙었다. 모두의 시선이 열매와 정희수에게 쏠려 있는 사이 민정은 샘플들이 있는 옷 행거 뒤로 몸을 숨겼다. 열매는 그녀가 살금살금 기어 실장실로 숨어 들어가는 것을 보고 본격적으로 정희수를 자극하기 시작했다.

"실장님도 드셔보세요. 요즘 고생하신다는 회장님의 말을 듣고 제가 준비한 거예요. 회장님이 말씀하시길……."

"그만! 너 날 놀리려 작정하고 온 거지?"

정희수는 열매의 입에서 회장님 호칭이 나오자 눈에 불꽃이 튀었다. 직원들은 자신들의 직속 상사와 회장 사모의 불꽃 튀는 기싸움에 숨을 죽이고 있다. 그들은 회장 사모님의 눈치를 보기도 해야 하지만, 그렇다고 매일 얼굴을 마주치고 일해야 하는 실장의 눈 밖에 나는 짓을 할 수는 없었다. 젓가락을 든 채 다들 석상이 되어 버렸다. 그들의 사정을 이해 못하는 건 아니지만 막상 찬밥 대접을 받는 음식들을 보자 열매는 기분이 좋지 않았다.

"정희수 실장님은 배가 안 고프신가 봐요. 그러면 커피라도 드 실래요? 제가 타왔는데."

열매가 철가방에서 보온병을 꺼냈다. 보온병의 뚜껑을 열자 향 긋한 커피 향이 사무실 안을 채웠다.

"실장님부터 드셔보세요."

열매는 억지웃음을 지으며 커피를 따라 희수에게 내밀었다. 민 정이 실장실에서 무사히 빠져나올 시간을 버는 게 중요했다. 자존 심쯤이야 그 다음 일이다.

"저리 못 치워!"

열매가 내민 잔을 희수가 밀쳤다. 뜨거운 커피가 열매의 손에 튀었다. 시간을 끌어야겠다는 생각으로 내밀었지만 이렇게 대놓 고 엎을지는 몰랐다.

"앗, 뜨거."

"사모님, 괜찮으세요?"

"저, 저, 저, 어떻게……."

열매가 커피가 튄 부분을 손으로 감싸 쥐자, 직원들이 안절부절 못했다. 그사이 희수는 테이블에 놓인 음식을 들어 바닥에 집어 던 졌다. 퍽, 음식을 담은 그릇들이 깨지면서 음식이 사방에 튀었다. 퍽, 퍽, 그녀는 손에 집히는 대로 바닥에 던졌다.

"너 내가 미쳐 죽는 꼴을 보려고 온 거지?"

"정희수 실장님! 직원들이 보고 있어요."

"내가 도윤에게 미쳐 있다는 거 모르는 사람이 있던가? 너, 지금 윤이를 차지했다고 자랑하려고 온 거라면 번지수 잘못 찾았어."

도윤에게 미친 줄은 알았지만 이렇게 무식하게 나올 줄은 몰랐다. 게다가 직원들이 보는 앞에서 말이다.

"너 날 우습게 보는 거야? 왜 그렇게 쳐다보는 거지? 내가 미친 년 같아?"

열매를 향해 소리를 지르던 정희수가 갑자기 맨손으로 음식을 집어 들었다. 그러고는 열매를 향해 집어 던졌다. 직원들이 말릴 새도 없이 순식간에 벌어진 일이다.

"실장님!"

열매는 눈을 꼭 감았다. 정희수에게 머리채 잡힐 각오로 오긴 했지만 파르르 떨면서 난리를 피우는 그녀를 눈앞에서 직접 보니 겁이 났던 것이다. 그러나 곧 디자인실은 조용해지고, 정희수가 던진 음식은 날아오지 않았다. 오히려 따스한 무언가가 자신을 감쌌다. 독특한 체향이 풍겨온다. 눈을 뜨지 않아도 누군지 알 수 있었다.

"부인, 움직이기 전에 머리를 쓰라고 말한 게 불과 며칠 전인 것 같은데."

"……."

열매가 조심스레 눈을 떴다. 도윤의 얼굴이 보인다. 도윤이 자신을 감싸면서 대신 음식을 맞았다. 구김 하나 없는 슈트 여기저기에 음식물이 보기 흉하게 붙어 있다.

"여긴 왜 왔어요? 아니 여기 있는 건 어떻게 아셨죠?"

"누가 문자를 보냈더군."

"누가요?"

그때 열매는 실장실의 문틈으로 민정이 휴대폰을 흔드는 걸 보았다.

"손도 다친 거야? 이것도 정 실장 짓인가?"

도윤이 사납게 디자인실 직원들과 정희수를 번갈아 쳐다보았다. 도윤이 천천히 일어나 테이블 위에 놓인 생수병을 들더니 열매의 손에 부었다.

"심하지 않아요. 괜찮아요. 약만 바르면 괜찮아요."

"부었잖아. 당장 병원에 가자."

도윤이 열매의 손을 잡고 안절부절못하자, 직원들 역시 좌불안석이었다. 민정은 모두의 시선이 그들을 향해 있는 사이 실장실에서 조심스레 빠져나왔다. 열매는 민정이 빠져나가는 걸 보자, 자신도 마무리를 짓고 빨리 자리를 피하고 싶었다.

"회장님, 우리도 그만 나가요. 전 괜찮아요."

"괜찮다고? 이렇게 다쳐놓고 어디가 괜찮다는 거지?"

열매는 도윤의 서늘한 눈초리를 고스란히 받았다. 도윤은 화가 났다. 그것도 무지막지하게. 열매는 나직이 한숨을 쉬었다.

"윤아, 내 잘못 아니야. 이열매가 잘못한 거야. 내가 뻔히 싫어하는 거 알면서 여길 왜 오냐고. 날 자극하려고 온 거야. 윤아, 정말 나는 잘못 없어!"

정희수가 도윤을 쳐다보며 소리를 질렀다.

"정희수 실장님, 조용하시죠. 내가 참고 있는 거 안 보여? 직원들 앞에서 험한 꼴 당하게 하고 싶지 않으니까 그만해!"

"윤아······."

"회장님이라고 부르는 것도 힘든가! 도대체 그 머릿속에 뭐가 들어 있는 거야!"

정희수가 도윤의 서늘한 음성에 주춤했다. 도윤은 회사에서는 어떠한 상황에서도 자신의 감정을 드러내지 않았었다. 그런 그가 직원들 앞에서 화를 내고 있다. 이 모든 게 다 이열매 때문이다. 정희수는 살벌하게 열매를 노려보았다.

"그리고 한 가지 잊고 있는 듯한데, 이 사람은 내 부인이야. 예의를 갖춰."

"언제부터 그렇게 이열매를 생각했다고 그래."

"그만하라고 했지!"

쾅- 도윤의 주먹이 테이블을 내리쳤다. 차마 정희수를 칠 수 없었기에 애꿎은 테이블을 내려쳤지만 그의 분노가 고스란히 느껴져 순간 정적이 흘렀다.

"그대가 자꾸 내가 누군지 잊어버리는 거 같으니 꼭 알게 해주지. 정희수 실장."

"윤, 아니 회······."

"부인, 갑시다."

도윤은 열매의 어깨를 감싼 채 디자인실을 걸어 나갔다. 정희수는 몸을 부르르 떨며 아무 말도 못한 채 열매의 뒷모습만 노려보았다.

민정은 노다지로 급하게 뛰어 들어왔다. 그녀는 숨을 헐떡이며 생수 한 통을 한 번에 다 마셨다. 다리에 힘이 풀려 의자에 주저앉았다. 얼마 후, 손에 화상밴드를 붙인 열매와 화를 참지 못해 씩씩 거리고 있는 도윤이 함께 모습을 드러냈다. 도윤은 노다지에 들어 오자마자 참았던 화를 터뜨렸다.

"두 분 무슨 일을 벌이신 건지 설명 좀 해보시죠. 분명히 움직이 기 전에 저에게 먼저 말하라고 경고한 게 며칠 전이었습니다."

"윤이 손자님, 내 말 좀 들어봐."

"당신, 화를 좀 가라앉혀봐요."

둘의 목소리가 기어 들어간다.

"다시 한 번 더 묻겠습니다. 육전님이 디자인 실장실에 숨어 있 었던 이유와 부인은 그곳에 왜 있었는지, 아주, 자세하게, 빠짐없 이 설명해야 할 겁니다."

화가 좀체 가라앉지 않는지 도윤은 낮은 목소리로 으르렁댔다.

"윤이 손자님. 숨 좀 돌리고 말하면 안 될까? 잠깐만, 지금 도둑 놈에게 문자가 왔거든. 오우. 영감탱이도 성공했네."

"언니, 정말요? 그렇게 쉽게?"

"내가 말했잖아. 사전 쪽은 김옥희를 제외하고 다들 머리가 안 좋아."

둘은 손을 맞잡으며 팔짝 뛰었다. 그 모습에 도윤은 기가 막혔 다.

"제가 있다는 걸 두 분은 잊고 계신가 본데, 두 분뿐만 아니라 저희 조부님도 같이 일을 벌이셨군요. 이제 말씀하시죠!"

화가 난 도윤을 향해 열매가 조심스레 입을 열었다.

"민정 언니가 얼마 전 연기된 품평회장에서 신제품을 보고 뭔가 찜찜하다고 했거든요. 당신에게 알리기에는 구체적인 물증이 없어서, 그래서 증거를 찾으려고 일을 벌인 거예요. 전 정희수의 관심을 끌고, 민정 언니는 정희수가 감추고 있는 걸 찾고. 그사이 할아버님은 보안실에 가서 방해도 좀 하고. 그리고 지금 할아버님은 김상희 이사를 만나고 있어요. 할아버님 말이 김 이사님이 룸싸롱이라면 사족을 못 쓴다고 하네요. 오늘 밤 술을 왕창 먹여놓고 다 알아내시겠대요."

열매의 설명이 길어지자 도윤이 길게 숨을 내뿜으며 인상을 썼다.

"허, 룸싸롱이라. 고양이에게 생선 가게를 맡기시지 그랬습니까? 김상희 이사만 룸을 좋아하겠습니까? 우리 노인네도 같은 부류라고."

도윤의 미간에 주름이 깊어졌다. 그가 의자에 털썩 주저앉더니 손가락으로 관자놀이를 누르기 시작했다. 민정은 도윤의 눈치를 보면서, 열매의 옆구리를 꾹 찔렀다.

"아직도 화났어요? 미안해요. 다음부터는 당신에게 얘기하고 움직일게요. 약속할게요."

열매가 조심스레 도윤의 표정을 살폈다. 이마에 깊게 패인 주름이 안쓰럽다.

"앞으로는 뭐든지 당신과 의논할게요."

열매는 도윤을 위한다고 한 행동이 오히려 그에게 걱정과 근심을 만드는 게 아닌가 싶어 미안한 마음이 들었다. 민정이 기어 들어가는 목소리로 변명을 하기 시작했다.

"그래도 오늘은 특별 임무를 맡고 간 거니, 대책 없이 사고를 치지는 않을 거야. 일단 속는 셈치고 한번 믿어보는 거지."

"후우."

"당신, 화만 내지 말아요. 민정 언니, 실장실에서 뭔가 발견은 한 거예요?"

열매가 민정을 쳐다보며 눈을 껌벅이면서 눈치를 주자, 민정은 그제야 정신을 차린 듯 고개를 심하게 끄덕였다.

"완전 대박이야. 윤이 손자님, 이번 품평회 연기된 거 하늘이 도운 거야. 이대로 신제품 나왔다면 베이비핑거에 진짜 위기가 왔을지도 몰라."

"그게 무슨 말씀입니까?"

도윤이 민정을 쳐다보자 민정이 의미심장한 미소를 지으며 휴대폰을 흔들었다. 민정이 노트북을 켜고 인터넷 사이트에 로그인했다. 그녀가 휴대폰으로 찍은 사진이 업로드되어 있었다.

민정이 노트북 화면을 보며 눈을 가늘게 떴다. 지금은 비록 백수지만, 한때는 세계적인 디자이너를 꿈꾸던 그녀였다. 디자인에 대한 열정과 꿈은 돈과 맞바꾸었지만, 그렇다고 디자이너로서의 재능과 감각까지 사라진 건 아니다.

"실장실에 가니까 황당하게도 일본의 A사 제품이 있는 거야. 그 제품을 살짝 변형해서 만든 게 이번 베이비핑거 신제품이야. 변형을 했다고 해도 로고와 색상뿐이라서, 출시되면 누가 봐도 디자인 표절이다."

"A사 제품이라면? 아, 작년 언니랑 일본 여행 갔을 때 들렀던 곳, 거기 아니에요? 몇 대에 이어 수작업으로 옷을 만든다는 작은 옷가게."

"응 맞아. 거기가 가게는 작아도 나름 기업이야. 입소문이 나서 예약을 해야 옷을 받을 수 있는 곳이라고."

민정은 고개를 끄덕였다. 민정은 노트북 화면을 도윤에게 돌려 보여주었다.

"정희수, 능력도 안 되면서 낙하산으로 실장 자리 앉을 때 알아 봤어. 지 엄마 백으로 어찌어찌 버텼는데, 한계였던 거지. 미쳐도 단단히 미쳤어. 여기 디자인을 도용하다니. 여기가 수제로 소량 제작하는 곳이긴 해도 아는 사람은 다 안다고."

도윤의 표정은 서늘하게 변해 있었다.

"언니, 그럼? 혹시 디자인 도용 건으로 베이비핑거를 망하게 하려는 거 아니에요?"

"설마, 그 정도로 막장일까? 아악! 모르겠다."

그들은 도도하게 고개를 들고 다니는 도두농의 네 번째 전처 김옥회과 그녀의 딸 정희수를 생각하며 치를 떨었다. 화가 나고 어이가 없어 얼굴이 상기되고 목소리 톤도 높아졌다.

둘의 대화를 도윤은 말없이 들었다. 민정이 보여주는 증거만으로도 지금 상태의 심각성을 알 수 있었다. 잠시 뒤에 도윤이 휴대폰을 들었다.

"박 실장님, 지금 당장 저를 좀 보셔야겠습니다. 김상희 측근을 제외한 임원들도 다 소집해주십시오."

도윤의 표정은 살벌했다. 민정과 열매는 입을 다물고 서로 눈치를 볼 수밖에 없었다. 도윤이 일어나 급하게 밖으로 나갔다. 그가 도도타워로 들어가는 것을 본 민정은 그제야 긴 숨을 쉬었다.

"숨 막혀 죽는 줄 알았네. 그런데 이 영감탱이는 왜 연락이 없는 거야. 아니 받지도 않네."

민정은 안내 멘트로 넘어가는 휴대폰을 보며 짜증을 냈다.

김상희에게 정보를 캐낸다고 나간 도두농은 그날 자정이 넘도록 돌아오지 않았다. 그리고 도도타워의 불빛도 꺼지지 않는 걸 보면, 그들도 심각하게 대책 회의를 하고 있나 보다.

열매는 창밖으로 보이는 도도타워를 보며 한숨만 쉬고 있다. 마음이 무거웠다. 민정도 마찬가지인지 열매와 도도타워를 번갈아 쳐다보며 한숨을 푹푹 쉬었다.

"내가 그렇게 당하고도 아직 도둑놈을 잘 몰랐나 봐. 윤이 손자님 말대로 일을 진행하기 전에 의논을 했었어야 했는데, 내 생각만 했어. 도두농, 이 시간까지 안 들어오는 걸 보면 어디선가 무슨 사고나 치고 있겠지?"

민정은 망부석처럼 움직이지 않는 열매가 안쓰러웠다.

"이노무 도둑놈, 들어오기만 해봐. 아주 아작을 내주겠어."

"할아버님을 믿은 우리에게 잘못이 더 있다고 봐요."

열매는 나직이 한숨을 쉬며 일어났다. 주방으로 가더니 커다란 양파 자루를 끌고 나온다. 테이블 위에 바구니를 놓고 칼을 챙기더니 자루에서 양파를 꺼내 하나씩 까기 시작한다.

"열매야, 나중에 해. 새벽부터 무슨 일이야."

"휴우, 가만히 앉아 기다리기가 답답해서요. 차라리 일을 하는 게 나을 것 같아요."

"그게 더 생산적일 것 같긴 하네. 나도 도와줄…… 어? 잠깐, 전화 온다. 여보세요? 네? 아, 아. 어디신데요? 네. 아, 나갈게요."

민정이 전화를 받으며 벌떡 일어났다.

"언니, 누군데요?"

"이 영감탱이가 택시에서 쓰러졌다네. 바로 앞이라고 하니까 데리고 올게. 아주 가지가지 해요. 네, 네, 거기서 직진하시면 바로 금광빌딩이 보여요. 네, 맞아요. 도도타워 맞은편이요."

"같이 나갈까요?"

"뭐가 예쁘다고 줄줄이 나가. 내가 나가서 택시 턴 시켜서 서미연에게 쫓아내고 올 거야."

민정이 씩씩거리며 노다지를 나섰다. 열매는 고개를 저으며 양파를 까기 시작했다. 매콤한 냄새 때문인지 눈에 눈물이 맺혀간다.

"쨍- 하고 해 뜰 날……. 오- 둥근 해가 떴습니다. 자리에서 이-이- 일어나서……."

"조용히 해. 동네 사람 다 깨겠네."

"아악, 아파. 때리지 마."

밖에서 시끄러운 고성방가 소리가 들린다. 이어서 타작하는 소리와 함께 남자의 비명 소리도 함께 들려왔다. 보지 않아도 민정 언니에게 맞고 있는 도두농일 거다.

"어이, 먼저 들어가. 아악, 때리지 마."

"넌 어딜 들어가. 서."

"빨리 들어가. 안 그러면 너도 맞아."

도두농의 절규 어린 목소리와 함께 노다지의 문이 열렸다. 그곳으로 비틀거리는 중년 남성이 들어왔다.

"뭐야, 여기는?"

혀가 잔뜩 꼬인 남성이 온전히 모습을 드러냈다. 얼마나 마셨는지 제대로 몸을 가누지 못하는 김상희 이사다.

"여기가 형님이 말한 노다지인가? 어이, 손님 왔는데 너 뭐 하고 있어!"

"미친."

"너, 가만히 서 있지 말고 여기 로열 샬루트로 세팅해봐."

혀가 꼬이다 못해 발음이 새고 있다. 얼마나 마셨으면 눈까지 삐었나? 여기가 어디인 줄 알고 술주정인지. 우리 회장님이 보면 그 감당을 어찌하려고 그러는지. 열매의 입꼬리가 실룩거리다 못해 코에서 콧바람이 나오고 있다.

"어이, 너 주문 안 받아? 우욱."

김상희가 손가락질을 하다가 속이 매슥거리는지 노다지의 카운터에 있는 휴지통을 잡고 헛구역질을 한다. 열매의 인상이 구겨지다 못해 험악해졌다.

"무, 물 가지고 와! 너 오라는데 왜 안 와. 아- 하! 팁, 팁을 안 줘서 그래?"

김상희가 일어서더니 안주머니에서 지갑을 꺼내 하얀 수표를 꺼낸다. 그러곤 열매에게 비틀거리면서 오더니 열매의 앞섶을 더듬거리며 수표를 찔러 넣는다. 열매는 순식간에 당한 일이라 어안이 벙벙했다.

"야, 너-!"

뭐 이런 개 같은 일. 열매는 화가 나서 소리를 질렀다.

열매는 들고 있던 양파로 김상희의 머리를 후려쳤다. 퍽, 하고 양파가 깨지며 김상희의 머리에 들러붙었다.

"뭐, 이런 미친년이 다 있어. 너 내가 누군지 알아?"

김상희가 비틀거리더니 열매의 머리채를 잡으려 했다. 열매는 몸을 피하면서 테이블에 있던 양파를 집어 던졌다.

"술에 취하려면 곱게 취하지, 여기가 어딘 줄 알고. 싸정이 성격이 왜 그 모양인가 했더니 집안 내력이었네."

화가 머리끝까지 난 열매의 목소리가 노다지에 쩌렁쩌렁 울렸다.

"왜, 팁이 부족해? 돈 준다고. 나 돈 많아."

술에 취해 이성을 잃었는지 김상희는 수표를 꺼내 흔들더니 공중에 뿌렸다. 땅에 떨어진 수표를 보고 어이없어하는 사이, 김상희가 열매의 손목을 잡았다.

"······야, 이 시끼야, 손 놓으라고!"

열매는 김상희의 손을 뿌리침과 동시에 그의 뺨을 후려쳤다. 김상희의 얼굴이 휙 돌아가며 휘청거렸다.

"김상희 이사님. 바로 건너편이 도도타워라는 건 아시고 술주정을 하시는 건지요. 도윤 회장님이 보고 계실 수도 있어요."

"뭐라는 거야. 씨팔, 내가 누군 줄 알고······."

김상희는 열매에게 맞은 뺨을 문지르고는 눈을 희번덕 뜨고 팔을 치켜들었다. 김상희의 팔이 공중에 올라간 순간 열매의 눈이 동그래졌다.

"으악!"

열매를 치려던 김상희가 넘어졌다. 바닥에 쓰러진 김상희는 고개를 휙 돌려 자신을 발로 찬 사람을 쳐다보았다. 그의 눈에 분노에 가득 찬 도윤이 보였다.

"미친 새끼."

고고한 그의 입에서 믿기지 않는 단어가 튀어나왔다. 김상희와 열매는 자신이 잘못 들었나 싶어 그를 멍하게 쳐다보았다.

"술은 백해무익하다고 항상 말했지요."

그가 언제 욕을 했냐는 듯, 예의 바른 목소리로 다시 돌아왔다. 열매는 자신이 잘못 들은 게 확실하다고 생각했다. 하지만 김상희는 보았다. 이글이글 타오르는 분노의 표정을 감추고 있는 도윤을. 자신에게 서서히 걸어오는 악마의 모습을.

베이비핑거 창립 이래 최고의 위기가 될 수 있다. 도윤은 이보다 더 큰 사건은 없을 거라는 생각에 임원들을 급하게 불러 회의를 했다. 밤늦까지 회의는 계속되었고, 결론을 내리지 못한 그들은 결국 임시주총을 열고 이 사태에 대해 심각하게 의논하기로 결정했다.

하루를 마무리하고, 도윤은 지친 걸음으로 금광빌딩으로 걸어갔다. 금광빌딩 앞에는 비틀거리는 도두농과 그의 등짝을 후려치고 있는 민정이 있었다. 그리고 이어서 식당 안에서 열매의 고함소리가 들렸다.

"유, 윤아. 할아비 좀 살려줘."

도윤을 보고 도두농이 손을 뻗쳤으나, 도윤은 그를 지나 노다지로 단숨에 뛰어 들어갔다. 그제야 민정도 아차 하는 얼굴로 도두농을 팽개치고 따라 들어갔다.

도윤이 노다지에 들어가자 술에 취해 이성을 잃은 김상희가 보였다. 그는 열매의 손목을 잡고 술주정을 부리고 있었다. 화가 나서 얼굴이 벌게진 열매는 자각하지 못하고 있는 것 같지만, 도윤에게는 크게 보였다. 단추가 살짝 풀어져 그 안으로 드러난 가슴골에 끼워져 있는 하얀 수표가. 그 순간 도윤은 이성을 잃었다.

"살려줘. 나 김상희라고. 너 고소할 거야. 콩밥 먹일 거라고, 이
새끼야."

김상희는 고래고래 소리를 지르지만 도윤에게 아무것도 보이지
않는 듯했다. 도윤은 쓰러진 김상희의 멱살을 잡고 주먹질을 했다.
술에 취한 그가 도윤을 이길 리가 없다.

"그만해요, 회장님. 이러다 큰일 나겠어요."

"윤이 손자님, 그만해. 술 취한 놈이야. 그만……."

민정과 열매가 말렸지만 도윤은 그를 용서할 수 없었다.

"자기야, 그만해. 그만. 나 괜찮아요. 괜찮으니까 제발……."

열매가 도윤의 허리를 잡고 흐느끼자 그제야 도윤은 정신이
들었다. 바닥에는 김상희가 두 팔로 머리를 감싸고 엎드려 있었
다.

"헉, 우리 전 처남이 일을 벌였나 보네. 우리 손자님은 웬만하면
폭력을 쓰지 않는데. 쯧쯧. 어휴, 손버릇이 나쁘더니 드디어 일을
쳤구먼."

뒤늦게 쫓아온 도두농이 혀를 찼다.

"영감탱이야, 알면서 김상희를 왜 여기로 데리고 와."

민정이 고함을 지르자, 도두농은 눈을 동그랗게 뜨면서 말을 했
다.

"전 처남이 생각보다 유용한 정보를 많이 알고 있는 것 같아.
술도 취했겠다, 이제는 그대들이 알아서 하시길. 나는 전 처남을
끌고 왔으니 임무 끝이야. 아, 오랜만에 달렸더니 피곤하네. 나이
는 못 속이나? 하- 암. 나는 올라가서 잘 거야. 난 아무것도 못 봤

네. 내가 아는 건 전 처남이 여기까지 제 발로 걸어왔다는 것뿐이네."

도두농이 크게 하품을 하며 노다지를 빠져나갔다. 도두농이 자취를 감추자 남은 이들이 험악한 눈으로 바닥에 엎드려 눈치를 보고 있는 김상희에게 향했다.

지금 김상희는 독 안에 든 쥐였다.

베이비핑거 김상희 이사가 밤사이 사고를 당해 입원을 했다. 비서진들을 통해 흘러나온 이야기들이 입과 입을 통해 직원들에게 퍼졌다. 김상희 측근들이 재빠르게 연락을 하고 문병 갈 준비를 했지만, 김옥희는 하던 일들이나 하라며 문병을 막았다.

"누구에게 맞아서 이렇게 되었냐고. 말 못해? 너 어제 누구랑 술 마셨는데. 내가 사람 풀어서 밝혀내기 전에 말 못해?"

"누님, 조용하세요. 정말 기억이 안 나요."

김상희가 입원한 병실 안은 흥분한 김옥희의 고함만이 울려 퍼지고 있다. 퉁퉁 부은 얼굴과 시커멓게 멍든 눈은 보기에도 눈살이 찌푸려진다. 상태를 보아 폭행을 당한 듯한데, 그가 입을 다무는 바람에 김옥희가 팔팔 뛰고 있다.

"밤새 얼마나 처먹었기에 기억이 안 나는 거야. 너 설마 여자 문제 일으킨 거야?"

"누, 누님. 아니라고요."

말할 때마다 그의 입에선 아직까지 역겨운 알코올 냄새가 풀풀 풍겼다. 김옥희는 인상을 쓰면서 두 주먹을 부르르 쥐었다.

"야 너, 지금이 얼마나 중요한 시기란 걸 몰라!"

"안다고요."

"아는 놈이 처맞고 누워 있어? 여자 문제가 아니면 누구와 싸웠는지 말 못해?"

"싸운 게 아니라니까요. 그냥 넘어졌어요."

김상희의 목소리가 목구멍 안으로 기어 들어간다.

"너 내가 바보인 줄 알아? 넘어진 거랑 맞은 것도 구분 못할 줄 알고 그런 말도 안 되는 변명을 하냐고. 이번 기회에 도윤을 회장 자리에서 내려오게 만들어야 한다고 행실 조심하라고 내가 너한테 몇 번이나 당부했니? 이러니 내가 널 믿을 수가 없는 거야. 유석원도 의심스러우니 뒷조사 제대로 하라고 했을 때, 넌 믿으라고 했지. 기껏 믿은 결과가 도두농의 사생아? 고양이에게 생선 가게를 맡긴 꼴이 돼버렸어. 너 믿고 추진해서 제대로 된 게 하나도 없어."

"그만하시라고요. 유석원을 저만 믿었나요? 누님이 나중에는 저보다 더 믿었잖아요."

"너 지금 나에게 떠넘기려는 거야?"

김옥희는 이를 악물고 숨을 씩씩거렸다.

"피곤하다고요. 조용하시고 나가세요. 지금은 아무 말도 하고 싶지 않아요."

김상희는 담요를 끌어 당겨 얼굴을 덮은 뒤 휙 돌아누웠다. 김상희는 자신이 회장의 부인을 성추행하다 걸려 두들겨 맞았다고는 절대 말할 수 없었다. 또한 그것만이 전부가 아니라는 걸 김옥희가 안다면 자신은 절대 살아남을 수 없다는 것도 안다.

쾅- 병실 문이 부서져라 닫히자 김상희가 얼굴을 내밀었다. 술이 어느 정도 깬 지금, 띄엄띄엄 생각이 나기 시작했다. 그 단편적인 기억만으로도 매장감이지만, 더 큰 문제는 김옥희의 주식을 관리하던 그가 주식들을 전부 정리했다는 것이다.

유석원이 김상희에게 SJ그룹 윗선에서 결정 난 사항이라며 귀뜀을 해준 게 있었다. 도두농의 소송 건으로 이미지가 추락된 베이비핑거의 SJ백화점 입주가 보류될 예정인 거 같다며 그에 대한 대비를 해두라고 했었다. 게다가 계약이 만료되는 강남과 청담의 대리점도 재계약을 하지 않을 거라고 했다.

SJ백화점 입주 계획과 중요 대리점 재계약 무산이 확정되면 당장 자금 흐름에 문제가 생길 것이다. 올해 만기인 대출금 연장이 거부당할 수도 있다. 이건 부도로 이어지는 수순이다.

베이비핑거의 부도는 시간문제로 보였다. 김상희는 곧 휴지조각이 될 베이비핑거의 주식을 가지고 있을 수가 없었다. 그는 급하게 자신 앞으로 된 주식과 김옥희, 정희수의 주식까지 한꺼번에 정리했었다.

일을 처리하기 전에 김옥희와 상의를 해볼까도 했지만 김상희는 늘 자신을 무시하는 김옥희에게 능력을 보여주고 싶었다. 그는 베이비핑거가 무너지면 김옥희에게 사실을 말하고 이 사태를 미리 예견했기에 우리의 재산을 지킬 수 있었다고 큰소리를 치고 싶었다. 이 일만 제대로 처리하면 김옥희의 뒷배로 내려온 낙하산 이사라는 오명도 지울 수 있다는 생각에 무리하게 일을 추진했던 것이다.

하지만 베이비핑거가 무너지기 전에 자신이 사고를 치고 말았다. 다른 여자도 아니고 회장 사모님 성추행이다. 도윤이 그냥 넘어가지는 않을 것이다. 일이 수면 위로 올라오면 낙하산 이사라는 조롱 뒤로 성추행 이사라는 불명예 꼬리표까지 추가될 것이다.

잘못되어서 경찰 조사가 들어간다면 김옥희 몰래 뒤로 챙긴 비자금과 여러 업체에서 받은 뇌물, 이중장부를 작성해서 챙긴 돈까지 다 털릴 수 있다. 이럴 바에 차라리 선수를 치는 게 나을지도 모른다.

"여권이 어디 있더라?"

김상희는 팔에 꽂혀 있는 링거 주사의 바늘을 뺐다. 지금 여유롭게 병원에 누워 치료나 받을 때가 아니다.

"현찰 챙기고, 통장이랑 또 뭘 챙겨야 하나."

그나마 다행인 건 주식을 처분한 돈이 자신에게 온전히 있다는 거다. 김옥희에게 걸려 빼앗기기 전에 챙겨 달아나야 한다. 그 돈이면 여유로운 도피 생활을 할 수 있을 거다.

'사고를 쳤다고 생각되면 삼십육계가 최고의 대처라네. 그동안 수없이 많은 사고들을 쳐본 내 노하우이니 새겨듣게나. 가깝게는 마카오를 찍고 라스베이거스까지 두루두루 여행을 다니니 힐링도 되고 좋더군. 처남에게 강력 추천하네.'

어젯밤 술자리에서 도두농은 그에게 사고에 대처하는 법에 대해 조언했다. 도두농은 그동안의 경험으로 볼 때 최고의 방법은 도망이었다고 말해주었고, 김상희는 그 말을 뼈에 새겼다.

"누님, 정말 죄송합니다. 하나뿐인 동생이 도움은 되지 못하고 사고를 쳐서."

지금은 도두농의 명언을 새겨들을 때다. 그가 누구인가. 칠십 평생 사고만 치고 다닌 양반이다. 그의 말대로 하는 것이 최선일 것이다. 그는 옷을 주섬주섬 입고 병원을 몰래 빠져나갔다. 일단 돈 되는 건 몽땅 챙기고 이 나라를 뜨자.

김상희의 잠적 후 일주일도 안 되어 주주총회가 열렸다. 도윤은 정희수 실장의 신상품 표절과 김상희 이사의 공금 횡령 및 기타 사건에 대한 일들을 안건으로 주주총회를 열었다. 사태의 심각성 으로 회의장은 찬물을 끼얹은 것처럼 고요했다.

"지금 오른쪽 마네킹에 입혀진 옷은 정희수 실장의 실장실에서 나온 일본 A사 제품입니다. 그리고 왼쪽 마네킹에 입혀진 옷은 베 이비핑거 가을 신상품입니다."

도윤의 덤덤한 목소리가 회의장에 퍼졌다. 주주들과 임원들은 양쪽의 마네킹들을 보며 경악에 찬 표정으로 수군거렸다.

"완전히 판박인데. 색깔만 다르다뿐이지. 원, 세상에. 이건 정희 수 실장의 변명을 좀 들어봐야 할 것 같은데. 말 좀 해보시지. 정희 수 실장."

주주 중 나이가 지긋한 한 남성이 앉아 있는 정희수를 보며 일 침을 가했다. 하지만 정희수는 외삼촌 김상희의 야반도주로 인해 정신이 없는 상태였다. 김상희가 사고를 치면서 김옥희는 뒷목을 잡고 쓰러졌다. 정희수는 입원한 김옥희 옆에 있느라 회사에서 어 떤 일이 벌어지고 있는지도 몰랐다. 갑자기 소환되어 온 주주총회 에서 그녀는 자신들이 저지른 죄가 추궁당하자 어쩔 줄 몰랐다.

"이 사태를 어떻게 책임질 겁니까? 김상희 이사는 공금 횡령에 뇌물 수수까지. 이거 참, 도둑놈들에게 회사를 맡겼어."

주주들의 목소리가 커지면서 회의장이 걷잡을 수 없이 살벌해졌다. 정희수는 자신에게 향하는 경멸에 찬 시선을 참을 수가 없었다.

"내가 뭘 잘못했다고 그래. 잘만 팔리면 되잖아. 뭐가 문제인 거지? 하늘 아래 새로운 게 어디 있다고. 디자인이 다 거기서 거기 아냐!"

정희수의 발악에 다들 할 말을 잃었다. 아직도 그녀는 자신이 무엇을 잘못했는지 모르고 있다.

주총은 김상희와 정희수의 해임과 함께 법적인 책임을 묻고 배상하는 것으로 결론을 내렸다. 정희수는 억울하다며 난동을 부렸지만 경호원들에 의해 쫓겨났다.

이렇게 베이비핑거는 사건, 사고로 뜨거운 시간들을 보내고 있다. 베이비핑거의 창립주인 도두농의 화려한 여성 편력도 도마에 올랐지만, 가장 핫한 사건은 대주주였던 김옥희의 몰락이었다. 베이비핑거는 그들에게 책임을 물어 소송을 걸었다. 그 소송으로 김옥희는 지난 24년간 쌓아온 것들을 한순간에 잃었다. 그녀의 몰락이 어이없게도 자신의 최측근인 김상희의 배신으로 시작되어 더욱더 화제의 중심에 섰다.

"김상희 행방은 파악되었습니까?"

"홍콩으로 넘어간 것까지 파악했습니다."

"그렇군요."

"회장님 지시하신 사항들도 모두 다 처리했습니다. 김상희 이사가 주식을 매각한 돈을 들고 도망쳤다는 소식에 쓰러진 김옥희 여사님의 병실에 '만수무강 기원'이라는 리본 문구가 달린 커다란 꽃바구니를 배달해드렸습니다. 너그러우신 도윤 회장님께서 특별히 여사님을 생각해 VIP병실에 사비로 입원시켜드렸다는 것도 강조했습니다."

"그런 말까지 했습니까?"

"그럼요. 생색은 내야 한다고 김옥희 여사님께서 항상 누누이 말씀하시지 않았습니까."

도윤은 박 실장에게 이런 유치한 면이 있었나 싶어 신기한 눈으로 바라보았다. 아닌 척했지만 그동안 정희수와 김옥희에게 쌓인 게 많았나 보다. 덤덤히 보고하고 있지만 그의 표정은 사이다 한 병을 다 비운 것처럼 개운해 보였다.

"마지막으로 이사회에서 결정 난 사항을 도도타워 로비 입구에 커다랗게 게시해놓았습니다."

"잘하셨습니다."

도윤은 깍지를 끼고 편한 자세로 고쳐 앉았다. 지금까지는 가지고 있던 주식으로 도윤을 압박했지만 이제 그들에겐 무기가 없다. 무기를 잃은 적을 그대로 둘 이유는 없다. 도윤은 하나씩, 하나씩 처리하기로 했다. 그 후유증이 만만치 않겠지만 그들은 이빨 빠진 호랑이일 뿐이다. 가죽만 남은 호랑이를 누가 무서워하겠는가. 이제 새로운 시대가 열릴 것이다.

"김옥희 측이 가지고 있던 주식이 어디로 흘러 들어갔는지는 파악하셨습니까?"

"회장님이 예상하셨던 대로입니다. 여길 보시죠."

박 실장이 도윤에게 보고서를 내밀었다. 박 실장의 보고서를 훑어보던 도윤의 표정이 굳어졌다.

도도타워 게시판에 인사 이동 게시물이 붙어 있다. 직원들은 모여서 수군거리다 헝클어진 모습으로 로비에 나타난 정희수를 발견하고 하나둘씩 자리를 피했다.

"윤이 네가 이럴 순 없어."

정희수는 씩씩거리며 게시물을 뜯어 신경질적으로 구겼다. 정희수는 급하게 도윤이 있는 회장실로 발걸음을 옮겼다. 회장실로 통하는 비서실 문이 부서질 듯 열렸다. 그녀가 들어오자 비서들이 그녀를 막았다.

"회장님은 회의 중이십니다. 다음에 오십시오."

"허, 이제는 너희들까지 나를 무시하겠다고? 다 잘라버리겠어!"

정희수가 고함을 버럭버럭 질렀다.

"저러니 잘리지. 쯧쯧. 아직도 사태 파악을 못하고 있네."

정희수는 조롱 어린 목소리가 등 뒤에서 들리자 몸을 돌렸다. 한껏 멋을 부린 민정이 문 안으로 들어왔다. 또각, 또각. 하이힐 소리가 희수 앞에서 멈췄다.

"네가 여기에 왜 왔어!"

"어? 네 손에 있는 거 끝까지 안 읽었구나. 성격도 급해라."

정희수는 자신이 게시판에서 떼어낸 게시물을 손에 쥐고 회장실까지 들고 올라왔다는 사실을 그제야 알아차렸다. 그녀는 게시물을 펴서 다시 한 번 보았다.

<김민정, 디자인 실장 발령.>

"말도 안 돼."

"베이비핑거 디자인 실장 자리가 공석인데 내가 아니면 안 된다고 사정을 하기에 오케이 했지."

"뭐라고?"

정희수의 눈에 불꽃이 튄다. 민정이 회장실로 향하자 정희수가 먼저 달려들었다. 회장실 문을 열자 도윤의 모습이 보였다. 희수는 도윤이 보이자 그에게 달려가 그의 팔을 잡았다.

"윤아, 무언가 착오가 있는 거지? 내가 무슨 잘못을 했다고."

그녀의 돌발 행동에 도윤이 차갑게 대꾸했다.

"주총에 참여하셨던 분이 모른다고? 근신을 해도 모자를 판에 자꾸 이러시면 경찰을 부를 수밖에 없습니다."

"윤아, 난 베이비핑거가 잘되길 바라서 그랬을 뿐이야. 그리고 그건……. 그래, 유석원이 시킨 거야. 그래야 너를 얻을 수 있다고 했어."

정희수가 횡설수설했다.

"언빌리버블! 믿을 수가 없어. 너 머리가 어떻게 된 거 아냐? 회사를 망가뜨리면 윤이 손자님을 가질 수 있다고 생각했다고? 리얼리?"

민정은 이해가 되지 않는다는 듯 고개를 연신 흔들었다.

"난 잘못 없어. 윤아, 너라도 날 믿어줘. 윤아."

결국 정희수는 회장실로 호출되어온 보안 직원들에게 끌려 나갔다. 끌려 나가면서도 자신은 잘못이 없다며 끝까지 울부짖었다.

"윤이 손자님, 저대로 그냥 보내도 되는 거야? 정희수가 그냥 쉽게 물러서지는 않을 텐데."

민정은 소란 속에서도 침착하게 서류를 검토하고 있는 도윤에게 조심스레 말문을 열었다.

"저도 가만히 보고만 있지는 않을 겁니다. 그보다 가을 신상품이 걱정입니다. 디자인실 하 대리 보고에 의하면 B안도 없다고 하던데. 출시일까지 가능하겠습니까?"

도윤은 검토하던 서류를 테이블에 내려놓으며 민정을 쳐다보았다.

"나도 모르겠어. 하 대리 말로 통과되지 못했던 디자인이 좀 있다고 하는데, 쓸 수 있을지는 봐야지."

"부탁드립니다. 회사의 사활이 걸려 있습니다."

"알아. 나도 잘하고 싶어. 다들 나를 무시하고 욕할 때, 열매만 나를 언니, 언니, 하고 따르면서 따뜻하게 대해줬어. 그동안 열매에게 받은 걸 갚기 위해서라도 어떻게든 해내고 싶어."

민정의 목소리가 떨리고 있다. 민정은 이번 기회가 자신이 다시금 디자이너로 평가받을 수 있는 절호의 기회란 걸 알고 있었다. 그리고 무엇보다 도두농과 엮이기 이전의 자신으로 돌아갈 기회다. 민정은 이번 기회를 놓치고 싶지 않았다.

10. Begin Again

친자 소송 이후 행방을 알 수 없었던 유석원이 도윤에게 만나자
는 연락을 해왔다. 만나자고 한 곳은 다름 아닌 금광빌딩 2층, 그의
사무실이었다. 도윤이 굳은 표정으로 사무실의 차가운 철문을 열
고 들어갔다. 책상 의자에 앉아 있던 유석원이 도윤을 보더니 자리
에서 일어섰다.

"이리 앉으시죠."

도윤은 유석원이 가리키는 소파에 앉았고 유석원도 도윤의 맞
은편 소파에 앉았다.

"아직 정확히 밝혀진 게 없으니 편하게 유 소장님이라고 부르겠
습니다."

"편하실 대로 부르세요. 도 회장님."

"이곳에서 저를 보자고 한 이유가 뭡니까?"

"만나는 장소야 어딘들 상관없죠. 만나는 이유가 중요한 거지요."

유석원의 표정은 여유로웠다.

"담소나 나누자고 부른 건 아닐 테고, 단도직입적으로 묻겠습니다. 이열매에게 접근한 이유, 도도타워를 핑계로 저에게 접근한 이유. 처음부터 의도된 거였습니까?"

"다 알고 오신 거 아니었나요?"

"김옥희 측 주식이 유 소장님에게 다 넘어갔던데. 베이비핑거의 최대 주주가 돼서 뭘 하시고 싶은 겁니까?"

"뭘 어떻게 할까 생각중이랍니다. 임시주총을 열어서 대표이사를 바꿀까요? 아니면 주주들을 설득해서 베이비핑거를 다른 회사에 팔아넘길까요?"

농담인 듯 툭툭 내뱉는 말이지만 도윤에게는 농담처럼 들리지 않는다.

"뭐, 꼭 그렇게 하지 않더라도 내가 최대 주주니 앞으로 도 회장님의 모든 사안에 반대를 하며 괴롭힐 수도 있겠지요."

"협박을 하시는 겁니까?"

"아니. 경고라고 해두지요, 회장님. 난 이제부터 시작이니까. 평생 피 말리게 괴롭힐 생각을 하니 짜릿하네요."

유석원이 여유로운 표정으로 차를 음미하듯 마셨다.

"애당초 그럴 거였으면 여기서 이렇게 얘기를 나눌 이유가 없겠지요. 유 소장님의 진짜 속내를 말해보십시오."

도윤은 사무실을 둘러보았다. 그곳은 과연 사무실인가 싶게 아무것도 없이 썰렁했다. 책상과 의자 하나, 소파와 테이블이 전부다. 이곳에서 업무가 가능하나 의문이 들 정도이다. 도윤이 의심 가득한 표정으로 유석원을 바라보자, 그는 마시던 차를 테이블에 내려놓으며 진지한 표정으로 입을 열었다.

"도윤 회장님이 저에게 한 가지만 약속하면 베이비펑거에 아무런 해를 입히지 않는다는 각서를 쓰지요. 이열매와 이혼하실 수 있습니까? 도윤 회장님."

유석원을 바라보는 도윤의 시선이 점점 차가워졌다. 고집스럽게 꽉 다문 입술은 아무런 대꾸를 하지 않았다. 그 침묵에 답답함을 느낀 유석원이 다시 말했다.

"이혼하시면 베이비펑거에 관한 제 모든 권한을 도윤 회장님께 양도하죠."

유석원을 쳐다보던 도윤의 시선이 잠시 위로 향했다. 열매를 포기하라고? 도윤이 천천히 입을 열었다.

"숨 쉬는 걸 포기하라고? 협상할 가치도, 더 이상 할 말도 없군요. 이만 일어나겠습니다."

"도윤 회장님, 이대로 나가시면 후회하실 겁니다."

유석원은 덤덤히 일어나는 도윤에게 으르렁거리며 음성을 높였다. 자리에서 일어난 도윤은 유석원을 내려다보며 말했다.

"당신에게 가장 소중한 것을 버리라면 당신은 할 수 있을까? 이혼의 대가로 주식을 주겠다고? 그건 그냥 종잇조각일 뿐이야. 날 시험해보고 싶은가 본데. 마음껏 해보시지, 최대 주주님."

우습다. 주식으로 협박이라니. 주식은 정희수가 하루가 멀다 하고 내민 카드였고 협박의 무기였다. 그정도의 협박으로는 열매를 단 하루도 자신에게서 빼앗아갈 수 없다.

"도윤 회장님의 자신감 하나는 박수를 쳐드리고 싶군요."

유석원이 소파에서 일어나 자기 책상으로 가서 앉았다.

"이상해. 정말 베이비핑거를 도산시키고 싶다면 이런 방법을 쓸 필요가 없을 텐데. 번거로운 친자 소송에, 김옥희와 손을 잡고, 주식을 매입하고. 이렇게까지 하는 당신의 진짜 속내가 궁금하지만……."

도윤의 시선이 유석원에게 잠시 머물렀다.

"이 협상은 결렬입니다. 천천히 제가 알아내지요."

"언제까지 여유로울 수 있는지 두고 보겠습니다."

"마음대로. 저는 언제나처럼 수습할 일들이 많아 유석원 소장님과 대화를 나눌 여유가 없습니다."

협박은 정희수에게 수없이 당해서 이골이 났다. 사고는 조부가 저지르는 것을 평생 지켜봤다. 그러다 보면 가끔 자신에게 감정이라는 게 있나 싶을 정도로 무덤덤해질 때가 많았다. 그럴 때마다, 살면서 가장 큰 자극을 주는 건 역시 이열매뿐이다. 그것을 알고 있으니 유석원이 그녀를 건드리는 거겠지. 밖으로 나온 도윤은 금광빌딩 2층을 잠시 바라보다 도도타워로 향했다.

신제품 발표일이 최대한 미뤄졌다. 가을 신제품과 새 브랜드 런칭을 어린이날 행사, 어린이 패션쇼와 함께 공개하기로 했다. 베일에 싸인 새 제품에 대한 세간의 관심이 모이고 있다.

"윤이 손자님, 휴우……. 내가 임시직이지만 디자인 실장직을 수락한 건 그저 정희수 엿 먹이고 싶어서였지 다른 뜻은 없었어."

"알고 있습니다."

"디자인 손 놓은 지 5년이라고. 그 정도면 이 세계에선 퇴물이야.

이런 내가 뭘 할 수 있겠어. 차라리 유능한 디자이너를 스카웃해."

　도윤이 디자인실을 맡아달라고 제안했을 때는 좋은 기회라고 생각했다. 하지만 민정은 작업을 할수록 불안했다. 정희수가 망쳐 놓은 가을 신상품을 새로 제작한다는 건 실력 밖의 불가능한 일인 것만 같았다.

　"지금은 어떤 방법도 다 늦었습니다. 최대한 미룬 것이 보름입니다. 어린이날 행사 패션쇼 형식으로 신상품을 공개하기로 결정되었습니다."

　"정상적으로 작업해도 불가능한데 보름 뒤 바로 선보여야 한다는 건데."

　"그동안 마냥 손 놓고 쉬지 않았다는 거 압니다. 틈틈이 디자인도 하시고 시장조사도 하셨다고, 부인이 그러더군요."

　"그동안 취미로 끄적거린 디자인으로 제품 출하까지 한다는 건 불가능해."

　불안한 민정은 계속 손톱을 물어뜯고 있다.

　똑똑, 노크와 함께 실장실의 문이 열렸다. 문을 열고 김일두가 들어왔다.

　"아빠."

　민정의 눈이 커다래졌다. 회사를 오고가게 되면 언젠가 만날 거라 예상했지만 김일두가 이렇게 먼저 자신을 찾아올 줄은 몰랐다.

　"제가 연락했습니다. 김 실장님, 여기에 앉으시죠."

　"네."

　5년 만에 만난 부녀는 얼굴을 마주 보고 서먹하게 앉아 있다.

　"김민정 실장. 여기 계신 패턴 실장님이 이번 프로젝트를 도와주신다고 했습니다."

"아빠가요?"

"민정아, 찬밥 더운밥 가릴 때가 아니다. 보름 안에 해내지 못하면 가을 시즌은 포기해야 하는 최악의 시나리오다."

"자신 없어요."

이런 중요한 시기에 자신이 뭘 할 수 있을지, 민정은 의기소침해졌다.

"신상품 공개와 함께 바로 출시라고요. 아빠, 제가 할 수 있을까요?"

"김민정, 그만큼 쉬었으면 됐다. 죽이 되든 밥이 되든 한번 해보자. 죽을힘을 다하고도 안 되면 어쩔 수 없지만 처음부터 포기하는건 싫구나."

"아빠."

"내 딸이라서가 아니라, 난 네 디자인만큼은 믿는다."

김일두 실장은 덤덤한 척 말하려 애썼지만 목소리가 떨리고 있었다. 도두농과 얽혀 좋아하던 일을 버린 딸이 미웠지만 이제는 용서할 수 있을 것 같다.

김일두의 마음이 전해졌는지 민정이 미소를 지어 보였다.

"잘 부탁드립니다, 김민정 실장님. 저도 최대한 돕겠습니다. 제가 아무나 그 자리에 앉히겠습니까."

"윤이 손자, 아, 아니. 회장님, 저도 잘 부탁드립니다. 한번 해볼게요."

민정의 목소리가 자꾸 떨린다. 온몸이 짜릿짜릿하다. 포기했던 꿈을 다시 찾을 수 있다는 생각만으로도 온몸이 흥분된다.

"회장님, 걱정 마십시오. 무조건 하고, 어떤 일이 있어도 성공시킵니다. 제 평생을 바친 베이비핑거의 사활이 걸렸습니다."

김일두와 김민정이 도윤에게 힘이 되고자 한다. 그런 그들이 있어 도윤은 안심이 되었다. 또한 이번 기회에 화해한 두 부녀를 보며 다행이라 생각했다.

정희수 전 디자인 실장의 디자인 도용으로 불똥이 떨어진 디자인실은 말 그대로 비상이 걸렸다. 새롭게 컨셉을 잡기는 시간이 부족했다. 민정은 급한 대로 그동안 자신이 디자인해놓았던 작품들을 꺼냈고, 그 작품들을 토대로 작업을 시작했다.

도윤은 회사 안팎의 사건들을 수습하느라 정신이 없었다. 열매는 집에 들어오지 못하는 그들을 위해 야식을 챙기며 바쁜 시간들을 보냈다.

결전의 날을 하루 앞두고, 마무리 작업에 들어갔다. 민정은 다음 날 행사 때 선보일 신상품들을 최종적으로 점검하고 있다. 도윤과 김일두도 같이 작업을 돕고 있다.

"야식 왔습니다."

열매가 양손에 커다란 철가방을 들고 홀 안으로 들어왔다. 열매가 모습을 드러내자 도윤은 급하게 열매의 손에 들려 있는 철가방을 받아 들었다.

"연락을 했으면 내가 들고 왔잖아."

"회장님이 철가방을 드는 건 체면이 안 서죠. 별로 무겁지도 않은걸요."

열매는 씨익 웃으며 철가방을 열고 음식을 꺼냈다.

"와, 맛있는 냄새! 으, 역시 야근에는 야식이야. 아빠도 빨리 와서 드세요."

민정이 음식을 보자 군침을 흘렸다.

"많이 드세요. 다들 너무 고생이 많은데 제가 할 수 있는 건 이런 것뿐이라서."

"다 먹고 살자고 하는 일인데, 먹는 것만큼 중요한 게 어디 있다고. 아, 정말 맛있다."

"역시 우리 사모님 음식 솜씨는 날로 일취월장하십니다."

"김 실장님, 감사해요."

김일두의 칭찬에 열매는 기분이 좋아졌다. 식사를 하는 그들을 두고 열매는 홀 안을 둘러보았다. 결국, 불가능이라고 했던 일이 가능으로 바뀌는 15일 간의 기적이 이루어지고 있다.

열매는 작은 마네킹에 입혀놓은 아기자기한 옷들을 매만졌다. 앙증맞고 귀엽다.

"우리 아기가 입으면 더 예쁠 거야?"

"아기들은 다 예…… 네?"

"우리 아이가 열매 당신을 닮으면 귀여울 거야. 그리고 확실히 말해두지만 나는 딸이 좋아."

열매는 도윤의 말에 깜짝 놀랐다. 갑작스럽게 아기라니……. 열매는 놀라 도윤을 쳐다보았다. 그와 나의 아기라니, 생각도 못했다.

"당신 그런 말도 할 줄 알아요? 야근을 너무 오래 했나 봐. 당신 이상해졌어."

"……당신 안고 싶어 미치겠어. 자꾸 생각나."

도윤이 열매에게 고개를 숙여 나직이 말했다. 열매는 화들짝 놀라 민정과 김일두를 쳐다보았다. 그들은 음식을 먹으며 대화를 나누고 있다. 다행히도 도윤의 말을 듣지 못한 것 같다.

"누가 들으면 어쩌려고. 정말 못 말려."

"부부간의 대화가 왜? 다들 이해할 거야. 특히 김민정 실장은 좋아할지도."

"몰라요."

열매의 얼굴이 붉게 물들어간다. 그 모습이 귀여워 자꾸 놀리게 된다. 도윤은 그녀가 있어 힘든 시기를 견딜 수 있다. 그녀는 이제 어엿한 베이비핑거의 회장 사모님이면서도 야식을 챙겨 오는 것을 포함해 자잘한 잡일들을 도맡아 했다. 도윤은 뭐든지 열심히 하는 열매가 대견했다. 남들이 무시하는 일이라도 그녀는 최선을 다한다.

열매는 모를 것이다. 그런 모습이 얼마나 사랑스러운지.

"식사들 다 하셨으면 커피 드릴까요?"

"아, 좋습니다."

"나도 좋아."

열매는 얼굴이 벌게진 채로 뛰어간다. 곧 웃음소리가 흘러나온다. 도윤의 입꼬리가 풀어진다.

모든 이들이 베이비핑거의 위기라고 말한다. 부도설이 나돌기도 하지만 도윤은 지금처럼 마음이 편했던 적이 없다. 도두농의 성추행 집단 소송도 김옥희의 부재로 새 국면을 맞았다. 김옥희만 믿고 소송에 참여했던 도퇴클럽 회원들이 흔들리기 시작했고, 한두 명씩 도퇴클럽을 탈퇴하기 시작하자 동시에 소송을 취하하는 이들도 생겨나기 시작한 것이다. 이렇게 하나씩 해결해나가면 될 것이다.

"뭐가 좋은 거지? 뭐가 좋은데, 응?"

화기애애한 분위기 속에 갑작스럽게 불청객이 끼어들었다. 도윤은 홀 안으로 들어오는 정희수를 보자 표정이 굳어졌다.

"정희수, 네가 여기 무슨 일로 온 거야?"

민정의 새된 소리가 울려 퍼졌다.

"우리 윤이도 있네? 윤아, 나야. 나 희수."

그녀는 꼬인 발음과 비틀거리는 걸음으로 도윤에게 다가갔다. 정희수의 발걸음이 도윤 앞에서 멈췄다. 도윤은 정희수에게서 풍기는 진한 알코올 냄새에 인상을 찡그렸다. 정희수가 도윤에게 손을 뻗었다.

"윤아, 너를 안 지 24년째야. 나만큼 너를 잘 아는 사람 있으면 나와보라고 해. 나에겐 너뿐이라는 거 알잖아."

정희수의 눈빛이 예사롭지 않다. 그녀의 손에 들린 페트병도 어딘지 수상했다.

"지금 쟤 뭐 하려는 거니?"

"너희들, 다 있었네. 김민정, 이열매. 너희들 때문이야!"

그녀는 열매와 민정을 차례대로 노려보았다.

"민정이랑 사모님은 여기 있어요. 제가 가볼 테니."

"실장님, 가만 계세요."

김일두가 그녀들을 진정시키고 도윤에게 향하는 순간, 차가운 도윤의 목소리가 들려왔다.

"허억. 언니, 저거……."

"저 미친년이."

정희수의 다른 손에 들린 물건을 본 순간 다들 경악을 금치 못했다. 페트병과 라이터. 그 조합만으로 페트병 속에 든 물질이 무언지 대충 짐작이 갔다.

"너마저 날 버리면, 난 죽어버릴 거야. 죽을 거라고."

정희수의 눈에는 아무것도 보이지 않는 듯했다.

"그만하자. 다 끝났어."

"시작한 적도 없는데 끝났다는 게 말이 되니?"

"시작한 적도 없는 관계에 왜 집착해."

"매정해. 이열매보다 내가 너를 먼저 알았는데, 내가 먼저 너를 사랑했는데! 나는 왜 안 되는 거니?"

정희수가 병의 뚜껑을 돌렸다. 병뚜껑을 열자 기름 냄새가 확 풍겨왔다.

"다 없애버릴 거야. 모두 다. 여기에 걸려 있는 건 내 작품이어야 해. 우리 윤이가 잘했다고 칭찬하고, 나는 윤이를 위해……."

"뭐 하려는 거야? 미쳤어?"

그녀가 페트병에 담긴 등유를 전시된 신상품에 뿌리려 하자 도윤이 온몸으로 막았다.

"윤아, 한 번쯤은 날 다정하게 불러줄 수는 없었니? 나만 너에게 매달리고, 사정하고……. 억울하네."

"제발 그만해. 정신 차리라고."

"윤아, 같이 죽을까?"

"미치겠네. 더 이상 움직이면 내가 가만두지 않아."

도윤이 정희수의 팔을 잡았다. 그녀가 쥐고 있던 병에서 등유가 쏟아진다. 그녀는 지포라이터의 뚜껑을 열었다. 도윤은 그녀의 손에서 라이터를 뺏기 위해 몸싸움을 했다. 김일두도 다급히 그들에게 다가와 정희수의 손에 있는 페트병을 낚아채려 했다. 빼앗기지 않으려 버둥거리던 정희수의 손에서 병이 떨어지면서 등유가 바닥으로 쏟아졌다. 김일두가 바닥에 떨어진 병을 급하게 주웠다. 하지만 벌써 대부분의 기름이 도윤과 희수의 몸, 바닥에 뿌려진 뒤였다.

도윤은 정희수가 병을 쳐다보는 사이 다른 쪽 팔을 붙잡았다. 라이터에 불이 들어오면 모든 게 끝난다.

"윤아, 우리 삼촌 때문에 나 이제 빈털터리야. 삼촌이 날려먹은 주식과 재산이 유일하게 너를 옭아맬 수 있는 약점이고 무기였는데, 다 틀렸어. 저것들만 없으면 네가 다시 나를 찾을까? 나에게 디 자인이 있으니까. 그치?"

정희수의 눈에 초점이 없다. 그녀가 라이터에 불을 붙이려 손가락에 힘을 주었다.

"안 돼."

절망스런 목소리가 민정의 입에서 흘러나왔다.

"정희수, 그만해. 제발 그만하라고."

도윤의 목소리에 희수가 멈칫했다. 도윤이 자신을 희수라고 불렀다. 그가 자신의 이름을 불러주었다.

"윤아."

"그만해. 제발."

그때, 갑자기 차가운 이물질이 정희수와 도윤에게 쏟아졌다.

"퉷. 헉. 뭐야."

"아악. 악!"

하얀 가루가 정희수를 향해 뿜어졌고, 그녀는 두 손으로 얼굴을 감싸며 자리에 주저앉았다. 그녀의 몸이 하얀 가루로 뒤덮였다.

"야, 너는 실내에서 불장난하면 안 된다고 못 배웠니? 어디서 불장난을 하려고 해."

열매는 얼굴이 벌개진 채 씩씩거리고 있었다. 그녀의 손에 빨간 소화기가 들려 있다. 열매는 성큼성큼 정희수에게 다가갔다. 바닥에 주저앉은 정희수을 잡아 일으켰다. 열매의 팔이 공중으로 올라가더니 정희수의 뺨을 세게 후려쳤다.

"지금 여기가 어딘지 몰라? 너 디자이너잖아. 아무리 밑바닥까지 떨어졌어도 디자이너라면 이러면 안 되잖아. 네가 망쳐버린 신상품, 민정 언니가 몇 년 동안 조금씩 디자인해온 작품이고, 보름 동안 잠도 못 자고 죽어라 다시 만들었다고. 그런 피땀 어린 작품을 태우려고?"

열매의 손이 공중에서 한 번 더 원을 그었다. 짝, 하는 소리와 함께 희수의 얼굴이 돌아갔다.

"그리고 죽으려면 너 혼자 죽어. 어디서 남의 신랑을 잡고 같이 죽자고 망언을 지껄여. 난 이 나이에 미망인 될 생각 없거든!"

"네가 뭘 안다고. 윤을 알아도 내가 더 잘 알아. 내가 윤을 안 지 24년이라고."

"그래서 어쩌라고."

정희수의 눈빛이 살벌하게 변하자 열매는 그녀의 멱살을 잡았다.

"이 남자는 내 꺼야. 넘볼 생각도 마. 네가 뭐라고 해도 이 남자, 너에게 줄 생각 조금도 없으니까 꿈 깨셔."

열매는 희수를 비웃으며 손을 놓았다. 그녀는 멍하게 서 있는 도윤에게 다가갔다. 열매는 손수건을 꺼내 도윤의 옷을 털었다.

"치, 우리 신랑 옷 또 버렸네."

"옷은 갈아입으면 돼. 바로 앞이 집인데 뭐가 걱정이야."

"그래요. 집이 가까우니까 좋네요."

도윤은 자신을 걱정해주는 열매가 함께 있어 다행이라 생각했다. 정희수는 보았다. 열매를 바라보는 도윤의 표정을. 자신에겐 보여준 적 없는 자상한 표정에 정희수는 허탈했다.

"……하하하하하. 으하하하하. 아아악!"

정희수가 미친 듯이 웃는다. 그러고는 어느새 울기 시작했다. 바닥에 엎드려 통곡을 하고 있다.

"정희수, 완전히 미쳤어. 정신병원에 가야 할 정도야. 쯧쯧."

민정은 발악하는 정희수를 보며 혀를 찼다.

"회장님, 괜찮습니까?"

뒤늦게 보안 직원들이 뛰어 들어왔다. 그들은 홀 안의 상태와 오열하고 있는 정희수를 보며 아연실색했다.

정희수는 경찰에 넘겨졌다. 이번 사건을 크게 이슈화시키고 싶지 않다는 도윤의 의견으로 조용히 단순 방화 미수 사건으로 축소되어 기사화되지는 않았다.

드디어 결전의 날이 왔다. 도도타워 입구에는 오색찬란한 만국기가 펄럭이고 피에로들이 춤을 추며 어린이 고객들을 맞이하고 있다.

"하, 그 모습으로 들어가시겠다?"

도도타워 입구에서 도윤과 열매가 티격태격하고 있다. 도윤의 얼굴에는 못마땅함이 가득하다.

"당신이 말려도 소용없어요."

"도대체 그 의상에 집착하는 이유가 뭔데?"

열매의 하늘하늘한 하늘색 드레스를 쳐다보는 도윤의 눈가가 바르르 떨린다. 어린아이라면 이해하겠다. 하지만 다 큰 성인 여자가 엘사 코스프레라니.

"도라에몽의 악몽을 떨치기 위해서랄까? 디즈니 공주 의상은 제 로망이라 절대 포기 못해요."

도윤을 똑바로 쳐다보던 열매가 씩 웃으며 휙 돌아섰다. 열매의 움직임에 따라 그녀의 등 뒤로 하얀 레이스 망토가 너풀거린다. 아예 도윤 보란 듯 살랑살랑 엉덩이를 흔들며 'Let It Go- Let It Go-'를 흥얼거리며 도도타워 안으로 걸어 들어간다. 말려도 소용없다는 걸 안 도윤은 나직이 한숨을 쉬며 그녀를 따라 들어갈 뿐이었다.

도도타워 로비에는 유아 용품 및 아동복이 행사 매대에 수북이 쌓여있고 많은 고객들이 물품을 고르고 있다. 행사장 끝 무대에는 캐릭터 복장을 한 인형들과 함께 사진을 찍는 포토라인이 마련되어 있어 아이들과 함께 온 부모들이 길게 줄을 서 있다.

"어머, 열매야! 여기야, 여기."

소란스러운 공간 속에서도 그들을 부르는 하이톤의 목소리가 정확히 들려온다. 도윤은 그 목소리가 들려오는 곳으로 고개를 돌렸다. 순간 동공에 지진이 나듯 눈가가 또 한 번 바르르 떨렸다.

포토라인에서 어린 손님들과 함께 사진을 찍고 있는 한 여인. 정확히 말해서 마녀 분장을 한 민정이 그들을 향해 손을 흔들고 있다.

"말레피센트……."

도윤이 중얼거리는 사이 열매는 폴짝폴짝 뛰어서 잠자는 숲속의 공주를 깊은 잠 속으로 빠지게 만든 마녀, 말레피센트에게 뛰어 갔다. 꼭 자신을 재워달라고 뛰어가는 철없는 공주 같아 보인다. 열매의 등장에 잠시 포토라인이 소란스러워졌다.

"엘사다, 엘사."

아이들의 즐거워하는 소리가 들리는가 싶더니, 말레피센트 민정과 엘사 열매는 어린아이들에게 둘러싸여 사진을 찍기 시작했다. 다른 캐릭터에 비해 인기가 많아 보인다.

"손자님, 지금 오셨는가? 늦겠네. 들어가지."

도윤의 어깨를 툭 치는 손길이 느껴진다. 이번에는 도두농인가? 도윤은 조부에게 고개를 돌렸다. 조부를 보자 자신도 모르게 입에서 헛웃음이 튀어나왔다.

"할아버님 의상은 그게 뭡니까? 모두들 오늘이 가장 무도회날인 줄 착각하는 모양인데. 체통을 지키시죠."

도윤은 화를 누르며 마뜩잖은 시선으로 도두농의 위아래를 훑어보았다.

"축제날 멋대가리 없이 양복 입고 온 손자님이 이상한 거야. 어린아이들이 주 고객인 회사에서 손님을 초대했으면 이런 의상은 기본인 거야."

도두농은 도윤의 융통성 없음을 꼬집으며 호탕하게 껄껄 웃었다.

"설마 탈을 쓰시고 행사에 참여하시겠다는 건 아니시겠죠?"

도윤은 도두농의 손에 들려 있는 커다란 뽀로로 탈을 서늘히 노려봤다. 도두농은 헛기침을 하더니 단오하게 말했다.

"내가 구설수에 좀 오르지 않았나. 그래서 오늘은 얼굴을 가리고 참여하려 하네."

도두농이 도윤의 귀에다 속삭이더니 보란 듯 얼굴에 탈을 쓰고 뒤뚱거리며 한 바퀴를 돌았다.

"와, 뽀로로다."

"어린이 친구들, 안녕?"

아이들이 도두농을 보며 소리를 지르자, 도두농은 아이들을 향해 손을 흔들며 뒤뚱뒤뚱 종종거린다.

과연 오늘은 사고 없이 무사히 행사를 마칠 수 있을까?

도윤은 의문이 들었다.

"오늘의 운세가 뭐였더라?"

그는 휴대폰을 꺼내 오늘의 운세를 확인했다.

[도윤 님 오늘의 운세 - 무평불피 무왕불복(无平不陂 无往不復), 언덕 없이 마냥 평평한 땅이 없고, 가서 돌아오지 않는 것은 없으니 남에게 끼친 선행이나 악행은 꼭 되돌아옵니다. 마음을 비우는 하루가 예상됩니다.]

한마디로 원점.

"역시 불길해."

도윤은 아이들을 떼로 몰고 품평회장으로 들어가는 뽀로로 도두농을 보며 중얼거렸다.

"당신 안 들어가고 뭐 해요? 들어가요."

볼일을 다 본 엘사 열매가 도윤의 팔짱을 낀다.

그래, 오늘은 축제날이야. 김옥희 일가가 무너진 지금, 방해물은 없을 것이다. 도윤은 애써 마음을 다잡고 품평회가 마련된 장소로 이동했다. 홀 안은 간밤에 큰 소란이 있었다고는 생각조차 할 수 없게 화려하게 장식되어 있었다.

베이비핑거의 가을 신상품은 많은 이들의 호평을 얻었다. 디자이너 김민정의 화려한 부활과 함께, 베이비핑거의 위기설을 한 번에 없앴다.

품평회가 끝나고 본격적인 뒤풀이가 시작되었다. 가을 신상품이 전시되었던 넓은 공간은 파티장으로 변했다. 기다란 테이블에 소담스러운 음식들이 세팅되었다. 아름다운 공주 이열매는 파티의 주인공이 되어 즐거움을 만끽하고 있고, 마녀 김민정은 자신의 디자인에 대해 피를 토하듯 열변을 내뱉고 있다. 베이비핑거의 모든 직원들은 베이비핑거의 위기설을 이겨낸 즐거움을 자축하고 있었고, 업체 관계자들과 VIP손님들은 아이들과 함께 파티를 즐기고 있다.

깔깔깔, 호호호. 웃음이 끊이지 않는다. 그제야 도윤은 긴장의 끈을 놓고 느긋하게 업체 관계자와 가을 제품에 관한 업체 동향에 대해 담소를 나누었다. 오랜만에 느끼는 여유였다.

"오늘 하루 무사히 넘겼다고 위기를 넘긴 건 아니죠."

불청객이 끼어들었다.

"유석원 소장이 무슨 일로."

"저도 여기 주주란 걸 잊으셨나 봅니다. 신상품이 제대로 출시되는지 궁금해서요."

"주주로서 궁금하시단 분의 복장이……."

유석원까지 물든 것일까. 그는 홍길동 복장으로 나타났다. 하지만 아버지를 아버지라 부르지 못하는 서자 홍길동 복장이라. 묘하게도 그와 어울렸다.

"입구서부터 다들 코스프레 분장이라, 오늘 컨셉이 가장무도회인 줄 알고 급히 준비해 왔는데. 아닙니까?"

아니라 우길 수도 없었다. 바로 앞에서 엘사, 말레피센트, 뽀로로가 설치고 다니고 있으니.

그래, 설치고······? 엘사, 말레피세느, 뽀로로를 둘러보는 순간, 뽀로로의 오동통한 손이 엘사의 엉덩이에 놓여 있는 요상한 상황이 눈에 들어온다. 예전 5년 전 창립 기념 파티 때 상황과 오버랩되었다.

"아, 안 돼!"

도윤이 손을 뻗쳤으나, 이미 늦었다.

"으악!"

뽀로로가 비명을 지르며 자신의 중심부를 움켜쥐고 카펫 바닥에 장렬하게 쓰러졌다.

"이 망할 뽀로로. 어디다 손을 대는 거야?"

바닥에 뒹구는 뽀로로 앞에는 삿대질을 하며 씩씩거리는 엘사가 있다.

"엄마, 뽀로로가 엘사 엉덩이를 만졌어."

어린 여자아이의 낭랑한 목소리가 들려온다.

무평불피 무왕불복(无平不陂 无往不復). 원점.

5년 전 상황이 반복된 이 상황 앞에 도윤은 할 말을 잃었다. 다음 대사도 왠지 알 것 같다.

"에이, 잘못 봤겠지. 설마 뽀로로가 성추행을 했겠니?"

시간과 장소가 다르고 목격자도 다르지만 한 치의 오차도 없는 같은 대사가 이어지고 있다.

뽀로로가 엘사 엉덩이를 보더니 만졌다.

엘사가 화나서 뽀로로 고추를 발로 찼다.

도윤은 대사를 외우듯 혼자 중얼거렸다.

"너 누군지 보자."

엘사가 뽀로로의 탈을 벗기려 하자, 뽀로로는 탈만큼은 사수하려는 듯 꼭 쥐고 놓지 않았다. 하지만 엘사는 힘주어 탈을 벗겨냈고, 뽀로로의 맨얼굴이 드러나자 경악에 찬 표정을 지었다.

"할아버님?"

엘사는 믿지 못하겠다는 듯 눈까지 비비며 자세히 쳐다보았다. 말레피센트는 뽀로로의 정체를 확인하자 경악에 찬 얼굴로 '오, 마이 갓'을 외치고, 사람들은 수군거리기 시작했다.

"손주며느님, 오, 오늘은 정말 오, 오해야. 아윽. 정말 만지려 한 게 아니야. 허억. 억. 레이스 망토에 발이 걸렸단 말일세. 뽀로로 탈을 쓰면 몸이 둔해진다네. 아윽. 설마 내가 손주며느님 성추행을 하겠나."

입을 벌린 채 아무 말도 못하고 뻐끔거리는 엘사와 변명하는 뽀로로의 모습이 이어졌다. 급소를 채인 고통에 신음하며 내뱉는 뽀로로 도두농의 말과 표정은 정말로 억울해 보였다. 사람들은 이 상황이 픽션인지 논픽션인지 몰라 어리둥절해하고 있다.

펑- 펑- 기자들이 사진을 찍고 있다. 도윤은 가슴이 저릿했다. 도두농은 사고를 몰고 다닌다. 내일 자 조간신문 헤드라인을 장식할 기사는 도두농의 끝없는 성추행이겠지. 이제 베이비핑거는 끝이다.

"호호호, 어린이 여러분, 잘 보셨어요?"

그때 엘사가 레이스 망토를 펄럭이며 두 손을 펼치더니 오버스럽게 하이톤의 목소리를 냈다. 하지만 국어책을 읽듯 어색한 톤에 사람들은 어리둥절해했다.

"여러분, 우리처럼 아름다운 공주님에게는 항상 나쁜 악마들이 유혹을 한답니다."

엘사는 과장스럽게 몸을 흔들며 어린이들에게 어색한 웃음을 지었다. 그녀의 갑작스런 변화에 홀 안에 정적이 돈다.

"어린이 여러분은 모르는 어른들이 과자 줄게, 같이 갈까? 할 때 가면 될까요, 안 될까요?"

"안 돼요!"

엘사의 외침에 아이들이 하나둘씩 대답을 하기 시작했다.

"그럼, 이렇게 귀여운 뽀로로지만 여러분들의 몸을 만지면 어떻게 해야 할까요?"

"싫어요, 안 돼요, 만지지 말아요!"

아이들이 떼창을 하기 시작했다. 그제야 상황 파악을 한 말레피센트가 험악한 표정으로 열 손가락을 쥐락펴락하면서 엘사의 연기에 동참했다.

"나쁜 마녀가 여러분의 엉덩이를 만지면 어떻게 해야 할까?"

"엘사처럼 발로 차요."

"네, 맞았습니다. 여러분들에게 보여주기 위해 희생양이 되어 시범을 보여준 뽀로로였습니다."

말레피센트 민정은 바닥에서 신음하고 있는 뽀로로를 일으켜 세웠다.

"영감탱이야. 여기서 제대로 못하면 정말 죽을 줄 알아."

민정은 도두농에게 협박조로 소곤거렸다. 도두농은 온몸이 저릿하고 식은땀이 흘렀지만 간신히 일어났다.

"여. 러. 분. 나쁜 사람은 벌 받아 아파요. 허억. 헉."

도두농은 간신히 말을 내뱉으며 비틀거리며 섰다.

"제 버릇 개 못준다고 하더니. 쯧쯧."

유석원이 혀를 차며 불만에 가득 찬 표정을 지었다.

혀를 차는 홍길동을 보자 도윤의 표정에 자그마한 경련이 일기 시작했다. 뽀로로와 친한 척하느라 표정 관리가 안 돼서 광대뼈를 실룩이는 말레피센트를 보니 가슴을 조이던 무수한 끈들이 두둑 끊어졌다. 난감해하며 레이스 망토로 땀을 닦는 엘사에게로 시선이 멈추자 비로소 숨을 쉴 수 있었고, 마지막으로 울먹이는 뽀로로의 모습을 보고는 빵 터지고 말았다.

"풋……. 풉, 푸하하하하하하."

멈출 수가 없었다. 허리가 끊어질 것 같아 배를 움켜 쥐어보았지만 한 번 터진 웃음이 끊이지 않는다.

"푸하하하, 푸훗, 하하하하."

이건 있을 수 없는 대사건이다. 손자가 크게 웃는 모습을 처음 본 도두농은 자신의 아픔도 잊은 채 넋을 놓았고, 열매 또한 기막힌 표정으로 멍을 때리고 있다.

얼음 왕자, 바늘로 찔러도 피 한 방울 나지 않는다는 그가 이렇게 사람 많은 자리에서 눈물까지 훔치면서 소리 내어 웃고 있다. 그를 알던 모든 이들이 귀신에 홀린 듯 그를 멍하게 쳐다보았다.

"하하."

"호호."

그러다 한두 명씩 그를 따라 웃기 시작했다.

"호호호. 우리 명예 회장님이 너무 연극을 잘하셔서 깜박 속았지 뭐예요."

"하하하하. 베이비핑거의 파티는 역시 달라요. 깜짝 상황극까지 보여주다니요. 얘들아, 잘 봤지. 나쁜 사람들이 만지면 엘사처럼 하는 거야."

도윤에서 시작된 웃음은 전염병처럼 홀 안의 모든 이들에게 전염되었다. 어른들이 웃기 시작하자 아이들도 따라 데굴거리며 웃었다.

이 모든 것을 처음부터 지켜본 석원은 피식 웃고 말았다.

"모두들 다 행복해하니 해피 엔딩인 건가?"

도윤에게 쪼르르 달려온 열매가 그의 허리에 매달려 있다. 도윤의 웃는 모습이 신기한지 이리 보고 저리 보고, 그녀의 얼굴에는 행복이 가득하다. 자신이 끼어들 틈은 어디에도 없었다.

"달라도 많이 달라."

석원이 지금까지 지켜본 도윤은 조부와 달랐다. 그 다른 모습에 씁쓸한 마음이 드는 건 모순일지도 모른다. 도윤이 도두농과 같은 인간이길 바랐던 걸까. 그래야 이 복수가 정당할 테니까.

유석원은 허탈한 웃음과 함께 도도타워를 나섰다. 완전한 패배다. 그는 하늘을 올려다보았다. 만국기가 펄럭이는 축제일에 걸맞게 하늘이 화창하다.

석원은 자신의 사무실로 갔다. 철문을 밀고 들어가 의자에 걸터앉았다. 책상 위 작은 액자에는 한 중년 여성과 석원이 같이 찍은 사진이 들어 있다. 사진 속 여성은 이미 이 모든 것을 알고 있다는 듯 미소를 짓고 있었다.

"어머니는 다 알고 계셨던 거죠?"

석원은 중얼거렸다. 그의 마음을 아는 듯 석원의 휴대폰이 울렸다.

"왜, 결과가 궁금하셨습니까?"

석원은 퉁명스럽게 전화를 받았다.

-도두농의 핏줄답지 않게 괜찮은 남자지?

차분한 여인의 목소리를 들으니 석원의 마음도 편안해진다.

"어머니 소원대로 도윤 회장의 자리는 지켜주었습니다. 하지만 그게 다입니다."

석원이 툴툴거리자 그의 마음을 안다는 듯 여인의 목소리가 흘러나왔다.

-석원아, 내가 너를 임신하고 힘들어했을 때 나를 거둬주신 분이 금광희 여사님이셔. 금광빌딩에 머물게 해주시고, 네가 태어났을 때 손수 배넷저고리도 만들어 입혀주셨지. 내가 미국으로 이민 갈 때도 이곳에 자리 잡게 도와주신 분이야. 나는 그분의 손녀가 불행해지는 건 싫다.

"알아요. 건물주님이 윤이랑 별거할 땐 제가 복수하는 거 말리지 않으셨잖아요. 나중에 둘이 합치고 그녀가 행복해한다는 소식을 듣고서야 저를 계속 말리셨고요."

-우리는 이대로도 좋잖아.

"어머니, 저도 건물주님이 행복해지길 원해서 이러는 겁니다. 윤이 도두농을 닮았다면 절대 한 여자만 보고 살지는 않을 테니까요."

억울하지도 않은 걸까? 석원은 진심으로 어머니에게 묻고 싶었다. 그의 마음을 알아챘는지 그녀는 석원을 다독거리기 시작했다.

-석원아, 나는 네가 있어 행복해. 그것만 생각하면 안 되겠니?

이제는 모두 다 행복해져야 한다.

"3년 예상으로 나왔으니 이젠 미국으로 들어가야 합니다. 미국

본사에서도 더 이상 놀면 자른다고 협박을 했거든요."

-놀고먹는 너에게 과한 연봉을 주긴 했어. 페이를 그렇게 많이 주니 네가 딴생각이 들어 복수나 생각한 거 아니니. 네 회사 사장을 만나서 따져야겠어.

"허허, 어머니. 왜 그러십니까? 아들 능력이 좋은 거라고 생각하세요. 세계에서 가장 높은 빌딩 설계, 제가 했습니다. 그 정도 받을 자격 있어요."

⋯⋯정말 얼굴은 안 보고 갈 거니?

"네, 평생 볼 생각 없습니다. 여기 정리되는 대로 들어가겠습니다. 어머니, 그때 봬요."

유석원은 도두농의 존재 따위 처음부터 인정할 마음은 없었다. 도윤을 자극하고자 친자 소송을 벌인 것뿐이다. 도윤과 열매의 마음도 알았고, 이제는 한국에 더 이상 있을 이유가 없다. 유석원은 한국에서의 모든 것을 조용히 정리했다.

열매의 통장에 계약한 만큼의 임대료가 일시불로 입금되었다. 열매도 2층의 건축 사무소가 비어 있는 걸 보고서야 그가 짐을 뺀 걸 알았다. 유석원의 빈 사무실에는 한 통의 편지가 놓여 있었고, 그 편지 안에는 그녀와 유석원이 도도타워를 바라보고 찍은 사진과 함께 1등 축하 문구가 적힌 속초 SJ리조트 단독 풀빌라 이용권이 들어 있었다.

<건물주님과 단둘이 가고 싶었지만, 양보하겠습니다. 도윤 회장님과 즐겁게 보내십시오. 제 마지막 선물입니다.>

열매는 다시는 석원을 못 볼 것 같다는 예감이 들었다.

한편 도윤은 석원에게 한 통의 전화를 받았다. 조용히 한국을 떠난다는 말과 함께, 이열매에게 잘하라는 말까지. 자기는 최대 주주이니 언제라도 도윤을 괴롭힐 수 있다는 말까지 친절하게 남기고 전화를 끊었다.

도두농은 아들을 찾았다며 신나했지만, 결국 얼굴도 보지 못했다. 유석원은 소송을 취하한 뒤, 도두농에게는 편지도 귀찮았는지 문자 메시지만 짧게 남겼다고 한다.

[아버지로 인정할 마음 없습니다. 물론 아버지였던 적도 없습니다. 앞으로도 찾을 생각 없으니 절 찾지 마십시오.]

도두농은 아연실색했다.

유석원이 떠나고 몇 달 동안 많은 일들이 있었다. 도윤은 베이비핑거의 정상화를 위해 밤낮없이 일을 했다. 여전히 바뀌지 않는 건 도윤 앞에 쌓인 일감들이다. 베이비핑거는 도윤이 아니면 안 돌아가는 건지, 도윤이 일에 파묻혀 사는 게 열매의 가장 큰 불만이다.

"치, 당신 아니면 회사는 망하지?"

"또 도망가려고?

샤워를 마치고 나온 도윤이 머리를 털며 나오고 있다. 온몸에 물기가 맺혀 있는 모습은 예나 지금이나 아찔하게 섹시하다. 그가 웃으며 열매에게 다가온다.

열매는 손을 뻗었다. 그의 몸을 가리고 있는 건 오직 타월 한 장뿐. 손만 뻗어 잡아당기면 풀릴 것 같다.

"당신 배 안 고파요?"

"난 다른 게 먹고 싶은데."

도윤의 눈길이 지글지글 타오르는 것을 보며 열매는 회심의 미소를 지었다. 도윤 역시 열매를 바라보며 미소 짓더니 열매를 번쩍 안았다.

"뭐 하려고요? 아직 밝은데."

"뭐 어때. 여기 우리밖에 없는데."

도윤은 열매를 데리고 침실로 갔다. 그녀를 침대에 던지다시피 눕혔다. 열매는 도윤의 다가오는 입술을 보며 눈을 감았다.

"잠깐만요."

열매는 도윤을 밀치면서 벌떡 일어났다. 그녀는 재빠르게 침대 머리맡에 놓인 도윤의 휴대폰과 자신의 휴대폰의 전원 종료 버튼을 눌렀다. 그것만으로도 불안한지 열매는 아예 배터리까지 분리하고, 전화기 선도 뽑아버렸다.

"방해물 완벽하게 제거. 오늘은 회사에서 콜이 와도 절대 안 보낼 거야."

그 모습에 도윤은 어이가 없다는 듯 웃음을 지었다. 열매는 만족스런 표정으로 도윤의 옆에 누웠다. 열매는 웃고만 있는 도윤을 보자 마음이 조급해졌다. 도윤의 손이 열매의 티 안으로 들어갔다. 탐스러운 가슴을 만지며 천천히 옷을 벗겼다. 열매는 기다릴 틈도 없이 도윤의 입술을 덮치면서 두 팔을 그의 목에 감았다. 살짝 벌어진 입술 사이로 그의 따스한 혀가 들어오자 열매는 자신도 모르게 신음이 흘러나왔다. 그러나 평소와는 다른 신음이었다.

"욱."

열매가 도윤을 밀치더니 헛구역질을 하기 시작했다.

"부인, 속 안 좋아?"

"욱. 몰라요. 당신 향수 뿌렸어요?"

"수영하면서 누가 향수를 뿌려?"

"그런데 냄새가……. 욱."

열매는 도윤을 밀치고 화장실로 뛰어 들어갔다. 멀미라도 할 때처럼 속이 메슥거렸다.

"괜찮아?"

도윤은 걱정이 되어 화장실까지 따라 들어가 열매의 등을 두드렸다.

열매는 억울했다. 먹은 것도 없는데 속이 왜 안 좋은 건지. 전화선도 다 뽑고, 모든 방해물들을 다 제거했다. 그런데 왜 이 순간 속이 안 좋은 걸까.

"……억울해."

열매의 투덜대는 소리에 도윤이 조용히 물었다.

"언제부터 속이 안 좋았던 거야?"

"요즘 계속 안 좋긴 했지만, 왜 그런지 잘 모르겠어요."

"이열매, 혹시…… 정말 모르겠어?"

"네?"

열매는 도윤을 쳐다보았다. 도윤의 얼굴에 환한 미소가 걸렸다. 도윤이 열매를 꽉 안았다.

"아기가 생긴 걸까요?"

"병원에 가봐야 알겠지만, 아무래도 우리에게 가족이 생긴 것 같아."

도윤이 목멘 소리로 말했다. 가족이란 말에 열매도 코끝이 찡해졌다. 도윤의 입술이 열매의 이마를 살포시 눌렀다.

"사랑해."

"저도 사랑해요."

열매는 이제 여름이 되어도 우울하지 않다. 이토록 행복한 여름은 부모님이 돌아가신 이후 처음이다. 사랑하는 남편과 이제 곧 만날 아이들까지, 1년 365일 매 순간이 행복할 것이다.

띵동, 띵동.

갑작스럽게 인터폰의 벨이 울렸다. 이런 달달한 상황에 방해꾼이 안 나타나는 게 이상하긴 했다. 열매는 긴 한숨을 쉬며 인터폰을 확인했다.

화면 속에 도두농의 모습이 보였다. 현관을 여니 도두농이 울먹이며 서 있었다. 손에는 이혼장이 들려져 있었다. 이혼장을 확인한 열매는 그 안에 적혀 있는 메모지의 글을 보고 깜짝 놀랐다.

<Fuck you! 이 고자야. 잘 먹고 잘 살아라!>

열매는 그 옛날 자신이 도윤에게 던지고 나온 메모가 떠올라 온몸에 소름이 돋았다.

"흑흑, 그게 안 된다고 내쫓겼네. 삶의 이유가 없어졌어."

도두농이 거실 바닥에 철퍼덕 주저앉아 서럽게 흐느끼며 신세한탄을 시작했다. 서미연이 이혼을 제기한 이유가 도두농이 '그게' 안 돼서라는 충격적인 사실을 알게 되었다.

"할아버님께 최고의 형벌인 발기 불능이라니. 죄송합니다. 저 때문에……."

열매는 자신이 도두농의 가운데를 발로 찬 게 문제가 된 거 같아 미안했다. 도두농이 7번째 이혼을 하게 된다면 그 이유의 9할은 자신 때문이라고 생각했다. 하지만 도두농이 잠재적 고자가 되자 도윤은 상당히 만족해했다.

"한 사람이라도 행복하면 된 거지, 뭐."

열매는 도윤의 평온한 모습을 보며 좋게 생각하기로 했다.

도도타워 10층, 회장 집무실. 도윤은 오늘도 열심히 일한다. 창밖으로 보이는 금광빌딩은 그의 삶의 활력소다. 그곳은 그의 부인 이열매가 있고 앞으로 사랑스런 아이들도 태어날 것이다. 그들이 그의 삶의 이유다.

도윤은 책상 서랍을 열었다. 그 안에 들어 있는 서류 봉투를 집어 내용물을 꺼냈다. 벌써부터 없앴어야 할 서류들. 이제는 그에게 필요 없는 결혼계약서와 이혼장이다. 도윤은 분쇄기에 그 종이들을 한 장씩 집어넣었다. 드르륵, 그들의 아팠던 과거들이 잘게 찢겨서 사라지고 있다. 도윤의 입가에 서서히 미소가 걸린다. 진정한 행복이 그에게 찾아온 것이다.

Epilogue. 인내는 썼으나 열매는 달았다

"오늘은 다양한 분만법에 대해 알아보는 시간을 갖도록 하겠습니다. 우리가 흔히 알고 있는 분만법 외에 르봐이에 분만법과 수중 분만법에 대해 알아볼게요. 먼저⋯⋯."

현직 수간호사가 직접 강사로 초빙되어 실제 출산 사례를 들어가며 출산법을 설명하고 있다.

"진통이 오면 시간을 재봅니다. 30분 간격으로 오던 진통 간격이 서서히 줄어들고, 규칙적으로 5분 간격이 되면 아기를 맞을 시간이 된 거랍니다."

관련 동영상 자료가 상영되자 도윤은 자신의 일인 것처럼 호흡이 가파졌다. 열매는 도윤의 상태가 슬슬 불안해지기 시작했다.

"길게 숨을 들이쉬고, 참았다가 길게 내쉬고⋯⋯."

단정하게 단발머리를 한 초빙 강사가 동영상을 보며 분만 과정에 필요한 호흡을 시범으로 보여주고 있다.

그때 사색이 된 도윤이 열매의 손을 잡고 벌떡 일어났다. 도윤의 돌발행동에 강사가 한숨을 내쉬었다.

"회장님, 이번에는 또 뭐가 문제일까요? 우리 사모님 손잡고 어딜 가시려는 걸까요?"

한두 번 겪은 일이 아닌 듯 강사는 말꼬리를 길게 늘어뜨리며 도윤을 쳐다보았다. 출산 준비 강좌를 하며 수많은 예비부부들을 보았지만 도윤처럼 유별난 예비 아빠는 없었다.

그는 이곳 문화센터가 소속된 베이비핑거의 대표 이사다. 그의 첫인상은 전형적인 경영자, 냉혹한 이미지의 사업가였다. 하지만 예비 아빠로서의 그는 유난스러움이 그 도를 넘어섰다. 이 사람이 정말 처음 보았던 그 사업가 도윤이 맞는지 의심이 갈 정도였다.

"아무리 생각해도, 제 부인은 자연분만은 안 될 것 같습니다. 하나도 아니고 둘인데 수중분만도 그렇고 다 위험해 보입니다."

분만 과정을 지켜보던 도윤은 애 둘을 저렇게 낳다가는 열매가 죽을지도 모른다는 생각에 고개를 휘저었다.

"회장님, 사모님을 위하시는 모습이 아주 보기 좋으세요. 하지만 자연분만이 산모와 아기에게 가장 좋은 분만이랍니다."

"낳다가 잘못될 수도 있잖습니까?"

도윤의 목소리가 심하게 떨리고 있다. 열매는 도윤의 옆구리를 살짝 꼬집었다.

"당신, 그만해요. 내가 알아서 할게요."

열매는 창피해서 고개를 못 들고 있다. 예전에는 무심해서 문제였다면 지금은 너무 유별나서 문제다. 혼자 수강해도 된다고 하는데 굳이 같이 듣겠다고 하더니, 결국 저 유난을 떨고 있다.

"부인, 저 영상을 보고도 자연분만을 하려고?"

"모든 엄마들이 다 그렇게 아기를 낳는다고요."

강사는 고개를 절레절레 흔들고, 강좌를 듣는 다른 예비 엄마들은 웃음을 참고 있다. 도윤의 마음이 전혀 이해되지 않는 건 아니다. 출산에 대한 공포는 누구나 다 있으니까. 다만 사랑스런 아이가 태어나는 과정이니 무서워도 견디는 것뿐이다.

똑똑, 노크 소리와 함께 출입문이 빼꼼히 열린다. 열린 문틈 사이로 민정의 얼굴이 보인다.

"실례합니다. 여기 우리 회장님이 계신지……. 아, 역시 여기 있었어. 죄송합니다. 제가 좀 급해서요."

민정이 교실 안으로 들어와 다른 예비부부들에게 인사를 하고는 도윤에게 다가왔다.

"김 실장, 무슨 일이지?"

"회장님, 여기서 이러시면 아니 되시죠. 다들 회장님을 기다리고 있으니 어서 올라가보시죠."

"나중에 보고 받는다고 전하세요."

"회장님, 이러시면 제가 정말, 정말 곤란합니다."

민정이 허리에 양손을 얹고 불만이 가득 찬 표정으로 눈을 치켜떴다.

"여긴 제가 알아서 할 테니 올라가서 일 보세요."

열매는 도윤을 보며 한숨을 쉬었다.

"당신 예정일이 보름도 안 남았어. 쌍둥이라 언제 나올지도 모르는데 내가 일이 손에 잡히겠어. 안 돼. 수업 다 듣고 집까지 무사히 가는 걸 보기 전까지는 안심이 안 돼."

"제가 같이 있을게요. 그리고 강좌 끝나면 휴게실에서 같이 기다리고 있겠습니다. 회장님도 아시다시피 우리 도도타워 문화센터 휴게실, 아주 환경 좋습니다. 차와 과자가 비치되어 있는 건 기본이요, 푹신푹신한 소파까지. 아주 편하게 쉴 수 있는 공간인 거 회장님도 아시죠? 사모님 곁에서 1초도 떨어지지 않고 제가 딱 붙어 있을 테니 마음 놓고 일하고 오시지요. 제가 있겠다는데도 불안하신가요? 회. 장. 님!"

도윤은 만삭인 열매가 걱정이 되었지만 민정이 단호하게 나오자 결국 항복했다.

"금방 일 끝내고 올게."

그래도 마음에 놓이지 않는지 도윤은 계속 뒤를 돌아보며 교실에서 나갔다. 열매는 사람들의 시선이 자신에게 집중되자 민망해서 고개를 숙이고 말았다.

"호호호. 아주 난리가 아니다. 이열매, 임신 두 번 했다가는 우리 도윤 회장님 제명에 못 살겠어."

"그만해요. 언니까지 그러면 어떡해요."

"부러워서 그런 거지. 죽이게 잘생긴 남편에 일타쌍피 쌍둥이라. 이열매는 전생에 나라를 구한 거야."

민정은 열매의 남산만 한 배를 보면서 낄낄거렸다. 열매는 무안했는지 강사에게 미안하다는 눈짓을 보낸 뒤 아예 민정을 끌고 교실에서 나왔다.

열매는 휴게실에 도착하자마자 소파에 몸을 비스듬히 기대앉았다. 허리 뒤에 쿠션을 받치니 훨씬 편했다. 민정은 방금 막 내려진 향이 좋은 원두커피를 한 잔 따랐다. 열매를 위해서는 휴게실에 비치되어 있는 우유와 과자를 챙겨 왔다.

"쌍둥이라 그런지 역시 배가 많이 나왔어."

민정의 시선이 열매의 배로 향했다. 열매는 배를 쓰다듬으며 미소 지었다.

"둘이라 그런지 발차기도 만만치 않아요."

그러면서 열매는 커피를 마시고 있는 민정을 부러운 눈으로 바라보았다. 목을 타고 꿀꺽, 넘어가는 소리조차 맛깔나게 들린다.

"커피 딱 한 잔만 마시면 소원이 없겠어요."

열매의 애원 어린 눈빛에도 민정은 꿈쩍하지 않는다.

"뗵, 임신 중에 커피라니. 10층에 있는 도불출이 알기라도 해봐. 아, 생각하기도 싫다. 나는 우리 도윤 회장님이 애처가를 넘어 팔불출로 변할 줄은 몰랐다."

"그건 저도 놀라고 있어요. 예전에는 너무 무심해서 탈, 지금은 너무 관심 있어서 탈. 어찌 된 게 중간이 없네요."

열매는 우유곽을 벌려 빨대를 꽂고는 쭈욱 빨아 마셨다.

"오늘도 우리의 도불출 회장님이 재미난 사건을 만드셨지. 회의 도중 뛰쳐나가시지 뭐야. 금방 들어올 거라 생각했는데 기다려도, 기다려도 오지 않아서 내가 내려온 거잖아. 아주 내가 미친다."

"일 끝났다고 하더니."

"끝나려면 시간이 좀 걸릴 거야. 뭐, 그 덕분에 열매와 오랜만에 수다를 떠니 좋긴 하네. 하지만 눈에 선하다. 우리 도윤 회장님, 어떻게든 일을 빨리 끝내려 직원들을 닦달하고 있을걸."

민정은 도윤을 생각하며 못 말리겠다는 표정을 지었다.

"열매야, 도그빌라에 다시 들어가니 어때? 살 만해?"

"네, 언니가 없어서 좀 심심하긴 하지만, 사전님이 없으니 그곳도 천국이네요."

열매가 쌍둥이를 임신하자 도윤은 거취를 고민했다. 금광빌딩은 엘리베이터가 없는 4층 건물이라 출산과 육아에 힘든 환경이다. 고민 끝에 도그빌라로 들어가기로 결정했다. 1층 거실도 넓어 쌍둥이를 키우기에 적합해서였다. 열매도 도윤의 의견에 반대하지 않았다. 죽어도 가기 싫었던 도그빌라지만, 그 원흉이 사라진 지금은 굳이 그곳을 거부할 이유는 없었다. 도그빌라가 예전과 달라졌기 때문이다.

절대 입주민이 바뀌지 않을 것 같았던 도그빌라가 대거 물갈이 되었다. 처음엔 파산한 사전 김옥희의 301호가 경매 매물로 나오면서 주인이 바뀌었다. 도그빌라가 매물로 나오는 일은 드물어서인지 경매로 나오자마자 바로 입찰되었다. 그녀의 수족과도 같던 오전과 사약도 자연스럽게 빠졌다. 육전 김민정은 201호를 팔고 부모님 집에 들어가 같이 살고 있다. 이제 칠전이 된 서미연은 언론에서 떠들어대는 게 싫은지 도두농과 원만하게 합의이혼을 했다. 이혼하며 받은 위자료 1순위 도그빌라는 받자마자 팔아버리고 영화 촬영을 핑계로 미국에 거주하고 있다. 그 외는 조용한 주민들뿐이다.

"많이 기다렸지? 의자가 불편해서 힘들었겠네. 임산부를 배려하지 않는 의자라."

도윤의 목소리가 들린다. 도윤의 목소리에 민정이 고개를 돌리며 못 말리겠다는 표정을 지었다.

"벌써 끝내셨어요? 제대로 끝내고 오신 건 맞죠?"

"김민정 실장님, 제 성격 모르십니까. 적당히는 제 사전에 없습니다."

"그것도 옛말이지요. 우리 사모님 생각에 걸핏하면 사라지시고. 아주 이상적인 남편의 표본이라 말할 수도 있겠지만, 그래도 일할 때는 좀 해야 하지 않을까요? 다른 직원들은 다 일하는데 회장님이 조기 퇴근이라니."

유난히도 말꼬리를 늘이며 이죽거리는 민정이다.

도윤은 더 이상 민정을 상대해봤자 좋을 게 없겠다는 생각이 들었다. 짐짓 사나운 표정으로 민정을 슬쩍 노려본 뒤 열매에게 몸을 돌렸다. 열매는 일어나려 했으나 몸이 무거운지 끙끙거리기만 했다.

"허리에 쿠션을 받치고 깊게 앉았더니 일어나기가 힘들어서요. 우리 그만 가죠."

열매는 도윤의 부축을 받아 일어나며 머쓱한 표정을 지었다.

"헉."

열매가 숨을 가쁘게 내쉰다.

"왜 그래? 또 배가 뭉치는 거야?"

"그게 아니라. 잠깐만요."

도윤의 유난은 열매가 임신을 하면서 심해지기 시작했다. 더군다나 쌍둥이라 두 배로 힘들어하자 열매가 조금만 인상을 써도 도윤은 안절부절못했다.

"외로운 돌싱 눈꼴시어 못 보겠네. 내가 꼴 보기 싫어서라도 연애 하고 만다."

민정은 열매와 도윤을 보며 부러운 표정을 지었다.

"언니, 자기야, 야, 양수가 터진 거 같아요. 아기가 나오려나 봐요."

그녀의 말에 둘은 화들짝 놀라 열매의 상태를 확인했다. 열매의 말대로 한쪽 다리에서 양수가 주르륵 흘러내렸다. 배가 당기는지 그녀는 도윤을 꽉 잡으며 인상을 썼다.

"가진통이 시작된 거 같아요. 배가 아파요."

"뭐, 뭐라고. 벼, 병원에 가자. 열매야."

도윤이 사색이 되어간다. 열매는 도윤의 팔을 잡으며 힘겹게 웃는다.

"참을 만하니까 천천히 해요."

"날 꽉 잡아. 빨리 병원에 가자."

"회장님. 제가 차, 차를 대기시킬게요. 같이 가요."

민정도 덩달아 놀라 열매를 부축했다. 열매는 도윤과 민정의 도움을 받아 도도타워에서 나가 병원으로 향했다.

열매는 열두 시간의 진통 끝에 예쁜 공주님들을 낳았다. 도도해, 도도희의 탄생이다. 도윤은 아이들을 보며 눈시울을 붉혔다.

"열매야, 고마워."

도윤이 열매의 귀에다 소곤거렸다. 힘든 출산 탓에 실핏줄이 다 터진 얼굴로 열매가 힘겹게 웃는다. 그녀의 입술이 유난히도 붉고 사랑스러웠다. 도윤은 열매의 입술에 부드럽게 입을 맞추었다.

"허이엉, 정임아. 허엉, 저엉임아."

신생아실 앞, 커다란 유리창에 도두농이 붙어 있다. 쌍둥이 공주님들을 보던 도두농이 갑자기 먼저 간 첫째 부인의 이름을 외치며 목 놓아 울기 시작했다.

"왜 그러세요?"

도윤은 화들짝 놀라 도두농을 부축하며 물었다. 도두농은 눈물이 그렁그렁한 눈으로 흐느꼈다.

"우리 공주님들이 정임이를 닮았어. 아니, 똑같아. 정임이가 다시 환생한 것처럼. 내가 제대로 못 살아서인지 꿈에서도 나타나주지 않던 정임인데, 내 살아생전 이렇게 다시 볼 줄이야."

"네? 할머님을 닮다니요?"

"아주 빼다 박았어."

도두농은 감격에 겨워 목소리까지 갈라졌다.

"이거 불안한데. 저 영감도 중간이 없어서…… 쯧쯧."

옆에 있던 민정이 도두농을 보며 혀를 찼다. 그 모습에 열매도 불안해졌다. 안 그래도 도윤의 지나친 관심이 걱정이었는데, 도두농까지 합세했다. 열매는 딸들의 미래가 걱정되기 시작했다.

도해와 도희 자매를 데리고 외출했던 도두농이 불만에 가득 차서 도그빌라에 들어왔다.

"어찌 된 게 눈만 잠깐 돌려도 파리 떼가 달라붙어."

도두농의 입장과 함께 도해와 도희의 전담 도우미들이 아이들을 한 명씩 안고 들어왔다. 뒤로는 경호원이 두 손 가득 선물 꾸러미를 들고 있다.

"할아버님, 왜 그러세요?"

"우리 공주님들, 미모가 뛰어나니 불안해."

하늘하늘한 원피스에 포니테일로 묶은 머리가 똑같다. 커다란 눈에 고집스러워 보이는 조그마한 입술까지. 자세히 보아도 두 아이에게서 다른 점을 찾을 수 없다.

"뭘 그렇게 많이 사셨어요. 저번에 산 것도 아직 그대로인데요. 그리고 그거, 박스를 보니 우리 경쟁사 제품이네요."

열매는 쇼핑백에서 상자들을 꺼내 정리하며 잔소리를 했다. 가끔 도두농은 자신이 대한민국에서 가장 큰 유아 업체 베이비핑거의 사주라는 사실을 잊고 있는 듯하다. 베이비핑거에서 나오는 제품만으로도 쌍둥이 자매는 충분히 입고 쓰지만, 도두농은 타사 제품까지 싹쓸이해오고 있다.

"떼. 우리 공주님들한테 어울리는 건데 회사를 뭘 따지나. 한정판이라 지금 못 사면 구할 수 없는 거야. 두 벌 구입하느라 힘 좀 썼지."

"원피스만 구입하신 게 아닌 것 같은데요?"

열매는 쇼핑백을 들추며 구시렁거렸다.

"원피스를 구입하면 그에 맞는 구두와 가방과 모자, 액세서리까지 구입해야지. 어떻게 달랑 옷만 구입하나. 손주며느님은 패션을 너무 몰라."

그게 아니겠지. 서울의 모든 백화점 유아 코너 VIP 고객인 도두농이 등장하자마자, 모든 점원들이 다 붙어 감언이설을 했겠지. '이렇게 예쁜 아이들은 본적이 없어요' 이 한마디에 백화점을 쓸고 오셨을 거다. 보지 않아도 훤하다.

도두농과 함께 들어온 경호원이 끙끙거리며 조립하는 커다란 인형의 집을 보자 열매는 한숨이 나왔다. 쌍둥이 자매가 들어가 누워도 될 만한 크기다. 그녀의 시선은 테라스 정원에 설치된 그네와 미끄럼틀로 향했다. 예전 테라스 정원이 고급스런 정원수로 꾸며져 있었다면 지금은 그냥 아이들 놀이터가 되어 있었다. 넓디넓은 도그빌라지만 이렇게 무분별하게 구입하다간 조만간 발 디딜 틈도 없을 것이다.

열매의 눈초리에 쌍둥이 전담 도우미들이 열매 옆에 와서 소곤거렸다.

"아가씨들이 예쁘다는 말에 백화점 유아 용품 홍보관에 전시되어 있던 물건들을 몽땅 뜯어오다시피 하셨습니다."

"말리지 그랬어요?"

"말릴 새도 없었습니다. 명예회장님의 '뜯게' 말 한마디에 모든 점원들이 포장을 하더라고요."

이제는 백화점에 전시하는 물품까지 쓸어 오시는구나.

"우리 공주님들은 이 세상에서 누가 제일 좋지?"

"왕 할바. 최고."

"왕 할바! 제일 조아."

"그래요. 왕 할아버지도 우리 공주님들이 제일 좋아요."

이제 세 살이 된 자매는 입 안의 혀처럼 모든 것을 다 해주는 왕 할아버지, 도두농에게 딱 붙어 있다. 눈웃음만 쳐도 모든 게 다 나오는 걸 어린 것들도 알고 있는지, 새초롬한 표정을 지으며 도두농의 마음을, 아니 영혼까지 흘리고 있다.

도희, 도해 자매를 보며 헤벌쭉하던 도두농이 뭔가 생각이 났는지 열매를 돌아보며 심각하게 말했다.

"손주며느님, 아무래도 경호원을 한 명 더 고용해야겠어."

"네? 지금도 충분한데요?"

열매는 도두농이 자신의 딸들을 위해 고용한 간호사 출신 육아 도우미 둘과 체대 출신의 건장한 청년 경호원을 쳐다보며 나직한 한숨을 쉬었다.

"한 명으로는 부족해. 어찌 된 게 지나가는 사람들이 다 우리 공주님들에게 눈길을 떼지 못해. 오늘 공주님들 식사시키려고 들어간 레스토랑에서는 자기가 무슨 엔터테인먼트 대표라면서 우리 공주님들 배우 시킬 생각 없냐고 접근하더구나."

"그래서 뭐라고 하셨는데요."

"꺼지라고 했지. 나 혼자 보기도 아까운 우리 공주님들을 만천하에 공개해? 어림없지."

도두농이 분개하는 이유가 여기에 있구나. 열매는 고개를 절레절레 저었다.

도두농은 고자가 되면서 삶의 의지를 잃는가 싶었다. 하지만 다행히도 첫 번째 부인 손정임을 빼닮은 쌍둥이가 태어나면서 다시금 삶의 의지를 활활 불태우고 있다.

쌍둥이들이 도두농에게 삶의 원동력이 되었고, 도두농은 자신의 모든 것을 쌍둥이들에게 주고 싶어 했다. 그 덕분에 열매와 도윤은 편해졌다. 조부의 여자 사고가 끊어지자 도윤은 사업에 더욱 매진할 수 있게 되었고, 베이비핑거는 나날이 성장했다.

띡띡띠띠, 현관 도어록의 기계음이 들린다. 현관문이 열리고 도윤의 모습이 보이자 쌍둥이가 두 팔 벌려 그에게 달려갔다.

"아빠."

"아빠."

"우리 공주님들."

도두농에 이어 쌍둥이에게 혼이 빠진 두 번째 남자, 도윤 등장이다.

"어이, 손자, 스톱! 손 닦고 옷 털고 난 후에 안아야지."

도두농이 벌떡 일어나더니 도윤에게 삿대질을 한다. 도두농의 고함에 동작을 멈춘 도윤이 급하게 욕실로 들어간다.

열매는 두 남자의 코미디 같은 행동을 보며 쓴웃음을 지었다. 1분도 안 돼서 욕실에서 나온 도윤이 쌍둥이들을 부둥부둥 안고 뽀뽀를 한다.

이렇듯 타고난 미모의 여인이었던 손정임을 닮은 도희와 도해는 태어날 때부터 도씨 남자들의 사랑을 독차지하고 있다.

"할아버님은 여기로 출근을 하십니다?"

"우리 공주님들 하루라도 안 보면 눈에 가시가 돋쳐. 뭐, 오늘은 겸사겸사 온 거지만."

"무슨 일이 있으십니까?"

도윤의 눈초리가 올라가자 도두농은 헛기침을 했다.

"오늘이 무슨 날인지 알고 있지? 결혼기념일에 일이나 하는 남자는 예쁨 받지 못해. 오늘은 내가 공주님들을 보고 있을 테니 나가서 외식이라도 하고 오렴."

도두농이 눈치를 주자 뒤에서 인형의 집을 조립하던 경호원이 벌떡 일어나 도윤에게 작은 봉투를 내밀었다.

"이건 또 뭡니까?"

"SJ호텔 식사권과 스위트룸 숙박권이다. 나는 우리 공주님들과 인형의 집 놀이를 하면서 놀란다. 그러니 아이들 걱정 말고 즐기다 오렴. 육아 스트레스도 확 날리고 오고. 겸사겸사 셋째를 만들어 오면 더 좋고."

도두농은 열매를 보며 살며시 윙크를 했다.

"할아버님."

열매는 아이들과 바쁘게 살다 보니 결혼기념일도 잊고 있었다. 도우미가 있긴 하지만 초보 엄마인지라 정신이 없어 도윤에게 전처럼 신경을 써주지 못하고 있다.

두 사람은 도두농이 예약한 SJ레스토랑에 도착했다.

"잊고 있었네요."

"애들 보다 보면 그렇지."

"할아버님이 노시던 가락이 있어 그런지 여심 훔치는 방법을 잘 아시는 것 같아요. 우리 쌍둥이도 잘 따르는 걸 보면."

열매는 오랜만에 도윤과 단둘이 시간을 갖게 되자 가슴이 설레었다.

"아이들이 할아버님을 좋아해서 다행이야."

"우리 결혼기념일까지 챙겨주시고, 음식도 맛있어 보이는 게 여러모로 감사하네요."

보기에도 먹음직스런 스테이크와 붉은 빛이 도는 와인은 보기만 해도 군침이 돈다. 열매는 큼지막하게 스테이크를 썰어 한 입에 넣었다. 야들야들 육즙이 입 안에 가득 돈다.

"당신은 안 먹어요?"

소담하게 음식을 먹는 열매와 달리 도윤은 와인만 마시고 있다.

"어? 저기 사전님 아닌가요?"

열매의 말에 도윤이 시선을 돌렸다. 그곳에는 여전히 화려하게 차려입은 김옥희가 보였다.

"같이 계신 분은 청담점 사장님인 거 같은데?"

도윤은 인상을 찡그리며 그들을 보았다. 그들 옆에 놓인 커다란 화분에 심어진 나무의 무성한 잎에 가려 잘 보이지 않았지만 분명 김옥희와 청담점주가 맞았다.

"왜 사전님이 청담점 사장님을 만날까요? 설마? 베이비토 때문인가요?"

"글쎄."

"안 그래도 사전님을 만나면 따지려고 했어요. 하필이면 왜, 베이비토인지."

열매는 와인을 한 모금 마시며 불만을 토로했다.

"난 상관없으니 괜히 힘 빼지 마. 그 정도로 베이비핑거가 휘청거리거나 하지 않으니까."

"그래도요. 전 기분 나빠요."

그들의 대화 주제인 베이비토는 생각만 해도 한숨이 절로 나온다. 사전 김옥희는 김상희 사건으로 인해 많은 타격을 입었다. 그럼에도 불구하고 정신을 못 차린 김옥희는 모든 인맥을 총동원해서 '베이비핑거(baby-finger)'를 겨냥한 라이벌 회사, '베이비토(baby-toe)'를 오픈했다. 말이 라이벌 회사지 그야말로 베이비핑거 짝퉁 회사로, 이름도 베이비토라고 지었다.

베이비토의 시작은 화려했다. 김옥희는 베이비핑거 때 쌓은 인맥과 타고난 입담으로 투자를 받아 강남에 사무실을 얻었다. 강남

권 대리점 유치도 성공적으로 마쳤다. 하지만 거기까지였다. 자신의 딸 정희수를 디자인 실장으로 앉힌 것이 우선 실수였다. 정희수는 베이비핑거를 넘어서는 최고의 디자인을 내놔야 한다는 압박에, 해서는 안 되는 만행을 저질렀다.

제 버릇 개 못 준다고 하더니, 유명 디자이너의 제품을 카피한 것이다. 베이비토의 제품이 출시되자 인터넷은 난리가 났다. 제품을 도둑맞은 유명 디자이너 A씨는 정희수를 고소했고, 사건은 일파만파 커졌다.

[우리는 짝퉁이 싫어요~ 베이비…… 토, 나와. 우엑.]

아기들이 토하는 동영상과 함께 베이비토의 짝퉁 카피 작품들이 SNS를 장식했다. 베이비토는 그렇게 침몰하고 말았고, 김옥희는 투자자들에게 사기죄로 고소를 당했다.

"청담대리점 사장님은 아직 모르고 있는 걸까요? 김옥희가 사기죄로 걸려 있는 금액이 꽤 나가는 걸로 알고 있는데. 설마 또 사기를 치려는 건 아니겠죠?"

"모르지는 않더라도 친분 때문에 만나는 걸 수도 있고."

도윤은 별거 아니란 듯 무심히 말을 던졌지만, 열매는 눈을 최대한 크게 뜨고 그들을 보고 있다. 귀를 기울이니 그들의 대화가 들려온다.

"박 사장, 나 믿고 투자해봐. 우리 베이비토, 모든 사업이 그렇지만 초창기 때는 다들 힘들잖아. 시기하는 무리들도 있고. 구설수들은 다 경쟁사에서 퍼트린 유언비어야. A디자이너도 우리 제품을 자기가 베낀 주제에 우리가 카피했다고 고소한 거야. 이번기회에 자기들 이름 알리려고. 참 기가 막혀서. 우리도 법적으로 다 조치를 취했고, 곧 판결이 날 테니 보라고. 일단 모든 고비를 다 넘겼으니 이번 시즌만 지나면 베이비핑거보다 잘나갈 거야. 그러니 지금 투자하면 수십 배의 이익을 낼 수 있어."

"그렇게만 된다면 나야 좋지."

"자기 중국 자금 엄청난 거 알지? 대국에서도 우리 제품 미래성 보고 투자했잖아. 그 덕에 강남에 20층짜리 빌딩도 구입했어. 이제 베이비토 간판 걸고 화려하게 영업 시작만 하면 된다니까. 올봄 시즌은 베이비토가 휩쓸 거야."

그녀의 입담은 죽지 않았다. 그녀는 투자 유치를 받은 증거라며 계약서와 통장을 보여주며 청담 대리점주를 설득하고 있다. 점주의 표정을 보니 김옥희에게 반쯤은 넘어간 듯 보였다. 열매는 안타까운 마음에 입이 달싹거려졌다.

"자기야. 청담점주님 번호 알면 문자라도 넣어봐요. 저것도 다 사기일 텐데."

"좀 더 지켜보자고. 저런 뻔한 거짓말에 넘어갈까."

도윤은 느긋한 표정으로 와인을 마신다.

열매는 느긋한 도윤과 달리 마음이 불편했다. 그때 출입문 쪽이 왁자지껄하더니 서너 명의 여자들이 우르르 몰려 들어왔다.

"사기꾼 김옥희 년이 여기 있네."

한 여자가 김옥희를 향해 삿대질을 하자, 그들은 김옥희 쪽으로 달려가 눈 깜박하는 새에 김옥희의 머리채를 잡고 흔들기 시작했다.

"이 사기꾼 년아. 내 돈 내놔."

"뭐, 베이비핑거를 넘을 대항마라고? 투자만 하면 몇 배로 벌어준다고 하더니, 어디서 짝퉁 제품을 가지고 장난질이야?"

한 여자는 가방으로 그녀의 등짝을 내리치고 있다. 순식간의 일이었다. 열매는 너무 놀라 벌떡 일어났고, 호텔 매니저로 보이는 남자와 직원들이 뛰어와 그들을 말렸다.

"여기서 이러시면 안 됩니다."

"놔요, 아니 경찰에 신고해요. 이년 사기꾼이야. 지금도 사기 치고 있는 거라고."

그녀들의 말에 호텔 직원들이 난감한 표정을 지었고, 매니저는 신고를 하려는지 휴대폰을 들었다.

"오해야. 지금 잠깐 고전하고 있는 거라고. 내가 누군데. 베이비핑거를 그 자리까지 올려놓은 게 나야."

김옥희는 머리채를 잡히면서도 고래고래 소리를 질렀다. 그때 청담 대리점주가 사색이 되어 벌떡 일어났다. 그녀는 테이블 위에 올려져 있는 서류들을 들어 김옥희에게 던졌다.

"너 내가 우습게 보였어?"

"박 사장, 왜 그래. 다 오해야. 이, 이 사람들, 나는 모른다고."

김옥희는 자신의 머리를 잡고 흔드는 사람들을 밀쳤다.

"나랑 안 기간이 몇 년인데 나한테까지 사기를 쳐? 중국 투자? 강남 빌딩? 재수가 없으려니까. 다시는 나에게 연락하지 마."

청담점주는 쌩하니 뒤도 돌아보지 않고 나갔다. 곧이어 김옥희가 몰려온 여자들에게 질질 끌려 나갔고, 호텔 직원들도 같이 따라 나갔다. 나는 새도 떨어뜨릴 것 같던 김옥희의 처참한 몰락이다.

"와, 사전 김옥희의 말로가 끝내주네. 당신은 아무렇지 않아요?"

열매가 중얼거리며 도윤을 멍하게 바라보았다.

"자업자득이야. 김상희가 많은 재산을 날렸다고 해도, 남은 재산으로 여유롭게 사는 데 지장은 없었을 텐데. 욕심이 화를 자초한 거야."

도윤은 덤덤하게 스테이크의 고기를 잘라 열매의 접시에 올려놓았다.

"당신은 쓸데없는 걱정 말고 맛있게 식사나 하시죠. 그대 좋아하는 고기잖아."

"그러게요. 맛있는 음식 앞에서 딴짓하면 안 되죠."

열매의 심각한 표정은 스테이크를 보자 환하게 변했다.

"안내는 쓰지만 열매는 달아."

그 말의 뜻을 알아챈 열매는 얼굴이 빨개졌다. 맛있는 음식을 먹고 난 다음 코스는 스위트룸에서 만끽하는 그와의 화끈한 사랑이다. 상상만 해도 행복해진다.

도윤은 슈트 주머니에 손을 넣더니 작은 케이스를 꺼냈다.

"잊고 있었던 건 아니었어. 분위기 봐서 주려고 했는데 노인네가 선수를 쳐서."

도윤의 뽀로통한 표정은 도두농에게 선수를 뺏긴 것에 대한 아쉬움인가 보다. 열매는 씽긋 웃으며 도윤이 내미는 케이스를 열었다. 동그란 열매 모양의 펜던트가 달린 목걸이였다.

"정말 예뻐요."

도윤은 열매가 좋아하자 표정이 금세 밝아졌다. 그는 일어나 열매 옆으로 다가가 목걸이를 걸어주었다.

작지만 예쁜, 반짝이는 목걸이가 목 앞으로 사르르 내려오자 열매는 가슴이 뭉클해졌다. 너무 행복했다.

"나, 너무 행복해요. 당신도 행복한가요?"

열매는 묻고 싶었다. 그녀의 눈높이에 맞춰 도윤이 몸을 숙였다. 그의 숨결이 간지럽게 느껴진다. 그가 속삭였다.

"응. 행복해."

어느새 그의 입술이 열매의 입술을 찾아와 살며시 누른다.

-마침-

작가 후기

안녕하세요. 반유입니다.

'작가 후기'라고 써놓고 나니 또 한 편 완성되었다는 사실이 실감 납니다. 이제 세 번째 책이네요. 쓸수록 쉬워질 줄 알았는데, 칭찬받고 인정받고 싶은 욕심은 점점 더 늘기만 합니다.

『열매는 달다』는 역대급 폭염으로 대한민국이 찜통 속으로 들어간 8월에 수정을 시작했습니다. 그래서인지 연재 때는 없던 여름 이야기가 소설 속에 잔뜩 들어가고 말았습니다. 무더위로 인한 스트레스가 무의식적으로 글 속에 묻어 들어간 것 같습니다. 덥긴 정말 더웠습니다. ^^

『열매는 달다』도 전작들과 마찬가지로 실제 경험에서 시작된 소설입니다. 학교 졸업 후 제가 처음 들어갔던 직장이 유아 용품 회사였고, 직장 생활과 관련된 재미난 에피소드가 많아 그 이야기를 쓰고 싶었습니다. 물론 베이비핑거는 상상 속의 회사입니다. 제가 다닌 회사에는 도두농 같은 카사노바도, 도윤처럼 멋있는 젊은 회장님도 없었습니다.

회장님이 도윤처럼 매력적인 분이셨다면 제가 그 회사에 뼈를 묻었을 수도 있……. ^^;;;

마음을 흔드는 상사는 아쉽게도 없었지만 멘붕에 빠지는 일들은 많았지요. 무엇보다 첫 출근이 잊혀지지 않습니다. 두근거리는 마음으로 첫발을 내디딘 저를 기다리고 있던 건 어마어마한 양의 유아 용품들이었다지요. 결혼도 안 한 20대 처녀에게 온갖 종류의 유아 용품이 쌓여 있던 물류창고는, 말 그대로 신세계였답니다. 그 놀람이 채 가시기도 전에, 각 제품들의 이름, 용도, 사용법 등을 다 외우라는 팀장님 말씀에 다시 한 번 놀랐다지요. ㅠㅠ

그런 추억(?) 가득한 이야기를 쓰고 싶어 시작한 소설이지만, 열매가 회사 직원이 아니라 도윤과 주로 회사 밖(룸, 호텔, 빌라)에서 연애를 하다 보니 업무 관련 에피소드들은 많이 실리지 않았습니다. 하지만 그런 아쉬움에도 연재하는 동안 열매가 많은 사랑을 받아 행복하게 글을 쓸 수 있었습니다.

과분한 관심과 많은 사랑 주신 고운님들, 이 자리를 빌어서 감사하다는 인사말을 남깁니다. 고운님들의 격려와 사랑으로 또 한 권의 책을 세상에 내놓습니다.

사랑합니다~ 애정합니다~ ♥♥♥

마지막으로『열매는 달다』작업 중, 더워서 일 못하겠다며 폭염 파업을 한 작가 때문에 마음고생 많이 하신 담당자님 고생 많으셨습니다. 더불어 부족한 작품 책으로 내주신 와이엠북스 관계자님에게도 감사 말씀드립니다.

　저는 조만간 더 좋은 작품으로 찾아뵙겠습니다.
　감사합니다.

-2016년 반유 드림.